프랑켄슈타인

혹은 이 시대의 프로메테우스

메리 셸리 지음 · 김하나 옮김

KB191835

허밍버드
Hummingbird

신이여, 진흙을 빚어 저를 인간으로 만들어 달라고 제가 당신께 청했습니까? 어둠에서 저를 끌어올려 달라고 제가 당신께 애원했습니까?

—《실낙원Paradise Lost》

작가 서문 ^{1831년판}

'스탠더드 노블' 시리즈를 발간한 출판사 측은 《프랑켄슈타인Frankenstein》을 해당 시리즈의 하나로 선정하면서 내게 작품이 탄생하게 된 배경을 설명해 달라는 의사를 표명했다. 나는 그간 받았던 질문에 개략적으로나마 답을 할 수 있겠다는 생각에 기꺼이 제안을 수락했다.[1] 숱하게 받아 왔던 질문은 대부분 이런 것이었다. "기껏해야 어린 소녀였던 당신이 어떻게 그토록 흉측한 생각을 떠올리고, 그 생각을 확장할 수 있었는가?" 솔직히 지면에 내 개인적인 사정을 옮기기는 저어된다. 그러나 어차피 이 글은 기존 작품의 부록에 불과한 데다 내 저작 활동에 관련된 내용만 다룰 예정이므로, 사생활 침해를 염려할 이유는 없어 보인다.

저명한 두 작가[2]의 딸인 내가 어린 시절부터 글을 쓴다는 생각을 할 수밖에 없었던 건 이상한 일이 아니다. 어린아이였을 때도 나는 글을 끄적였고, 놀이 시간에 내가 가장 즐기

---

1 콜번 앤 벤틀리 출판사에서 발행한 스탠더드 노블 시리즈의 아홉 번째 작품이 《프랑켄슈타인》(1831)이다.
2 윌리엄 고드윈과 메리 울스턴크래프트.

던 취미도 '이야기 만들기'였다.

하지만 그보다 더 큰 즐거움을 주는 일이 있었으니, 그건 바로 백일몽에 탐닉하는 것이었다. 허공에 성 짓기라고 불렀던 내 몽상은 정해 둔 주제에 맞게 생각의 흐름을 따라가며 가상의 사건들을 연속적으로 구성하는 식으로 이뤄졌다. 이런 몽상은 내가 쓴 글보다 훨씬 멋졌고 그럴싸했다. 내가 쓴 글은 필사에 지나지 않았다. 나만이 가진 생각을 써 내려가기보다 다른 사람이 쓴 글을 베끼는 것에 가까웠달까. 글은 최소한 한 명 이상의 독자를 염두에 두고 썼기 때문인데, 그 독자란 대개 어린 시절에 어울려 놀던 친구들이었다. 하지만 몽상은 오롯이 나만의 것이었다. 누군가에게 보이기 위해 생각한 게 아니었다. 나는 기분이 나쁠 땐 몽상을 내 은신처로 삼았고, 한가할 땐 소중한 즐거움으로 여겼다.

나는 어린 시절에 주로 한적한 동네에서 살았으며, 스코틀랜드에서도 꽤 오래 지냈다. 가끔은 그림처럼 아름다운 곳을 찾아가기도 했다. 하지만 습관처럼 드나들던 곳은 던디Dundee 근처 북쪽 테이강Tay 기슭이었다. 황량하고 음울한 풍경이었는데, 그건 이제 와 돌이켜 보면 그렇다는 것이지, 그때의 나에겐 그렇지 않았다. 내게 그곳은 자유의 둥지이자 남들 시선을 피해 상상 속의 존재들과 교감할 수 있는 행복한 장소였다. 거기서 글을 쓴 적도 있는데, 그때 쓴 글은 진부하기 짝이 없다. 제대로 상상의 나래를 펼친 내 진짜 작품이 탄생하고 길러진 곳은 우리 집 마당의 나무 아래나 근처의 민둥산 그늘이었다. 나 자신을 이야기의 여주인공으로 만드는 경우는 없었다. 나를 주인공으로 삼으면 이야기에서 다루는 인생이 너무 평범해 보였기 때문이다. 내 삶에 낭만적인 근심이나 놀라운 사건이 일어나리라고 생각하기도 어려웠다. 그래서 나는 나라는 존재에 구애받는 대신, 당시 내게 직접 느끼는 감정보다 더 흥미롭던 요소로 이야기를 채우며 시간을 보냈다.

이후 삶은 점점 더 바빠졌고, 현실이 소설의 자리를 꿰찼다. 남편은 처음부터 내가 부모님의 핏줄이 지니는 가치를 입증하고 문단에 이름을 올려야 한다며 안달했다. 내가 문인으로서 명성을 얻어야 한다며 지칠 줄 모르고 나를 부추기기도 했다. 얼마간 나도 그런 생각을 했으나, 시간이 지나면서 점점 관심이 식더니 끝내 그런 생각엔 완전히 무심해졌다. 이런 상태에서도 그는 내가 글을 쓰길 바랐는데, 내가 주목을 받을 만한 대단한 작품을 쓸 수 있다는 생각이었다기보다는 내가 앞으로 더 나은 글을 쓰겠다는 약속을 얼마나 지키는지 두고 보겠다는 심산이었던 것 같다. 그래도 나는 아무것도 쓰지 않았다. 여행을 다니거나 가족을 돌보는 게 내 일상이었다. 책을 읽으면서 지식을 쌓거나 나보다 더 식견이 높은 남편과 대화하면서 생각을 개선하는 정도가 문학과 관련해서 내가 하는 일의 전부였다.

1816년 여름에 우리는 스위스를 방문해 바이런 경[3]과 어울렸다. 처음엔 호수에서 뱃놀이를 즐기거나 호숫가를 산책하며 시간을 보냈다. 우리 중에서는 당시《차일드 해럴드의 편력Childe Harold's Pilgrimage》제3부를 쓰고 있던 바이런 경만이 생각을 글로 옮기는 유일한 사람이었다. 그는 잇따라 다음 부분을, 또 다음 부분을 써서 우리에게 보여 주었고, 그렇게 보게 된 그의 작품은 시가 가질 수 있는 빛과 조화를 모두 갖추어서, 마치 시 자체가 하늘과 땅의 찬란한 아름다움과 같다는 생각마저 들었다. 이에 자극받은 우리는 그와 함께 글쓰기를 시작했다.

하지만 그해 여름은 유난히 흐리고 눅눅했다. 끊임없이 내리는 비 때문에 며칠 동안이나 집 밖으로 나가지 못한 적도 많았다. 마침 우리는 우연히 프랑스어로 번역된 독일 괴담집 몇 권을 구하게 되었다. 그 책에는 〈변덕스러운 정인의 과거〉라는 이야기도 있었는데, 주인공이 혼인 서약을 마치고 신부를 붙드는 순간, 그가 이전에 버렸던 여인이 창백한 유령이 되어 그의 품에 안겨 있었다는 내용이었다. 민족을 위해 헌신한 죄 많은 사내에 관한 이야기도 있었다. 그는 자

---

3   Lord Byron. 영국의 낭만파 시인.-옮긴이

신의 어린 아들들이 정해진 나이가 되면, 그들의 이마에 죽음을 전하는 입맞춤을 해야 하는 비참한 운명이었다. 《햄릿Hamlet》에 나오는 유령처럼 무장해서 거대해진 그의 형체는 한밤중의 짙은 어둠 속에서 흐릿했다. 하지만 달빛에 드러난 그가 투구의 턱받이를 올린 채 어둑한 거리를 느릿느릿 걸어가는 걸 본 사람이 있었다. 그 형체는 성벽 그림자 아래에서 사라졌는데, 얼마 지나지 않아 성문이 열리고 발소리가 들렸다. 그는 꽃다운 아이들이 곤히 자고 있는 침대로 다가갔다. 그가 몸을 숙여 아이들의 이마에 입을 맞추자, 그의 얼굴에 영원히 사라지지 않을 슬픔이 내려앉았다. 그리고 그때부터 아이들은 줄기 꺾인 꽃처럼 시들어 갔다. 이후로 이 이야기를 다시 접한 적은 없다. 하지만 그 이야기들은 마치 어제 읽은 것처럼 여전히 생생하다.

"다들 각자 괴담을 써 보는 거요." 바이런 경이 이렇게 말했고, 우리는 그의 제안을 받아들였다. 참여하기로 한 사람은 모두 넷이었다. 이 귀족 출신 작가는 어떤 이야기를 시작했으며, 훗날 그 이야기의 일부를 〈마제파Mazeppa〉라는 시의 종반부에 실었다. 이야기의 장치를 만들어 내는 것보다 눈부시게 아름다운 빛깔과 언어를 장식하는 듣기 좋은 운율을 통해 사상과 감정을 담아내는 데 소질이 있는 셸리[4]는

---

4 퍼시 비시 셸리. 영국의 낭만파 시인이자 메리 셸리의 남편이다.–옮긴이

어린 시절의 경험을 바탕으로 이야기를 시작했다. 가엾은 폴리도리[5]는 머리가 해골인 숙녀에 관한 끔찍한 이야기를 구상했다. 그 숙녀가 열쇠 구멍으로 무언가를 훔쳐보다가 큰 벌을 받게 되는 내용이었는데, 뭘 보는 설정이었는지 잊어버렸지만, 매우 충격적이고 잘못된 일이었던 건 분명하다. 어쨌든 그녀는 그 유명한 코번트리의 톰[6]보다 더 처절한 신세가 되어 버리는데, 폴리도리는 결말에서 그녀를 어찌 처리해야 할지 몰라, 결국은 그녀에게 어울리는 유일한 곳이라 할 수 있는 캐풀렛가the Capulets의 묘지로 보내 버렸다. 이렇게 걸출한 시인들조차도 뻔한 이야기를 산문으로 풀어내는 데 진력이 났는지, 그들은 마음에 들지 않는 과제를 빠르게 포기했다.

나는 이 과제의 계기가 된 그 괴담들에 견줄 만한 이야기를 생각해 내느라 바빴다. 나는 우리의 본성에 내재된 묘한 두려움을 건드려 오싹한 공포를 일깨우는 이야기를 만들고 싶었다. 독자로 하여금 무서워서 주위를 둘러볼 수도 없게 만드는, 읽으면서 피가 얼어붙고 가슴이 두근대는 그런 이야기를 만들고 싶었다. 이런 점을 반영하지 못한다면 내 괴담

---

5   Polidori. 바이런의 주치의였던 폴리도리는 추후 바이런이 쓰다 만 흡혈귀 이야기를 새로 써서 《뱀파이어 이야기(The Vampyre - A tale)》라는 책을 출판했다. 이는 최초의 흡혈귀 소설이다.-옮긴이

6   Tom of Coventry. 고디바 부인 설화에서 그녀의 몸을 몰래 훔쳐보다 천벌을 받아 눈이 멀었다는 재단사를 말한다.-옮긴이

은 괴담으로서의 가치가 없는 셈이었다. 나는 생각하고 또 생각했지만, 허사였다. 떠오르는 영감이 하나도 없었다. 초조한 마음으로 아무리 열심히 빌어도 그 어떤 답도 얻지 못하는 것은 작가에게 가장 큰 고통이다. "이야기는 생각해 봤어요?" 매일 아침 이런 질문을 받았기에, 나는 매일 분한 마음으로 그렇지 않다고 대답해야 했다.

《돈키호테》에서 산초의 말Sanchean phrase처럼, 모든 일엔 시작이 있는 법이다. 그리고 그 시작은 반드시 과거에 일어났던 어떤 일과 관계가 있다. 힌두교 신자the Hindoos들은 코끼리가 세상을 짐 지고 있다고 하는데, 그러면서도 코끼리는 거북이 위에 올라타 있다고 한다. 이야기는 무無에서 만들어지는 것이 아니라 혼돈에서 만들어진다는 사실을 겸허히 받아들여야 한다. 먼저 소재가 마련되어야 한다. 소재는 어둠 속에서 제멋대로 굴러다니는 내용을 모아 명확한 실체를 부여한다. 하지만 소재가 내용 그 자체가 될 순 없다. 영감을 받아 이야기를 만들어 내는 모든 과정에서 우리는 콜럼버스Columbus와 달걀 이야기를 떠올리게 된다. 심지어 그 과정이 대부분 머릿속에서만 이뤄지고 있는데도 말이다. 어떤 이야기가 완성되는지는 주제가 가진 힘을 포착하는 능력과 그 주제에 걸맞은 생각을 빚어내고 다듬는 능력에 달려 있다.

바이런 경과 셸리는 자주 긴 대화를 나눴는데, 그때마다 나는 그들 곁에서 말없이 듣기만 했다. 한번은 다양한 철학적 사상에 관해 논쟁을 벌인 적이 있는데, 그때 다루었던 여러 화제 중 하나가 생명의 원리에 관한 것이었다. 그들은 생명의 원리가 밝혀지고 널리 알려질 가능성이 있는지를 토론했다. 그러면서 그들은 다윈 박사Dr. Darwin의 실험(실제로 행해진 실험이라는 것은 아니다. 그렇게 알려지지도 않았다. 굳이 따지자면 당시 그가 어떤 실험을 진행하고 있다는 소문이 돌았는데, 그 얘기를 하는 것이다)을 언급했다. 그가 이탈리아식 국수인 버미첼리vermicelli가 뭔가 특이한 수단을 통해 저절로 움직이는 모습을 보려고, 그때까지 그 면발을 유리병에 보관하고 있다는 얘기였다. 어쨌든 그런 식으로 생명이 주어지진 않을 것이다. 모르는 일이지만 시체 정도는 다시 움직이게 될 수도 있다. 갈바니즘[7]이 그 가능성을 어느 정도 입증했으니, 생명체의 구성 요소가 제작되어 조립되면 생명의 온기를 부여받을지 또 누가 알겠나.

이런 이야기를 나누는 사이 밤이 깊어졌고, 우리는 마녀의 시간이라는 자정도 훌쩍 넘긴 후에 자러 갔다. 베개에 머리를 뉘었는데 잠이 오질 않았다. 내가 자발적으로 어떤 생각을 하는 것도 아니었다. 예상치 못했던 공상이 머릿속에 가득 차 나는 정신없이 끌려다녔다. 그 공상은 평소 내가 잠

---

7 galvanism. 개구리 실험을 통해 전기 자극으로 인한 근육수축 현상과 동물전기의 가능성을 제시한 이론.-옮긴이

기던 백일몽의 경계를 훨씬 넘어선 곳까지 나를 이끌며 선명하게 떠오르는 장면을 연속적으로 선사했다. 나는 눈을 감고 예리한 마음의 눈으로 그 장면을 바라보았다.

부정한 기술을 가진 창백한 얼굴의 학생이 자기가 조립한 것 옆에서 무릎을 꿇고 있었다. 흉측한 사내가 누워 있는 환영이 스치더니, 다음엔 엄청난 동력을 가진 엔진이 작동하면서 생명의 신호가 나타나는 게 보였다. 살아나다 만 것처럼 어색한 움직임이었다. 조물주가 생명을 빚은 엄청난 방법을 인간이 감히 시도하는 것만큼 무시무시한 일이 또 있으랴. 그래서 그 장면은 실로 섬뜩한 장면일 수밖에 없었다. 학생은 자신의 시도가 성공하자 충격에 빠진 모양이다. 그는 겁에 질려 역겨운 작업물을 두고 달아난다. 작업물을 홀로 내버려 둔 채 그저 자기가 일으킨 미약한 생명의 불꽃이 꺼지기만 바란다. 그토록 불완전한 생명을 부여받은 그 작업물이 무생물로 돌아가기를 바라는 것이다. 그리고 그는 자신이 한때 생명의 요람으로 여겼던 흉물스러운 송장이 무덤의 적막에 잠겨 생명의 불꽃을 잃고 짧은 생을 마감하리라 믿으며 잠을 청한다. 그는 잠들었다가 깨어난다. 그는 눈을 뜬다. 침대 가에 서 있는 경악스러운 존재를 바라본다. 그것은 커튼을 젖히더니 누렇고 흐리멍덩한 눈으로 그를 바라본다. 실은 그저 눈앞을 가늠하려고 할 뿐인데.

나는 겁에 질려 눈을 떴다. 그 장면이 얼마나 생생했던지 온몸에 소름이 돋았다. 나는 공상 속에서 본 그 섬뜩한 장면을 잊고 주위의 현실을 받아들이려 애썼다. 지금 이 순간에도 그때 내가 보았던 풍경이 눈에 선하다. 내가 있던 방, 고급스럽게 세공된 짙은 색 마루, 닫혀 있는 창문, 창문 틈새로 새어 들어온 달빛, 그리고 창 너머에 유리 같은 호수와 우뚝 솟은 하얀 알프스가 있다는 기분, 그런 게 현실이었다. 그래도 그 끔찍한 환영은 기억에서 쉽사리 지울 수 없었다. 그 장면은 뇌리에서 떠나지 않았다. 뭐든 다른 생각을 해야 했다. 나는 쓰고자 했던 괴담을 떠올렸다. 영감이라곤 떠오르지 않는 그 지긋지긋한 괴담! 아! 그날 밤 내가 그랬던 것만큼 독자들을 두렵게 만들 글을 쓸 수만 있다면!

　섬광처럼, 환호성처럼, 찰나의 순간 생각이 떠올랐다. '찾았다! 나한테 무서웠던 건 다른 사람에게도 무서울 거야. 나는 베갯머리를 사로잡았던 그 환영을 제대로 묘사하기만 하면 돼.' 다음 날 나는 쓸 이야기를 정했다고 발표했다. 그날 바로 글을 쓰기 시작한 나는 첫 구절을 이렇게 적었다. "11월의 어느 음산한 밤이었다." 그 뒤부턴 내 백일몽의 음울한 공포를 고스란히 글로 옮기기만 하면 됐다.

　처음엔 몇 쪽 안 되는 단편으로 만들 생각이었다. 하지만 셸리는 그 소재로 생각을 발전시켜 길이를 늘여 보라고 부추겼다. 단언하건대 본문에 나오는 그 어떤 사건이나 감정선도 남편의 도움을 받아 쓰지 않았다. 하지만 그의 조언이 없었다면 이 이야기는 현재 출판된 형태로 만들어지지 못했을 것이다. 단 서문은 제외해야겠다. 내가 기억하는 한 서문은 순전히 남편의 글이다.

그리고 이제 나는 또다시 내가 만들어 낸 흉측한 이야기에게 앞으로 나아가 널리 맹위를 떨치라고 명한다. 이 작품은 내게 소중하다. 내가 행복했던 시절에, 죽음이나 슬픔은 책으로만 접했을 뿐 가슴에 울리는 진정한 감정으로 느껴 본 적 없던 시절에 만들어 낸 이야기이기 때문이다. 내가 혼자가 아니었을 때, 지금은 영영 볼 수 없게 된 내 남편이 아직 살아 있을 때, 우리가 함께했던 산책과 여행, 대화가 이 작품의 곳곳에 스며 있다. 하지만 이런 건 나의 감상일 뿐 독자들은 이를 고려할 필요가 없다.

마지막으로 수정 사항에 관해 덧붙일 말이 있다. 기본적인 수정 사항은 문체이다. 줄거리에 손을 대거나 새로운 사건이나 상황을 추가하지는 않았다. 서사의 흐름을 깨는 노골적인 표현도 수정했다. 이런 수정은 대부분 도입부에 몰려 있다. 전반적으로 주요 사건과 전체 줄거리는 손대지 않고, 부수적인 요소만 수정하는 데 머물렀다.

메리 셸리
1831년 10월 15일 런던에서

작가 서문 1818년판

이 소설은 다윈 박사와 독일 생리학자들이 불가능하지 않다고 예측한 가설에 기초해 구성되었다. 내가 그런 망상을 털끝만큼이라도 진지하게 신뢰한다고 생각하진 마시라. 나는 그저 허구의 토대로 그 가설을 이용했을 뿐이다. 나는 내가 초자연적인 공포만 짜깁기하는 사람이라고 생각하지 않는다. 이 소설이 독자의 흥미를 유발하기 위해 사용한 사건에는 흔한 유령 이야기나 마법을 다룬 이야기가 가지는 약점이 없다. 사건이 전개되면서 만들어지는 상황의 참신함이 이 소설을 매력적으로 만드는 것이다. 더구나 물리적으로 불가능하다고는 해도, 이 사건은 기존 사건의 일반적인 관계에 비해 인간의 욕망을 더 포괄적이고 지배적으로 다루게 함으로써 새로운 관점을 제시한다.

나는 이렇게 인간 본성의 근본적인 요소를 있는 그대로 반영하면서도, 그 요소를 혁신적으로 결합하는 데 주저하지 않았다. 그리스의 비극적 서사시인 《일리아드》, 셰익스피어의 《폭풍우》와 《한여름 밤의 꿈》, 그리고 특히 밀턴의 《실낙원》

이 이런 방식을 택한 바 있다. 그리고 작가라면 누구나 자신의 작업을 통해 즐거움을 주거나 받길 바라기 때문에, 제아무리 변변찮은 작가라 하더라도 자신의 소설에 훌륭한 시가 낳은 인간 감정의 절묘한 조합을 채택함으로써 검증받은 요소를, 아니 익히 알려진 방식을 적용하고자 하는 법이다.

이 작품은 평범한 대화에서 나온 제안을 계기로 구상되었다. 즐길 거리의 하나로서, 또 한편으로는 경험해 보지 않은 감정을 활용하기 위한 시험의 일종으로서 시작된 것이다. 작업을 진행하면서 다른 동기도 생겼다. 나는 이 글의 정서나 등장인물이 지니는 윤리적 성향이 독자들에게 미칠 영향을 방관하지 않았다. 오히려 이런 면에서 나는 요즘 소설들과는 달리 긴장감을 잃지 않는 것을, 가족 간의 애정이 가지는 가치와 보편적인 미덕을 보여 주는 것을 최우선 과제로 두었다. 등장인물에게서, 그리고 주인공의 상황에서 자연스럽게 튀어나오는 특정 견해들을 내 평소 신념으로 간주하지 않기를 바란다. 더불어 본문을 통해 내가 어떤 종류의 철학적 신조에 편견을 가졌다는 추측을 끌어내는 것은 온당하지 않음을 밝힌다.

필자로서는 이 이야기가 장엄한 풍경을 자랑하는 지역을 주요 무대로 삼고 시작됐다는 점과, 실로 유감스러운 관계에서 시작됐다는 점이 특히 의미심장하다. 나는 1816년 제네바 근교에서 여름을 보냈다. 날씨가 춥고 툭하면 비가 와서, 저녁이 되면 우리는 모닥불 주위에 모여 앉았는데, 이따금 우연히 구하게 된 독일의 괴담집으로 여흥을 즐기기도 했다. 이런 이야기를 접한 우리는 오락의 일종으로 그런 종류의 이야기를 만들어 보고 싶었다. 다른 두 친구(그중 한 명의 펜 끝에서 나온 이야기는 내가 쓰고 싶은 그 어떤 글보다 대중이 좋아할 만했다)와 나는 초자연적인 사건을 토대로 각자의 이야기를 써 보기로 했다.

하지만 날씨가 갑자기 화창해지면서 그 두 친구는 나를 남겨 두고 알프스로 여행을 떠났다. 그러고는 그들 주위의 웅장한 풍경에 괴담을 쓰겠다던 약속을 잊었다. 완성된 것은 이 글뿐이다.

1817년 9월, 말로(Marlow)에서

차례

편지 1

수신인: 잉글랜드의 사빌 부인

17××년 12월 11일 상트페테르부르크

누님이 기뻐할 소식이 있습니다. 누님이 불길하다고 그토록 염려하던 제 일이 무탈하게 시작되었거든요. 어제 이곳에 도착해 제일 먼저 이렇게 누님에게 제 안부를 전합니다. 성공을 거두리라는 자신감도 늘었어요.

페테르부르크가 런던보다 한참 북쪽이다 보니 이곳 거리를 걷다 보면 차가운 북풍이 뺨을 스칩니다. 찬바람에 온몸의 신경이 곤두서면서도 가슴은 벅차올라요. 누님이 이 기분을 이해할까요? 은은하게 부는 이 바람은 제가 향하고 있는 곳에서 불어왔어요. 덕분에 제가 갈 곳의 쌀쌀한 날씨를 미리 맛보게 되는 셈이죠. 성공의 가능성을 품은 바람을 맞노라니 백일몽 같았던 제 꿈이 더욱 강렬하고 선명해집니다. 극지방이 얼음뿐인 황량한 땅이라고 되뇌어 봐도 아무소용이 없어요. 제 상상 속에서 그곳은 황홀할 정도로 아름다운 기쁨의 땅이니까요. 마거릿 누님, 그곳은 해가 지지 않는 땅이에요. 수평선이 광활한 빙원을 두르고 있어 사방 천지에 끝도 없이 빛이 흩뿌려진단 말입니다. 누님이 허락하신다면 저보다 먼저 북쪽으로 향했던 항해사들의 얘기를 전해 드리고 싶네요. 그곳은 이 세상에서 갈 곳을 잃은 모든 눈과 얼음이 모인 곳이라더군요. 적막한 바다만 건너면 이제껏 발견된 그 어떤 곳보다 경이롭고 아름다운 땅에 흘러 들어갈 수 있을지 모른다고요. 외따로 떨어져 사람의 흔적이 닿지 않은 곳에는 반드시 천체의 경이가 펼쳐지는 것처럼, 그곳에서 나는 것들과 그곳의 풍경은 이제껏 그 누구도 보지 못한 것들일 테지요. 영원한 빛의 나라에서 기대하지 못할 게 뭐가 있겠어요? 나침반의 바늘을 끌어당기는 놀라운 힘을 발견하게 될지도 모르죠. 관측을 수천 회 거듭해서 이번 항해만으로 변화무쌍해 보이는 천체에 관한 불변의 법칙을 도출해 낼 수도 있고요. 누구도 본 적 없는 세상을 마주하면 뜨겁게 달아오른 제 호기심을 다독일 수 있을 거예요. 더구나 사람의 발길이 닿지 않은 땅에 첫발을 내디딜 기회를 가질 수도 있잖아요. 이런 생각들이 저를 자꾸만 그곳으로 이끌어요. 위험한 일이 생길지도 모른다거나 죽을지도 모른다는 두려움을 능가하는 유혹이죠. 이 힘든 여정을 시작하게 만드는 원동력이기도 하고요. 꼬맹이가 동네의 강을 탐험하기 위해 친구들과 조그만 배에 올라타는 것처럼 즐거운 마음으로 말이에요. 하지만 이런 제 예상이 모두 빗나간다

해도, 극지방 인근의 항로를 개척하는 것만으로 전 인류에
게, 이 세상 마지막 인류에게까지, 헤아릴 수 없을 정도의 어
마어마한 이익을 선사하는 셈이란 걸 누님도 반박하지 못할
겁니다. 수개월이 걸리는 항해가 북극해 항로를 통해 그 기
간을 획기적으로 단축하게 될 테니까요. 그뿐이겠어요? 북
쪽을 일러 주는 자력의 비밀을 밝혀내 인류 발전에 이바지
할 수도 있겠죠. 이 부분은 채굴에 착수하고서야 가능한 얘
기이지만 말예요.

　편지를 쓰기 시작했을 땐 마음이 적잖이 시끄러웠는데,
이렇게 하나씩 짚어 보니 불안감이 싹 가시는군요. 하늘 끝
에 닿을 것 같은 열정이 가슴을 뜨겁게 데워요. 확고한 목적
의식만큼 마음을 차분하게 만들어 주는 건 없으니까요. 영
혼이 가진 지성의 눈이 그 시선을 고정할 수 있도록 하는 게
바로 목표라고들 하죠. 이번 탐험은 제가 어렸을 때부터 가
장 간절히 바랐던 꿈이에요. 극지방 바다를 통과하면 북태
평양에 이른다는 수많은 항해 이야기들을 얼마나 열심히도
읽었던지요. 아마 누님도 기억하시겠지요. 토마스 숙부님의
서재는 탐사 항해의 역사를 다룬 책들로 가득 차 있었잖아
요. 저는 제대로 된 교육을 받지 못했어도 독서만큼은 끔찍
이 좋아했어요. 밤낮으로 토마스 숙부님의 책에만 푹 빠져
있었죠. 그 이야기에 어찌나 매료됐던지, 아버지께서 임종

전 숙부님에게 제가 바다로 나가지 못하게 하라는 유언을 남기셨다는 걸 알고 원망도 참 많이 했어요.

바다를 향한 열망이 시들해진 건 제가 처음으로 시를 정독했을 때였어요. 시인의 감정을 담은 그 표현들에 도취해 둥실둥실 하늘을 떠다니는 것 같았거든요. 저도 시를 쓰기 시작했죠. 그러면서 한 1년간은 제가 만들어 낸 천국에서 살았어요. 호메로스와 셰익스피어를 기리는 사원에 제 자리 하나 마련하는 꿈을 꾸기도 했고요. 누님도 잘 아시겠지만, 실패의 쓴맛을 경험하면서 저는 크게 낙심했어요. 마침 그 때 사촌의 재산을 상속받은 덕에 저는 어린 시절에 꿈을 접었던 바다로 시선을 돌렸죠.

이 일을 결심한 지도 벌써 6년이나 지났네요. 이 원대한 꿈에 전념하기로 한 그 순간은 지금도 생생합니다. 고된 일을 견딜 수 있도록 저 자신을 단련하는 게 그 시작이었어요. 몇 번이나 포경선을 타고 북해로 나갔고, 추위와 굶주림, 갈증과 수면의 욕구를 자진해서 견뎠지요. 낮에는 다른 선원들보다 더 열심히 일하면서도, 밤에는 수학과 의학, 그리고 해양 모험가에게 강력한 무기가 되어 줄 물리학의 여러 분야를 연구했고요. 그린란드의 한 포경선에서는 두 번이나 이등 항해사로 고용됐는데, 일 잘한다고 칭찬도 받았다니까요. 선장이 제 능력을 인정하고 부선장 자리를 제안하면서 떠나지 말라고 간청할 땐 솔직히 좀 우쭐하기도 했어요.

어떤가요, 마거릿 누님. 이래도 제가 원대한 목표를 이루기에 부족한가요? 경제적인 안정 속에서 편하게 살 수도 있었죠. 하지만 저는 부유함이 제게 안겨 줄 수 있는 그 어떤 것보다 영예가 더 좋은 걸 어떡합니까. 아무렴요! 제 말에 동의하는 사람들이 분명히 있을 거예요! 제 용기와 결심은 확고해요. 희망이 들쑥날쑥하고 기분이 종종 가라앉긴 하지만 말이에요. 이제 저는 길고 험난한 여정을 앞두고 있어요. 어떤 위험이 닥칠지 모르기에 제게는 불굴의 의지가 필요합니다. 동료들이 지치고 힘들 때 그들의 사기를 북돋우면서도 저 스스로 마음을 다잡아야 하니까요.

러시아는 지금 여행하기 딱 좋은 날씨예요. 사람들이 썰매를 타고 휙휙 지나다니는데, 그 유쾌한 움직임을 보고 있노라면 썰매가 잉글랜드의 역마차보다 더 낫다는 생각도 들더군요. 모피를 걸친다면 추위는 견딜 만해요. 저도 한 벌 장만했죠. 아무리 움직여도 혈관까지 얼어붙는 것 같은 날씨에선, 갑판에서 걸어 다니는 것과 몇 시간 동안 가만히 앉아 있는 게 엄청나게 다르거든요. 상트페테르부르크와 아르한겔스크를 잇는 길 위에서 생을 마감할 생각은 전혀 없다고요.

2~3주 내로 아르한겔스크로 출발할 예정이에요. 거기서

배를 한 척 대여할 생각이고요. 선주에게 보증금만 적당히 쥐여 주면 어렵지 않은 일이죠. 선원은 포경선을 많이 타 본 사람들로 최대한 많이 고용하려고요. 6월까진 출항하지 않을 생각인데, 그럼 언제쯤 돌아가는지 묻고 싶으시겠죠? 아, 누님, 제가 어떻게 대답해야 할까요? 제가 성공한다면, 일러도 수개월 후에, 어쩌면 수년이 지나야 돌아갈 수 있을 거예요. 제가 실패한다면, 우리는 조만간 만나거나 영영 못 만날 테고요.

사랑하는, 누구보다 멋진 마거릿 누님, 이만 글을 줄여야겠어요. 누님에게는 축복이, 제게는 구원이 내려지길 기원합니다. 그로 인해 제가 다시, 그리고 또다시 누님의 애정과 따뜻한 마음에 감사를 전할 수 있도록.

사랑하는 동생,
R. 월턴(Walton)

편지 2

17XX년 3월 28일 아르한겔스크

지금 저는 눈과 얼음에 둘러싸여 있어요. 이곳에서는 시간이 더디게도 가는군요! 그래도 제 원대한 꿈을 향한 노력은 드디어 두 번째 단계에 접어들었습니다. 배는 이미 구했고, 지금은 선원들을 모집하는 중이거든요. 고용한 사람들은 제가 믿고 의지할 만한, 정말이지 담대한 사람들 같아요.

하지만 원하는데도 아직 얻지 못한 것이 하나 있어요. 이게 없으니 제가 무슨 세상에서 제일가는 악당처럼 느껴진다고요. 저에게는 벗이 없어요, 마거릿 누님. 제가 이 일을 성공시켜 열광한대도 저와 함께 기뻐할 사람이 없어요. 제가 낙심해서 괴로워할 때도 실의에 빠진 저를 일으켜 세우기 위해 애써 줄 사람이 없단 말입니다. 저는 이런저런 생각들을 종이에 옮겨 보기로 했어요. 정말이에요. 하지만 종이라는 건 감정을 나누기에 부족한 도구잖아요. 저는 제 마음을 이해하고 눈빛만으로 뜻을 나눌 수 있는 사람을 원하는 거라고요. 누님이 이런 저를 감상적이라고 생각할지 모르겠지만, 저는 제게 벗이 필요하단 걸 절실히 느끼고 있어요. 제 주위에는 따뜻하면서도 용감한 사람이 없거든요. 식견이 넓다거나 하는 식으로 교양이 있으면서도 저와 취향이 같아서, 제 계획을 수정해 주거나 지지해 줄 그런 사람이 없어요. 그런 벗이라면 누님의 이 부족한 동생이 가진 단점들을 고쳐 주지 않을까요! 저는 일을 진행하는 추진력이 너무 커서 탈이고, 난관을 견디는 인내심이 너무 적어서 탈이에요. 하지만 그보다 더 큰 문제는 제가 독학했다는 거죠. 열네 살이 될 때까진 온 동네를 사방팔방 뛰어다니기만 하면서 토마스 숙부님의 여행 서적을 제외하면 책이라곤 일절 읽지 않았잖아요. 열네 살이 되어서야 조국의 유명 시인들을 알게 됐으니까요. 하지만 모국어뿐 아니라 여러 외국어를 할 줄 알아야겠다는 생각이 들었을 땐 이미 나이가 많이 들어서 언어를 익히는 능력이 떨어진 상태였어요. 지금 저는 스물여덟인데 학교에 다니는 열다섯 살짜리보다 무지해요. 제가 생각이 많다는 건, 그리고 그런 생각이 점점 더 커지면서 대단해지는 건 사실이에요. 하지만 제 생각들은 원근감이 없어요 (화가들이 이렇게 표현하곤 하죠). 그래서 저한테 벗이 필요한 겁니다. 제가 감상적이라며 얕보지 않을 만큼 이해심 있고, 생각의 질서를 잡아 주려 애쓸 만큼 절 아껴 주는 벗 말이에요.

뭐, 이런 건 다 쓸모없는 하소연일 뿐이죠. 이 넓은 바다에서 친구를 찾을 수 있을 리 만무하고, 아르한겔스크의 상인이나 뱃사람 중에서 제가 원하는 벗을 만날 수 있을 리도 없잖아요. 하지만 그런 이들의 단단한 가슴에도 인간 본성의 찌꺼기와는 다른 그 어떤 감정들이 요동치긴 하더라고요. 일례로 제 배의 부선장은 놀라울 정도로 담대하고 진취적인 사람이에요. 명예에, 아니 그보다 좀 더 과장해서 말하자면 출세에 미쳐 있달까요. 그래도 잉글랜드 사람인 그는, 상대가 어느 나라 사람인지, 직위가 얼마나 높은지, 그런 것에 따라 대접을 달리하는 무식한 뱃사람들 사이에서 인간이 지니는 고결한 덕목을 어느 정도 유지하고 있어요. 저는 포경선을 탔을 때 그를 처음 알게 됐어요. 아르한겔스크에서 우연히 다시 만났는데 일자리를 구하는 중이라기에 쉽게 제 배에 태울 수 있었지요.

선장은 정말 성격이 좋아요. 선원들의 기강을 잡을 때도 어찌나 친절하고 따뜻한지 놀라울 지경이라니까요. 더구나 솔직하고 대담무쌍하다고 소문이 자자해서 저로서는 그를 어떻게든 제 배에 태우고 싶었어요. 저는 외로운 어린 시절을 보냈기에 누님의 다정한 보살핌을 받던 때가 가장 행복했거든요. 그런 감정이 저라는 인간의 밑바탕이 되어서인지, 배 위에서 일상적으로 벌어지는 폭력에 강한 혐오감이 이는 걸 막을 수 없어요. 저는 그런 폭력이 필요할 때도 있다는 말을 전혀 믿지 않아요. 그렇기에 모든 선원이 선장의 따뜻한 마음을 알아차리고 존경을 표하며 순순히 그의 말을 따른다는 얘기를 들었을 때, 그가 이 배의 선장이라는 게 저한테 얼마나 큰 행운인지 깨달았어요. 그를 처음 알게 된 건 연애담에 가까운 얘기를 통해서였어요. 선장 덕분에 행복한 삶을 누리게 된 한 여인이 해 준 얘기였죠. 그 이야기를 간략하게나마 해 드릴게요. 수년 전 선장은 중산계급의 한 러시아 여성을 두고 사랑에 빠졌답니다. 당시 그는 뱃사람으로 일하며 포획 상금을 꽤 많이 모아 두었기에 그 여성의 아버지도 결혼을 허락했다고 해요. 결혼식을 앞두고 두 남녀가 만난 어느 날, 그녀가 갑자기 눈물을 쏟으며 그의 발치에 엎드렸다더군요. 그녀는 자신을 도와 달라고 애원했대요. 그녀는 다른 사람을 사랑하는데, 상대가 가난해서 아버지가 결혼을 허락지 않을 거라고요. 선장은 그녀를 달래 준 뒤 그녀가 사랑한다는 사내의 이름을 듣고선 관대하게도 자신의 사랑을 접었어요. 선장은 사실 여생을 보내려고 농장을 사 둔 상태였어요. 하지만 그는 농장도, 심지어 가축을 사려고 남겨 둔 돈까지도 모두 연적에게 건넸습니다. 그러고는 사랑하던 여성의 아버지를 찾아가 그녀가 원하는 결혼을 할 수 있게 허락해 달라고 간청하기까지 했어요. 그 여성의 아버지는 혼사를 깨는 것이 명예를 더럽힌다고 생각해 선장의 간청을 단호히 거절했고, 선장은 노인의 고집을 꺾을 수 없다는 걸 깨닫고 자기 나라를 떠났어요. 그리고 사랑했던 여성이 원하던 상대와 결혼했다는 소식을 들을 때까지 돌아가지 않았지요. "정말 훌륭한 분이로구나!" 누님이 이렇게 감탄하실지도 모르겠네요. 선장은 정말 훌륭한 사람이에요. 하지만 교육이라곤 일절 받은 바가 없죠. 그는 터키 사람Turk처럼 무뚝뚝한데, 뭐랄까 무지에서 비롯된 퉁명스러움 같은 게 느껴진달까요. 이런 태도는 그의 고결한 행동을 더욱 놀랍게 만들기도 하지만, 동시에 그 사연을 들은 이라면 응당 가지게 될 연민과 애정이 줄어들게 만들기도 해요.

어쨌든 제가 엄살 좀 피운다고 해서, 아니면 겪지 않을 수도 있는 고난을 염려하며 위안을 구하려 든다고 해서, 제 결심이 흔들린다는 생각은 하시지 않아도 됩니다. 제 결심은 운명과도 같아서 제자리에 단단히 고정되어 있어요. 출항이 지연되는 건 그저 날씨가 허락지 않기 때문일 뿐입니다. 이번 겨울이 정말 끔찍이도 추웠다지만, 봄은 결국 오고야 말지요. 게다가 올해엔 예년보다 봄이 이르다고 하니 예상보다 출항이 빨라질 수도 있어요. 어떤 것도 서두르지는 않으려 합니다. 누님은 저를 잘 아시잖아요. 다른 사람의 안전이 제 손에 달려 있을 때 제가 얼마나 생각 많고 신중한지 말이에요.

계획했던 바를 실행에 옮길 날이 가까워져 오는 이 기분을 누님에게 어떻게 설명해야 할지 모르겠군요. 출항 준비를 하면서 기쁨 반, 두려움 반으로 떨리던 그 느낌을 있는 그대로 전하기란 불가능할 겁니다. 저는 이제 미개척지로, "안개와 눈의 땅으로"[8] 가려 합니다. 하지만 제가 앨버트로스를 죽이는 일은 없을 거예요. 그러니 저한테 무슨 일이 생기는 건 아닐까, 혹은 "노수부"처럼 시련에 지치고 비통에 젖어 누님에게 돌아가는 건 아닐까, 하는 염려는 하지 마세요. 이런 제 비유에 누님이 웃을지도 모르지만, 비밀 하나를 말씀드리자면 말이죠. 저는 이따금 바다의 신비, 그 위태로운 신비로움에 대한 내 열정과 집착이 이렇게 집요해진 게 다 현대 시인들의 창의적인 작품 때문이라고 생각하곤 해요. 머릿속에서 벌어지는 일까지 다 이해할 순 없지만요. 저는 꽤 부지런한 사람이고, 고된 일을 끈기와 성실함으로 처리해 내는 일꾼입니다. 하지만 제게 이런 면만 있는 건 아니죠. 저는 경이로움을 향한 애정, 경이로움이 존재할 거란 믿음도 품고

---

8 영국의 시인 사무엘 테일러 콜리지(Samuel Taylor Coleridge, 1772~1834)가 쓴 〈노수부의 노래(The Rime of the Ancient Mariner)〉 중 2부에 포함된 구절. 〈노수부의 노래〉는 콜리지의 《서정 가요집(Lyrical Ballads)》 수록작 중 가장 대표적인 작품으로, 뱃사람이 항해 중 보게 된 앨버트로스라는 큰 새를 활로 쏘아 죽인 후 시련 가득한 항해를 하게 된 사건을 다루고 있다. 앨버트로스는 태평양 전역에 서식하는 바닷새로 옛 뱃사람들은 이를 행운의 새로 여겼다. 콜리지의 시에도 선원들이 안개 속에서 나타난 앨버트로스를 보고 환호하며 먹이를 나눠 주는 모습이 묘사된다. 이 시에서 앨버트로스를 죽인 노수부는 긴 시련 끝에 잘못을 뉘우치고, 자신이 깨달은 신의 섭리를 사람들에게 전하게 된다. -옮긴이

있으니까요. 그 모든 것이 제 꿈에 녹아들어 있어요. 평범한 길에서 하루빨리 벗어나라고 재촉한 것도 그 꿈이에요. 그 꿈 때문에 이렇게 험한 바다로, 미지로 향하게 됐고요.

다시 씁쓸한 문제를 직면해야겠네요. 끝도 없이 광활한 바다를 가로질러 아프리카나 아메리카 대륙의 최남단을 찍고, 그렇게 돌아가서 누님을 다시 볼 수 있을까요? 감히 그 정도의 성공을 기대하는 건 아니지만, 그렇다고 반대로 최악의 상황을 상상하는 건 견딜 수 없군요. 당분간은 기회가 닿는 한 서신을 보내 주세요. 위안을 얻기 위해 누님의 편지가 절실할 수도 있으니까요. 누님, 진심으로 사랑합니다. 만약 이 동생의 소식이 끊기는 날엔, 저의 좋았던 모습만 기억해 주십시오.

사랑하는 동생,
로버트 월턴

편지 3

17XX년 7월 7일

사랑하는 누님.

무사하다는 소식과 함께 순조롭게 목적지를 향해 항해하고 있다는 근황을 전해드리기 위해 급히 몇 자 적습니다. 이 편지는 아르한겔스크를 떠나 현재 본국으로 향하고 있는 한 상선에 맡길 예정입니다. 저는 어쩌면 앞으로 수년간 고향 땅을 보지 못할지 모르니, 잉글랜드에 도착할 이 편지가 저보다 더 운이 좋은 거라고도 할 수 있겠군요. 그래도 요즘은 기분이 좋아요. 선원들이 겁이 없는 데다 가만 보면 의지가 확고하거든요. 하나 지나치고 나면 금세 또 앞에 나타나길 반복하는 유빙만 봐도 저희가 얼마나 위험한 지역으로 향하고 있는지 훤한데 그 누구도 낙담하지 않는다니까요. 저희는 벌써 꽤 높은 위도에 와 있어요. 하지만 때가 한여름이다 보니 잉글랜드만큼 따뜻하진 않다고 해도 여기에서 역시 남풍을 맞을 수 있어요. 덕분에 제가 간절히 바라는 북극의 상륙지를 향해 속력을 낼 수 있고, 기대하지도 못했던 따스한 공기를 들이켤 수도 있지요.

아직 서신으로 전할 만큼 큰 문제가 생긴 적은 없어요. 한두 번쯤 돌풍을 맞은 것과 배에 한 번 물이 샜던 것 정도가 그나마 사건이라 할 만한 것이겠지만, 노련한 뱃사람들에게 그런 건 기록으로 남기는 것조차 잊을 만큼 사소한 일이거든요. 남은 항해에서 이보다 큰 일이 일어나지 않는다면 좋을 텐데요.

이만 줄이겠습니다, 마거릿 누님. 누님뿐 아니라 저 자신을 위해서라도 경솔히 위험을 초래하지 않을 테니 안심하세요. 침착하게, 늘 안전을 고려하며, 신중히 행동할게요.

그래도 어찌하건 이런 제 노력은 응당 성공이란 결실을 보게 될 거예요. 왜 아니겠어요? 저는 길도 없는 바다에서 안전한 길을 찾으며 이 먼 곳까지 왔습니다. 저 별들이 제 성취의 증인이자 증거예요. 사람 손이 닿지 않은 야생이라 해도 이렇게 쉽게 길을 내어 주는 저곳으로 계속 나아가지 않을 이유가 있나요? 그 무엇이 사내의 확고한 다짐과 단호한 의지를 막을 수 있단 말입니까?

가슴이 벅차올라 저도 모르게 속에 있던 말을 쏟아 내고 말았네요. 이제는 정말로 글을 끝맺어야겠습니다. 사랑하는 누님에게 하늘의 축복이 있기를 기원합니다!

R. W.

편지 4

17××년 8월 5일

어쩌면 이 서신이 누님에게 도착하기 전에 제가 먼저 누님을 보러 갈지도 모르지만, 그래도 너무 이상한 일이 있었기에 글로 쓰지 않을 수 없군요.

지난주 월요일(7월 31일)에 저희 배 주변으로 빙하가 쭉 둘러섰어요. 사방에서 빙하가 접근해 오는 통에 배는 옴짝달싹도 할 수 없었죠. 꽤 위험한 상황이었는데, 엎친 데 덮친 격으로 짙은 안개까지 저희를 둘러싸더군요. 달리 방도가 없어 저희는 일단 날씨나 공기의 흐름이 바뀌길 바라며 닻을 내렸습니다.

2시쯤 안개가 걷혔어요. 그러면서 사방으로 펼쳐진 끝을 가늠할 수 없이 광활한 빙원, 높이가 제각각인 빙하를 목도하게 됐지요. 선원들 몇몇은 신음을 내뱉었고, 나 역시 걱정에 사로잡혀 신경이 곤두섰습니다. 그때 갑자기 기이한 광경이 저희의 시선을 끌었어요. 순간 저희는 저희가 처한 상황도 잊어버렸죠. 800미터 정도 떨어진 곳에서 낮은 수레를

단 개 썰매가 북쪽으로 나아가고 있더라고요. 개들의 목줄을 잡고 썰매를 끄는 건, 사람처럼 생겼지만 평범한 사람이라기엔 거인처럼 큰 누군가였어요. 저희는 그가 멀리 보이는 높은 빙하 뒤로 사라질 때까지 망원경을 통해 그가 빠르게 나아가는 걸 지켜보았어요.

사람처럼 보이는 존재의 출현에 모두가 놀라움을 금치 못했지요. 저희는 수백 킬로미터 이내에 그 어떤 땅도 없다고 믿고 있었거든요. 하지만 그 유령 같은 존재가, 저희가 생각하는 것보다 가까이에 육지가 있을 수도 있다는 가능성을 보여 준 거예요. 뭐, 그렇다고는 해도, 빙하에 갇힌 저희로서는 잔뜩 집중해서 그의 모습을 지켜볼 뿐, 그를 쫓아가기란 불가능했죠.

그 일이 있고서 두 시간쯤 지난 후 얼음 아래로 큰 물결이 지나가며 잔물결 치는 소리가 들리더군요. 그리고 저녁이 되기 전에 주위의 얼음판이 깨지더니 배를 움직일 수 있는 공간이 생겼어요. 하지만 저희는 아침이 될 때까지 계속 정박하기로 했습니다. 얼음판이 깨지면서 생긴 유빙 중에는 크기가 엄청난 것도 있었는데, 밤중에 어둠 속에서 그런 유빙과 부딪히기라도 하면 큰일이니까요. 덕분에 몇 시간 정도 쉴 짬이 생겼죠.

날이 밝자마자 갑판으로 올라가 보니 온 선원들이 한쪽

뱃전에 우르르 모여 있더군요. 바다에 있는 누군가와 얘기를 하는 모양새였고요. 간밤에 저희 쪽으로 큰 유빙이 흘러왔는데, 그 위에 저희가 전날 보았던 것과 비슷한 썰매가 있었나 보더라고요. 썰매견은 한 마리 빼고 다 죽었지만, 사람은 살아 있었어요. 저희 선원들은 그를 우리 배에 태우려고 설득 중이었지요. 전날 보았던 자는 미지의 땅에 사는 원주민 같았는데, 그와는 달리 유빙 위에 있던 자는 유럽 사람이었어요. 제가 나타나자 선장이 이렇게 말했습니다.

"이분이 우리 배의 대장이오. 이분은 당신이 망망대해에서 비명횡사하도록 놔두지 않을 거요."

그 이방인은 저를 쳐다보더니 생소한 억양이지만 알아들을 수 있는 영어로 이렇게 말하더군요.

"승선 전에 먼저, 어디로 향하시는지 여쭙고 싶소."

풀 한 포기 없는 얼음 조각 위에서 조난된 자에게 이 질문을 받았을 때 제가 얼마나 놀랐을지 누님도 짐작하실 수 있을 겁니다. 그에게 제 배는 억만금을 준다 해도 바꾸지 않을 생명줄과 마찬가지 아닐까요? 당연한 얘기이지만 저는 그렇게 생각할 수밖에 없었어요. 그래도 질문에 대답은 해주었죠. 우리는 탐사를 위해 북극으로 향하는 중이라고요.

제 대답이 흡족했는지 그는 저희 말에 따라 승선하기로 했습니다. 맙소사! 마거릿 누님, 생사를 오가는 상황에서 조건을 따지며 가까스로 자기 목숨을 구하는 이 남자를 누님이 직접 보았다면 아마 너무 놀라 한동안 말을 잇지 못했을 겁니다. 그는 사지가 거의 얼다시피 했고, 피로와 고역으로 몸은 쇠약해질 대로 쇠약해진 상태였으니까요. 저는 그 정도로 피폐한 사람을 본 적이 없어요. 저희는 그를 선실로 데려가려 했지만, 그는 실내에 들어가자마자 실신했지요. 어쩔 수 없이 저희는 다시 그를 갑판으로 데려 나온 뒤 브랜디로 그의 몸을 문지르고 브랜디를 몇 방울씩 입에 떨어트리며 정신을 차리게 했어요. 그가 살 수 있을 것 같은 조짐을 보이자마자 저희는 그를 담요로 둘둘 말고 조리실 화덕의 굴뚝 근처에 데려다 놨고요. 서서히 기운을 되찾은 후에 수프를 조금 먹더니 그는 완전히 정신을 차렸습니다.

그 상태로 꼬박 이틀이 지나서야 그는 말을 할 수 있게 됐어요. 그사이 저는 그가 고통 탓에 정상적인 사고력을 잃어버린 것일까 봐 수시로 걱정했고요. 그가 어느 정도 회복했길래 저는 그를 제 선실에 데려다 놨어요. 그리고 시간이 날 때마다 그를 들여다보며 돌보았지요. 그처럼 흥미로운 존재는 처음 봤어요. 그의 두 눈에는 대개 사나움이, 심지어 광기까지도 어려 있거든요. 그런데 누군가가 그에게 친절을 베풀거나 아주 사소한 부탁이라도 들어주는 경우라면 말 그대로 그의 얼굴이 환해져요. 너그러움과 따뜻함을 가득 내보이는 그 환한 얼굴, 그런 얼굴은 정말 지금껏 단 한 번도 본 적이 없다니까요. 하지만 평소라면 그는 우울하거나 절망에 빠진 표정이죠. 이따금 그를 짓누르는 고민의 무게를 견딜 수 없다는 듯 이를 갈기도 하고요.

그가 좀 나아진 상태로 제 선실에 묵는 사이, 저는 그에게 이것저것을 캐물으려고 찾아오는 선원들을 돌려보내느라 난감할 지경이었죠. 그가 제대로 된 휴식을 취해야만 몸과 마음도 회복된다는 게 명백한 상황에서 사람들의 한가한 호기심에 시달리게 둘 순 없잖아요. 그래도 결국 한 번은 부선장이 그에게 질문한 적이 있어요. 어쩌다 그 기이한 썰매를 타고 이토록 먼 곳까지 오게 되었는지 말이에요.

순간 그의 얼굴이 침울해지더니 이렇게 대답했습니다.

"도망친 놈을 찾으러 왔소."

"그 도망쳤다는 놈도 나리가 타고 온 것과 같은 걸 타고 도망치는 겁니까?"

"그렇소이다."

"그렇다면 저희가 본 자가 그 도망쳤다는 놈인 것 같은데. 나리가 구조되기 전날 웬 사내가 개 썰매를 몰고 빙원을 가로지르는 걸 봤거든요."

부선장의 말이 그의 관심을 끌었는지, 그가 질문 세례를 퍼붓기 시작했어요. 그 괴물의 행방에 관한 질문이었는데,

그는 자신이 쫓는 자를 괴물이라고 칭하더군요. 얼마 후 그와 저, 둘만 남게 되자 그가 입을 열었습니다.

"당신도 친절한 다른 선원들과 마찬가지로 내게 묻고 싶은 게 많을 줄 아오. 하지만 당신은 섣불리 질문하지 않는 신중한 성격이구려."

"그렇습니다. 제 호기심 채우자고 당신을 괴롭히는 건 매우 무례할 일일뿐더러 비인간적인 처사라고 생각하기 때문입니다."

"하지만 당신은 비상식적이고 위험한 상황에서 나를 구해 줬소. 죽어 가던 나를 살려 주는 자비를 베풀었고 말이오."

곧이어 그는 얼음이 깨질 때 자기가 쫓는 자의 썰매도 부서졌을 것 같지 않으냐고 물었죠. 저는 어떤 것도 확신할 수 없다고 대답했어요. 빙원 쪽의 얼음이 깨지기 시작한 건 자정이 다 되었을 무렵이었고, 그때쯤이면 이미 달아나던 자가 안전한 지점에 도달했을 수도 있으니까요. 그건 제가 판단할 수 있는 문제가 아니었어요.

제가 그의 질문에 대답하는 사이 초췌한 그의 육신에 생기가 돌기 시작했어요. 그는 저희가 이전에 봤다는 그 썰매가 다시 보이진 않는지 확인하기 위해 갑판으로 나가려 안달이었죠. 저는 간신히 그를 설득해 선실에 붙들어 두었어요. 그는 지금 거친 바깥 공기를 마시기에 너무 쇠약한 상태거든요. 대신 다른 사람을 시켜 주위를 지켜보게 하고, 만약 무언가라도 나타나면 곧바로 그에게 알려 주겠다고 약속했어요.

여기까지가 근자에 일어난 기이한 사건의 기록입니다. 그의 상태는 점점 나아지고 있지만, 저 아닌 다른 사람이 그를 찾아오면 입도 잘 열지 않고 불안해해요. 그러는 와중에도 예의 바르고 친절해서, 선원들 모두는 그와 말 몇 마디 주고받지도 못했으면서 그에게 관심을 쏟아요. 저로 말할 것 같으면, 저는 그를 형제처럼 아끼게 되었어요. 그의 깊은 시름이 계속되는 걸 지켜보자니 안타깝기도 하면서 한편으로 이해할 수 있을 것 같기도 하고요. 이토록 비참한 상황에서도 그가 이렇게나 매력적이고 멋진 걸 보면, 이전의 그는 분명 대단한 사람이었을 거예요.

사랑하는 마거릿 누님, 제가 이전에 쓴 서신에서 이 넓은 바다에서 벗을 찾을 수 없을 거라고 한 적이 있지요. 그런데 찾았습니다. 마음의 형제로 둘 수 있는 사람을 찾았는데 기뻐야 마땅하죠. 그의 영혼까지 절망에 잠기기 전에 그를 만난 게 다행이에요.

전할 만한 일이 생기면 이 이방인에 관한 이야기를 이어 갈게요.

이 이방인에 대한 제 애정은 나날이 커져만 갑니다. 그는 저로 하여금 믿을 수 없을 만큼 큰 존경심을 가지게 함과 동시에 엄청난 연민을 느끼게 해요. 이토록 훌륭한 존재가 절망에 망가져 버린 걸 어떻게 슬퍼하지 않을 수 있겠어요? 그는 정말로 다정하면서도 매우 현명해요. 제대로 된 교육을 받은 사람이라고요. 세심하게 고른 단어만 사용하면서도 머뭇거림 없이 유창하고 비할 데 없이 설득력 있어요.

그는 이제 꽤 회복해서 계속 갑판 위에 있어요. 분명 그를 앞섰던 그 썰매를 찾는 거겠죠. 그는 유쾌한 상태라고 할 수 없지만 그래도 절망에 푹 빠져 있지는 않아요. 저희의 목표에도 큰 관심을 보이거든요. 저와도 종종 대화하는데, 그와 얘기할 때 저는 그 어떤 것도 숨기지 않아요. 제가 말하는 궁극적인 성공이 무엇인지, 제가 그 목표를 위해 어떤 식으로 일을 진행해 왔는지, 그 모든 이야기를 그는 세심하게 들어 주고 살펴 줬어요. 그가 제 마음을 알아주자 저는 이내 가슴에 품은 말들을 꺼내 놓고, 뜨겁게 타오르는 열정을 표출했죠. 그리고 열의에 가득 차서는 제 계획대로 일을 진척시키기 위해서라면 저는 기꺼이 가진 재산도, 저 자신도, 제가 가진 모든 희망도 다 내놓을 수 있다고 말했어요. 제가 그토록 찾아 헤맨 지식을 얻기 위해서, 인류가 맞서야 하는 자연의 섭리를 지배하기 위해서, 한 사람의 목숨 정도는 값싼 대가니까. 제가 이렇게 말하는 사이 그의 낯빛이 서서히 어두워지더군요. 그가 양손을 눈가에 가져다 대는 걸 보고 처음에 저는 그가 감정을 억누르려는 줄 알았어요. 하지만 그의 손가락 사이로 눈물이 주르륵 흘러내리자 제 생각이 틀렸다는 생각에 제 목소리도 떨리기 시작했죠. 그는 가슴을 들썩이며 신음을 토해 내더군요. 저는 말을 멈췄어요. 그가 평소와 다른 말투로 느릿느릿 말을 이어 갔기 때문이에요.

"이런 불행한 사람 같으니라고! 당신도 나와 같은 광기를 가진 거요? 당신 역시 한 모금에 취해 버릴 그것을 들이켠 거냐고. 잘 들어 보오. 내 얘기를 들려주리다. 이 얘기를 들으면 당신은 입술에 대고 있는 그 잔을 내동댕이치게 될걸!"

그 말이 제 호기심을 얼마나 자극했을지 누님도 짐작하시겠지요. 하지만 약해진 그의 체력은 그를 사로잡은 슬픔이 쏟아져 나오는 걸 버텨 내지 못했어요. 몇 시간 동안 휴식을 취하며 저와 평범한 대화를 나눈 뒤에야 그는 평정을 되찾을 수 있었습니다.

격한 감정을 가라앉히고 나자 그는 감정의 노예가 되어 버렸던 스스로가 경멸스러운 눈치였어요. 그는 자신을 사로잡았던 절망을 몰아낸 후 대화를 시작하면서 다시금 제 개

인사를 화두로 던지더군요. 그는 제게 어린 시절이 어땠느냐고 물었습니다. 어린 시절 이야기는 금세 끝났어요. 하지만 그 이야기로 인해 여러 생각이 머리를 스쳤죠. 저는 벗을 얻고자 했던 내 소망과 이제껏 내가 가졌던 것보다 더 끈끈한 교감을 나누고자 하는 갈망을 털어놓았습니다. 그런 축복을 누리지 못하는 사람은 행복할 수 없다는 생각도 그에게 말했고요.

그는 제 말에 이렇게 대답했어요.

"나도 그렇게 생각하오. 우리는 만들어지다 만 불완전한 존재요. 우리보다 더 현명한, 더 나은, 더 소중한 존재가 도움의 손길을 내밀어 우리가 날 때부터 가진 나약함과 결점을 없애 주지 않는 한 우리는 결코 완전해질 수 없겠지. 우리를 완전하게 만들어 주는 존재가 모름지기 벗 아니겠소. 내게도 한때는 벗이 있었소. 그 누구보다 훌륭한 사람이었소. 그 덕에 내가 이렇게 우정에 관해 이야기할 수 있는 거요. 당신에겐 희망이 있고, 나아갈 세상이 눈앞에 있소. 당신에겐 절망할 이유가 없소. 하지만 나는, 나는 모든 것을 잃었고, 삶을 새로이 시작할 수가 없소."

이렇게 이야기하는 사이 그의 얼굴에 고요하고 잔잔한 슬픔이 자리를 잡았습니다. 그의 심정을 이해할 수 있을 것 같았어요. 하지만 그는 이후로 입을 꾹 닫더니 이내 선실로 들어가 버렸습니다.

그처럼 상심하고서도 자연의 아름다움을 깊이 느낄 수 있는 사람은 없을 거예요. 별이 가득한 하늘, 바다, 그리고 이 경이로운 곳의 풍경 하나하나가 잔뜩 가라앉은 그의 기분을 좀 나아지게 만드는 것 같거든요. 그와 같은 사람은 양면성을 지니지요. 절망에 신음하고 자포자기할 때도 있지만, 세상사를 등지고 본연의 모습으로 돌아갔을 땐 후광 속에 자리 잡은 천상의 존재가 되는 거예요. 슬픔이나 어리석은 무모함 따위는 그 후광을 비집고 들어갈 수 없으니까요.

이 고귀한 방랑자에 관한 저의 열렬한 표현을 보고 설마 웃은 건 아니죠, 누님? 누님이 그를 직접 봤다면 웃을 수 없을 거예요. 누님은 제대로 된 교육도 받았고, 독서를 통해 다양한 지식도 쌓은 데다, 속세를 버린 분이니 어떤 면에선 다소 까다로운 거 알아요. 하지만 바로 그런 점 때문에 누님은 이 놀라운 사람의 특별한 장점을 더 높게 평가하게 될걸요. 가끔은 그가 가진 어떤 자질 때문에 이제껏 제가 알던 그 누구보다 그가 이토록 대단해 보이는지 알아내려고 끙끙대기도 해요. 제 생각에 그건 본능적인 안목, 빠르지만 절대 틀리는 법이 없는 판단력, 타의 추종을 불허할 정도로 명쾌하고 정확하게 원인을 파악하는 통찰력, 그런 것이 아닐까 해요. 거기다 영혼을 사로잡는 음악처럼 다채로운 억양이

가미된 표현과 목소리까지 더해야겠네요.

17××년 8월 19일

어제는 그가 이렇게 말하더군요.

"월턴 대장, 당신은 쉽게 알아차렸을 수도 있겠소. 내가 비할 데 없이 엄청난 불행에 고통 받고 있다는 걸 말이오. 한때는 이 끔찍한 기억을 죽을 때까지 묻어 두겠다고 다짐했었소. 하지만 당신 때문에 마음이 바뀌었다오. 당신은 내가 한때 그랬던 것처럼 지식과 지혜를 얻으려 하오. 나는 그대의 소망이 나의 소망과는 달리, 이뤄지는 순간 독사의 송곳니가 되어 그대를 다치게 하지 않길 진심으로 바라오. 내게 얽힌 이 재앙을 알려 주는 게 당신에게 도움이 되는지는 모르겠소. 하지만 당신은 나와 같은 길을 택했고, 지금 나를 이렇게 만든 것과 꼭 같은 위험에 자신을 내던지고 있는 것 같소. 어쩌면 내 얘기를 듣고서 당신이 적절한 교훈을 얻을지도 모르지. 언젠가 당신이 원하는 바를 이룬다면 그 교훈이 나아갈 방향을 알려 줄 수 있소. 당신이 원하는 바를 이루지 못한대도 그 교훈은 당신에게 위안이 될 거요. 자, 꽤 놀라운 이야기니 마음의 준비를 단단히 하시구려. 우리가 평범한 장소에서 만났더라면 나는 이런 얘기를 꺼냈다가 당신이 내 말을 거짓으로 여기진 않을까, 나를 비웃진 않을까 염려했을 거요. 하지만 자연이 가진 다양한 힘을 알지 못하는 그저 그런 곳에서는 우스갯소리에 불과하다고 여길 것들이, 황량하고 신비로운 이 지역에서라면 가능한 이야기로 느껴질 테지. 그리고 내가 얘기하는 여러 사건이 진실이라는 증거는 내 이야기를 들으면서 확인할 수 있을 거라 믿어 의심치 않소."

누님이라면 제가 그의 사연을 듣게 되어 얼마나 기뻤을지 쉽게 상상할 수 있을 거예요. 그렇지만 그가 자신의 불행한 사연을 읊으며 그때의 슬픔을 재차 느껴야 할 거란 생각에 마음이 편치만은 않더군요. 그의 얘기를 듣고 싶은 열망은 어마어마했죠. 호기심 때문이기도 했지만, 제가 가진 힘으로 가능하다면 그를 돕고 싶은 마음도 있었습니다. 저는 이런 심정을 있는 그대로 말했어요.

"마음은 고맙구려. 하지만 도움은 필요 없소. 내 삶은 이제 막바지라오. 나는 단 하나의 사건만 기다리고 있고, 그 후에야 나는 평안에 잠겨 눈을 감을 거요. 당신의 기분은 이해하오."

그가 얘기하는 도중에 끼어들어서라도 하고 싶은 말이 있었는데, 그는 이런 저를 눈치챘으면서도 계속해서 얘기를 이어 갔어요.

"하지만 그런 기분을 느낄 이유가 없소, 친구. 아, 당신을 편히 부르는 걸 허락해 준다면 앞으로 친구라고 부르겠소. 내 운명은 그 무엇으로도 바꿀 수 없소이다. 내가 살아온 얘기를 들어 보면 내 운명이 얼마나 확고하게 정해졌는지 알 수 있을 거요."

그는 다음 날 제가 쉴 수 있을 때 이야기를 시작하겠노라고 말했어요. 제 입장까지 고려해 주다니 고마울 따름이었죠. 저는 매일 밤 쉴 겨를이 생길 때마다 낮에 들은 그의 이야기를 가능한 한 있는 그대로 기록해 두기로 마음먹었습니다. 바쁠 땐 간단히 쪽지라도 써 둘 생각이고요. 이 기록이 누님에게 다른 어디서도 느끼지 못할 재미를 선사할 것임은 분명합니다. 하지만 그를 알고, 그에게서 직접 이야기를 들은 저로서는 먼 훗날 이 글을 읽으며 어떤 즐거움과 연민을 느끼게 되는지요! 이렇게 글을 써 내려가는 지금도 그의 듣기 좋은 목소리가 귓가에 쟁쟁하며, 어쩐지 서글픈 애정을 담은 빛나는 그의 눈동자가 눈앞에 어른거려요. 그가 여윈 손을 들어 올리는 게 보이는 것 같아요. 아, 맑은 그의 영혼이 그 얼굴을 환히 비추네요. 그가 살아온 이야기는 틀림없이 기묘하면서도 처절할 거예요. 끔찍한 폭풍우는 진로를 막아선 용감한 선박을 냅다 집어 던져 부숴 버리잖아요. 어쩌면 그의 이야기도 그럴지 모르죠!

제1장

나는 제네바 사람Genevese으로, 우리 가문은 제네바 공화국[9]에서 가장 유명한 가문 중 하나요. 내 선조들은 오랜 세월 동안 원로 아니면 최고법원의 판사였고, 내 아버지 역시 명성을 떨치며 여러 고위 공직을 거쳤지. 아버지는 공무를 처리하는 데 있어 끈기 있고 정직했기 때문에, 아버지를 아는 모든 사람으로부터 존경을 받았소. 아버지는 나랏일만 하면서 젊은 시절을 보냈다오. 여러 상황이 겹쳐서 이른 나이에 결혼하진 못했지만, 그렇다고 다 늙어서야 가정을 꾸리고 자식을 본 건 아니었소.

아버지가 결혼하게 된 상황이 아버지의 성격을 잘 보여주기 때문에 그 부분을 건너뛸 수가 없구려. 아버지의 절친한 벗 중에는 상인이 하나 있었소. 사업이 번창했을 땐 꽤 부유한 사람이었으나, 여러 불운을 겪으며 몰락의 길로 들

---

9   1309년 제네바는 주교의 관할권을 침해하지 않는다는 조건으로 주민 자치를 위한 위원회를 구성해 구 제네바 공화국을 건립했다. 이후 1541년 장 칼뱅이 교회법령을 제정하면서 시 의회와 협의하여 제네바 공화국을 선포했다. 제네바 공화국은 1798년 프랑스에 합병되었다가 1813년 독립하였고, 1815년 스위스 연방에 가입했다.─옮긴이

어서 끝내 빈털터리가 되어 버린 사람이었소. 보포르Beaufort
란 성을 가진 사내였는데, 성미가 고집스럽고 자존심이 셌기
에 한때 떵떵거리며 살던 곳에서 보잘것없는 사람으로 가난
에 허덕이며 사는 걸 견디지 못했지. 그는 명예를 지키기 위
해 당당히 빚을 청산한 뒤 딸을 데리고 루체른으로 건너가
쥐죽은 듯 비참한 삶을 연명했소. 내 아버지는 보포르를 진
심으로 아꼈기에 그가 그토록 불운한 상황에서 몰락한 것
을 심히 안타까워했다오. 벗이 자존심을 지키기 위해 우정
마저 버렸다는 사실에 씁쓸해하며 탄식했고 말이오. 아버지
는 벗이 재기할 수만 있다면 재산도 그 어떤 도움도 아끼지
않을 생각이었소. 아버지는 그를 찾기만 하면 어떻게든 설득
할 수 있을 거란 희망을 품고 곧바로 벗을 찾아 나섰소.

　보포르가 꼼꼼히도 자취를 숨긴 탓에 아버지가 그의 거
취를 알아내는 데까지 열 달이 걸렸다오. 이 정보를 얻자마
자 아버지는 로이스강 근처에 있는 빈민가로 급히 달려갔소.
하지만 아버지를 맞이한 것은 불행과 절망뿐이었소. 빚을
탕감한 이후 보포르에게 남은 돈은 정말 얼마 되지 않았지
만, 그걸로 몇 달 정도는 버틸 수 있었기에 그사이 그는 아
무 상인의 집에서라도 괜찮은 일자리를 구할 수 있기를 바
랐던 모양이오. 그렇게 바라기만 하면서 시간을 보냈으니 형
편은 달라질 게 없었지. 한가하니 시름만 깊어졌고, 그 시름

이 그의 정신을 좀먹어, 고향을 떠난 지 석 달째가 됐을 때 그는 끝내 병상에 누워 아무 일도 할 수 없는 신세가 되어 버렸소.

보포르의 딸이 지극정성으로 그를 보살폈지만, 그녀도 도움의 손길을 기대할 수 없는 상황에서 남은 돈이 빠르게 줄어드는 걸 절망스럽게 여기지 않을 수 없었소. 하지만 보포르의 딸 캐롤라인 보포르는 뭇 처자들과 달랐소. 그녀는 역경을 이겨 내기 위해 용기를 냈소. 기술 없이도 할 수 있는 잡일을 어렵사리 구한 거요. 그녀는 생계를 유지하기 위해 한 푼이라도 벌려고 짚을 짜는 등 온갖 잡일을 맡았소.

그런 상태로 몇 달이 흘렀소. 보포르의 상태는 날이 갈수록 악화됐고, 캐롤라인은 그를 돌보느라 일하는 시간도 줄여야 했소. 그렇게 고향을 떠난 지 열 달이 지났을 때 보포르가 딸의 품에 안겨 숨을 거두었고, 홀로 남은 딸 캐롤라인은 돈 한 푼 없는 고아가 되어 버렸소. 어떻게든 버텨 보려던 캐롤라인이 끝내 무너져 보포르의 시신 앞에 무릎 꿇고 서럽게 오열하고 있던 그때, 바로 그때 내 아버지가 그 방에 들어섰소. 아버지는 그 가엾은 처자에게 도움의 손길을 내밀었고, 그녀는 기꺼이 그 도움을 받아들였소. 벗의 장례를 치른 후 아버지는 그녀를 제네바로 데려와 본가에 맡겼소. 그리고 두 해가 지난 후 두 사람은 부부가 되었소.

내 부모의 나이 차가 꽤 크긴 했지만, 오히려 그런 점 때문에 두 사람은 더욱 서로에게 헌신적인 애정을 쏟았소. 아버지는 뭐든 정확하게 처리하는 성격이었기에 모든 것에 자신만의 기준을 가지고 있었는데, 사랑하는 사람에겐 모든 걸 퍼 줘야 한다고 생각했던 모양이오. 어쩌면 어머니를 만나기 전에, 아버지는 받기만 하는 사랑이 가치가 없다는 사실을 뒤늦게 깨닫고 괴로워하다가 어떤 식으로든 애정을 표현하려는 의지에 더 큰 가치를 두게 되었을 수도 있소. 아버지는 어머니에게 늘 고마워하며 열렬한 사랑을 표현했소. 어린아이를 애지중지하는 그런 느낌과는 달랐소. 어머니에 대한 아버지의 애착은 어머니만이 가진 미덕과 또 한편으로 어머니가 견뎌 내야 했던 시련의 시간을 보상해 주고자 하는 열망에서 비롯된 것이었으니까. 물론 이런 점 때문에 어머니 앞에서 아버지의 태도는 더할 나위 없이 정중했고 말이오. 모든 것은 어머니가 바라는 대로, 어머니에게 맞춰서 마련되었소. 이국에서 들여온 어여쁜 식물을 정원사가 고이고이 키우는 것처럼, 아버지는 어머니가 행여 거친 바람이라도 맞을까 염려하며 매 순간 어머니를 보호하려 애썼다오. 어머니에게 기쁨을 줄 수 있는 것들로만 주위를 채우기도 했소. 한편 어머니는 숱한 시련을 겪고도 강건히 평정을 유지했지만, 육체의 건강은 지켜 내지 못했소. 아버지와 어머니가 제네바로 돌아온 뒤 결혼할 때까지 2년이란 시간 동안 아버지는 맡고 있던 일을 조금씩 줄이기 시작했소. 그리고 결혼하자마자 두 사람은 따뜻한 기후의 이탈리아로 떠났소. 바뀐 풍경, 경승지 여행의 재미, 이런 것이 어머니의 건강을 회복시켜 주길 바라며 말이오.

이탈리아에 머물던 아버지, 어머니는 그다음으로 독일과 프랑스를 방문했소. 장남인 나는 나폴리에서 태어났기에 갓난아기인 채로 두 사람의 여행길에 동행하게 되었다오. 수년간 내게는 형제자매가 없었소. 내 부모는 서로를 아끼는 것만큼이나 내게도 끝없이 샘솟는 애정을 보여 주었소. 마치 무궁무진한 애정이 묻힌 광산을 가진 것 같았달까. 나를 향한 어머니의 따뜻한 손길과 아버지의 온화한 미소가 내 최초의 기억이니 말이오. 나는 두 사람의 인형이자 우상이었고, 그 이전에 하늘이 선한 사람으로 키워 내라고 선사한, 아무것도 할 줄 모르는 순결한 존재, 두 사람만의 자식이었소. 내 부모는 내 운명이 행복으로 향할지 절망으로 향할지가 자신들의 손에 달린 것처럼 부모의 의무를 성실히 해냈소. 자신들의 힘으로 만들어 낸 생명에 대해 의무가 있다는 걸 깊이 이해하고 있었기에 내 부모는 애정뿐 아니라 교육에도 힘을 쏟았다오. 어땠을지 짐작이 가지 않소? 갓난아기 시절부터 나는 매시간 인내와 관용, 자기 절제를 배웠소. 어린 나에게는 놀이로만 여겨지는 행위를 통해 비단길 걷듯 교육을 받은 거요.

오랫동안 나는 부모의 사랑을 독차지했소. 어머니는 딸을 간절히 원했지만, 여전히 자식은 나 하나였기 때문이오. 내가 다섯 살쯤 되던 무렵, 우리는 이탈리아의 국경 너머의 지역을 여행하다 일주일 정도 코모호 호숫가에 머무르게 됐소. 내 부모는 평소 형편이 어려워 보이는 집이 있으면 잠시라도 들러 작은 도움이라도 건네는 성격이었다오. 내 어머니에게는 고통 받는 사람들에게 수호천사가 되어 주는 것이 의무, 아니 그보다 일종의 간절함, 열의 같은 것에 가까웠고 말이오. 어머니가 겪었던 일, 곤경에서 벗어날 수 있었던 이유, 이런 걸 생각해 보면 당연하다고 해야겠지. 어느 날 호숫가에서 산책하던 내 부모는 골짜기 깊숙한 곳에 있는 낡은 오두막을 발견했소. 오두막의 상태는 처참했소. 집 주위에는 헐벗다시피 한 아이들 여럿이 모여 있었소. 그것만 봐도 그들의 어려운 형편은 쉬이 짐작할 수 있었소. 아버지가 밀라노에 볼일이 있어 잠시 자리를 비운 사이 어머니는 나를 데리고 그 집을 방문했소. 고된 일을 하다 들어온 것 같은 소작농과 그의 부인이 허리를 굽힌 채로 바닥에 앉아 얼마 되지도 않는 음식을 다섯 명의 아이들에게 찔끔찔끔 나눠 주고 있더구려. 그중 한 아이가 어머니의 시선을 끌었소. 그 아이는 그 가족과 아예 다른 종족 같았다오. 다른 네 명의 아이들은 짙은 색의 눈동자에 몸도 다부져서 꼭 어린 동냥아치 같았는데, 그 아이는 가냘픈 데다 무척이나 어여뻤소. 머리칼도 눈부신 금발이어서 허름한 옷을 걸치고 있는데도 마치 그 아이의 머리에만 왕관이 씌워져 있는 것처럼 보일 지경이었다니까. 눈썹은 숱이 풍성하면서도 가지런했고, 파란 눈동자는 티끌 하나 없이 맑았으며, 입술도, 아니 그 얼굴 전체가 황홀경을 보여 주고 있었소. 그 아이가 이 세상 사람이 아니라고, 천사라고, 그 모습 하나하나에 천국의 기운이 담겨 있다고, 그 아이의 얼굴을 마주하고도 이런 찬사를 늘어놓지 않는 사람은 이 세상에 없을 거요.

내 어머니가 그 사랑스러운 소녀를 경탄의 눈으로 바라보며 시선을 떼지 못하자, 이를 알아챈 소작농의 아내가 성심성의껏 소녀의 내력을 설명하기 시작했소. 소녀는 소작농 부부의 자식이 아니라 밀라노 귀족의 딸이더구려. 소녀의 모친은 독일인이었는데 그녀를 낳다가 죽었다고 했소. 소작농 부부는 소녀가 태어날 때쯤 형편이 괜찮은 편이었기 때문에 당시에는 귀족의 아이를 맡아서 돌보기도 했던 모양이오. 당시는 소작농 부부가 결혼한 지 얼마 되지 않아 막 첫째를 얻었을 때였소. 소녀의 아버지는 이탈리아 고대의 영광을 배우며 자란 이탈리아 사람이었다고 하오. 잠들지 못하는 노예들,[10] 그 이름으로 독립을 위해 투쟁하는 사람 중 하나였던 거요. 그는 소작농 부부에게 딸을 맡기고 조국의 자유를 얻기 위해 온몸을 내던졌소. 하지만 끝내 그는 힘없는 속국의 희생자가 되어 버렸소. 그가 죽은 건지 오스트리아의 지하 감옥에 갇힌 건지 아는 사람은 없었고 말이오. 그의 재산은 오스트리아가 몰수했고, 그의 하나뿐인 딸은 유산 한 푼 받지 못한 채 고아가 되었소. 소작농 부부는 계속 소녀를 친자식처럼 키웠고, 그렇게 소녀는 다 쓰러져 가는 그 집에서 검은 딸기나무 사이에 핀 장미보다 아름답게 자라났소.

내가 그 소녀와 함께 당시 우리 가족이 머물던 숙소에서 놀고 있을 때 밀라노에 갔던 아버지가 돌아왔소. 그때 아버지도 그림 속의 천사보다 아름다운 아이를 보게 되었소. 얼굴에서는 빛이 나고 언덕을 뛰노는 영양보다 더 가볍게 움직이는 그 아이를. 영문을 알지 못했던 아버지는 얼마 지나지 않아 어머니에게서 그 아이의 사연을 전해 들었소. 아버지의 허락을 받은 어머니는 그 아이를 가족으로 들이기 위해 소작농 부부를 설득했소. 소작농 부부는 부모 잃은 그 아이

---

10   원문에는 이탈리아어로 기재되어 있으며, 영어로는 Slaves always fretting, 직역하면 '늘 동요하고 있는 노예들'이라고 번역된다. 본문에서는 속국의 분노를 표현하는 용어이자, 소녀의 배경을 설명하기 위한 요소로 사용되었다. 밀라노가 있는 롬바르디아 지역은 16~18세기 스페인, 오스트리아, 나폴레옹 순서로 지배를 받았으며, 1859년 이탈리아에 귀속되었다. 본문에서는 롬바르디아 지역이 오스트리아령일 때를 묘사하고 있다. 본문에서는 독립 운동을 좀 더 강조하기 위해 '잠들지 못하는 노예들'로 표현했다.-옮긴이

를 무척이나 아꼈소. 그들은 그 아이를 축복으로 여기는 것 같았거든. 그렇다고 그 아이가 호사를 누릴 수 있는데도 궁핍한 가정환경에 방치하는 것은 사리에 맞지 않잖소. 소작농 부부는 마을의 목사를 찾아가 조언까지 들은 뒤 마침내 결정을 내렸소. 엘리자베스 라벤차[11]는 내 부모의 수양딸이 되었소. 그녀는 내게 여동생, 그 이상의 존재였소. 내가 가진 모든 것, 내가 느낄 수 있는 모든 기쁨, 그 모든 것을 공유할 수 있는 아름답고 사랑스러운 짝꿍이었으니까.

모두가 엘리자베스를 사랑했소. 열렬히, 극진하다 싶을 정도로 모두가 그녀에게 애정을 쏟았소. 늘 그녀와 함께 있던 나는 그런 상황이 기쁘고 뿌듯했소. 그녀를 데려오기 전날 저녁, 어머니는 내게 장난기 가득한 말투로 이렇게 말했소.

"우리 빅터Victor를 위해 선물을 준비했단다. 내일이면 우리 빅터, 선물 받게 되겠네."

그리고 어머니는 다음 날, 선물이라며 엘리자베스를 데려왔소. 나는 어린 마음에 어머니의 말을 있는 그대로 이해하고선, 엘리자베스를 내 것으로 여겼소. 내가 아끼고, 사랑하고, 지켜 줘야 할, 나만의 존재. 이처럼 나는 그녀가 나의 소유라고 생각했으므로, 그녀가 받는 찬사 역시 나의 것으로

---

11   Elizabeth Lavenza. 엘리자베스 라벤차는《프랑켄슈타인》1818년도 초판에서 빅터 아버지 형제의 딸로 설정되었다. 이후 1831년도 개정판에서 그녀가 빅터의 사촌이라는 설정은 삭제되었으나, '사촌'이라는 단어가 등장하는 문장들의 일부가 미수정 상태로 남게 되었다.

받아들였소. 우리는 사촌이란 미명하에 서로를 형제자매처럼 친근하게 불렀소. 사실 그녀와 나의 관계는 어떠한 단어로도, 그 무엇으로도 표현할 수 없소. 죽을 때까지 나만의 것이어야 하는, 친누이보다 가깝고 소중한 존재, 그렇게밖에 말할 수 없구려.

제2장

    우리는 나이 차도 없었기에 함께 자랐소. 우리 사이에 갈등이나 반목 같은 게 없었다는 이야기는 굳이 할 필요도 없겠지. 우리의 관계는 조화 그 자체였소. 서로 다른 성격은 우리를 더 가까워지게 했소. 엘리자베스는 나보다 침착하고 집중력 있는 편인 데 반해 나는 열성적이어서 무언가에 흥미를 느끼면 그것에 심하게 몰두하거나 지식의 목마름에 헐떡이는 편이었달까. 그녀는 시인들이 공기 중에 흩뿌려 놓은 음률을 좇느라 바빴소. 우리가 스위스에서 머물 때 숙소 주위의 풍경이 장엄하고도 경이로웠거든. 보는 사람을 숙연하게 만드는 산세, 계절의 변화, 폭풍과 적막, 겨울의 고요, 알프스에서의 여름이 안겨다 주는 활기와 역동성, 그런 풍경 앞에서 그녀는 감격하고 기뻐할 충분한 기회를 얻었소. 그녀가 위용을 자랑하는 자연의 현상에 감탄하며 그에 관해 사색에 잠기는 사이, 나는 그런 현상의 원인을 탐구하느라 즐거워했소. 이 세상은 내게 어떻게든 밝혀내고 싶은 비밀이었기 때문이오. 호기심, 숨겨진 자연법칙을 알아내기 위한 진지한 연구, 그리고 끝내 내 앞에 펼쳐진 진리를 마주했을 때의 황홀감에 가까운 기쁨, 이것이 내가 기억하는 한 최초의 감각이라 하겠소.

나와 일곱 살 차이 나는 남동생이 태어나자 내 부모는 방랑 생활을 접고 고국에 정착했소. 우리 가족에겐 제네바에 저택 한 채와 벨르뷰[12]란 지역에 별장 한 채가 있었소. 별장은 제네바에서 5킬로미터 이상 떨어져 있었소. 우리는 꽤 긴 시간을 별장에서 지냈으니 내 부모는 속세로부터 거의 등을 돌린 셈이었다고 말할 수 있을 듯하오. 나는 또래 친구들과 우르르 몰려다니지 않는, 정말 친하다고 할 수 있는 사람과만 어울리는 성격이었소. 그러다 보니 학우 대부분에겐 별 관심이 없었소. 하지만 그런 와중에도 늘 붙어 다니는 단짝은 있었다오. 앙리 클레르발Henry Clerval은 제네바 상인의 아들이었소. 녀석은 상상력도 풍부하고 다재다능했소. 모험과 고난, 그리고 위험까지도 그 자체로 사랑했고 말이오. 연애담을 다룬 책이나 기사도 정신을 다룬 책은 닥치는 대로 읽더구려. 그는 영웅 서사시를 몇 개 써 보더니 중세 기사들이 마법의 세계에서 모험을 펼치는 이야기를 수도 없이 만들어

---

12   원문에는 Belrive로 표기되었으나, 영문판 각주에서는 해당 지역을 Bellerive로 설명한다. 현재 스위스에 Bellerive라는 지역이 있으나, 1864년판 지도에서 Bellevue를 Bellerive로 표기한 바 있고, 원문에서 설명하는 제네바 시와의 거리와 제네바호(레만호)에서의 위치를 고려할 때, 저자가 빅터 가족의 거처로 설정한 지역은 현재 Bellevue로 표기되는 벨르뷰로 판단된다.—옮긴이

내기 시작했소. 론세스바예스Roncesvalles의 영웅들[13]이나 아서 왕과 원탁의 기사들the Round Table of King Arthur, 이단자들에게 빼앗긴 성인의 무덤을 탈환하기 위해 피를 흘리는 기사들, 이런 기존의 인물들이 녀석이 쓰는 이야기의 등장인물이었소.

나만큼 행복한 어린 시절을 보낸 사람은 없을 거요. 내 부모는 온화하고 너그러운 사람들이었소. 우리에게 부모란 변덕에 따라 우리 운명을 쥐락펴락하는 폭군이 아닌, 우리에게 기쁨을 빚어 주는 조물주였다오. 다른 가족과 어울릴 때면 나는 내가 얼마나 운이 좋은 것인지 명확히 깨달을 수 있었다오. 덕분에 부모에게 감사하는 마음도 기를 수 있었소.

어릴 적 나는 이따금 성질을 부리거나 떼쓰기도 했는데, 가정환경 덕분인지 어찌하다 보니 그런 기질이 배움으로 향했소. 그건 분명 새로운 걸 가지고자 하는 아이의 유치한 욕망이 아니라 배움을 향한 열망이었소. 그리고 무분별하게 모든 것을 알고자 하는 것이 아닌, 특정한 분야에 관심을 쏟았소. 솔직히 말하자면 언어 구조나 사회제도, 다른 나라들의 정치제도, 뭐 이런 것들은 전혀 내 관심을 끌지 못했다오. 내가 알고 싶었던 것은 바로 하늘과 땅의 섭리였지. 물

---

13 론세스바예스 전투는 샤를마뉴의 전투 중 가장 유명한 전투이다. 샤를마뉴는 778년 스페인을 침략한 뒤 론세스바예스 고갯길을 통해 퇴각하다 매복 공격을 받았다. 이 전투에서 롤랑 백작이 보인 영웅적인 모습을 읊은 《롤랑의 노래》라는 영웅 서사시가 지금까지도 널리 알려져 있다.-옮긴이

질의 형태든, 자연의 구성 원리든 다 알고 싶었소. 인간에게 정말 영혼이 깃들어 있는지도 궁금했고 말이오. 이런 의문들은 대개 형이상학적이었고, 어쩌면 그보다 더 고차원적인 물리법칙의 비밀에 접근하는 것이었소.

한편 클레르발은 소위 인간관계에서 도출할 수 있는 윤리적 문제에 심취했소. 삶의 복잡다단한 무대, 영웅의 자질, 인간의 행위, 이런 것이 그가 다루는 주제였거든. 그는 인류를 위해 담대하게 한 몸을 바친 위인들처럼 자신의 이름도 그렇게 역사에 길이 남기를 진심으로, 온 마음 다해 바랐소. 엘리자베스는 성지를 밝히는 등불처럼 평온한 우리 집을 밝혀 주고 있었소. 그녀는 우리 모두를 이해해 주는 사람이었다오. 그녀는 우리를 축복하기 위해, 그리고 우리에게 기운을 불어넣기 위해 존재하기라도 하는 것처럼, 늘 그 자리에서 미소를 지어 주고, 포근한 목소리를 들려주고, 천사의 것처럼 달콤한 시선을 건네주었소. 상대로 하여금 모든 걸 내려놓고 넋을 잃게 만드는 사랑의 현신이나 다름없었달까. 연구를 해 나가면서 나는 침울한 사람이 될 수도 있었고, 타고난 성정으로 인해 거친 사람이 될 수도 있었소. 하지만 그녀가 늘 곁에 있어 줬기에 나는 조금씩 그녀의 온화함을 닮아갈 수 있었던 거요.

그럼 클레르발은 어떠했을 것 같소? 그 고결한 정신에 그

롯된 생각이 깃들 수 있었을까? 엘리자베스가 그에게 진정한 사랑의 의미를 보여 주지 않았다면, 원대한 그의 야망이 품고 있는 목표와 목적에 엘리자베스가 도움의 손길을 건네지 않았다면, 그랬다면 클레르발 역시 그렇게 인정 넘치는 사람이 될 수 없었을 것이오. 그녀가 없었다면 그가 그토록 너그러우면서도 사려 깊은 사람이, 위대한 업적을 꿈꾸면서도 다정하고 온화한 사람이 될 수 없었을 거란 말이오.

이후 불행이 내 영혼을 더럽히고, 찬란한 풍경 속에 무한한 가능성을 품었던 내 마음을 침울한 골방으로 만들었지만, 그럼에도 불구하고 그 모든 일이 일어나기 이전, 내 어린 시절의 기억을 되짚자니 기쁘기 그지없구려. 물론 어린 시절을 얘기하면서 훗날 내가 절망에 이르는 데 있어 그 시발점이 된 사건들도 빠짐없이 설명할 생각이오. 그 사건들은 내가 알아차리지 못하는 사이 나를 한 걸음씩 절망으로 밀어 넣고 있었소. 세세한 이야기까지 다 들려주려는 이유는, 훗날 내 운명을 쥐고 흔들게 되는 욕망이 천박한, 그리고 까맣게 잊다시피 한 일을 근원 삼아 생겨난다는 사실을 이제는 알기 때문이오. 산을 끼고 흐르는 시냇물이 큰 강이 되듯, 사소한 계기로 생겨난 욕망이 이후 급류가 되어 내 모든 희망과 기쁨을 휩쓸어 갔더랬지.

자연철학[14]은 내 운명을 좌지우지한 장본인이오. 그래

서 이번엔 어쩌다 내가 자연철학에 빠지게 되었는지 이야기
해 보고 싶소. 내가 열세 살 되던 해, 우리 가족 모두가 토농
Thonon 근처의 유명한 대중목욕탕에 놀러 갔을 때의 일이
오. 궂은 날씨 때문에 우리는 종일 숙소에 갇혀 있어야 했
소. 숙소에서 나는 우연히 코르넬리우스 아그리파[15]의 서적
을 찾아냈소. 별생각 없이 책을 펼쳤던 나는 저자가 증명하
려는 이론과 언급한 놀라운 근거들을 보고 이내 열광하기
시작했다오. 한 줄기 빛이 내 머릿속을 비추는 것 같아 나는
기쁜 나머지 껑충껑충 뛰면서 내가 발견해 낸 것을 아버지
에게 이야기했소. 아버지는 내가 들고 있던 책의 표지를 흘
긋 보고선 입을 열었소.

"아, 코르넬리우스 아그리파로구나! 사랑하는 내 아들 빅
터, 이런 것에 시간을 낭비하지 말려무나. 이런 건 그저 한심
한 쓰레기에 불과해."

만약 아버지가 이렇게 말하는 대신, 어린 아들에게 일일
이 설명해 줘야 하는 고역을 감내하고서라도 아그리파의 주

---

14   Natural philosophy. 자연에 대해 철학적으로 탐구하는 학문으로 19세기까
지는 자연을 탐구하는 모든 학문을 지칭하는 용어로 사용되었다. 이후 생물학, 물리
학 등이 과학 아래 편입되기 시작하면서 자연철학은 근대 과학의 전신으로 남게 되었
다.-옮긴이

15   Cornelius Agrippa. 코르넬리우스 아그리파는 독일의 철학자로 신비주의에 심
취했고, 훗날 《오컬트 철학》이라는 저서를 남기기도 했다. 이 저서에서 아그리파는
'고대 신학'이라는 단어를 사용하며 자연을 탐구하는 것이 곧 신을 인식하는 과정이
라고 설명했다. 반면 그는 자신이 주장하던 바와 반대되는 회의주의를 내세우는 《모
든 학술의 허영과 불확실성》이라는 저서도 남겼다. 그의 회의주의는 르네상스 회의주
의의 효시로 알려지기도 했다.-옮긴이

장을 낱낱이 파헤쳐 주었다면 상황은 달라졌을지 모르오. 고대의 과학이 허무맹랑한 상상을 기반으로 하는 가설임에 비해 현대 과학은 실재하는 것을 실용적으로 다루는 학문이므로 현대 과학의 체계가 훨씬 뛰어나다는 설명을 들었다면, 아마도 나는 아그리파의 이론을 기억의 한구석으로 밀어 버리고 예전처럼 내가 상상하던 것에 만족하며 다시 기존에 다루던 주제로 돌아가 공부를 계속했을 테니까. 그리고 그랬다면 더 나아가 나는 나를 파멸로 이끈 그 끔찍한 충동에 사로잡히지 않았을 수도 있소. 하지만 나는 아버지가 그 책을 쳐다보던 시선에서 관심이라곤 조금도 읽어 낼 수 없었기에, 아버지가 그 책의 내용을 잘 안다는 확신도 전혀 할 수 없었소. 그렇게 나는 계속 아그리파의 책을 읽는 데 열중하게 되었소.

나는 집에 돌아오자마자 이 작가의 저서를 빠짐없이 구했고, 그다음엔 파라셀수스[16]와 알베르투스 마그누스[17]의 책을 섭렵했소. 이 저자들의 터무니없는 주장을 읽어 내려

---

16 Paracelsus. 파라셀수스는 15~16세기 독일의 철학자로, 의대를 다녔지만 학위를 받지 못해 공인된 의사가 아니었으나 유럽 전역을 돌아다니며 다양한 방식의 의술을 행했다. 신비주의에 기초한 연금술, 점성술 등에 심취했고, 새로운 화학 요법을 창시하기도 했다.-옮긴이
17 Albertus Magnus. 알베르투스 마그누스는 13세기 독일의 철학자로 토마스 아퀴나스의 스승이기도 하다. 그는 철학, 신학, 식물학, 지질학, 천문학, 광물학, 화학, 동물학, 물리학 등 다양한 분야에 관심을 가졌고, 특히 화학과 연금술에 조예가 깊었다. 1250년에는 역사에 기록된 바로는 최초로 비소를 분리해 내는 데 성공하기도 했다. 이 외에도 그가 기계를 이용해 인조인간을 만들었다는 기록도 존재한다.-옮긴이

가면서 나는 환희를 느꼈소. 그들이 내게는 나만 아는 보물과도 같았거든. 내가 자연의 섭리를 꿰뚫어 볼 수 있길 간절히 바랐다는 얘기는 이미 했잖소. 현대의 철학자들이 얼마나 고된 연구를 하고 있는지, 그들이 얼마나 대단한 발견을 했는지, 그런 것은 나와 상관이 없었소. 그저 나는 내가 관심을 둔 분야에 있어 알고 있는 지식이 미흡하다고 생각할 뿐이었소. 아이작 뉴턴 경은 자신이 진리라는 미지의 대양이 펼쳐진 그 바닷가 한구석에서 조개껍데기나 줍고 있는 어린아이 같다는 말을 남긴 바 있소.[18] 소년에 불과했던 어린 시절의 내게는, 이름만 들어서 알고 있던 각 분야의 자연철학자들이 그렇게 느껴졌소. 다들 같은 것을 찾아 헤매며 고만고만한 지식을 얻었을 뿐, 아무도 자연철학에 관해서는 제대로 알지 못한다고 생각했달까.

일자무식의 농부도 자연을 관찰하고 그 쓰임새를 발견할 줄 알더란 말이오. 그런데 그 누구보다 뛰어난 철학자라고 해서 더 나은 바가 없었지. 철학자가 베일에 가린 자연의 얼굴을 약간 들추어 보았다 해도, 불멸의 자연은 여전히 신비한 비밀로 존재할 따름이니. 철학자가 사물을 분해하고 낱

---

18   데이비드 브루스터의 《뉴턴의 생애》(1831)에 인용된 아이작 뉴턴의 말을 번역하면 다음과 같다. "내가 다른 사람들의 눈에 어떻게 보일지 모르겠다. 하지만 나는 내가 바닷가에서 평범하지 않은 둥근 조약돌이나 예쁜 조개껍데기를 찾으며 놀고 있는 어린아이 같다. 그리고 내 앞에는 그 누구도 발 들인 바 없는 진리의 대양이 펼쳐져 있는 거지."

낱이 검사해서 그것에 이름을 붙일 수는 있소. 하지만 그 역시 어떤 현상의 근본적인 원인은 결코 말할 수 없을 것이오. 아니, 이차적, 삼차적 원인마저 조금도 파악할 수 없을걸. 인간이 들어오는 것을 막고 있는 것 같은 자연이란 성채를, 요새처럼 튼튼한, 도통 넘을 수가 없는 그 벽을 바라보며, 나는 제대로 아는 것도 없으면서 성급히 투덜대기만 했던 거요.

그때 내 눈앞에 그 책이 나타났소. 더 깊이 파고들어 더 많이 알아낸 사람들이 있었다니! 나는 그들의 주장을 모조리 받아들였고, 그렇게 그들의 제자가 되었소. 18세기에 이런 일이 있을 수 있을까 싶겠지만, 그러는 사이에도 나는 제네바의 학교에서 정규교육을 받고 있었소. 내가 가장 선호하는 분야만 따로 더 파고들었을 뿐이오. 아버지는 과학이란 학문에 관심이 없었기에, 나는 천지사방 분간 못 하는 갓난아이처럼 과학 앞에 방치돼 있었소. 더구나 지식에 대해 목마름까지 느끼면서. 하지만 그 책들 덕분에 나는 스승의 안내에 따라 현자의 돌philosopher's stone과 불멸의 영약elixir of life을 찾는 연구에 성실히 임할 수 있게 되었소. 얼마 지나지 않아 내 관심은 불멸의 영약에 오롯이 집중되었소. 불멸의 영약으로 부富를 얻을 생각은 조금도 없었소. '나의 발견으로 인해 연약한 인간을 질병에서 자유롭게 하고, 끔찍한 죽음으로부터도 지켜 낼 수 있다면 그 얼마나 큰 영예일까!'

그 생각이 가장 컸지.

하지만 현자의 돌이나 불멸의 영약에만 관심을 가졌던 건 아니오. 스승이나 다름없었던 그 책의 저자들은 악마나 악령을 깨우는 것이 가능하다 했고, 사실 내가 가장 간절히 바라는 일도 그것이었소. 주술이 실패할 때마다 나는 그 실패를 내 탓으로 돌렸소. 내 스승들의 지식이나 방법이 틀린 게 아니라 내가 미숙해서, 나의 실수 때문에 실패했다고 자책했고 말이오. 이렇게 나는 멋모르는 얼뜨기처럼 한동안 체계라곤 없이 수천 가지의 모순된 이론이 뒤섞인 상황에서 지식이란 구렁텅이에 빠진 것처럼 절박하게 허우적댔소. 나를 이끄는 건 허황한 상상과 비합리적인 추론뿐이었소. 그러다 내 생각을 바꾸게 될 또 다른 사건이 생겼소.

내가 열다섯 살쯤 되었을 때 우리는 한동안 벨르뷰 별장에서 지냈소. 그곳에서 우리는 그때까지 본 것 중 가장 요란하고 무시무시한 뇌우를 마주하게 됐소. 짙은 먹구름이 쥐라산맥 너머에서 우리를 향해 다가오더니 별안간 하늘 곳곳에서 귀가 째질 것 같은 굉음을 내기 시작하더구려. 나는 폭풍이 완전히 지나갈 때까지 호기심과 즐거움 가득한 기분으로 그 과정을 가만히 지켜보았소. 문가에 서서 하늘을 보고 있는데, 갑자기 번쩍하더니 집에서 20미터 정도 떨어진 곳에 있던 수백 살 먹은 참나무가 불길에 휩싸였소. 찰나의 순간이었는데, 눈을 한 번 감았다가 뜨자마자 참나무는 온데 간데없이 다 타버린 그루터기만 남았소. 다음 날 아침 우리 가족은 다 같이 참나무가 있던 자리로 갔소. 특이한 나무 조각들이 군데군데 흩뿌려져 있었다오. 벼락을 맞고 쪼개진 게 아니었소. 마치 쪼그라들어 가지 하나하나가 모두 끈이 되어 버린 것 같은 모양이었소. 그렇게나 완전히 파괴된 무언가를 본 건 그때가 처음이었소.

그 일이 있기 전 나는 전기의 원리에 관해 잘 알지 못했소. 마침 그때 자연철학에 조예가 깊은 한 사람이 우리와 함께 있었는데, 그는 참나무에 내려진 재앙에 흥분해 전기와 전기 요법을 주제로 한 자신의 가설을 늘어놓았소. 그 주제는 내게 큰 충격을 안겨 줄 정도로 신선했소.[19] 그의 얘기를 듣고 난 후 나는 내 마음을 온통 채우고 있던 코르넬리우스 아그리파와 알베르투스 마그누스, 파라셀수스를 모조리 구석으로 던져 버렸소. 하지만 그들의 이론과 논거를 배제한 채로 기존의 내 연구를 계속하는 건 어쩐지 내키지 않았소. 어떤 것도 알아낼 수 없을 것 같았거든. 오랜 시간 동안 나를 사로잡고 있던 주제가 순식간에 경멸스러워지더구려. 젊은이가 으레 그렇듯 변덕을 부리는 것이었을 수도 있소. 어

---

19 《프랑켄슈타인》1818년도 초판에서는 빅터가 아버지에게 천둥과 번개에 관해 물어보고, 아버지가 작은 기계와 연 등을 사용해 전기 법칙을 설명하는 것으로 되어 있다. 이 내용은 개정판에서 본문과 같이 수정되었다.

쨌든 나는 단번에 마음을 접었소. 자연사와 그것에서 파생된 수많은 학문을 모조리 쓸모없고 기형적인 것이라 매도했고, 지식의 문턱에도 들지 못할 가짜 과학이라며 그 학문을 기꺼이 업신여겼소. 그런 상태였기에 나는 이번엔 수학을 공부하기 시작했소. 그러면서 기초가 튼튼한 학문 중 과학과 접점이 있으면서 어느 정도 흥미를 느낄 수 있는 분야도 새로이 연구하기 시작했다오.

이처럼 우리의 생각은 이상한 방식으로 차근차근 발전해 가고, 얇디얇은 끈 하나로 인해 번영이나 파멸에 묶여 버리고 마오. 돌이켜 보면 내 의지나 성향이 기적에 가까운 변화를 일으킬 수 있었던 건 내 수호천사가 다급히 손을 썼기 때문이 아닌가 싶소. 밤하늘에 매달려 나를 덮칠 때만 노리고 있던 폭풍을 내가 피할 수 있도록 수호천사가 필사적으로 애를 쓴 거지. 내가 오래도록 매달렸던 연구를 포기하자 내게는 흔치 않은 평온의 기쁨이 찾아왔는데, 이는 곧 내 수호천사의 승리가 확정되었다는 의미였소. 이 과정을 통해 나는 악惡은 적극적으로 다가오는 것이며, 행복은 가만히 기다려야만 얻을 수 있는 것임을 깨달았소.

이후로도 내 수호천사는 필사의 노력을 다했지만, 결과는 달라지지 않았소. 거부할 수 없이 강력한 운명이 이미 내게 완전하고도 끔찍한 파멸을 맞으라 명했거든.

제3장

내가 열일곱 살이 되자 내 부모는 나를 잉골슈타트 대학교[20]에 보내기로 마음먹었소. 당시 나는 제네바에 있는 학교에 다니고 있었지만, 아버지는 내가 학업을 제대로 마치려면 타국의 문화를 좀 더 잘 알아야 할 필요가 있다고 생각했나 보오. 곧바로 입학 날짜가 정해졌소. 하지만 그 전에 먼저 내 인생에 있어 첫 번째 불행이라 할 만한 사건이 터졌소. 말 그대로 앞으로 다가올 불운의 전조였지.

엘리자베스가 성홍열에 걸렸고, 매우 위독했소. 그녀가 투병하는 사이 우리는 간호를 하겠다고 나서는 어머니를 말리느라 고역이었다오. 처음엔 우리가 애원하는 통에 어머니도 한발 물러섰소. 하지만 엘리자베스의 생사가 불투명하다는 얘기를 듣자마자 어머니는 안절부절못하며 고집을 피웠소. 어머니는 엘리자베스의 병상을 지켰고, 지극한 간호 끝에 병마를 몰아냈소. 엘리자베스는 회복했소. 그러나 어머

---

20 본문에 등장한 잉골슈타트 대학교는 1472년 설립된 것으로 현재의 잉골슈타트 대학교와 다르다. 1776년 교수였던 아담 바이스하우프트가 일루미나티 결사를 조직한 곳으로 유명세를 얻은 잉골슈타트 대학교는 그로 인해 재정적 어려움을 겪으며 란츠후트로 이전했다가 끝내 폐교했다.-옮긴이

니의 무모함은 결국 끔찍한 결과를 야기했소. 사흘째 되던 날 병이 옮은 어머니가 몸져누웠소. 이후 증상이 악화되며 열이 치솟았는데, 의료진의 표정이 최악의 상황임을 짐작하게 했소. 어머니는 죽는 그 순간까지도 인자하고 강인한 모습을 잃지 않았소. 어머니는 엘리자베스와 내 손을 잡고 이렇게 말했소.

"내 아가들, 너희 둘이 결혼하는 모습을 볼 수 있길 바라며 살아왔거늘. 이제 너희 아버지가 그 기대를 위안 삼아 살아가겠구나. 엘리자베스, 나 대신 어린 동생들을 좀 챙겨 주렴. 아아! 너희를 두고 가려니 마음이 무거워. 사랑받으며 행복하게 살아왔기에 모두에게서 떠나는 게 이리도 힘든 걸까? 아, 이런 생각은 나답지 않아. 기쁜 마음으로 죽음을 맞이하련다. 다른 세상에서 너희와 재회할 날만 기다려야지."

조용히 숨을 거둔 어머니의 얼굴에는 여전히 애정이 담뿍 담겨 있었소. 달리 손 쓸 방도 없이 소중한 인연을 잃는 느낌, 그 공허함, 얼굴에 드러나는 절망감, 그런 것을 굳이 설명할 필요는 없을 줄 아오. 날마다 보던 사람이, 존재 자체가 우리의 일부인 것 같았던 사람이, 그런 사람이 영원히 떠나 버릴 수 있다는 사실을 수긍하기까지는 시간이 오래도 걸리더구려. 사랑하는 사람의 빛나는 눈동자를 영영 볼 수 없게 된다는 것, 듣기 좋은 친숙한 그 목소리를 영원히 들을 수 없게 된다는 것, 그런 사실은 쉽게 받아들이기 어렵잖소. 처음엔 이런 생각이 가장 힘들었소. 하지만 시간이 흐르면 상실의 본질이 모습을 드러내고, 그제야 비로소 쓰디쓴 진짜 슬픔이 시작되는 법이지. 하지만 불시의 죽음에 소중한 사람을 잃어 본 적 없는 사람이 이 세상에 있겠소? 사람이라면 누구나 느낀 적 있는, 그리고 느껴야만 하는 슬픔을 굳이 내가 설명할 이유는 또 무엇이오? 시간이 지나면 어찌할 수 없던 슬픔이 문득 사치가 되는 순간이 반드시 찾아오기 마련이오. 이러면 안 된다고 하면서도 미소를 짓게 되는 순간이 온단 말이오. 어머니는 세상을 떠났지만, 우리에게는 여전히 해야 할 일들이 있었소. 남겨진 우리는 계속 살아가야 했고, 살아 있는 한 살아남은 것이 행운이라고 생각하는 법을 배워야 했소.

어머니의 죽음으로 연기되었던 잉골슈타트 대학교 입학일이 다시 정해졌소. 아버지에게 부탁해 몇 주간 숨 돌릴 틈도 얻었소. 온 가족이 슬픔에 잠겨 죽지 못해 사는 것처럼 숨만 쉬고 있는 마당에, 집을 떠나 분주한 생활을 시작하는 건 도리가 아니라 생각했기 때문이오. 상실감은 처음이라고 봐주는 법이 없기에, 나 역시 크게 동요했기도 하고 말이오. 내게 짐 지워진 그 풍경에서 등 돌릴 생각도 없었을뿐더러, 무엇보다 내 소중한 엘리자베스가 어느 정도 마음의 안정을 찾는 걸 직접 확인하고 싶기도 했소.

엘리자베스는 자신의 슬픔을 숨기며 외려 우리 모두를 위로하려 실로 안간힘을 썼소. 꿋꿋이 생生을 응시하며 맡은 일을 적극적으로 열심히도 했지. 그녀는 숙부라 불렀던 내 아버지에게, 사촌이라 불렀던 나와 내 형제에게 헌신했소. 햇살 같던 미소를 간신히 끄집어내 우리를 향해 환히 웃어 주던 그녀의 모습이란! 그때만큼 그녀가 고혹적이었던 적은 없소. 우리가 슬픔을 잊도록 하는 데 몰두한 나머지 그녀 자신의 슬픔마저 잊을 정도였거든.

기어이 내가 출발해야 할 날이 왔소. 클레르발은 마지막 밤을 함께 보내 주었소. 그는 나와 함께 잉골슈타트 대학교에 다니게 해달라고 자기 아버지를 졸랐지만, 끝까지 허락은 받아 내지 못했소. 클레르발의 아버지는 편협한 교역상에 불과했기에 아들이 품은 꿈과 야망이 결국 아들을 나태와 파멸로 이끌 것이라고 믿었던 거요. 앙리는 진보적이고 광범위한 고등교육을 받을 수 없는 자신의 처지에 크게 낙심했소. 그에게서 별다른 말을 들은 건 아니지만, 평범한 대화 중에도 이글대는 그의 눈빛을 보며, 나는 그가 장사꾼 팔자에 얽매이지 않겠다는 단호한 의지를 숨기고 있음을 알아차렸소.

밤이 깊을 때까지 우리 가족과 클레르발 모두 자러 가지 못했소. 그 누구도 도무지 함께 있던 자리를 뜨거나 작별 인사를 건넬 수 없었기 때문이오. 누군가의 입에서 간신히 "잘자!" 하는 인사가 튀어나오자, 우리는 각자 피곤한 척을 하며, 다른 가족이 자신이 연기하는 걸 알아차리지 못할 거라 믿고서 잠자리에 들었소. 하지만 새벽이 되어, 날 먼 곳으로 데려갈 마차를 타기 위해 아래층으로 내려가자, 벌써 모두가 나와서 서 있더구려. 아버지는 다시금 축복을 기원해 주었고, 클레르발은 한 번 더 내 손을 세게 움켜쥐었소. 나의 엘리자베스는 자주 편지 쓸 것을 당부하며 소중한 벗인 나의 옷차림을 마지막으로 꼼꼼히 확인해 주었다오.

마차에 몸을 실은 나는 먼 길을 떠나며 우울한 기분에 젖어 들었소. 그때까지 나는 늘 좋은 사람들에게 둘러싸여 지냈소. 모두가 서로에게 기쁨을 주기 위해 노력하는 다정한 사람들이었소. 하지만 이제 난 혼자가 되었소. 학교에서는 새로이 사람을 사귀어야 하고, 나 자신을 책임져야 했소. 한적한 곳에 살면서 가족 외의 사람과 어울리는 법을 모르고 살아왔기에, 낯선 이를 마주해야만 하는 상황에 놓이고 보니 불쾌하기 짝이 없었소. 형제들, 엘리자베스, 클레르발, 그들이 바로 "그리운 옛 얼굴들"[21]이었고, 나는 그들을 사랑했

---

21 영국의 수필가 찰스 램(Charles Lamb)은 1798년 〈그리운 옛 얼굴들(Old Familiar Faces)〉이란 시를 남겼다. 직역하면 '옛날에 알았던 낯설은 얼굴들'이라고 할 수 있는데, 시의 내용을 고려해 본문과 같이 번역했다. 이 시에서 화자는 사랑하는 여인을 잃고 친구를 떠나는 등 오래전부터 알아 왔던 사람들을 잃고 그리워한다.-옮긴이

소. 아무리 생각해도 낯선 사람들과 어울릴 자신이 없었지. 집을 떠나면서 했던 생각은 바로 이런 것이었소. 하지만 나를 태운 마차가 앞으로 점점 나아감에 따라 기분이 나아지기 시작하더니 희망도 조금씩 피어올랐소. 나는 지식을 갈구해 온 사람이었소. 집에 있을 때도 종종 나는 한곳에 갇혀서 청춘을 보내긴 어렵다고 생각하곤 했소. 그뿐만 아니라 세상에 들어가 다른 사람들 사이에서 내게 걸맞은 사회적 지위를 얻어 내길 바라기도 했소. 그런 바람이 이루어질 참이니 후회는 어리석다는 생각이 들었소.

잉골슈타트로 가는 길고 피곤한 여정 동안 나는 이런저런 생각을 하며 충분히 여유를 즐겼소. 마침내 잉골슈타트의 높게 솟은 하얀 첨탑이 시야에 들어오더구려. 마차에서 내린 나는 안내를 받아 혼자 쓸 방으로 들어갔소. 그날 저녁은 그렇게 무사히 지나갔소.

다음 날 아침 나는 자기소개서를 들고 학장들을 찾아갔소. 우연히도 내가 첫 번째로 찾아간 사람은 자연철학과 크럼퍼 교수였소. 아니, 우연이 아니라 파멸의 신이 가진 사악한 힘 때문이라고 하는 게 더 나을 것 같구려. 그토록 떠나고 싶지 않던 내 아버지의 집에서 나를 등 떠밀었던 것도 거부할 수 없이 강력한 그 힘 때문이라는 생각까지 드니까. 크럼퍼 교수는 무례한 사람이었지만, 동시에 과학의 비밀에 매료된 사람이기도 했소. 그는 자연철학과 관련해 내가 어떤 분야를 얼마나 알고 있는지 확인하기 위해 몇 가지 질문을 던졌소. 나는 무심결에, 한편으론 별것 없다는 태도로, 공부했던 책의 제목을 읊으며 그 책의 저자들인 연금술사들의 이름을 언급했소. 그러자 크럼퍼 교수가 나를 가만히 쳐다보더니 물었소.

"자네, 정말로 그런 말도 안 되는 글을 읽으며 시간을 낭비했단 말인가?"

나는 그렇다고 대답했소. 그러자 크럼퍼 교수가 다정한 말투로 말하더구려.

"자네는 그 책들을 읽고 있던 시간, 그 일분일초를 모조리 낭비한 걸세. 쓸모라곤 없는 이름들과 엉터리 이론을 외우고 있었다니, 맙소사! 대체 세상과 얼마나 동떨어진 곳에서 살았기에 자네가 탐욕스럽게 빨아들인 그 망상이, 수천 년 전의 케케묵은 것임을 알려 주는 사람 하나를 만나지 못한 게야! 지금처럼 발전된 과학의 시대에 알베르투스 마그누스와 파라셀수스의 제자를 만나게 될 줄은 상상조차 못 했구먼. 이보게, 자네는 공부를 처음부터 완전히 새로 시작해야겠어."

크럼퍼 교수는 이렇게 말하더니 책상으로 가서 내가 준비했으면 하는 자연철학 서적 목록을 적어 내려갔소. 그러고는 그가 다음 주 초 개설되는 자연철학 개론 강의를 맡았고, 자신이 출강할 수 없을 땐 발트만 교수가 화학 관련 강의를 할 예정이라고 설명한 후 그만 가 보라고 했소.

말했다시피 나는 크럼퍼 교수가 비난한 저자들의 이론을 이미 오래전부터 쓸모없다고 생각하고 있었소. 덕분에 내 방에 돌아와서도 낙심할 건 전혀 없었소. 다만 그쪽 분야에 다시 발 들이고 싶은 생각이 전혀 없다는 게 문제였지. 더구나 크럼퍼 교수는 걸걸한 목소리에 지독히도 못생긴 땅딸보였소. 전혀 스승으로 삼고 싶지 않은 사람이었달까. 어쩌면 어린 시절 내린 결론을 가지고 내가 너무 철학적으로, 모든 일이 다 연관돼 있다는 전제로 이 상황을 해석하는 걸 수도 있겠구려. 어렸을 적 나는 자연철학을 연구하는 이 시대의 선생들이 약속한 성과에 만족한 적이 없소. 철없던 나는 나아갈 길을 보여 줄 사람만 하염없이 바랐소. 혼란스러운 생각을 정리하지 못한 채로 뒷걸음질 치던 나는 세월이 쌓은 지식을 거꾸로 밟아 나갔고, 현재의 과학자들이 알아낸 지식과 잊힌 지 오래인 연금술사들의 망상을 맞바꿨소. 그뿐이랴, 나는 현대 자연철학을 경멸하기까지 했소. 고대 과학 분야의 대가들이 불멸의 힘을 찾는 것은 완전히 다른 문제였소. 그들의 견해는 비록 헛된 것이라 할지라도 위대했으니까. 하지만 상황은 변했지. 불멸의 힘을 찾는 대가들의 견해가 내가 과학에 흥미를 쌓는 데 초석이 되어 주긴 했으나, 변한 나는 그들의 주장이 모두 흔적 없이 사라지길 바랄 따름이었소.

잉골슈타트에 도착하고 2, 3일 동안은 숙소 주변 지리를 익히고 같은 건물에 사는 사람들과 안면을 트면서 시간을 보냈소. 그러는 와중에 틈틈이 했던 생각이 방금 말했던 것들이오. 하지만 새로운 한 주가 시작되자 나는 크럼퍼 교수가 내게 알려 준 강의에 관해 생각해 봐야 했소. 거만한 난쟁이 같은 크럼퍼 교수가 강단에 서서 내뱉는 얘기를 듣고 싶진 않았소. 하지만 크럼퍼 교수가 했던 말이 기억나더구려. 그가 출강할 수 없을 땐 발트만이란 교수가 강의한다던 것 말이오. 그땐 아직 발트만 교수를 만나기 전이었소.

발트만 교수가 어떤 사람인지 궁금하기도 했고, 어차피할 일도 없었던 터라, 나는 강의실로 들어갔소. 곧이어 발트만 교수가 들어왔소. 그 교수는 크럼퍼 교수와 완전히 딴판이었소. 놀라울 정도로 인상이 좋았거든. 나이는 쉰 정도 돼 보였는데, 관자놀이 근처의 머리칼이 약간 희끗희끗하긴 했어도 뒷머리는 검은 편이었소. 키는 작은 편이었지만 자세가 꼿꼿해서 볼품없지 않았고, 목소리는 내가 들어 본 중에서 가장 근사했다오. 그는 강의를 시작하면서 먼저 화학의 발전사를 간략히 나열했고, 많은 학자가 만들어 낸 다양한 기술 진보를 소개했소. 특히 괄목할 만한 성취를 이뤘던 사람을 소개할 땐 열정적이기까지 했소. 다음으로 그는 과학의 현 위치를 개괄한 뒤, 과학 분야에서 사용되는 여러 기본 용어들을 설명했소. 이후 몇 가지 예비 실험을 하고서 그는 현대 화학에 찬사를 늘어놓으며 강의를 마쳤소. 그때 발트만 교수가 했던 말을 나는 아직도 잊을 수가 없소.

"제자들에게 과학을 가르치던 고대의 스승들은 불가능한 것만 장담하면서 그 어떤 것도 입증해 내지 못했네. 현대의 스승들은 웬만해서 장담하지 않지. 이 시대의 과학자들은 금속의 형질을 바꿀 수 없다는 것을 알고, 불멸의 영약이 결코 실현할 수 없는 망상임을 알기 때문일세. 하지만 이들은, 오물에 손을 담근 채로 현미경이나 실험 도구만 들여다보고 있는 것 같은 이들은, 진짜 기적을 만들어 냈어. 자연의 이면을 꿰뚫어 보고, 현상의 법칙을 알아냈단 말이네. 이들은 신들의 영역도 엿보았네. 혈액이 어떻게 순환하는지, 우리가 숨 쉬고 있는 이 공기는 무엇으로 구성되어 있는지까지 모두 알아냈으니까. 이들은 지금껏 우리가 알지 못했던, 무한의 힘을 얻은 셈이네. 천둥을 이용할 수 있고, 지진을 재현할 수 있으며, 심지어 그림자에 숨어 우리 눈에 드러나지 않았던 세계를 모방할 수도 있으니."

발트만 교수의 말은 나를 완전히 무너뜨렸소. 마치 운명이 내게 건네는 말 같았지. 그가 강연을 이어 나가는 사이 나는 내 영혼이 눈앞의 적과 씨름하는 기분이었소. 그의 말 한 음절, 한 음절이 내 존재의 뼈대를 형성했고, 그의 말 한 마디, 한 마디가 내 마음을 한 가지 생각으로, 한 가지 믿음으로, 단 한 가지 목적으로 채웠소. 나, 이 프랑켄슈타인의 영혼이 외쳤소. 그렇게 많은 진보가 이뤄졌다면, 나는 더 멀리 나아가 더 큰 진보를 이루리라. 바닥에 찍혀 있는 발자국을 따라가다가 새로운 길을 개척할 것이며, 미지의 힘을 탐구할 것이고, 생명의 창조라는 그 심오한 비밀을 이 세상에 펼쳐 보이리라.

그날 밤 나는 잠들지 못했소. 마음이 소란하다 못해 난장판이었거든. 가만히 있다 보면 가라앉겠지 싶었지만, 생각처럼 되지 않더구려. 그렇게 시간이 흘러 동이 틀 무렵이 되어서야 나는 잠이 들었소. 다음 날 일어나고 보니 간밤의 생각이 모두 꿈만 같았소. 그저 한 가지 다짐만 생생했소. 어린 시절에 했던 공부를 다시 해야겠다는 것, 그리고 타고난 재능이 있다고 자신할 수 있는 과학에 전념하겠다는 것. 그날 바로 나는 발트만 교수를 찾아갔소. 사석에서 본 그는 강단에 섰을 때보다 훨씬 온화하고 멋졌소. 강의할 때 당당하고 위엄 있던 그의 표정이 그의 집에선 서글서글하고 인자한 표정으로 바뀌었기 때문이오. 나는 발트만 교수에게도 크럼퍼 교수에게 말했던 것처럼, 과거 어떤 공부를 해 왔는지 설명했소. 그는 내 얘기를 주의 깊게 들었고, 코르넬리우스 아그리파와 파라셀수스의 이름을 듣고는 미소 지었소. 하지만 크럼퍼 교수와 달리 발트만 교수의 미소에는 조롱이 담겨 있지 않았소. 그는 이렇게 말했소.

"그 사람들의 지치지 않는 열정이 기반을 닦아 줬기에 근현대의 지식인들이 놀라운 지식의 진보를 이룰 수 있었다네. 그들은 아무도 눈여겨보지 않던 현상들을 공론화하는 데 온몸을 바치고, 우리에겐 그보다 쉬운 과제를 남겼지. 현상에 이름을 달고, 유형별로 나누어 분류하는 일 말이야. 천재들의 노력은 그 방향이 아무리 엇나가도 궁극적으로 인류에게 이바지하는 위치에 도달하거든."

그는 꾸밈없이 겸손하게 이야기했소. 가만히 그의 얘기를 듣던 나는 그의 강의 덕에 현대 화학에 관해 가지고 있던 편견을 버리게 되었다고 말했소. 그때 나는 스승에게 어린 제자가 갖춰야 할 예의에 맞춰, 정확한 단어만 사용했소 (미숙한 어린아이처럼 보이기 싫었거든). 한때 내가 가졌던 열정 역시 한 올 만큼도 내보이지 않았소. 그러면서 나는 그에게 내가 어떤 책을 준비하면 좋겠는지 조언을 구했소.

"제자를 얻게 되어 기쁘구먼. 자네의 능력을 모두 발휘한다면 자네가 반드시 원하는 바를 이루리라 믿어 의심치 않네. 자연철학에서 가지를 뻗은 화학이란 학문은 엄청난 진보를 이뤄 왔고, 지금 이 순간에도 진보하고 있을 걸세. 이 얘기는 지난 강의에서 했구먼. 어쨌든 그런 와중에도 나는 과학의 다른 여러 분야를 소홀히 하지 않았네. 인류가 쌓아 온 그 수많은 지식 중에서 화학 한 분야만 들입다 파다간 처량한 신세가 되고 말 테니까. 자네가 한낱 실험주의자로 남고자 하는 것이 아니라 진정한 과학자가 되길 바란다면, 수학을 포함해 자연철학의 다양한 분야를 공부하라는 조언을 해 주고 싶어.”

발트만 교수는 말을 마친 후 나를 연구실로 데려가 다양한 기구와 기계의 사용법을 설명하며 어떤 걸 구비해야 하는지 알려 주었소. 그리고 내가 실험실을 엉망으로 만들지 않을 정도로 충분히 실력을 쌓았다 싶으면 자신의 실험실을 쓰게 해 주겠다는 약속도 했소. 나는 부탁했던 서적 목록까지 받아 든 후에 그곳을 떠났소.

그렇게 잊을 수 없는 하루가 저물었소. 그날이 바로 내 운명을 결정지은 날이오.

제4장

　그날부터 나는 자연철학에, 특히 포괄적 의미의 화학에 매진했소. 현대 과학자들의 논문을 밤낮으로 끼고 살았는데, 확실히 놀랍도록 뛰어나고 남다르더구려. 나는 강의도 꼬박꼬박 들었고 교내의 과학자들과 어울리며 친분도 쌓았소. 그러면서 심지어 크럼퍼 교수가 제대로 된 지식을 갖춘 상당히 논리적인 사람이라는 것도 알게 되었소. 정말이오. 물론 끔찍한 생김새와 사람 불편하게 만드는 태도는 여전했지만, 뭐, 그게 중요한 건 아니잖소. 한편 발트만 교수는 내 진정한 벗이 되어 주었소. 그는 독선적이긴커녕 배려심 깊었으며, 나를 가르칠 때도 규칙에 얽매이기보다 늘 솔직하고 온화한 태도였소. 내가 지식을 향해 나아갈 수 있도록 수천 가지의 방법으로 길을 닦아 주었으며, 그 아무리 난해한 질문에도 이해하기 쉬운 명쾌한 답변을 내어 주었소. 이렇게 공부를 시작한 맨 처음엔 성과가 들쭉날쭉해서 전망이 불투명해 보였소. 하지만 꾸준히 학업에 정진하다 보니 점점 열의가 불타올라, 나는 밤이 새도록 연구실을 떠나지 않게 됐다오. 자연히 실력도 늘더구려.

　다른 사람들이 보기엔 내 실력이 느는 속도가 어지간히도 빨랐나 보오. 학우들과 교수들은 내 열정에 경악을 금치 못했소. 크럼퍼 교수는 이따금 음흉한 미소를 지으며 코르넬리우스 아그리파는 어찌 지내느냐고 묻기도 했소. 이런 와중에도 발트만 교수는 그저 나의 성취를 두고 순수하게 기뻐해 줄 따름이었소. 그렇게 2년을 보냈소. 제네바에 한 번 들르지도 않을 정도로 연구에서 성과를 내는 데만 온 신경이 팔린 채였소. 과학에 매료된 적 없는 사람은 그 기분을 모를 거요. 다른 학문에선 한발 앞서간 누군가가 있다면 더 알아낼 게 없잖소. 하지만 과학이란 학문에는 같은 상황이라 해도 놀라운 업적과 발견을 가능하게 하는 탐스러운 과실이 계속 존재한다오. 한 분야만 지독히 파고드는 집요함을 꾸준히 유지할 수만 있다면 사람은 필시 그 분야에 통달하게 되오. 나 역시 그랬소. 단 한 가지 목표에만 전념한 나는 빠르게 성장했고, 연구를 시작한 지 2년이 되었을 때 개선된 화학 기구 몇 개를 개발했소. 그 일로 교내에는 내 명성이 자자했지. 그즈음 나는 자연철학의 이론과 실습에 있어 잉골슈타트 교수들의 지도를 따를 필요가 없는 수준에 이르렀소. 잉골슈타트에 계속 머물러 봐야 더 얻을 게 없는 정도였으니까. 나는 그만 소중한 사람들이 있는 내 고향으로 돌아갈까 고민하게 되었소. 그렇게 고민을 하며 시간을 보내던 중 또 다른 사건이 벌어졌소.

내가 특히 흥미를 느끼고 있던 현상은 인체의 구조였소. 솔직히 말하자면 살아 있는 모든 동물체였다고 하는 게 옳겠구려. 나는 이따금 최초의 생명이 탄생한 것이 언제일지 자문하곤 했소. 꽤 주제넘은 질문이고, 단 한 번도 풀린 적 없는 수수께끼지. 하지만 우리가 밝혀내기 직전에 있는 진실이 얼마나 많겠소? 우리가 두려움이나 경솔함에 사로잡히지만 않는다면 말이오. 나는 이런 생각에 기해 그때부터 자연철학에서 파생된 생리학을 좀 더 집중해서 파고들기로 작정했소. 만약 초인적이라 할 만한 열정이 타오르지 않았다면, 이 연구는 불쾌해서 도저히 계속할 수 없었을 거요. 생명의 원리를 확인하기 위해서는 먼저 죽음을 다뤄야만 했소. 나는 해부학을 배웠지만, 그걸로도 충분하지 않더구려. 생물의 부패와 시체의 부패 과정도 지켜봐야 했거든. 아버지는 내가 초자연적인 것을 두려워하지 않는 사람이 되도록 교육하는 데에 무진 애를 썼소. 덕분에 나는 그 어떤 미신적인 이야기를 들으면서도 떨어 본 적이 없고, 유령에게 겁먹어 본 적도 없소. 어둠은 내 공상에 어떤 영향도 미치지 못했소. 교회의 묘지도 내게는 그저 아름다움과 힘을 빼앗긴 채 벌레들의 먹이가 되어 버린 시체들의 수용소에 불과했소. 자, 그렇게 부패의 원인과 과정을 확인해야 했던 나는 주야로 지하 납골당과 시체 안치소에 눌러앉았소. 인간의 섬세한 감정을 가졌다면 시체를 지켜보기란 그 무엇보다 힘든 일이겠지. 하지만 나는 그 모든 부분에서 결코 눈을 떼지 않았소. 아름답던 사람의 몸이 어떤 식으로 변질되며 썩어 가는지, 죽음이 가져온 부패가 홍조가 앉았던 뺨을 어떻게 잠식해 나가는지, 어떤 방법으로 구더기가 기적과도 같았던 눈과 뇌의 자리를 꿰차는지, 그 모든 과정을 지켜봤단 말이오. 그러다 문득 하던 일을 멈춘 나는, 인과관계의 모든 세부 사항을 검토하고 분석했소. 예를 들자면 삶에서 죽음으로의 변화, 죽음에서 삶에서의 변화, 그 과정의 인과관계 말이오. 바로 그때, 짙은 어둠 속에서 한 줄기 빛이 새어 나오더니 나를 비추었소. 방금 내가 말했던 그 세부 사항들, 그 방대한 양에 아찔함을 느끼고 있을 때, 무척이나 경이롭고 훌륭한 광명이, 그러면서도 단순하기 그지없는 생각이 나를 찾아온 거요. 같은 질문을 품고 같은 걸 연구하던 수많은 천재 중에서 나만이, 오직 나만이 그 충격적인 비밀을 밝혀냈다는 사실이 놀라울 따름이었소.

내가 미친 사람의 망상을 설명하는 게 아니라는 걸 기억하시오. 저 태양도 지금 내가 진실이라 단언하는 말보다 더 확고하지 않소. 시초에는 기적의 힘이 동원됐을지도 모르오. 하지만 내가 발견한 그 과정만큼은 하나하나가 모두 논리적이고 합리적이었소. 말도 안 되게 몸을 혹사하며 밤낮으로 연구에 매진한 결과 나는 생명과 그 탄생의 원리를 알아내는 데 성공했소. 아니, 더 나아가 나는 무생물에 생명을 줄 수 있는 힘을 가졌소.

이 사실을 발견하고 처음 느꼈던 충격은 이내 기쁨과 희열로 바뀌었소. 그 얼마나 길고도 지난한 노력의 시간을 보내야 했던가. 단숨에 내 꿈의 정상에 도달하는 것, 그것은 고역의 완성인 동시에 그 무엇보다도 만족스러운 결말이었소. 하지만 워낙에 위대하고도 압도적인 발견이었던지라, 내가 그 발견을 향해 차근차근 다가갔던 흔적은 죄다 없어지고 결론만 눈에 보이더구려. 태초 이래로 누구보다 현명한 자들이 꿈꾸고 연구해 온 바가 내 손에 들어왔거늘……. 내가 얻은 발상은 무슨 마술처럼 단번에 완성작을 내보일 수 있는 종류가 아니었소. 그보다는 좀 더 빨리 내가 연구하던 대상을 명확히 하도록 시도의 방향을 정해 주는 것에 가까웠다오. 나는 시체와 함께 묻혔다가, 흐릿해서 잘 보이지도 않는 빛 하나에 의지해 살아날 길을 찾은 아라비아인[22]과

---

22 《천일야화》에 포함된 〈선원 신드바드의 항해〉 중 신드바드의 네 번째 항해 편에 나오는 문장이다. 폭풍을 만나 표류하게 된 신드바드는 한 왕의 총애를 받아 공주와 결혼을 하게 되지만, 몇 년 뒤 공주가 죽자 부부는 한날한시 같은 곳에 묻혀야 한다는 그곳의 풍습대로 죽은 아내와 함께 매장된다. 순장되는 다른 사람들을 죽이며 그들 몸으로 주어진 식량을 빼앗아 삶을 연명하던 어느 날 신드바드는 희미한 빛을 발견하고 더듬어 나가다 탈출구를 발견한다.―옮긴이

마찬가지였던 거요.

친구여, 당신의 눈에서 간절함과 호기심, 희망을 모두 읽을 수 있구려. 내가 알아낸 비밀을 당신도 듣게 되지 않을까 하는 기대로구먼. 하지만 그럴 일은 없소. 인내심을 가지고 내 얘기를 끝까지 듣고 나면 내가 그 문제를 속 시원히 털어놓지 않는 이유를 쉽게 이해할 수 있으리라 믿소. 지난번처럼 부주의하게 감정에 휩싸이는 일도 없도록 하겠소. 그런 식으로 당신을 파멸과 헤어 나올 수 없는 절망으로 이끌 수 없지. 나는 당신이 지식의 습득이 얼마나 위험한지를, 나고 자란 곳이 세상 전부라 믿는 사람은 타고난 것보다 더 뛰어난 사람이 되고자 하는 사람보다 얼마나 더 행복한지를 나를 통해 배우길 바라오. 내 조언 때문이 아니라도 좋소. 최소한 내 사례를 보면서라도 말이오.

내 손 안에 그토록 놀라운 힘이 들어왔다는 사실을 알아차리고 나서도 나는 한참 동안 그 힘을 어떻게 사용해야 할지 몰라 머뭇거렸소. 생명을 부여할 수 있는 능력이 있다 하더라도, 그 전에 생명을 부여받을 몸뚱이를 먼저 마련해야 했으니까. 그뿐이랴, 신경섬유, 근육, 혈관, 그 복잡한 인체 구조를 연결하고 조립해야 하는, 상상도 하기 힘든 어려운 작업 역시 남아 있었다오. 처음엔 나와 비슷한 피조물을 상대로 실험을 시행해야 할지, 아니면 좀 더 단순한 구조의 개체를 상대로 실험을 시행해야 할지 고민했소. 하지만 인체처럼 복잡하고 놀라운 대상을 상대로 생명을 부여할 수 있다는 내 이론, 그 첫 번째 성공에 너무 도취한 나머지 나는 내 능력을 의심할 수 없었소. 그처럼 난해한 작업을 진행하기에 당장 가지고 있는 재료도 충분치 않았지만, 그래도 결국엔 성공하리란 걸 믿어 의심치 않았고 말이오. 나는 수없이 많은 실패가 선행될 것으로 생각하고 마음을 단단히 먹었소. 작업의 진척 없이 제자리에서 맴돌게 될 수도 있고, 작업을 완료하고서도 결함을 발견할 수 있잖소. 그렇다고는 해도 학문적으로, 그리고 기술적으로 매일 개선이 이뤄지고 있었기에, 나는 희망에 부풀었소. 최소한 나의 이 시도가 언젠가 반드시 이뤄질 성공의 발판이 될 테니. 게다가 나는 이 계획이 엄청나고 어렵다 해서 불가능하다 여기지 않았거든. 이런 생각으로 나는 사람의 형체를 한 피조물을 만들기 시작했소. 미세한 부분을 가지고 씨름하느라 속도를 낼 수 없자, 나는 처음 계획했던 것과 달리 크기를 거대하게 키웠소. 키를 240센티미터 정도로 잡고, 나머지도 비율에 맞게 크기를 키웠으니 말 그대로 거대했지. 이렇게 계획을 수정하고 몇 달을 매달린 끝에 나는 필요한 모든 준비를 마쳤고, 작업에 착수했소.

첫 성공의 희열을 느낀 이후로 얼마나 수많은 감정이 허리케인처럼 계속해서 내게 휘몰아쳤는지 그 누구도 짐작 못하리라 확신하오. 생사의 문제는 내가 제일 먼저 깨부수고 어둠이 드리운 이 세상에 폭포 같은 빛을 들이부어야 하는 부분이었소. 내게는 완벽한 경계선이었달까. 새로운 종種의 탄생으로 행운이라고밖에 말할 수 없는 우월한 존재들이 나로 인해 존재하게 될 것이고, 그들은 나를 만물의 근원이자 창조주로 받들 테니까 말이오. 아버지로서 자식에게 은혜의 보답을 요구할 자격을 따질 때, 나보다 자격이 충분한 사람이 있을 리 없지. 생각이 이런 식으로 흘러가다 보니, 내가 무생물에 생명을 부여할 수 있다면 썩어 가고 있는 시체도 부활시킬 수 있겠다는 생각까지 하게 됐소(지금은 그게 불가능하단 걸 알지만 말이오).

끊임없이 노력하며 목표를 향해 정진하는 동안 이런 생각들이 나를 지탱하고 있었소. 연구에 골몰하느라 낯빛이 파리해졌고, 종일 연구실에만 붙박여 있다 보니 육신도 허약해졌거든. 확실히 진척을 보인다 싶은 순간에 실패한 적도 많소. 그럴 때마다 나는 다음 날이면, 아니, 한 시간만 더 해 보면 성공하리라는 희망에 매달렸소. 나 자신까지 바친 희망, 그것이야말로 나만의 비결이었다오. 한밤중의 달빛이 지켜보는 가운데 나는 잔뜩 긴장한 채로 쥐 죽은 듯 자연의 은밀한 비밀을 캐내기 위해 고군분투했소. 내 고역의 끔찍함을 대체 누가 이해할 수 있겠소? 질척이는 묘지의 진흙탕을 헤집고 다니는 그 기분, 진흙 덩어리를 살아 움직이게 만들기 위해 살아 있는 짐승을 고문하는 기분, 그 기분을 누가 알겠느냔 말이오. 지금 이 순간에도 사지가 바들바들 떨리고, 그때의 광경이 눈앞에 어른거리오. 하지만 그때의 나는 거부할 수 없는, 광기에 가까운 충동에 등 떠밀리고 있었소. 유일한 목적을 제하고는 이성도, 감정도, 모두 잃었던 듯하오. 일종의 무아지경이었는데, 물론 연구하는 내내 그런 상태였던 건 아니오. 그렇게 몽롱해질 때마다 나는 금세 날 선 이성을 되찾으려 했고, 그렇게 비정상적인 자극이 멈추면 이내 평소 습관대로 행동했소. 시체 안치소에서 뼈를 모았고, 불결한 이 손으로 인체의 엄청난 비밀을 파헤쳤소. 꼭대기 층에 있던 내 방은 복도와 층계 때문에 숙소의 다른 방들과 따로 떨어져 있었는데, 그 외딴 방에서, 아니, 차라리 감옥이라는 게 더 어울릴 그곳에서, 나는 더러운 창조의 작업을 이어 나갔소. 세밀한 작업을 하느라 눈알이 빠질 것 같더구려. 필요한 재료들은 해부실과 도축장에서 많이 얻은 편이오. 이따금 본능적으로 내가 하는 일이 혐오스럽게 느껴지기도 했소. 그럴 때도 내 열의만큼은 꾸준히 커졌기에, 끝내 내 작업은 막바지에 이르렀소.

　한 가지 목표에 몸과 마음 모두를 사로잡힌 채 그렇게 시간을 보내는 사이 여름이 다 갔소. 그해 여름은 유난히도 아름다웠소. 들판의 곡식은 풍성히 잘 여물었고, 농장의 포도도 그 어느 해보다 훌륭한 포도주로 담가지기 적절하게 익었소. 하지만 나는 그런 멋진 풍광에 눈 돌리지 못했소. 그리고 내 주위를 둘러보지 못하게 만든 바로 그 감정 때문에 마찬가지로 나는 오랫동안 멀리 떨어져 살며 만나지 못한 사랑하는 사람들마저 잊고 살았소. 내가 소식을 전하지 않으면 그들이 불안해한다는 것은 알고 있었소. 아버지의 말도 잘 기억하고 있었지.

"그곳에서의 생활에 만족하는 한 네가 틈틈이 사랑하는 가족 걱정도 할 것을 안다. 그러면 꾸준히 우리에게 소식도 전하겠지. 그러니 이것만큼은 알아 두거라. 주기적으로 도착해야 할 네 서신이 오지 않는다면, 나는 네가 다른 할 일도 충실히 해내지 못하는 것으로 생각하겠다."

이런 말까지 들었던 터라 아버지의 감정이 어떨지 충분히 짐작하고도 남았소. 그러나 나는 한순간도 딴생각할 여유가 없었소. 내 머릿속을 장악한 생각은 그 자체로 역겨웠지만, 도무지 억누를 수가 없었기 때문이오. 그러니까 나는 말이오. 솔직히 애정이란 감정을, 그 비슷한 모든 감정을 다 미뤄 두고 싶었소. 내 본성까지 집어삼킨 대업을 완수할 때까지.

당시의 나는 아버지가 만약 나의 무심함을 잘못이라고

생각하거나 비행非行 탓으로 여긴다면, 그건 아버지가 틀렸다고 생각했소. 하지만 지금의 나는 아버지가 옳았다는 것을 아오. 나는 그 어떤 비난을 받아도 마땅했소. 자신을 책임질 줄 아는 성인이라면 항상 평온한 마음가짐을 유지할 줄 알아야 하고, 욕망이나 일시적인 충동에 흔들려서는 안 되는 법이오. 지식의 추구도 예외가 될 수 없소. 당신이 몸담은 연구로 인해 애정 어린 관계가 흔들린다면, 그 연구로 인해 어떠한 불순물도 없는 순수한 기쁨을 느낄 수 있는 감각이 손상된다면, 그렇다면 그 연구는 절대 손대면 아니 되오. 말 그대로 그 연구는 인간이 할 짓이 아니란 뜻이오. 모두가 이런 원칙을 지켰다면, 그러니까 가족의 사랑이 안겨 주는 평온함을 깨트릴 만한 행동이 그 누구에게도 허락되지 않았다면, 그리스는 식민지가 되지 않았을 것이고, 카이사르는 조국을 구했을 것이며, 멕시코와 페루의 제국들이 파괴되는 일 없도록 아메리카 대륙은 좀 더 차근차근 개척되었을 것이오.

설교를 늘어놓느라 가장 재미있는 부분을 얘기하는 중이었다는 걸 잊었구려. 당신 표정을 보니 하던 이야기나 계속해야겠소.

아버지가 보내온 서신에는 나를 나무라는 말은 조금도 담겨 있지 않았소. 그저 예전보다 내가 하는 일을 좀 더 자세히 물어볼 뿐이었지. 내가 소식을 전하지 않는 연유가 궁금했을 테니까. 내 새로운 목표에 열중하는 사이 겨울, 봄, 그리고 여름까지 지나갔소. 하지만 나는 꽃이 피는 것도, 나무에 잎이 무성해지는 것도 보지 못했소. 풍경을 감상하는 것이 한때 내 가장 큰 기쁨이었던 시절도 있건만, 연구에 완전히 몰두한 나머지 나는 그런 것도 모두 잊었소. 무성하던 잎이 시들어 낙엽 진 후에야 내 작업은 마지막 단계에 접어들었소. 날마다 성공이 성큼성큼 눈앞으로 다가왔소. 하지만 너무도 초조한 나머지 기뻐할 수가 없었다오. 꼴도 말이 아니었소. 무슨 광산에서 일하는 노예나 약에 취한 예술가, 아니 그보다 더 고약한 일에 목매고 있는 사람 같았거든. 매일 밤 나는 미열에 시달렸고, 극심한 고통을 불안해하는 상태가 되었소. 나는 떨어지는 나뭇잎에도 깜짝 놀라 소스라쳤고, 죄지은 사람처럼 학우들을 피해 다녔소. 몇 번은 내가 어떤 꼴을 하고 있는지 알아채고 경악하기도 했소. 목적의식, 그 하나로 버텼소. 곧 끝나리라. 끝나기만 하면 운동도 하고 삶을 즐길 수도 있으리라. 그러면 막 시작된 이 질병이 씻은 듯 나으리라. 나는 그렇게 믿었소. 그리고 그렇게 되도록 하리라고 다짐했소. 내 피조물이 완성되기만 한다면 말이오.

제5장

　음산한 11월의 어느 밤, 나는 고된 노력의 결실을 마주했소. 초조함이 극에 달해 고통스러울 지경이었소. 나는 발치에 놓인 인간 형상의 물체에 존재의 불꽃을 불어넣을 수 있도록 주변에 둔 필요한 기구들을 끌어 모았소. 어느덧 새벽 1시가 됐더구려. 빗줄기가 음침하게 유리창을 두들겼소. 초는 거의 다 타서 꺼지기 직전이었지. 반으로 작아진 촛불이 희미하게 깜빡일 때, 바로 그때 괴물이 느릿느릿 누런 눈꺼풀을 들어 올렸소. 그것은 거칠게 숨을 몰아쉬더니 경련하듯 사지를 휘젓기 시작했소.

　재앙을 마주한 내 감정을 뭐라 설명할 수 있을까? 아니, 내가 각고의 노력 끝에 빚어낸 그 끔찍한 존재를 어떻게 표현해야 할까? 나는 그것의 사지와 육신이 균형을 이루도록 비율을 조절했고, 아름답도록 모든 부분을 하나, 하나 세심하게 골랐소. 아름답도록 말이오! 맙소사, 그 무슨 말도 안 되는! 꿈틀대는 근육과 혈관을 누런 피부가 간신히 가리고 있었소. 풍성한 검은 머리칼엔 윤기가 흘렀고, 이빨도 진주처럼 하얗기만 했지만, 그런 보기 좋은 것들은 외려 다른 흉한 것들과 더 끔찍하게 대조될 뿐이었소. 이를테면 눈동자와 흰자위가 서로 구별할 수 없을 정도로 비슷하게 회갈색이어서 흐리멍덩해 보이는 눈이라든가, 쭈글쭈글한 얼굴, 새까만 입술 같은 흉한 부분 말이오.

사람의 감정은 참으로 변덕스럽지. 살아가면서 겪게 되는 그 어떤 사건도 그보다 변화무쌍하진 못하니까. 나는 조립된 인체에 생명을 불어넣겠단 일념으로 2년 가까운 시간 동안 연구에 매진했소. 그 때문에 나는 휴식도, 건강마저도 모두 잃었다오. 평범한 사람들이 넘보지도 못할 정도로 간절한 욕망이었던 탓이오. 하지만 내가 할 수 있는 일은 모두 끝났고, 아름다운 존재를 만들겠다던 꿈은 허망하게 사라졌으며, 숨 막히는 두려움과 역겨움만이 내 마음에 남았소. 내가 만들어 낸 피조물의 모습을 도저히 참고 바라볼 수 없었던 나는 그만 연구실을 박차고 나왔소. 그리고 나 자신을 진정시키기 위해 침실에서 긴 시간 동안 계속해서 서성댔소. 끝내 소란스럽던 마음을 진정시킨 것은 무기력함이었소. 나는 입은 옷 그대로 침대에 몸을 파묻고 단 몇 분이라도 모든 걸 잊을 수 있길 간절히 바랐소. 하지만 아무 소용 없었지. 잠시나마 깜빡 졸기는 했지만, 그 짧은 순간까지도 나는 악몽에 시달렸소. 잉골슈타트의 거리를 걷고 있는 생기 넘치는 모습의 엘리자베스를 보는 꿈이었소. 나는 깜짝 놀라면서도 너무 기쁜 나머지 그녀를 와락 껴안았소. 하지만 내가 처음으로 그녀의 입술에 입 맞추던 순간, 그녀의 입술이 시체처럼 검푸르게 물들었소. 내 품에 안겨 있던 그녀의 모습도 어머니의 시신으로 변했고 말이오. 어머니의 시신은 플란넬 천으로 된 수의를 걸치고 있었고, 그 주름 사이로 구더기가 기어 다녔지. 나는 겁에 질려 소스라치며 잠에서 깼소. 이마에 식은땀이 흥건했고, 이가 딱딱 부딪쳤으며, 사지가 바들바들 떨렸소. 그때 창문 너머에서 집 안을 어스름히 비추는 흐릿한 노란 달빛, 그 빛을 통해 나는 끔찍한 존재를 보고야 말았소. 내가 만들어 낸 추악한 괴물 말이오. 그놈은 내 침대를 가리고 있던 커튼을 들추었소. 놈의 시선은 내게 고정되어 있었소. 그걸 눈이라고 할 수 있을진 모르겠지만. 그놈은 뺨에 주름이 질 정도로 히죽히죽 웃으며 턱을 쩍 벌린 채로 알아들을 수 없는 소리를 웅얼댔소. 무슨 말을 했을지도 모르지만, 내 귀엔 들리지 않았소. 그놈은 나를 붙들려는 듯 한쪽 팔을 쭉 뻗었지만, 나는 그 팔을 피하고 곧장 아래층으로 달아났소. 숙소 안뜰에 숨어든 나는 불안한 마음에 밤새도록 정원을 오르락내리락했소. 그리고 주위의 소리에 귀를 기울였소. 뭔가 소리가 들릴 때마다 나는 잔뜩 움츠러들었소. 혹시 그게 내가 어리석게도 생명을 줘 버린, 악마 같은 송장이 다가오는 소리일까 봐.

아! 그 흉측한 얼굴을 보고도 두려워하지 않을 사람은 절대 없소. 산송장도 그놈보다 흉물스럽지 않을 테니까. 작업하는 동안에도 나는 그 얼굴을 오래도록 보았소. 그때도 보기 좋진 않았지. 하지만 근육과 관절이 움직일 때 그놈의 모습이란, 설령 단테Dante라 해도 그런 모습은 상상하지 못했을 거요.

그 밤은 내게 비참한 시간이었소. 몇 번은 심장이 하도 빠르고 심하게 뛰어 온몸의 혈관이 두근대는 느낌마저 받았다오. 하지만 그 외에는 무력감과 극도의 나약함에 젖어 땅속으로 가라앉는 기분이었소. 두려움, 좌절의 쓰라림, 그 모든 감정이 뒤섞여 있었소. 오랫동안 일용할 양식과 안락한 쉼터가 되어 준 내 꿈이 이제 지옥으로 변해 버렸잖소. 변화는 너무도 급작스러웠고, 반전은 너무도 완벽했소.

이윽고 흐리고 음울한 아침이 밝았소. 밤을 새워서 쓰라린 내 두 눈에 잉골슈타트 교회의 하얀 시계탑이 들어오더구려. 시계는 6시를 가리키고 있었소. 수위가 밤새 내 피난처가 되어 준 안뜰 정원의 문을 열기에, 나는 곧장 거리로 뛰쳐나가 발 빠르게 움직였소. 어떻게든 그놈을 피하려는 것처럼 모퉁이를 돌 때마다 그놈이 시야에 있는지 확인하면서 말이오. 먹구름으로 뒤덮인 궂은 하늘이 퍼붓는 비에 흠뻑

젖었지만, 나는 숙소로 돌아갈 엄두를 낼 수 없었소. 그냥 한곳에 머무를 수 없다는 생각뿐이었지.

나는 마음의 짐을 덜기 위해 어떻게든 몸을 움직이며, 그렇게 한동안 계속 걷기만 했소. 내가 어디 있는지, 내가 뭘 하고 있는지, 그런 생각은 일절 하지 않고 그냥 길만 휘젓고 다녔소. 두려움에 내내 가슴이 두근거렸소. 마음이 조급해 걷다 뛰는 것을 반복했고 말이오. 그런 내가 다른 사람 눈에 어떻게 보이든, 그건 아무 상관이 없었소.

인적 없는 길 위에 홀로 선 사람처럼,
염려하고 두려워하며 걷던 그는,
기어코 한 번 주위를 둘러보고 걸음을 옮기더니,
이후로 고개를 돌리지 않네.
이제 그도 알기 때문이지,
두려운 벗은 등 뒤에서 따라오고 있음을.[23]

그렇게 계속 걷기만 하던 나는 마침내 한 여관 맞은편에 다다랐소. 평소 각종 마차가 정차하던 곳이었소. 거기서 나는 걸음을 멈추었는데, 왜 그랬는지 이유는 모르겠소. 몇 분 간 나는 도로의 저쪽 끝에서 나를 향해 다가오는 마차만 가

---

23   사무엘 테일러 콜리지의 〈노수부의 노래〉.

만히 바라보았소. 그 마차가 가까이 다가왔을 때야 나는 그게 스위스 승합마차임을 알았소. 마차는 정확히 내 앞에서 멈춰 섰고, 곧 문이 열렸소. 앙리 클레르발이 나를 바라보며 냅다 소리를 질렀소.

"내 친구, 프랑켄슈타인! 진짜 반갑다! 내가 도착하는 시간에 딱 맞춰서 네가 여기 있다니, 이렇게 운이 좋을 수가!"

클레르발을 마주했을 때의 그 기쁨은 이루 말로 다 할 수가 없소. 그를 보자마자 아버지, 엘리자베스, 그리고 소중한 기억 속 고향 풍경까지, 그 모든 생각이 단번에 되살아났으니. 나는 잠시나마 두려움과 절망을 모두 잊고 그의 손을 움켜쥐었소. 몇 달 만에 처음으로 평화롭고 고요한 즐거움을 느꼈소. 나는 내 벗을 진심으로 반갑게 맞이했고, 우리는 학교까지 나란히 걸어갔소. 클레르발은 우리 둘 다 아는 친구들의 근황을 들려주었고, 운 좋게 잉골슈타트에 오는 걸 허락받게 된 사정을 설명했소.

"너는 이해할 거야. 우리에게 필요한 모든 지식이 그 대단하신 회계장부에만 들어 있는 게 아니라고 우리 아버지를 설득하는 게 얼마나 어려운 일이었을지. 그리고 솔직히 말하자면, 아버지는 끝까지 내 말에 설득되지 않았을걸. 왜냐하면, 내가 지치지도 않고 졸라 댈 때마다 아버지는 매번 《웨이크필드의 목사》에 나오는 네덜란드인 교장이랑 똑같은 소리만 해 댔거든. '그리스어를 몰라도 1년에 1만 플로린[24]을 벌어들였고, 그리스어를 몰라도 배부르게 먹고 살았네.'[25] 하지만 사랑하는 아들의 애원 앞에선 지식이라면 치를 떨던 아버지도 어쩔 수 없었지. 결국에는 이렇게 내가 배움의 땅으로 탐험을 떠나는 걸 허락하셨잖아."

"너를 보게 돼서 정말 기쁘다. 하지만 먼저 우리 아버지와 내 형제들, 그리고 엘리자베스 소식을 먼저 듣고 싶어."

"다들 아주 잘 지내지. 아주 행복하게 말이야. 네 소식이 뜸해서 약간 불안해하는 것만 빼면. 말이 나왔으니까 말인데, 네 가족을 대신해 내가 잔소리 좀 해야겠다. 근데, 프랑켄슈타인, 이 친구야."

클레르발은 잠시 말을 멈추고 내 얼굴을 뚫어져라 들여다보더니 말을 이었소.

"좀 전까지 몰랐는데, 너 왜 이렇게 얼굴이 안 좋은 거야? 너무 말랐잖아. 창백한 것 좀 봐. 꼭 며칠 밤을 꼬박 새운 사람처럼 보여."

"제대로 봤어. 최근에 굉장히 몰두하고 있던 일이 있어서

---

24   플로린은 2실링짜리 옛날 영국 동전으로, 지금의 10펜스에 해당한다.―옮긴이

25   《웨이크필드의 목사(The Vicar of Wakefield)》(1766)는 아일랜드의 작가 올리버 골드스미스의 소설이다. 본문에서 인용한 부분의 전체 문장은 다음과 같다. "이보게, 젊은이. 나는 그리스어를 배운 적이 없네. 그리고 한 번도 그걸 아쉬워한 적이 없어. 그리스어를 몰라도 나는 의사 모자와 가운을 걸쳤네. 그리스어를 몰라도 1년에 1만 플로린을 벌어들였고, 그리스어를 몰라도 배부르게 먹고 살았네. 간단히 말해, 나는 그리스어를 모르기 때문에, 그리스어가 필요하다는 말을 믿을 수가 없는 거야."

말이야. 보다시피 제대로 쉬지도 못했지. 하지만 그 모든 게 지금은 끝났다고, 나는 드디어 자유라고, 그렇게 믿고 싶다. 진심으로."

　나는 지난밤의 일, 아니 그 일을 연상시키는 그 무언가를 생각하는 것조차 견딜 수 없었소. 몸이 부들부들 떨리더구려. 걸음을 재촉한 덕에 우리는 금세 대학에 도착했소. 그제야 그 괴물이 여전히 내 방에서 산 채로 서성대고 있을지 모른다는 생각이 났소. 몸서리가 나더구먼. 그 괴물을 보는 것도 무서웠지만, 앙리가 그걸 보게 되는 게 더 두려웠으니까. 나는 클레르발에게 몇 분만 아래층에서 기다려 달라고 부탁하고, 내 방으로 쏜살같이 달려 올라갔소. 생각을 가다듬기도 전에 방문 자물쇠에 손부터 먼저 올라갔다오. 잠시 멈칫하자 오한이 밀려왔소. 나는 꼬마들이 문 뒤에 유령이 있을까 봐 무서울 때 그러는 것처럼 벌컥 문을 열어젖혔소. 잔뜩 겁에 질린 채 방 안으로 들어섰지만, 내 방은 텅 비어 있었소. 침실에도 그놈은 없었지. 처음엔 뜻밖의 행운을 믿을 수가 없었소. 하지만 원수처럼 느껴지는 그놈이 달아난 것을 분명히 확인하고 나자, 나는 너무 기뻐 박수를 쳐 대며 클레르발이 있는 아래층으로 달려 내려갔소.

　우리가 내 방으로 올라가고 얼마 후 하인이 아침 식사를 가져왔소. 그런 와중에도 나는 자제할 수가 없었소. 단순히 기뻤던 게 아니었거든. 온몸의 감각이 예민해져서 살갗이 얼얼했고, 맥박이 빠르게 뛰었소. 나는 한순간도 가만히 있지 못하고, 의자에 뛰어올랐다가, 손뼉을 치다가, 자지러졌소. 클레르발은 평소와 다른 나를 보고 맨 처음엔, 자신을 만난 게 반가워서 그러는 것으로 생각했소. 하지만 나를 가만히 관찰하던 그는 이내 내 눈에서 설명하기 힘든 광기를 보았소. 그리고 제멋대로 터져 나오는 우렁차고 삭막한 내 웃음소리에 움츠러든 채로 당혹스러워했소.

클레르발이 소리쳤소.

"빅터, 도대체 무슨 일이야? 그런 식으로 웃지 마. 너무 이상해 보여! 대체 왜 이러는 건데?"

"나한테 묻지 마."

순간 끔찍한 존재가 방 안으로 미끄러져 들어오는 환영을 본 나는 두 눈을 가리며 이렇게 외쳤소.

"저놈이 말해 줄 거야. 맙소사, 살려 줘! 살려 줘!"

나는 괴물이 나를 붙드는 줄 알고 거칠게 몸부림치다 의자 아래로 굴러떨어졌소.

가엾은 클레르발! 그 녀석의 기분이 어땠겠소? 그가 부푼 가슴을 안고 고대하던 우리의 만남이 기묘한 방식으로 실망스러워졌으니. 하지만 그때의 나는 그의 비통함을 알아차리지 못했소. 나는 죽은 것이나 다름없었고, 오래, 아주 오랫동안 제정신을 차리지 못했거든.

그렇게 시작된 신경성 발열 때문에 나는 몇 달간 병상을 떠나지 못했소. 그런 나를 내내 곁에서 돌봐 준 건 오직 앙리뿐이었소. 나중에 알게 된 사실이지만, 앙리는 내 가족에게 내가 얼마나 심각한 상태인지를 알리지 않았다고 하오. 그 슬픈 소식을 듣게 되면 연로한 내 아버지가 먼 길을 오다 탈이 날 수도 있고, 엘리자베스는 내내 끙끙 앓게 될 수 있을 테니 말이오. 앙리는 내게 자신보다 더 나은 간병인이 없다는 걸 잘 알고 있었소. 그는 늘 다정한 모습으로 세심하게 나를 배려했고, 반드시 내가 회복될 거라고 굳게 믿었소. 그렇게 믿었기에 내 상태를 가족에게 숨기는 것이 가족에게 해를 끼치는 것이 아니라 그가 해 줄 수 있는 가장 큰 배려라고 확신했고 말이오.

하지만 내 상태는 정말로 심각했소. 내 벗의 지칠 줄 모르는 무한한 애정이 없었다면 나는 결코 회복하지 못했겠지. 내가 만들어낸 괴물의 형상이 계속 눈앞에 어른거렸기에 나는 쉴 새 없이 악을 쓰며 괴물 이야기만 늘어놓았소. 앙리가 내 말에 충격을 받았다는 건 의심의 여지가 없소. 맨 처음 그는 내 얘기가 열병 때문에 환각을 보고 하는 헛소리라고 생각했소. 하지만 내가 집요하게 같은 얘기를 반복하자, 결국엔 그도 내가 그런 상태에 빠지게 된 이유가 뭔가 비상식적인, 끔찍한 사건 때문이라고 생각하게 됐소.

이따금 상태가 악화되어 앙리를 놀라게 하거나 힘들게 만들기도 했지만, 그런 과정을 거치며 나는 조금씩, 아주 조금씩 회복되어 갔소. 앓아눕고 나서 처음으로 바깥세상을 바라볼 수 있게 되어 기쁨 비슷한 감정을 느꼈던 게 기억나는구려. 낙엽은 자취를 감추었고, 내 방 창문에 드리운 나뭇가지에 새순이 돋았더구먼. 만물이 소생하는 봄이었소. 봄이란 계절이 가진 생명의 힘이 내 회복에도 큰 도움이 되었소. 가슴에 기쁨과 애정이 되살아났고, 우울한 감정은 조금씩 사라졌소. 그렇게 잠시나마 나는 사악한 욕망에 잠식당하기 전처럼 활기찬 사람이 되었소.

"클레르발, 네가 나한테 해 준 걸 생각하니 고마움을 어떻게 표현해야 할지 모르겠다. 네 공부를 하겠다고 여기 온 건데, 겨우내 나를 보살피느라 시간을 다 보냈잖아. 이 빚을 어찌 갚을 수 있을까? 네가 이해해 주리란 건 알지만, 그래도 내가 무슨 짓을 저질렀던 건지 후회가 막심해."

"자책하지 않고 얼른 예전 모습을 되찾는 게 나한테 빚을 갚는 거야. 네 상태가 괜찮아 보여서 한 가지만 물어볼까 하는데, 괜찮아?"

나는 부르르 몸을 떨었소. 한 가지! 그게 뭐겠소? 설마 내가 생각하기도 싫은 그 얘기를 하려는 걸까?

내 낯빛이 변하는 걸 알아챈 클레르발이 이렇게 말했소.

"진정해. 그렇게 불안하다면 아무 말 안 할게. 그래도 네가 직접 편지를 쓰면 네 아버지와 사촌 누이가 정말 기뻐할 것 같단 말이지. 네 가족은 네가 얼마나 아팠는지 거의 모른단 말이야. 그래서 긴 시간 동안 네 연락을 받지 못해 불안해하고 있어."

"물어보겠다는 게 그거야, 앙리? 내가 정신을 차리고서 내가 사랑해 마지않는 내 소중한 가족 생각을 제일 먼저 하지 않을까 봐? 정말 그렇게 생각한 거야?"

"어이쿠, 이렇게 열을 내는 걸 보니 며칠 전 도착한 이 편지를 보면 아주 좋아 죽겠구나. 네 사촌이 보낸 것 같더라."

제6장

클레르발은 내 손에 편지를 쥐여 주었소. 사랑하는 나의 엘리자베스가 보낸 편지였소.

. . . .

사랑하는 내 사촌에게

넌 앓아누운 거야. 위독한 상태인 게 분명해. 앙리가 사려 깊게도 꾸준히 편지를 보내 주고 있었지만, 그 정도론 안심이 안 돼. 글도 쓸 수 없는 상태인 거야. 펜도 잡을 수 없는. 그게 아니라면 우리가 안심할 수 있도록 한 단어라도 좋으니 무슨 글이라도 보내 줘, 빅터. 오래전부터 편지를 쓸 때마다 이 말을 해야 할지 망설여 왔단 말이야. 잉골슈타트에 직접 가 보겠다고 나서시는 숙부님을 말린 것도 벌써 몇 번째인지 몰라. 숙부님께서 먼 길 가시다가 몸이라도 상하시진 않을까, 사고를 당하시진 않을까 싶어 말리긴 했어. 하지만 정작 내가 직접 가지 못한다는 게 얼마나 괴로웠던지, 그렇게 안타까웠던 게 한두 번이 아니라고! 내 생각으론 돈 받고 일하는 늙은 간병인이 네 병상을 지키고 있는 게 분명해. 그런 간병인은 네가 뭘 원하는지 알아차리지도 못할 테고, 그런 데에 관심도 없을 텐데. 내가 마음만 졸이고 있는 대신 애정과 관심으로 널 보살펴 줄 수 있으면 좋으련만. 이런 얘기는 여기서 끝내야겠다. 방금 클레르발의 편지를 받았어. 네가 많이 나아졌다고 하더라. 네가 직접 쓴 편지로 그게 사실인지 얼른 확인할 수 있으면 좋겠다.

얼른 쾌차해서 우리한테 돌아와. 너를 정말로 사랑하는 행복하고 활기찬 가족과 친구들이 이곳에서 널 기다리고 있어. 숙부님은 건강하셔. 너를 보고 싶어 하시는 것, 네가 잘 있는지 알고 싶어 하시는 것, 그것 말곤 원하시는 게 없거든. 네 문제가 아니라면 숙부님의 자애로운 얼굴이 그늘지는 일은 결코 없을 거야. 에르네스트Ernest는 또 얼마나 많이 자랐다고! 너도 보면 정말 좋아할 텐데. 에르네스트는 이제 열여섯이야. 아주 혈기 왕성하지. 진정한 스위스인이 되겠다며 군인이 되어 해외에서 일하고 싶어 하지만, 적어도 녀석의 형이 돌아올 때까지는 보내 줄 수 없지. 숙부님은 먼 타지에서 군 복무를 한다는 게 영 마뜩잖은 눈치지만, 사실 에르네스트한테는 너만 한 학습 의욕이 없거든. 공부하는 걸 무슨 끔찍한 족쇄처럼 여긴다니까. 그러다 보니 대부분 산을 오르거나 호수에서 배를 타는 식으로 바깥에서만 시간을 보내. 우리가 마음을

접고 에르네스트가 원하는 대로 입대하게 해 주지 않는
다면, 맨날 빈둥대기만 하는 게으름뱅이가 될까 봐 겁이
날 지경이야.

애들이 자란 것 말고는 네가 떠난 후로 달라진 게 거의
없어. 푸른 호수도, 눈 덮인 산도, 모두 여전히 그대로지.
우리 가족은 무탈하게, 주어진 것에 만족하며 예전과 똑
같이 일상을 살아 나가고 있다고 생각해. 나는 가족을 돌
보면서 시간을 보내는데, 대단한 일은 아니지만 즐거워.
그들의 행복하고 따스한 표정을 보는 게 내 수고의 대가
인 셈이야. 네가 떠난 후로 한 가지 변화가 있긴 했구나.
쥐스틴 모리츠Justine Moritz가 어쩌다 우리와 함께 살게 되
었는지 기억해? 어쩌면 기억 못 할지도 모르니 그 애 얘
기를 간단히 들려줄게. 쥐스틴의 친모인 모리츠 부인은
네 명의 아이를 둔 과부였어. 쥐스틴은 셋째 딸이었지. 그
애는 아버지의 사랑을 독차지했는데, 이상하게도 모리츠
부인은 그걸 못마땅하게 여겨서 쥐스틴을 눈엣가시로 여
겼어. 모리츠 씨가 죽자 모리츠 부인은 쥐스틴을 심하게
학대했어. 그걸 보신 숙모님께서 쥐스틴이 열두 살이었을
때 그녀가 우리 집에서 지낼 수 있도록 모리츠 부인을 설
득하셨어. 공화제 국가인 우리나라는 주위의 군주제 국
가보다 예법이 더 단순하고 적절하잖아. 그러다 보니 계
층 간 차이도 적은 편이지. 하층민이라고 몹시 곤궁하지

도 않고 대단한 멸시를 받는 것도 아니니까. 이런 관습은 꽤 윤리적이고 훌륭하다고 생각해. 제네바에서 하인이란 단어와 프랑스나 잉글랜드에서 하인이란 단어가 같은 의미가 아닌 것만 봐도 그래. 어쨌든 이렇게 해서 쥐스틴이 우리 집에서 하녀 일을 배우며 집안일을 돕게 된 거야. 인간의 존엄성을 무시하고 짓밟는 방식이 아니라, 다행스럽게 우리나라 관습에 따라서 적절한 대우를 받는 식으로 말이야.

네가 기억할지 모르겠지만, 넌 쥐스틴을 많이 좋아했어. 쥐스틴을 흘긋 쳐다보기만 했을 뿐인데도 네 기분이 나아졌던 적이 있었는걸. 아리오스토가 안젤리카의 미모를 두고 늘어놓던 얘기와 꼭 같은 의미였겠지.[26] 쥐스틴은 늘 환한 얼굴에 순수해 보이는 아이였으니까. 숙모님도 쥐스틴을 참 많이 아끼셨어. 그래서 데려올 때 생각하셨던 것보다 수준 높은 교육을 하셨잖아. 쥐스틴은 그 은혜를 충분히 갚았어. 매사에 감사할 줄 아는 아이였으니까. 그 아이에게서 직접 감사하다는 말을 들었다는 건 아니야. 하지만 너도 봤으니 알 거야. 그 아이의 두 눈에 숙모님을 향한 사랑이 가득했던 거. 워낙에 쾌활한 아이여서 여러

---

26   아리오스토(Ariosto)는 이탈리아의 시인으로, 《광란의 오를란도》라는 작품을 남겼다. 이 작품은 시인 마테오 마리아 보이아르도의 《사랑하는 오를란도》라는 작품과 이어지는 것으로, 주요 등장인물이 같다. 두 작품 모두 샤를마뉴의 전사인 오를란도가 고대 중국의 공주 안젤리카(Angelica)에게 반하고, 그로 인해 여러 모험을 하게 되는 영웅 서사시이다.-옮긴이

가지 부분에서 덜렁대긴 했지만, 숙모님에 관한 것이라면 작은 손짓 하나도 놓치지 않았거든. 쥐스틴은 숙모님을 완벽한 사람으로 생각했기에 숙모님의 말투나 행동까지도 그대로 따라 하려고 애를 썼어. 그래서 지금도 가끔 쥐스틴을 보면 숙모님을 떠올리게 돼.

숙모님이 돌아가셨을 때 다들 각자의 슬픔에 잠긴 나머지 가엾은 쥐스틴을 살펴본 사람이 없었어. 숙모님 곁에서 내내 간호한 게 쥐스틴이었는데도. 쥐스틴 역시 심하게 앓았어. 하지만 또 다른 시련이 그 아이를 기다리고 있었지.

차례로 쥐스틴의 형제자매가 죽었던 거야. 모리츠 부인은 학대했던 딸 하나를 제외하고 다른 모든 자식을 잃었어. 그녀는 양심의 가책을 느끼기 시작했어. 자신이 다른 자식들만 예뻐하고 쥐스틴만 학대했기 때문에 그 모든 변고가 벌어진 거라고 말이야. 모리츠 부인은 로마 가톨릭 신자였는데, 내 생각엔 고해신부도 그 생각을 부추긴 것 같아. 그런 사정으로 네가 잉골슈타트로 떠나고 몇 달 뒤에 모리츠 부인은 딸을 집으로 불러들였어. 그때 쥐스틴이 어쩌나 가엾던지! 우리 집을 떠날 때 눈물을 그치지 못하더라고. 숙모님이 돌아가신 후로 쥐스틴이 많이 바뀌기도 했어. 그렇게 생기발랄하던 아이였는데, 늘 슬픔에 젖어 기운 빠진 모습으로 조용히 지냈거든. 어머니와 함께 지내는데도 쥐스틴은 예전의 쾌활함을 되찾지 못했어. 모리츠 부인이 말도 못 할 정도로 변덕스러웠기 때문이야. 쥐스틴에게 자신이 했던 짓을 용서해 달라고 빌 때도 있었지만, 대부분은 다른 아이들이 죽은 게 다 쥐스틴 때문이라며 원망하기 일쑤였거든. 그렇게 점점 성질부리는 게 심해지나 싶더니, 모리츠 부인은 끊임없던 변덕으로 결국 앓아누웠어. 지금은 마음의 평안을 찾았을 거야. 지난 초겨울 찬바람이 불기 시작할 때 세상을 떠났으니까. 쥐스틴은 얼마 전 우리 집으로 돌아왔어. 내가 그 애를 얼마나 아끼는지 알아줬으면 좋겠네. 쥐스틴은 영리하고 친절하며, 무엇보다 엄청 보기 좋아. 아까도 말했지만, 그 애의 표정이나 행동을 보면 숙모님을 떠올릴 수 있단 말이야.

아 참, 빅터, 귀여운 우리 윌리엄William 얘기도 간단히 해야겠네. 네가 윌리엄을 직접 볼 수 있다면 얼마나 좋을까. 윌리엄은 제 또래보다 훨씬 키가 크고, 파란 눈동자에 짙은 속눈썹으로 늘 웃는 눈을 하고 있어. 머리칼도 곱슬곱슬하다니까. 웃을 때면 생기 넘치는 붉은 양 볼에 조그만 보조개가 패지. 벌써 꼬맹이 한두 명을 아내로 삼았는데, 그중에서 루이자 비롱이라고 다섯 살짜리 예쁜 여자애를 제일 좋아해.

빅터, 제네바의 우리 지인들 소식도 궁금할 테지. 어여쁜 맨스필드 양은 잉글랜드에서 온 청년 존 멜버른 씨와의 결혼을 앞두고 벌써 축하 인사를 받고 있어. 맨스필드 양의 못생긴 언니 마농은 지난가을 돈 많은 은행가 M. 뒤빌라르 씨와 결혼했고 말이야. 너랑 친하던 학교 친구 루이 마누아는 클레르발이 제네바를 떠난 이후로 이런저런 사건들 때문에 힘들어하고 있어. 하지만 금세 마음을 다잡고 생기발랄한 프랑스 숙녀인 타베르니에 부인과 결혼할 참이라나 봐. 타베르니에 부인은 마누아보다 훨씬 나이가 많은 과부인데, 평판이 좋고 누구에게나 호감을 잘 얻는 편이야.

글을 쓰는 동안 기분이 괜찮다 싶었는데, 이만 줄이려니 다시 걱정이 앞서네. 편지 써, 빅터. 한 줄이라도, 한 단어라도 좋아. 앙리에게도 편지 자주 써 줘서 고맙다고, 그 친절과 애정에 진심으로 감사하다고 전해 줘. 가족 모두가 고마워하고 있어. 잘 지내, 내 사촌! 몸조리 잘해야 해. 그리고, 이렇게 부탁할게. 꼭 편지 써!

엘리자베스 라벤차
17XX년 3월 18일, 제네바에서

· · · ·

나는 그녀의 편지를 읽자마자 소리쳤소.

"이런, 엘리자베스! 곧장 답신을 써야겠어. 그래야 다들 안심할 거 아냐."

나는 바로 서신을 썼고, 그 바람에 금세 녹초가 되어 버렸

소. 하지만 이미 회복되고 있는 상태였기에 나는 계속 조금씩 차도를 보이며 건강을 회복했소. 2주 후 나는 방을 나갈 수도 있게 되었다오.

회복하자마자 가장 먼저 해야 했던 일은 학교의 여러 교수들에게 클레르발을 소개하는 것이었소. 그 과정에서 나는 당시의 정신 상태로는 버거운 상황을 겪게 됐소. 연구를 마쳤던, 끔찍했던 그날 밤 이후로, 내 재앙이 시작된 그날부터, 나는 자연철학의 모든 것에 강한 거부감을 느끼고 있었소. 그랬기에 건강은 완전히 회복했으나, 화학 기구를 보는 것만으로 신경증이 도지더구먼. 이런 내 모습을 본 앙리는 내 실험 기구들을 모조리 눈에 보이지 않는 곳으로 치워 버렸소. 앙리는 내가 연구실로 쓰던 방을 보면서 불편해한다는 걸 알아차리고 내 방의 배치도 바꾸었소. 하지만 우리가 발트만 교수를 방문했을 땐 클레르발의 이런 노력도 아무 소용이 없었소. 발트만 교수는 내가 과학계에서 놀라운 진보를 이뤄 냈다며 애정이 담긴 따뜻한 찬사를 던졌는데, 그 자체가 내게는 고문과도 같았거든. 발트만 교수는 내가 그 화제를 불편해한다는 걸 알아챘소. 하지만 진짜 이유가 무엇인지는 짐작도 하지 못한 채 그저 내가 겸손해서 그런다고 생각했소. 그러면서 발트만 교수는 나를 대화에 끌어들이기 위해 과학 그 자체를 담론으로 삼았소. 그 의도는 명백했지. 내가 뭘 어쩔 수 있었겠소? 내 기분을 맞춰 주려 그랬다고는 해도 나에게는 괴롭힘이나 다름없었던 것을. 마치 나를 천천히, 잔인하게 죽일 수 있는 고문 도구들을 내 눈앞에 하나씩, 조심스럽게 가져다 놓고 있는 것 같았단 말이오. 나는 교수의 말을 들으며 몸을 배배 꼬았지만, 내가 고통스러워한다는 걸 드러내진 않았소. 평소 눈치가 빠른 클레르발은 자신이 그런 분야에 무지하다는 핑계로 실례를 무릅쓰며 화제를 바꾸었소. 그렇게 좀 더 일반적인 대화가 시작되었소. 내 벗에게 정말로 고마운 감정이었지만, 입 밖으로 내지는 않았소. 처음 내 상태를 알아차리고 클레르발이 깜짝 놀라는 걸 나는 분명히 보았소. 하지만 그는 단 한 번도 내 비밀을 캐묻는 적이 없었소. 나는 클레르발을 진심으로 아꼈고, 그 끝을 헤아릴 수 없을 정도로 존경했소. 그래도 나는 차마 내 비밀을 그에게 털어놓을 수 없었소. 그렇지 않아도 수시로 떠오르는 기억이, 누군가에게 털어놓는 순간 더 자주, 더 생생하게 떠오르게 될까 봐 두려웠기 때문이오.

크럼퍼 교수는 발트만 교수처럼 호락호락하지 않았소. 감당할 수 없을 정도로 예민한 당시 내 상태로는 발트만 교수의 따뜻한 칭찬의 말보다 직설적이고 거침없는 크럼퍼 교수의 찬사가 더 고통스러웠거든. 크럼퍼 교수가 큰 소리로 말했소.

"이런 친구와 어울리지 말게, 클레르발 군! 내 분명히 말하지만, 프랑켄슈타인 군은 우리 모두를 능가하는 자란 말일세. 그래, 원한다면 그렇게 친구를 쳐다보게나. 하지만 이건 절대로 변하지 않는 진실이야. 몇 년 전만 해도 코르넬리우스 아그리파의 말을 복음이라도 되는 양 곧이곧대로 믿고 있던 젊은이가 이 학교의 수재로 거듭나다니. 저자를 빨리 밀어내지 않으면 우리 모두 난감한 처지라고. 암, 그렇고말고."

크럼퍼 교수는 괴로워하는 내 표정을 보고 말을 이었소.

"프랑켄슈타인 군은 겸손하기도 하지. 젊은이로서는 훌륭한 자질이야. 젊은이는 자신의 능력을 의심할 줄도 알아야 하거든. 무슨 말인지 알겠나, 클레르발 군? 나도 젊었을 적엔 자신을 되돌아볼 줄 알았는데, 시간이 훌쩍 지나면서 나이를 먹으니 그런 것도 없어."

그때부터 크럼퍼 교수는 자기 자랑을 늘어놓기 시작했소. 나로서는 짜증스럽던 대화의 주제가 훨씬 편한 것으로 바뀐 셈이었소.

클레르발은 내가 좋아했던 자연철학에 관심을 보였던 적이 없소. 그가 좋아했던 것은 내 분야와 완전히 다르다고 할 수 있는 문학이었기 때문이오. 그는 동방의 언어를 제대로 익히겠다는 계획을 품고 대학에 왔기에, 미리 짜 놓은 인생 계획에 따라서 자신의 분야를 개척해야 했소. 남들이 다 하는 건 하지 않겠다고 다짐한 그는 자신의 모험심을 충족시킬 수 있는 동방으로 눈을 돌렸소. 그는 페르시아어, 아랍어, 산스크리트어에 관심을 가졌고, 나는 그를 따라 같은 공부를 시작했소. 나는 체질적으로 빈둥거리는 걸 싫어했고 나를 괴롭히는 이런저런 생각에서 도피하고도 싶었으나, 기존의 연구는 쳐다보기도 싫었소. 그래서 친구와 함께 같은 공부를 하게 되면서 크게 안도했소. 게다가 동방 학자들의 작품과 논문에서는 가르침뿐 아니라 위안까지 얻었소. 그와는 달리 나는 방언을 분석할 필요가 없었기 때문이겠지. 나는 특별한 목적 없이 그저 일시적인 재미로 그 공부를 하는 것이었으니까. 나는 뜻만 이해하겠다는 생각으로 글을 읽었고, 그것만으로도 매우 값졌소. 동방의 구슬픈 이야기는 마음을 달래 주었고, 유쾌한 이야기는 가슴이 벅차오르게 하더구려. 다른 나라의 작가들을 공부할 땐 단 한 번도 느껴보지 못했던 기분이었소. 동방의 문학에서 삶은 때로 따뜻한 햇볕과 장미 정원 속에 있는 것으로, 때로는 맞서 싸워야 하는 적敵의 미소와 찡그린 얼굴 속에 있는 것으로, 때로는 우리의 가슴을 사로잡는 불꽃과도 같은 것으로 묘사된다오. 남성적 면모를 과시하며 영웅적인 행동만 기리는 그리스나 로마의 서사시와 이 얼마나 다르단 말이오!

그렇게 여름을 보내면서, 나는 가을 끝자락에 제네바로 돌아가기로 하고 일정을 잡았소. 하지만 여러 사정 때문에 제네바로 돌아가려는 일정은 연기되었소. 겨울이 되면서 눈이 쌓여 마차가 다닐 수 없게 된 탓이오. 그렇게 제네바로 돌아가는 것은 다음 봄으로 미뤄야 했소. 오랫동안 고향과 사랑하는 사람들을 다시 볼 날만 고대했던 나는, 일정이 지체되자 매우 속이 상했소. 클레르발이 다른 학우들과 친분을 쌓기도 전에 낯선 곳에 홀로 남겨 두고 떠날 수는 없잖소. 그래서 귀향을 가을까지 미뤘던 것인데, 안타까운 상황이었지. 그래도 그 겨울은 즐겁게 보냈소. 봄은 유난히도 늦게 왔지만, 늦게 당도한 만큼 더욱 아름다웠고 말이오.

5월이 되었을 때 나는 매일같이 출발 날짜를 정해 줄 편지가 오기만 기다리고 있었소. 마침 앙리가 긴 시간 머물렀던 도시에 작별을 고할 겸, 잉골슈타트 주변을 함께 도보로 여행하는 게 어떠냐고 제안했소. 나는 기쁘게 제안을 받아들였소. 원래 걷는 것을 좋아하기도 하지만, 고향에서 산책할 때마다 클레르발은 늘 훌륭한 길동무가 되어 주었기 때문이었소.

우리는 2주간 여행을 했소. 건강과 신경증은 회복된 지 오래였지만, 좋은 공기를 마시고, 여행 중 일어나는 사소한 사건을 겪고, 벗과 긴 대화를 나누니 몸과 정신 상태가 훨씬 더 좋아졌지. 연구를 하면서 나는 학우들과 어울리지 못했고, 자연스럽게 사회성 없는 인간이 되어 버렸소. 하지만 클레르발이 내 마음속의 좋은 감정들을 끌어내 줬소. 그는 다시금 내게 자연의 면면과 아이들의 해맑은 얼굴을 사랑하는 법을 가르쳐 줬다오. 훌륭한 벗 아니오! 앙리, 너는 진정 나를 아껴 주었고, 나를 너만큼 성숙한 인간으로 만들기 위해 갖은 애를 썼지. 이기적인 욕망으로 편협하고 옹졸한 사람이 돼 버린 나를, 네가 찾아와 따뜻한 애정으로 마음을 녹이고 굳게 닫혔던 내 마음을 열어 줬잖아. 네 덕에 다시금 예전의 모습으로, 슬픔도 근심도 없이 모두를 사랑하고 모두에게 사랑받는 행복한 사람으로 돌아갈 수 있었다. 행복했을 땐, 살아 있지 않은 자연도 내게 큰 기쁨을 선물했어. 청명한 하늘과 신록의 들판은 황홀했고 말이야. 이 계절은 실로 신성해. 봄꽃이 울타리에 만개한 이 마당에 여름에 필 꽃이 벌써 눈 속에 몸을 웅크리고 있으니. 지난해 나를 짓누르던 생각들, 아무리 떨치려 해도 도저히 떨칠 수 없었던 마음의 짐, 그 모든 것들에서 지금 나는 자유로워.

내가 쾌활함을 되찾자 앙리는 크게 기뻐하며 내가 느끼는 감정들에 깊이 공감해 줬소. 그는 자신을 가득 채우고 있는 감정들을 모두 표현했고, 그러면서도 나를 즐겁게 해 주기 위해 노력했소. 당시 그가 품고 있던 생각은 진정 놀라웠소. 그의 얘기엔 기발한 상상이 가득했거든. 그리고 빈번히 페르시아와 아랍 작가들의 이야기를 차용해 환상과 열정이 잔뜩 녹아든 놀라운 이야기를 만들어 내기도 했다오. 어떤 땐 내가 좋아하는 시를 낭송하거나, 보통 사람은 생각하지도 못할 독창적인 근거를 들먹이며 일부러 논쟁을 벌이기도 했고 말이오.

우리는 일요일 오후가 되어 대학으로 돌아왔소. 농부들은 춤을 추듯 움직였고, 마주치는 사람들은 모두가 환한 표정이었소. 나는 붕 뜬 기분으로 넘치는 기쁨과 즐거움을 주체 못 해 껑충껑충 뛰어다녔소.

제7장

숙소로 돌아오자 아버지에게서 다음과 같은 서신이 와 있었소.

. . . .

사랑하는 아들 빅터에게

네가 귀향일을 정해서 알려 주기로 한 내 편지만 기다리고 있었을 줄 안다. 처음엔 네가 기다리던 날짜만 알려 주고 긴 글 쓰지 않으려 했다. 하지만 배려랍시고 숨기는 건 외려 잔인한 짓일 것 같아 그러지 않기로 했다. 따스하고 반가운 환영 인사를 기대했을 내 아들이, 정반대로 눈물과 통탄을 마주한다면 너무 큰 충격을 받을 거 아니냐. 하, 빅터. 우리에게 닥친 불행을 어찌 전해야 할지 모르겠구나. 내 아들은 집 떠나 있었다고 가족의 기쁨과 슬픔에 무감각할 녀석이 아니므로, 고통만 안길 소식을 전하려니 참담할 따름이다. 서글픈 소식을 확인하기 전 마음을 단단히 먹도록 해라. 물론, 맘처럼 될 리는 없지. 벌써 네 눈이 이 글의 뒷부분을 훑어 내려가며 끔찍한 소식이 무엇인지 찾아내고 있을 테니.

윌리엄이 죽었다! 그 어여쁜 녀석이, 방실방실 웃으며 날 기쁘게 해 주던 그 녀석이 말이다. 얼마나 순한 아이였는 데! 그러면서도 얼마나 해맑던 아이였는데! 빅터, 윌리엄 은 살해당했단다!

편지로 널 위로할 생각은 없다. 하지만 어떤 상황이었는 지는 간략히 설명해야겠다.

지난주 목요일(5월 7일), 나는 엘리자베스와 네 두 동생을 데리고 플랑팔레[27]로 산책하러 나갔다. 그날 저녁은 날이 따뜻하고 조용해서 평소보다 좀 더 오래 걸었지. 돌아가 야겠다고 생각하기도 전에 벌써 땅거미가 졌으니까. 그러 고 보니 앞서가던 윌리엄과 에르네스트가 보이지 않더구 나. 우리는 자리에 앉아서 아이들이 돌아오길 기다렸다. 어느 순간 에르네스트가 오더니 윌리엄을 보지 못했냐고 물었지. 같이 놀고 있다가 윌리엄이 달아나면서 몸을 숨 겼는데, 계속 찾아보고 한참을 기다려도 나오질 않아서 돌아왔다면서 말이야.

그 말을 듣고 깜짝 놀란 우리는 주위가 완전히 어두워질 때까지 계속 윌리엄을 찾았다. 그러다 엘리자베스가 윌리 엄이 집에 돌아가 있을지도 모른다는 얘기를 했지. 하지 만 윌리엄은 집에 없었다. 우리는 횃불을 들고 다시 있던

---

27   Plainpalais. 플랑팔레는 제네바의 한 지역으로, 메리 셸리는 1816년 작성한 제 네바 기행문에서 이곳을 언급한 바 있다.

곳으로 돌아갔다. 그 어린 녀석이 길을 잃고 밤이슬을 맞으며 헤맬 걸 생각하니 가만히 있을 수가 있어야지. 엘리자베스도 속이 말이 아니었다. 새벽 5시 경에 윌리엄을 발견했다. 마지막으로 보았을 때만 해도 발그레한 볼을 하고 신나게 뛰어놀았는데, 풀밭에 널브러져 있던 윌리엄은 거무죽죽해져서 미동도 보이지 않더구나. 녀석의 목에는 살인자의 손가락 자국이 찍혀 있었다.

윌리엄의 시신을 집에 옮겨다 놓고, 엘리자베스에겐 아무 말 않을 생각이었다. 하지만 도무지 표정을 숨길 수가 없더구나. 엘리자베스는 어떻게든 시신을 직접 보겠다고 난리였다. 처음엔 막으려고 했지만, 엘리자베스는 계속 고집을 부렸지. 엘리자베스는 시신이 있는 방으로 들어가선 황급히 윌리엄의 목을 살펴보고 양손을 움켜쥐며 소리쳤다.

"말도 안 돼! 내가 이 어여쁜 아이를 죽인 거야!"

그 자리에서 혼절한 엘리자베스는 한참 동안 정신을 차리지 못했다. 정신이 들고 나선 계속 흐느끼며 한숨만 쉴 뿐이었고 말이야. 엘리자베스가 그러더라. 그날 저녁 윌리엄이 자꾸 조르기에, 네 어머니 초상화가 달린 목걸이를 목에 걸어 주었다고. 목걸이가 사라진 걸 보면, 분명 그 살인자는 애초에 목걸이를 탐냈던 모양이다. 아직 범인의 흔적은 찾지 못했지만, 무슨 수를 써서라도 어떻게든 그놈은 잡고 말 테다. 하지만 그런다고 윌리엄이 살아 돌아오는 것도 아니잖니!

어서 돌아오너라, 빅터. 엘리자베스를 달랠 수 있는 건 너뿐이다. 계속 울기만 하면서 윌리엄의 죽음이 제 탓이라고 억지를 부리는데, 그 얘기를 들을 때마다 가슴이 저민다. 가족 모두가 비탄에 잠겨 있지만, 그게 너한테는 돌아올 또 하나의 이유가 되지 않겠니? 돌아와서 우리를 위로해 줘야 하잖니. 네 어머니가 이걸 봤다면! 아아, 빅터! 네 어머니가 사랑하는 막내아들의 끔찍한, 처참한 죽음을 보지 않아서 불행 중 다행이다!

빅터, 집으로 돌아오되, 범인을 향한 복수심을 품고 돌아오지는 말아라. 온유하고 따뜻한 마음만이 우리 마음의 상처를 덧나게 하지 않으면서 제대로 치유할 수 있단다. 가족을 잃고 슬픔에 잠긴 이 집에 들어설 때, 원수를 향한 미움은 버리고, 널 사랑하는 사람들을 향한 사랑과 배려만 품어야 한다.

비통에 젖은, 너를 사랑하는 아버지
알퐁스 프랑켄슈타인
17××년 5월 12일. 제네바에서

· · · ·

　고향에서 온 서신을 받고 기뻐서 어쩔 줄 모르던 내가 글을 읽다 절망하는 걸 본 클레르발은 당혹스러워했소. 나는 탁자에 서신을 던지고 두 손으로 얼굴을 감쌌소.

내가 흐느끼는 걸 알아채고 앙리가 언성을 높였소.

"프랑켄슈타인, 매번 큰일이라도 난 것처럼 왜 그래? 친구야, 대체 무슨 일인데?"

나는 그에게 편지를 읽어 보라고 손짓한 후, 안절부절못하며 방 안을 서성댔소. 편지를 읽던 클레르발의 두 눈에서도 눈물이 쏟아졌소.

"뭐라고 위로해야 할지 모르겠다. 되돌릴 수 있는 일도 아니고. 그래서, 어쩔 거야?"

"당장 제네바로 가야지. 앙리, 말을 구해야 하는데, 같이 좀 가 줘."

걸어가면서 클레르발은 조금이라도 위로가 될까 싶어 입을 뗐소. 하지만 그가 할 수 있는 말은 그저 그가 느끼는 참담함뿐이었지.

"가엾은 윌리엄! 그 착한 아이가 벌써 천사 같은 어머니를 따라가다니! 그 귀여운 아이가 가진 총명함과 발랄함을 본 사람이라면, 그 아이의 죽음에 눈물 흘리지 않을 수 없어! 그렇게 비참하게 죽다니! 살인마에게 목이 졸려서! 그렇게 순수한 아이의 생명을 앗을 수 있는 살인마가 또 있을까! 가엾기도 하지! 이렇게 남은 사람들은 서럽게 울고 있지만, 그래도 단 하나 위안이 있다면, 이제 그 아이는 안식에 들었다는 거야. 괴롭던 순간은 끝이 났으니까, 더는 고통 받을 일도 없지. 그 조그만 몸이 잔디밭에 묻히고 나면 윌리엄도 고통 받을 일이 더는 없음을 알 거야. 불쌍한 아이로 사람들 입에 오르내릴 필요도 없어. 여전히 살아남은 우리는 그 절망을 감당해야 하지만."

조급한 마음으로 거리를 걷던 중 내뱉은 클레르발의 이 말이 꽤 인상적이어서, 나는 나중에 홀로 있게 되었을 때 곱씹기도 했소. 어쨌든 말이 준비되자마자 나는 서둘러 이륜마차에 올라타 벗에게 작별을 고했소.

귀향길은 무척이나 침울했소. 처음에는 슬픔에 잠긴 사랑하는 이들을 위로하고 보듬어 주고 싶은 마음에 한시라도 일찍 도착하길 바라는 마음뿐이었으나, 고향에 가까워지자 나는 속도를 늦추었소. 내 마음에 비집고 들어온 온갖 감정들을 감당할 수가 없었거든. 어린 시절에 늘 보던 풍경, 그러나 지난 6년간은 단 한 번도 보지 못한 풍경이 나를 스쳐 지나갔소. 그 시간 동안 모든 것이 변했을 수도 있잖소! 분명 단 한 가지는 변했지. 윌리엄의 죽음이라는 갑작스럽고도 서글픈 변화. 하지만 그 외에도 자잘한, 수천 가지의 변화가 있을 수 있었소. 차근차근 이뤄진 변화라고 해서 덜 결정적이라고 할 순 없지. 두려움이 나를 덮쳤소. 뭐라 형언할 수 없는 끔찍한 생각에 나는 바들바들 떨었다오. 그 생각이 무엇인지 명확하게 설명할 수도 없는데, 도무지 발길이 떨어지지 않았소.

나는 이런 괴로운 심정으로 이틀간 로잔Lausanne에 머물 렀소. 그리고 호수를 떠올렸소. 잔잔한 호수, 고요한 풍경, 눈 덮인 산, "자연의 궁전"[28]은 변하지 않지. 상쾌하고 고즈넉한 경치 덕에 기분이 나아진 나는 다시 제네바로 향했소.

호숫가를 따라 난 길은 고향에 가까워질수록 점점 좁아 졌소. 쥐라산맥의 산등성이가 유난히도 검었고, 몽블랑산의 봉우리가 유난히도 희었지. 난 아이처럼 울음을 터뜨렸소.

"그리웠던 산이여, 내 아름다운 호수여! 그대들은 돌아온 탕아를 이토록 반갑게 맞이해 주는구나! 산봉우리가 선명 하게 드러나고, 잔잔한 하늘과 호수는 청명하기만 하다. 이 모든 것은 평화의 전조인가, 아니면 내 불운을 향한 조롱인 가?"

친구여, 서두가 길어 그대를 지루하게 만드는 게 아닐까 염려스럽구려. 하지만 이 무렵이 상대적으로 행복한 시기였 기에, 나는 그때를 기억하는 게 즐겁소. 내 고향, 내 사랑하 는 고향은 말이오! 그곳에서 나고 자란 사람만이 알 수 있 는 매력이 있는 곳이오. 내 고향 땅의 개울, 산, 아니, 그 모 든 것보다 더 아름다운 그곳의 호수! 그 풍경을 다시 보게

---

28   영국의 시인 조지 바이런의 장편 서사시 《차일드 해럴드의 편력》에 사용된 글귀 이다. 속세의 쾌락에 환멸을 느끼고 세상을 등진 젊은이가 타향을 유랑하는 내용으로, 메리 셸리는 이 구절을 바이런에게 보내는 편지에서도 인용한 바 있다.-옮긴이

되어 얼마나 기뻤던지 모르오!

하지만 집에 가까워질수록 다시금 슬픔과 두려움이 나를 옭아매기 시작했소. 밤의 어둠이 주위를 에워싸 산의 윤곽도 제대로 보이지 않자 나는 더 침울해졌소. 주위가 거대하고 흐릿한 지옥의 풍경같이 느껴지면서 나는 이 세상에서 가장 비참한 존재가 되리란 걸 막연히 알아차렸소. 아! 나는 정확히 미래를 내다봤소. 그 모든 절망을 상상하고 두려워하면서도 그때 깨닫지 못한 것은 단 하나, 내가 감당해야 할 고통의 100분의 1도 짐작하지 못했다는 것, 그뿐이오.

내가 제네바 근교에 도착했을 땐 주위가 완전히 어두워진 후였소. 성문도 이미 닫혀 있었지. 어쩔 수 없이 나는 그곳에서 5킬로미터 정도 떨어진 세슈롱[29]이란 마을에서 묵어야 했소. 날씨가 궂지 않았던 데다, 마음 편히 쉴 수도 없었던 나는 윌리엄이 죽었다는 곳을 가 보기로 했소. 마을을 통과할 수 없었기에 배를 타고 호수를 건너 플랑팔레로 갔소. 시간이 얼마 지나지도 않았는데 몽블랑산 정상에 번개가 황홀한 자태로 번쩍이는 게 보이더구려. 폭풍우가 빠르게 다가오고 있었소. 나는 배에서 내리자마자 낮은 언덕에 올라 폭풍우가 다가오는 걸 지켜보았소. 먹구름이 하늘을 뒤덮더니 이내 굵은 빗방울이 한 방울씩 떨어지기 시작했소. 그리고

---

29 Secheron. 제네바 북쪽 교외 지역이다.

이내 폭우가 쏟아졌소.

나는 곧장 그 자리를 떠나 걷기 시작했소. 폭풍우가 점점 거세지면서 주위는 점점 더 깜깜해졌고, 머리 바로 위에서는 귀를 찢는 듯한 천둥이 쳤다오. 천둥소리는 살레브 산Saleve, 쥐라산맥, 사부아 알프스the Alps of Savoy를 따라 메아리쳤소. 번개가 번쩍일 때마다 어질어질하더구려. 번개 때문에 호수가 환해질 때마다, 그게 꼭 불구덩이처럼 보였소. 그런 다음엔 순간 주위가 칠흑같이 어두워 아무것도 보이지 않았소. 눈이 어둠에 익숙해질 때까지 말이오. 스위스에서 흔한 일이긴 한데, 그때의 폭풍우[30] 역시 여러 지역에서 동시다발적으로 몰아쳤소. 가장 큰 폭풍이 덮친 곳은 북부였소. 벨르뷰와 코페Copet 마을 사이의 호수 북부가 큰 타격을 입었지. 쥐라산맥 쪽은 엷은 섬광만 비칠 뿐이었고 말이오. 그 사이 호수 동쪽으로 뾰족하게 솟은 몰산the Mole의 봉우리는 시꺼먼 어둠 속에 가렸다가 모습을 드러내길 반복했소.

무시무시하면서도 아름다운 광경이었소. 거친 폭풍우를 감상하며 나는 걸음을 서둘렀소. 그러다 하늘에 펼쳐진 숭고한 전투에 감격한 나머지 나는 손뼉을 치며 큰 소리로 외쳤소.

---

30 실제로 1816년 7월 13일에 본문에 묘사된 것과 유사한 폭풍이 있었다고 기록된 바 있다. 바이런의 《차일드 해럴드의 편력》에도 비슷한 폭풍이 언급된 바 있다.

"천사 같은 윌리엄! 이것이 네 장례식이다. 너를 위한 장송곡이야!"

이렇게 외치는 순간, 가까이 있던 잡목 숲의 어둠 속에서 몸을 숨긴 어떤 형체를 발견했소. 나는 미동도 없이 가만히 그곳을 응시했소. 분명히 무언가를 보았거든. 번개의 섬광이 번쩍이며 그 형체가 고스란히 드러났소. 거대한 몸뚱이, 인간이라 하기엔 너무도 끔찍한 그 기형적인 모습. 곧바로 알 수 있었소. 그것은 내가 생명을 준 그 더러운 악마라는 것을. 거기서 뭘 하고 있었던 걸까? 혹시 그놈이 내 동생을 죽인 걸까?(이 생각에 나는 몸서리를 쳤소.) 이 생각이 머리를 스치자마자, 나는 그것이 바로 진실임을 확신했소. 이가 딱딱 부딪칠 정도로 떨려서 나는 어쩔 수 없이 나무에 몸을 기댔소. 그 형체는 눈 깜짝할 사이 내 앞을 스쳐 지나갔고, 주위가 어두웠던 탓에 나는 그를 시야에서 놓쳤소. 인간이라면 그토록 순진한 아이를 죽일 리 없지. 그놈이 살인자다! 나는 추호의 의심도 하지 않았소. 그런 생각이 떠오른 것 자체가 부인할 수 없는 증거였으니까. 쫓아가려는 생각도 했소. 하지만 다시 번개가 쳤을 때 나는 그놈이 플랑팔레의 북쪽 경계가 되어 주는 살레브산의 깎아지른 절벽에 매달려 있는 걸 봤다오. 그놈을 뒤쫓는 건 헛수고일 게 분명했소. 그놈은 금세 정상에 오르더니 모습을 감추었소.

나는 손끝 하나 움직이지 못하고 가만히 서 있었소. 천둥은 멎었지만, 비가 계속 내려서 주위는 한 치 앞도 보이지 않을 만큼 어두웠소. 나는 이제껏 잊으려 노력했던 그때의 일을 돌이켜 보았소. 생명이라는 목표를 향해 차근차근 발전시켜 갔던 내 연구, 그 일련의 과정, 내 손으로 직접 만들어 낸 그것이 내 침대 앞에 서 있던 모습, 그놈이 내 방을 떠난 걸 확인하던 순간까지 말이오. 그놈이 나로 인해 생명을 얻은 지 2년에 가까운 시간이 흘렀던 때였소. 그놈이 사람을 죽인 게 이번이 처음일까? 맙소사! 나는 학살과 절망에서 기쁨을 찾는 타락한 존재를 이 세상에 풀어놓은 거야! 그놈이 정말 내 동생을 죽인 걸까?

밤새 비 내리는 노지에서 젖은 채로 추위를 버티는 게 얼마나 힘들었을지 짐작하기 어렵겠지. 하지만 폭우나 추위는 내게 아무것도 아니었소. 나를 괴롭힌 건 끔찍한 생각들이었소. 내가 인간들 사이로 내던진 존재, 방금 내게도 그랬듯 마주한 사람이 두려움에 떨게 만드는 힘과 의지를 내 손으로 쥐어 준 존재, 내게는 그 존재가 흡사 흡혈귀 같았소. 내가 무덤에 갇힌 걸 풀어 준 것 같았고, 바로 내가 그놈에게 내 소중한 모든 이를 죽이라고 시킨 것 같았단 말이오.

동이 트자 나는 마을을 향해 발길을 돌렸소. 성문이 열려 있기에 나는 아버지의 집을 향해 걸음을 서둘렀소. 처음엔 내가 알고 있는 범인의 정체를 밝히고, 즉시 추격이 이뤄지도록 하겠다는 생각이었지. 하지만 내가 어떤 애기를 털어놓아야 하는지 의식하고는 이내 머뭇거렸소. 내가 직접 조립한 육신에 생명을 불어넣었다느니, 지난밤에도 사람들이 쉽사리 발 들이지 못하는 산의 벼랑에 매달린 걸 봤다느니 하는 애기를 늘어놔야 하잖소. 게다가 나는 나의 피조물을 마주한 날부터 신경성 발열에 시달렸소. 그 사실을 밝힌다면 사람들은 내가 열병으로 환각을 보았다고 생각하거나, 아니면 얼토당토않은 헛소리를 한다고 생각하겠지. 나라도 그런 소리를 들었다면 정신이상 증세라고 생각했을 테니까. 더구나 내가 간신히 가족을 설득해 그놈을 추격하기 시작한다 하더라도, 짐승 같은 그놈의 습성으로 요리조리 빠져나갈 게 분명하잖소. 그럼 추격이 다 무슨 소용이겠소? 살레브산의 깎아지른 절벽에서 짐승을 포획할 수 있는 자가 어디 있단 말이오? 이런 생각에 이른 나는 아무 말도 하지 않기로 다짐했소.

새벽 5시쯤 나는 아버지 집에 들어갔소. 하인들에게 가족을 깨우지 말라고 일러두고, 나는 서재로 들어갔소. 우리 가족은 보통 아침 문안을 위해 서재에 모이기 때문이었소.

잉골슈타트로 떠나기 전 아버지와 마지막 포옹을 나눴던 자리에 서 있자니 지난 6년의 세월이 꿈만 같더구려. 지울 수 없는 하나의 흔적을 남겼지만 말이오. 사랑하고 존경하는 내 아버지! 나에게는 아직 아버지가 있었소. 나는 벽난로 선반 위에 걸린 어머니 그림을 가만히 바라보았소. 그 그림은 한 사람의 일대기 중에서 주요 사건을 옮기는 일종의 기록화로, 아버지의 주도로 제작된 것이었소. 캐롤라인 보포르가 아버지의 시신 앞에 무릎을 꿇고 앉아 절망에 빠진 장면이었다오. 그림 속에서 어머니의 차림은 허름했고, 얼굴도 창백했소. 하지만 동정심을 품기엔 너무도 아름답고 품위 넘치는 모습이었지. 그 그림 아래에 윌리엄의 초상화가 있었소. 윌리엄의 얼굴을 보자마자 눈물이 쏟아지기 시작했소. 바로 그때 에르네스트가 서재로 들어왔소. 내가 도착했다는 얘길 듣자마자 곧장 달려왔더구려.

"어서 와, 형! 아! 석 달 전에 왔으면 좋았을 텐데. 그랬으면 다들 즐거워하는 모습을 볼 수 있었잖아. 지금은 다들 실의에 빠져 있어서 형이 와도 슬픔밖에 나눠 줄 수가 없어. 그래도 형이 왔으니 절망에 빠진 아버지도 예전 모습을 되찾겠지. 정말 그랬으면 좋겠다. 엘리자베스 누나는 맨날 쓸데없이 자기 탓만 하고 있는데, 형이 잘 얘기하면 그것도 그만두겠지? 우리 윌리엄, 불쌍해서 어떡해! 우리 가족의 기쁨이자 자랑이었는데!"

내 동생의 눈에서 주르륵 눈물이 흘러내렸소. 그걸 보고 있자니 온몸이 죽을 것처럼 욱신거렸다오. 집에 오기 전엔 가족이 애도에 잠긴 모습만 상상했을 뿐이오. 하지만 현실은 달랐소. 그보다 더한 재앙이었지. 나는 에르네스트를 달래며 아버지의 상태를 꼬치꼬치 캐물었소. 그런 뒤 내 사촌, 엘리자베스의 이름을 입에 올렸소.

"엘리자베스 누나야말로 제일 위로가 필요한 사람이야. 윌리엄의 죽음이 다 자기 탓이라며 자신을 몰아세우고 있거든. 하지만 이제는 범인이 잡혔으니까……."

"범인이 잡혔다고? 세상에! 어떻게 잡았지? 대체 누가 그놈을 잡을 엄두를 냈단 말이야? 말도 안 돼. 그게 사실이라면 바람을 손으로 잡는 것도, 지푸라기로 개울물을 막는 것도 가능할 거야. 나도 그놈을 봤어. 그놈은 어젯밤에 달아났다고!"

에르네스트가 당황스럽다는 듯 대답했소.

"형이 무슨 소리를 하는 건지 모르겠어. 하지만 우리 가족한테는 설상가상으로 범인의 정체가 더 큰 절망을 가져다준 셈이야. 처음엔 누구도 믿지 않았어. 증거가 버젓이 나왔는데도 엘리자베스 누나는 지금도 믿지 않을걸. 사실 누가 믿을 수 있겠어? 쥐스틴 모리츠, 그 착한 누나가, 우리 가족 모두를 그렇게 아껴 주던 누나가 별안간 그리도 끔찍한 짓을, 그리도 비열한 범죄를 저질렀다는 얘기를 대체 누가 믿겠느냐고."

"쥐스틴 모리츠라니! 가엾어라, 가엾은지고. 그 애가 범인으로 몰린 거니? 아냐, 걔는 범인이 아니야. 다들 알 거야. 그 누구도 걔가 범인이라고 믿지 않아. 그렇지, 에르네스트?"

"처음엔 아무도 안 믿었지. 하지만 정황 증거가 여러 개 나오면서 믿을 수밖에 없게 됐어. 쥐스틴 누나의 행동도 오락가락해서 유죄라는 데 더 힘을 싣게 된다니까. 의심의 여지가 없어서 진짜 겁이 나. 어쨌든 오늘 재판이 있을 예정이니까 형도 그때 쥐스틴의 얘기를 다 들어 볼 수 있을 거야."

그러면서 에르네스트는 자초지종을 설명했소. 윌리엄의 시신이 발견됐던 날 아침부터 쥐스틴은 앓아누웠고, 그렇게 며칠간 일어나질 못했다고 하더구려. 그 사이 윌리엄이 죽은 날 쥐스틴이 입었던 옷을 빨려던 하인 중 하나가 유난히 때가 탄 그녀의 옷을 뒤적이다 주머니에서 내 어머니의 초상화가 달린 목걸이를 발견했소. 범인이 탐냈던 물건으로 추정되던 그 목걸이 말이오. 그 하인은 곧장 그걸 다른 사람에게 보여 준 후, 우리 가족에겐 한마디 말도 없이 바로 판사에게 달려갔소. 그리고 그 증거 때문에 쥐스틴이 체포됐소. 이런 증거도 있는데 쥐스틴의 행동에는 일관성이 없으니, 의혹이 짙어질 수밖에 없는 상황이었소.

의구심이 들 만한 이야기였으나 나의 믿음은 흔들리지 않았소. 나는 생각하는 바를 있는 그대로 말했소.

"다 잘못 안 거야. 나는 진범을 알아. 안타까운 일이야. 그 애가 얼마나 착한데. 쥐스틴은 결백해."

바로 그때 아버지가 서재로 들어왔소. 아버지는 얼굴에 짙은 그림자가 드리워 있었는데도, 나를 반갑게 맞이하기 위해 애써 밝은 척을 했소. 슬픔이 가시지 않은 채로 인사를 나눈 후, 아버지는 윌리엄의 죽음과 관련되지 않은 다른 화제를 꺼내려 했소. 하지만 에르네스트가 이렇게 소리쳤지.

"아버지, 아버지! 빅터 형이 윌리엄을 죽인 진범을 안대요."

"애석하게도 우리 모두 알지 않니. 차라리 몰랐으면 좋으련만. 내가 정말 괜찮다고 생각했던 아이가 그토록 배은망덕하고 추악한 인간이었다니."

"아버지, 잘못 아신 겁니다. 쥐스틴은 결백해요."

"정말 그 아이가 결백하다면 신께서 그 아이가 죄인의 벌을 받지 않도록 하시겠지. 오늘 재판이 있지 않니. 나도 그 아이가 무죄이길 바란다. 진심으로 말이야."

아버지의 말에 마음이 차분해졌소. 나는 쥐스틴, 아니 그 어떤 인간도 이 살인의 진범일 리 없다고 확신하고 있었소. 그러니 염려할 것도 없었지. 그 어떤 정황 증거를 가져다 댄다고 해도 쥐스틴을 유죄로 몰아세울 정도로 명확할 리 없으니까. 내가 공개적으로 나설 순 없었소. 나의 충격적인 사연은 보통 사람들에게 미친 소리쯤으로 치부될 게 뻔하잖소. 솔직히 그놈을 만든 나를 제외하고서, 직접 보지 않은 이상 그놈의 존재를 믿을 사람이 누가 있겠으며, 그놈을 세상에 풀어놓은 나의 성급한 무지를 이해해 줄 사람은 또 누가 있겠소?

얼마 지나지 않아 엘리자베스도 서재에 들어왔소. 마지막으로 보았을 때랑 많이 달라졌더구려. 어릴 때도 천사같이 아름다웠는데, 세월이 그 미모에 사랑스러움까지 얹었거든. 그녀는 여전히 솔직하고 쾌활했지만, 태도나 말투가 숙녀다워져서 그녀의 감성과 지성이 예전보다 가감 없이 표현되었소. 그녀는 절실히 기다렸다는 듯 반가이 나를 맞이했소.

"드디어 도착했구나, 빅터. 널 보니 희망이 생긴다. 너라면 억울하게 누명을 쓴 쥐스틴을 도울 방법을 알 거야. 아무렴! 쥐스틴이 유죄라면 이 세상에 믿을 사람 하나 없다는 뜻인데! 내가 나의 결백을 아는 것처럼, 나는 쥐스틴의 결백도 확신해. 이번에 우리에게 닥친 재앙은 두 배로 우리를 힘들게 하는구나. 사랑하는 윌리엄을 잃은 것으로 모자라, 부당한 운명이 아끼던 집안사람까지 찢어발기는 걸 지켜봐야 한다니. 쥐스틴이 유죄로 판명 난다면 나는 앞으로 그 어떤 일에도 기뻐할 수 없을 거야. 하지만 쥐스틴이 무죄라면, 귀여운 윌리엄이 비참한 죽음을 맞은 이 상황에서도 다시금 행복을 느낄 수 있을 거 같아. 그리고 난 쥐스틴이 무죄라고 믿어."

엘리자베스의 말에 내가 대답했소.

"쥐스틴은 결백해, 엘리자베스. 그 아이의 결백은 분명 입증될 거야. 걱정하지 마. 쥐스틴의 무죄를 믿는다면 기운 내야지."

"역시 빅터 너는 마음 넓고 따뜻한 사람이야! 다들 쥐스틴이 범인이라고 믿어. 그게 얼마나 괴로웠던 줄 알아? 말도 안 되는 얘기잖아. 다들 쥐스틴이 범인이라는 생각에 사로잡혀서는 뱁새눈을 하고 그 애를 바라보는데, 그런 걸 보고 있자니 희망이 사라지고 절망에 빠지는 기분이었어."

엘리자베스가 구슬피 울었소.

아버지가 말했소.

"엘리자베스, 그만 울어라. 네 믿음처럼 쥐스틴이 결백하다면 정의로운 우리의 법이 그 사실을 가려내겠지. 나도 손을 써 보마. 재판에 티끌만큼의 편견도 개입되지 않도록 말이다."

제8장

재판은 11시에 시작될 예정이었고, 그때까지 우리는 침울한 기분으로 시간을 보냈소. 아버지와 다른 가족은 증인으로 출석할 예정이었기에 나도 그들을 따라 법정으로 갔소. 정의를 조롱하는 기막힌 재판 과정을 보고 있자니, 방청석에 앉은 채로 고문을 당하는 느낌이더구려. 어쨌든 그 재판은 내 호기심과 도리에 어긋난 행동의 결과가 두 사람의 죽음을 야기할는지 여부를 결정할 터였소. 늘 생글생글 웃던 순수하고 쾌활한 아이의 죽음도 끔찍했지만, 두 번째가 될 죽음은 그보다 더 비참할 게 분명했소. 유아 살인이라는 오명을 뒤집어쓴 채 온갖 비난을 받으며 죽음을 맞이해야 할 테니까 말이오. 쥐스틴 역시 윌리엄만큼이나 사랑스러운 소녀였고, 행복하게 살 자격이 있는 아이였소. 하지만 이제 오욕의 무덤 속에서 그 모든 것이 잊히겠지. 바로 나 때문에! 쥐스틴에게 향한 비난의 화살을 나에게로 거두어, 윌리엄은 내가 죽인 셈이라고 자백하고 싶었던 게 수천 번이오. 하지만 범죄가 일어났을 당시에 나는 그곳에 없었고, 그렇기에 그런 자백은 정신 나간 사람의 허튼소리로 여겨질 수밖에 없었소. 그런 식으론 쥐스틴의 누명을 벗길 수도 없고 말이오.

쥐스틴은 차분한 모습이었소. 상복을 입은 그녀는 평소처럼 선한 얼굴이었고, 진지한 표정이어서 특히나 아름다웠소. 다른 상황이었다면 방청객들이 그녀의 아름다움에 호감을 보였겠지만, 그땐 그렇지 않았소. 사람들은 그녀가 끔찍하게 아이를 죽였다고 생각했으니까 말이오. 수천 명의 사람이 비난의 눈길을 보내는데도 그녀는 결백을 자신하는 모습이었고 조금도 떨지 않았소. 쥐스틴이 침착했다고는 하지만, 그 침착함에는 한계가 있었소. 그래도 이전에 동요하는 모습을 보였다가 의심을 더한 바 있기에 이번엔 용기를 내어 마음을 다잡은 모양새였지. 그녀는 법정에 들어서면서 방청석을 쭉 한번 훑어보고는 금세 우리 가족을 찾아냈소. 우리를 보자마자 그녀의 눈에 눈물이 살짝 맺혔지만, 이내 그녀는 다시 침착함을 되찾고 무죄를 입증하기 위해 시름에 잠긴 얼굴을 했소.

재판이 시작되었고, 기소인 측 대변인이 혐의를 제기한 후 여러 명의 증인이 소환되었소. 몇 가지 이상한 사실들을 엮어 놓으니, 나와 달리 쥐스틴의 결백을 입증할 증거를 가지지 않은 사람들은 충격을 받는 것 같더구려. 쥐스틴은 살인이 벌어졌던 날 밤 내내 외부에 나가 있었소. 시장에 물건을 내다 파는 한 여인은 새벽녘에 사체 발견지와 멀지 않은 곳에서 쥐스틴을 목격했소. 그 여인은 쥐스틴에게 그곳에서 뭘 하고 있느냐고 물었지만, 쥐스틴은 이상한 태도로 동문서답할 뿐이었소. 쥐스틴은 8시쯤 집으로 돌아왔소. 그리고 누군가가 지난밤 어디 갔었냐고 묻자, 쥐스틴은 밤새 윌리엄을 찾아다녔다며, 윌리엄에 관한 소식을 들은 게 있느냐고 되물었소. 윌리엄의 시신을 본 후에 쥐스틴은 발작하듯 쓰러지더니 그렇게 며칠간 정신을 차리지 못했소. 여기까지의 증언이 나온 뒤 하인이 쥐스틴의 호주머니에서 찾았다는 목걸이가 제출되었소. 엘리자베스가 떨리는 목소리로 더듬거리면서, 그 목걸이가 윌리엄이 실종되기 한 시간 전 그녀가 아이의 목에 걸어 준 것과 같은 것이라고 진술하자, 충격과 분노를 표하는 사람들의 낮은 목소리로 장내가 술렁였소.

피고인 측 변론이 시작되며 쥐스틴이 불려 나갔소. 재판이 진행되는 사이 그녀의 표정도 변했소. 경악, 두려움, 절망의 감정이 가장 짙었지. 몇 번은 눈물을 참으려고 갖은 애를 쓰기도 했소. 그래도 입을 떼는 순간엔 기운을 차리고 모두가 들을 수 있게 말했소. 비록 목소리는 떨리고 있었지만 말이오.

"제가 결백하다는 건 신께서 아실 겁니다. 하지만 제가 결백을 주장한다고 해서 무죄방면이 되리라고 생각하지는 않아요. 저한테 불리한 사실들, 그 사실을 있는 그대로 간략히 설명하는 것으로 주장을 대신하겠습니다. 그저 판사님들께서 제 평소 성격을 고려하시어 의심스러워 보이는 상황을 관대하게 해석해 주시길 간절히 바랄 따름입니다."

쥐스틴은 그날 밤 일을 설명하기 시작했소. 그녀는 엘리자베스의 허락을 받고 제네바에서 5킬로미터 정도 떨어진 셴Chene이란 마을의 이모님 댁을 방문했소. 돌아오던 중 9시경에 그녀는 길 잃은 아이를 보지 못 했느냐고 묻는 한 남자를 만났소. 그의 설명을 듣다 실종된 아이가 윌리엄이라는 걸 알게 된 그녀는 몇 시간 동안이나 윌리엄을 찾아 헤맸소. 그러다 제네바의 성문이 닫힌 것을 알고, 어쩔 수 없이 밤을 보내기 위해, 잘 알고 지내던 사람들이 사는 오두막을 찾아갔소. 밤늦은 시간이라 사람들을 깨우기 싫었던 그녀는 오두막에 딸린 헛간에 몸을 뉘었소. 계속 밖을 내다보며 혹시 지나가는 아이가 있나 지켜보던 그녀는 새벽녘이 되어 깜빡 잠이 들었소. 몇 분 정도 잠들었던 것 같다고 하더구려. 그러다 누군가의 발소리를 듣고 그녀는 잠에서 깼소. 동이 트려 하기에 그녀는 헛간을 빠져나와 다시 윌리엄을 찾기 시작했소. 만약 시신 발견지 근처에 갔다고 해도, 당시 그녀는 그 사실을 알지 못했소. 시장에 물건을 내다 판다는 여인의 질문을 받고도 동문서답한 것이 이상하지 않은 이유는, 쥐스틴이 당시 밤을 새운 데다 윌리엄의 행방도 알지 못했기 때문이었소. 하지만 그녀는 목걸이에 관해 아무 변명도 하지 못했소.

"이 하나의 상황이 제 혐의를 입증하는 데 얼마나 중요한 증거이며, 저에게는 얼마나 불리한 증거인 줄 알고 있습니다. 하지만 저는 이걸 설명할 도리가 없어요. 영문을 모르겠다고 말하려면, 최소한 어쩌다 그 목걸이가 제 주머니에 들어 왔는지 추측이라도 해야 할 줄로 압니다. 하지만 그 또한 곤란해요. 저는 저를 원망하는 사람이 없다고 믿으며, 더구나 별 이유도 없이 저를 이토록 처참하게 망가뜨리려 할 정도로 악한 사람이 있다고도 생각하지 않거든요. 진범이 제 주머니에 그걸 넣어 뒀을까요? 그럴 기회가 없었다는 걸 저는 잘 알고 있습니다. 아니, 그럴 기회가 있었다고 하더라도 진범은 그리도 쉽게 내버릴 것을 굳이 왜 훔쳤던 걸까요?

이제는 판사님들의 판단에 모든 것을 맡기겠습니다. 제게는 희망이 보이지 않지만 말이죠. 간청드리건대 평소 제 성격을 확인하실 수 있도록 몇 명의 증인이라도 불러 주시길 바랍니다. 그 증언을 들으신 후에도 제가 유죄라고 판단되신다면, 그렇다면 저는 벌을 받아야지요. 저는 결백하기에 구원받으리라 맹세도 할 수 있지만 말입니다."

수년 동안 쥐스틴과 알고 지냈던 사람들이 증인으로 소환되었고, 그들은 그녀가 선한 사람이라고 대답했소. 하지만 쥐스틴이 범인이라고 생각했기에 그들은 끔찍했던 범죄를 떠올리며 움츠러들어 적극적으로 쥐스틴을 옹호해 주지 않았소. 쥐스틴의 좋은 성품과 나무랄 데 없는 행동거지를 잘 아는 사람들이, 마지막 희망이나 다름없는 그들이 쥐스틴을 변호해 주지 않자, 그걸 지켜보던 엘리자베스는 크게 동요하면서도 재판부의 허락을 얻어 직접 발언대에 섰소.

　"저는 살해된 가엾은 아이의 친누나와 다름없는 사촌입니다. 그 아이가 태어나기도 전부터 저는 그 아이의 부모님과 함께 지내며 두 분께 교육을 받았기 때문입니다. 따라서 이 상황에 제가 발언하는 것이 적절치 못하다고 생각하실 수도 있습니다. 하지만 피고인의 생사를 가늠하는 이 자리에서 피고인의 벗이라 하던 사람들의 비겁한 행태를 보고만 있을 수는 없었습니다. 청컨대 제가 피고인의 평소 성품과 행실을 발언할 수 있도록 허락해 주시길 바랍니다. 저는 피고인을 잘 알고 있습니다. 한 집에서 거주하고 있으며, 5년간 같이 지내다 잠시 떨어져 있었고, 다시 2년 가까이 함께 지내고 있습니다. 그 사이 피고인은 인간이 보여 줄 수 있는 가장 정 많고 너그러운 모습을 보여 주었습니다. 피고인은 제 숙모님이신 프랑켄슈타인 부인이 돌아가시기 전, 그분을 정성껏 간호한 바 있습니다. 이후엔 긴 병을 앓는 모친의 수발을 들었습니다. 피고인 모친을 아는 사람이라면 누구나 칭찬할 수밖에 없는 행실이었습니다. 피고인은 모친을 잃고 다시 제 숙부님의 집으로 돌아왔습니다. 가내의 모든 사람이 피고인을 좋아했습니다. 피고인은 살해된 그 아이를 진심으로 아꼈고, 친모처럼 그 아이를 돌봤습니다. 제 입장을 말씀드리자면 주저할 것이 없습니다. 피고인에게 불리한 그 모든 증거를 직접 확인했음에도 저는 여전히 피고인이 결백하다고 믿으며, 확신합니다. 피고인은 그런 범죄 행위를 할 사람이 아닙니다. 주요 증거인 그 목걸이 역시, 피고인이 원했다면 기꺼이 줬을 것입니다. 피고인은 그 정도 대접을 받을 자격이 있는 사람이기 때문입니다."

엘리자베스의 명쾌하고 호소력 있는 발언에 방청객들이 고개를 끄덕이며 웅성거렸지만, 그건 엘리자베스의 너그러움에 탄복해서였지 쥐스틴의 입장을 헤아렸기 때문이 아니었소. 외려 사람들은 엘리자베스의 증언을 듣고 쥐스틴이 배은망덕하다며 더 크게 분개했소. 엘리자베스가 증언하는 동안 흐느끼고 있던 쥐스틴은 증언이 끝나고도 입을 열지 않았소. 재판이 진행되는 내내 나는 극심한 불안과 괴로움에 시달렸소. 나는 그녀의 결백을 믿었거든. 그녀가 결백하다는 걸 알고 있었단 말이오. 정말 내 동생을 죽인 그 악마가(나는 한순간도 이 사실을 의심한 적 없소) 그저 재미로, 결백한 사람을 불명예스러운 죽음으로 몰아넣을 수 있단 말인가? 나는 그 무시무시한 상황을 견딜 수가 없었소. 더구나 방청석에서 터져 나오는 말들과 판사들의 표정에서도 알수 있었소. 가련한 피해자에게 이미 모두가 유죄 판결을 내렸음을. 나는 고통스러운 심정으로 곧장 법정을 뛰쳐나왔소. 쥐스틴이 느끼는 고통과 나의 고통은 다른 성질의 것이었소. 그녀는 결백함에 기댈 수라도 있었지만, 나는 양심의 가책을 느껴야 했기 때문이오. 그 고통은 내 가슴을 갈가리 찢어 놓고도, 한번 붙든 내 심장을 놓아주지 않았소.

비참한 심정으로 그날 밤을 보냈소. 아침이 되자마자 나는 법정으로 향했소. 입술과 목이 바짝 마르더구먼. 나는 감히 결과가 어떻게 됐느냐는 질문을 입 밖에 낼 수 없었소. 그래도 결과는 들을 수 있었소. 법원의 직원이 내가 방문한 이유를 짐작했거든. 배심원단의 투표는 이미 끝났다고 했소. 모두가 유죄를 의미하는 검정 표를 낸 거요. 쥐스틴은 그렇게 유죄 선고를 받았소.

그때 내 심정이 어땠는지 차마 말로 옮길 수가 없구려. 이전에도 두려움을 느낀 적이 있었고, 나는 당신에게 그 느낌을 적절하게 표현하려 애썼소. 하지만 쥐스틴의 판결 소식을 들었을 때 느꼈던 그 가슴 쓰라린 절망은 어떻게 표현해야 할지 전혀 모르겠소. 투표 결과를 알려 준 그 법원 직원은 쥐스틴이 자신의 죄를 자백하기도 했다고 덧붙였소.

"이런 뻔한 사건에선 굳이 자백이 필요 없어요. 그래도 자백을 했다니 다행이라는 생각이 들더군요. 사실 우리 판사님들 중에서 정황증거만으로 유죄 판결을 내리고 싶어 하는 분은 없으시니까요. 정황증거가 아무리 결정적이라고 해도 말이죠."

생각지도 못했던 당혹스러운 소식이었소. 그게 무슨 뜻이지? 내가 뭔가 잘못 본 걸까? 내가 정말 미친 걸까? 그놈의 정체를 폭로하면 세상이 믿어 줄 거라는 착각과 이 상황이 뭐가 다르지? 둘 다 얼토당토않은데? 서둘러 집에 돌아가자 엘리자베스가 결과가 어떠하냐고 나를 채근했소.

"엘리자베스, 예상했던 대로 결과가 나왔어. 판사들은 진범 하나를 풀어 주기보다 누명 쓴 열 사람을 잡아 두는 게 더 낫다고 생각하니까. 그런데 쥐스틴이 자백을 했대."

쥐스틴의 결백을 굳게 믿던 엘리자베스에게 이 소식은 충격적인 것이었소.

"말도 안 돼! 이제 앞으로 사람을 어떻게 믿지? 내가 친동생처럼 아낀 아이인데, 어떻게 그 애가, 그 순수한 얼굴로 우리를 배신할 수가 있어? 그 아이의 눈은 사람 속일 줄 모르는 순한 눈이었단 말이야. 그런 애가 살인을 저질렀다니."

얼마 지나지 않아 쥐스틴이 엘리자베스를 만나고 싶어 한다는 전갈이 왔소. 아버지는 엘리자베스가 쥐스틴을 만나지 않길 바라면서도 결정은 엘리자베스에게 맡기겠노라고 말했소. 엘리자베스가 대답했소.

"그래도 가겠어요. 쥐스틴이 진범이라고 해도 말이에요. 빅터, 너도 같이 가 줬으면 좋겠어. 나 혼자 쥐스틴을 마주할 자신이 없어."

쥐스틴을 만난다는 생각만으로도 괴로웠지만, 나는 엘리자베스의 부탁을 거절할 수 없었소.

우리는 어두컴컴한 감방으로 들어가 짚자리 구석진 곳에 쪼그리고 앉아 있는 쥐스틴을 바라보았소. 쥐스틴은 수갑을 찬 채로 무릎에 얼굴을 파묻고 있었소. 그녀는 우리가 들어오는 것을 보고 자리에서 일어섰소. 간수가 나간 후 우리 셋만 남겨지자 쥐스틴은 엘리자베스의 발치에 엎드려 서럽게 울기 시작했소. 엘리자베스도 울음을 터뜨렸소.

"쥐스틴! 왜 내게서 마지막 남은 희망마저 뺏어 간 거야? 나는 네 결백을 믿었어. 그때에도 힘들었지만, 지금만큼 절망스럽진 않았단 말이야."

"그럼 아씨께서도 제가 그렇게, 그렇게나 끔찍한 인간이라고 믿으시는 건가요? 아씨 역시 저를 비난하는 사람들과 마찬가지로, 제가 살인자라고 비난하시는 건가요?"

쥐스틴이 오열했다.

"일어나, 쥐스틴. 네가 결백하다면 왜 내 발밑에 엎드려? 나는 널 비난하려는 게 아니야. 나는 그 수많은 증거를 확인하고서도 네가 결백하다고 믿었어. 네가 자백하기 전까지는 말이야. 근데 그게 아니라는 거지. 쥐스틴, 이걸 꼭 알아줘. 네 자백이 아니고서는 그 어떤 것도 너에 대한 내 믿음을 단한 순간도 흔들지 못해."

"자백한 건 맞아요. 하지만 거짓 자백이었죠. 혹시 사면받을 수 있지 않을까 해서요. 하지만 이제는 제가 지었던 그어떤 죄보다도 거짓 자백이 제 양심을 무겁게 짓누르네요. 주여, 용서하소서! 유죄 판결이 나온 뒤로 신부님이 계속 곁에 계셨거든요. 신부님은 제가 잔악무도한 인간이라며 계속해서 몰아세웠어요. 그 얘기를 듣고 있자니 정말 제가 그런인간인가 싶더라고요. 제가 입을 꾹 다물고 끝까지 버티니까 신부님은 제 이름을 교적에서 팔 거라며, 그럼 죽어서 지옥의 불구덩이에 떨어질 거라고 협박하시기도 했어요. 아씨, 제 편은 하나도 없었어요. 다들 저를 수치스럽게 죽어 지옥에 떨어져야 할 인간으로만 여겼다고요. 제가 뭘 어쩔 수 있었겠어요? 그런 끔찍한 상황에서 결국 거짓말을 했죠. 결국은 이렇게 진정으로 비참한 인간이 돼 버렸고요."

쥐스틴은 잠시 흐느끼더니 다시 말을 이었소.

"아씨, 저는 아씨께서 악마가 아니고선 할 수 없는 짓을 이 쥐스틴이 저질렀다고 믿으실까 두려웠어요. 마님의 은덕을 입고, 아씨의 보살핌을 받은 이 쥐스틴을 그렇게 보실까 봐 겁이 났다고요. 윌리엄 도련님! 어여쁜 아기 도련님! 이제 쥐스틴이 도련님을 뵈러 갑니다. 거기서 우리 즐겁게 지내요. 수치스러운 죽음을 앞둔 제게 위안은 윌리엄 도련님을 만난다는 것뿐이네요."

"저런, 쥐스틴! 잠깐이나마 널 믿지 못했던 걸 용서해 줘. 자백 같은 걸 왜 해서. 하지만 슬퍼하지 마. 겁도 내지 마. 내가 다 말할 거야. 내가 네 결백을 증명해 보이고 말 거라고. 내 눈물과 기도로 단단히 굳은 사람들의 마음을 녹일 거야. 넌 죽지 않아! 함께 놀던 내 친구, 늘 곁에 있어 준 벗, 친동생이나 마찬가지였던 네가 처형대에서 죽음을 맞이하다니! 아니야! 절대 안 돼! 나는 그런 끔찍한 일을 못 견뎌 내."

쥐스틴이 서글프게 고개를 저었소.

"죽는 건 두렵지 않아요. 고통은 모두 사라졌거든요. 주께서 제 나약함을 보듬으시어 최악의 상황을 이겨 낼 용기를 주시니까요. 전 이제 서럽고 힘겨웠던 이곳을 떠나요. 아씨께서 제가 억울하게 누명을 썼다는 것만 기억해 주신다면, 저를 기다리는 운명에 따르려고요. 아씨, 이런 저를 보시면서 하늘의 뜻을 참고 따르는 법을 깨달으셔야 합니다!"

두 사람이 이런 대화를 나누는 사이 나는 지독한 괴로움을 숨기기 위해 감방의 한쪽 구석에 몸을 숨기고 있었소. 절망이라! 누가 감히 절망을 말하는가! 다음 날이면 무시무시한 생사의 경계를 넘게 될 그 가엾은 아이도 나만큼 깊고 쓰라린 절망을 느끼진 않았거늘. 이를 악물고 있던 나는 바득바득 이를 갈았소. 영혼의 가장 깊숙한 곳에서 솟구친 신음이 절로 입 밖으로 새어 나왔소. 쥐스틴이 깜짝 놀라더구려. 그녀는 나를 알아보고는 다가와 이렇게 말했소.

　　"도련님, 이렇게 와 주시다니 너그럽기도 하시지. 도련님께서도 제가 유죄라 믿진 않으시지요? 암요, 그럴 리가요."

　　나는 아무 말도 하지 못했소. 그때 엘리자베스가 말했소.

　　"물론이야, 쥐스틴. 빅터는 나보다도 더 네 결백을 믿었어. 네가 자백했다는 소식을 듣고도 빅터는 그 말조차 믿지 않았는걸."

　　"도련님께 진심으로 감사할 따름입니다. 이렇게 마지막을 앞두고 보니 제게 친절을 베푸신 분들의 은혜에 깊이 감사하게 돼요. 저 같은 죄인에게 이토록 분에 넘치는 애정을 베풀어 주시다니! 덕분에 제가 감내해야 할 불행이 한결 가벼워지네요. 아씨와 도련님께서 제 결백을 알아주신다니, 지금 죽어도 여한이 없어요."

　　쥐스틴은 이처럼 힘든 순간에도 다른 사람과 자신을 위로

하려 했소. 원하던 대로 체념하고 운명을 받아들인 거요. 하지만 나는, 그 살인의 진범이나 다름없는 나는, 가슴 속에 벌레가 꾸물꾸물 기어 다니는 느낌을 받아야 했소. 영원히 죽지 않는 벌레가 가슴 속에 남은 희망과 위안을 모두 좀먹고 있었소. 엘리자베스 역시 서럽게 울고 있었지만, 그녀가 느끼는 절망에는 양심의 가책이 없었소. 마치 환한 달 위로 흘러가는 구름 같은 절망이었지. 구름은 잠시 달을 가릴 수 있으나, 달빛이 영영 쇠하게 하지는 못하잖소. 내 가슴 깊숙한 곳엔 분노와 절망이 파고들었소. 그렇게 나는 그 어떤 것으로도 없앨 수 없는 지옥을 품게 되었다오. 쥐스틴과 수 시간 동안 함께 있었는데도 엘리자베스는 쉽사리 발걸음을 떼지 못했소. 엘리자베스가 끝내 토해 낸 말은 이거였소.

"차라리 너와 함께 죽을 수 있으면 좋겠어. 이 세상이 너무도 끔찍해서 살 수가 없어."

쥐스틴은 차오르는 눈물을 억누르며 애써 환한 표정을 지어 보였소. 그녀는 엘리자베스를 끌어안고는 반쯤 잠긴 목소리로 말했소.

"안녕히 가세요, 아씨. 사랑하는 엘리자베스 아씨, 아씨께서는 제 유일한 벗이셨어요. 하느님이 은혜를 베푸시어 아씨를 축복하시고 지켜 주실 거예요. 이것이 아씨께 주어진 마지막 불운이기를! 부디 행복하세요. 그리고 그 행복을 다른 이들에게 나눠 주세요."

다음 날 쥐스틴은 처형되었소. 듣는 사람의 가슴을 미어지게 만드는 엘리자베스의 발언에도 판사들은 이미 유죄로 결정된 사안에 관해 마음을 바꾸지 않았소. 분노에 찬 내가 열정적으로 호소했으나 그 역시 그들의 마음을 바꾸지 못했고 말이오. 감정이라곤 느껴지지 않는, 냉혹하기 그지없는 판사들의 답변을 들으니, 최후의 수단으로 준비했던 진실의 고백도 도저히 할 수가 없더구려. 물론 준비한 대로 모든 사정을 털어놓았더라도, 그저 나 하나 미친 사람이 될 뿐 쥐스틴의 처형을 막을 순 없었겠지. 그렇게 쥐스틴은 살인자로서 처형대에서 숨을 거두고 말았소.

나는 내가 겪고 있는 괴로움을 잠시 접어 두고 아무 말 없이 깊은 슬픔을 속으로 삭이고만 있는 엘리자베스를 돌아보았소. 그녀의 슬픔 또한 내 탓이잖소! 거기다 내 아버지의 근심, 웃음꽃이 만발했던 집을 꿰찬 적막, 그 세 가지가 모두 이 저주받은 손이 벌인 짓 때문이오! 그래, 불행한 내 가족이여, 마음껏 우시오. 하지만 앞으로도 울 일은 남았다오! 다시 또 누군가를 잃고 통곡해야 할 것이며, 그 탄식은 다시, 또다시 계속 이어질 것이외다! 그러나 당신의 아들, 당신의 형제, 당신이 무척이나 사랑했던 옛 친구 프랑켄슈타인, 그 프랑켄슈타인이 당신들을 위해 몸에 남은 마지막 피 한 방울까지 짜내오리다. 당신들의 얼굴을 비추는 기쁨을 제하고는 그 어떤 기쁨도 느끼지 못하고 상상하지 못하는 그 프랑켄슈타인이, 적막만 남은 집을 축복으로 채우고 당신들을 위해 삶을 바치오리다. 그러니 우시오, 마음껏 눈물을 쏟으시오. 그리하여 거칠 것 없는 운명이 흡족해한다면, 그리하여 당신들이 애도만 하다가 영면에 들기 전에 운명이 당신들의 삶을 파괴하는 것을 멈춘다면, 그리되면 프랑켄슈타인, 그가 바라는 것보다 더 큰 행복이 찾아오지 않겠소!

후회, 두려움, 절망에 찢겨 너덜너덜해진 내 영혼이 앞날을 내다본 듯 이런 생각을 주절대는 사이, 나는 내 부정한 피조물의 첫 제물이 된 두 사람, 윌리엄과 쥐스틴의 무덤 앞에서, 사랑하는 가족이 헛된 슬픔을 쏟아 내는 걸 지켜보았소.

제9장

잇따른 사건으로 극에 치달았던 감정이 고요하다고 할 만큼 잠잠해지는 것, 그리고 희망은커녕 두려움조차 느낄 수 없을 만큼 명확하게 무감해지는 것, 그것보다 인간을 고통스럽게 하는 것은 없소. 쥐스틴은 죽어서 안식에 들었고, 나는 살아 있었소. 혈관 속에서 피가 세차게 흐르고 있었지만, 그 무엇으로도 덜어 낼 수 없는 절망과 회한이 내 가슴을 짓눌렀고 말이오. 나는 잠들 수가 없었소. 악마처럼 서성대기만 했지. 나는 이루 말로 다 할 수 없을 정도로 끔찍한 잘못을 저질렀고, 그보다 더, 훨씬 더 끔찍한 일이(나는 그리 믿었소) 남아 있을 터였기 때문이오. 한때 내 가슴엔 아직 온정과 사랑이 가득했소. 나는 선한 의도를 가지고 태어났고, 인류에 도움이 되는 존재가 되길 갈망했으며, 그를 위해 늘 자신을 갈고닦았소. 하지만 이제 모든 것이 수포가 되었소. 양심에 거리낄 것 없이 흡족하게 과거를 돌아보고 다시 새로운 희망을 그러모으는 대신, 회한과 죄책감에 사로잡혀 형언할 수 없는 괴로움으로 가득한 지옥으로 내몰려야 했소.

이런 정신 상태는 육신에도 영향을 미쳤소. 아마도 처음 충격으로 쓰러진 이후 완전히 회복하지 못했던 모양이오. 나는 사람들을 피해 다녔소. '좋다', '다행이다', 그런 소리가 하나같이 끔찍했거든. 고독만이 내 유일한 위안이었소. 깊고, 어둡고, 죽음 같은 고독만이.

아버지는 내 성격과 행동이 예전과 다르다는 걸 알아차리고 안타까워하며, 흠 없이 살아온 자신의 삶과 때 묻지 않은 양심에 기초한 이런저런 얘기를 통해 내게 용기를 불어넣으려 노력했소. 내 안에 잠들어 있는 용기를 일깨워 나를 감싸고 있는 먹구름을 사라지게 할 생각이었겠지.

"빅터, 혹시 너는 이 아비가 괴롭지 않은 것 같니? 내가 윌리엄을 사랑한 만큼 자식에게 사랑을 쏟은 사람은 없을 거다."

아버지의 눈에서 눈물이 흘러내렸소.

"하지만 지나치게 슬퍼하는 건 먼저 세상을 뜬 사람에 대한 도리가 아니야. 그런 행동을 삼가는 것이 살아남은 자의 도리 아니겠니? 그것은 또한 너 자신에 대한 의무이기도 하단다. 사람이 과할 정도로 시름에 젖어 있으면 기운도 낼 수 없고, 기쁨도 느끼지 못하게 되는 법이다. 심지어 일상까지 저버리게 되지. 일상을 저버린 사람은 사회의 구성원으로서 자격이 없잖니."

아버지의 말은 좋은 조언이었으나 나의 경우엔 전혀 들어 맞지 않는 것이었소. 쓰라린 후회가 없었다면, 앞으로 일어 날 일에 대해 두려움이 없었다면, 나는 제일 먼저 슬픔을 숨 기고 사랑하는 사람들을 위로했을 테니 말이오. 아버지의 조언 앞에서 내가 할 수 있는 건 그저 침울한 표정으로 적 당히 대답하고 자리를 피하는 것뿐이었소.

그쯤 우리는 벨르뷰에 있는 별장으로 다시 거처를 옮겼 소. 거처를 옮긴다는 소식을 가장 반긴 사람은 나였고 말이 오. 제네바의 성문은 매일 10시에 닫혔는데, 그러다 보니 그 때 이후론 호수에 머물 수 없고, 제네바의 성벽 안에서만 생 활해야 했거든. 그건 내게 상당히 갑갑한 일이었다오. 거처 를 옮긴 후 나는 자유로워졌소. 가족이 자러 각자 방에 들 어가면 이따금 나는 호수에 나가 배를 띄우고 시간을 보냈 소. 가끔은 돛을 올리고 바람 따라 이리저리 흘러 다니기도 했소. 또 가끔은 호수 한가운데까지 노를 저어 간 후 배가 알아서 떠다니게 해 놓고 우울한 상념에 빠져들기도 했소. 가끔은 주변의 모든 것이 평온할 때, 천국처럼 아름다운 그 풍경 속에서 이리저리 시끄럽게 움직이며 방황하는 것이 나 뿐일 때, 아, 호숫가에 배를 가져다 댔을 때 박쥐나 개구리가 꺽꺽대며 울어 젖히는 건 빼고 말이오. 그럴 땐 가끔 고요 한 호수가 나를, 내 재앙을 영원히 끝내 줄 수 있도록, 잔잔한 호수에 몸을 내던지고 싶다는 유혹을 느꼈소. 그 유혹을 참아 낼 수 있도록 한 건 내가 사랑해 마지않는 엘리자베스의 존재였소. 그녀가 쥐스틴을 살리기 위해 영웅처럼 증언대에 서던 모습, 사랑하는 이를 잃고 괴로워하는 모습, 그 모습을 생각하면 호수에 몸을 던질 수 없었소. 그녀와 나는 떼려야 뗄 수 없는 사이였으니까. 아버지와 에르네스트를 봐서도 그럴 수 없었지. 내 마음이 나락에 빠졌다고, 그걸 핑계 삼아 내가 세상에 풀어놓은 사악한 괴물에게 가족을 무방비로 내버려 둘 순 없잖소?

그럴 때면 나는 서럽게 울면서, 가족에게 위안과 행복을 줄 수 있도록 다시금 내 마음에 평안함이 깃들기를 간절히 바랐소. 하지만 맘처럼 될 리가 없지. 자책감은 내가 가진 모든 희망의 불씨를 꺼트렸소. 불변의 재앙을 써 내려간 사람은 바로 나였소. 그래서 나는 매일 내가 만들어 낸 괴물이 또 끔찍한 짓을 저지르진 않을까 두려워하며 살아야 했소. 막연히 그런 생각이 들더구려. 아직 다 끝난 것이 아니라, 그놈이 윌리엄과 쥐스틴을 죽게 만든 게 별일 아니라고 느껴질 만큼 심각한 범죄를 저지를 거란 생각 말이오. 내가 사랑하는 무언가가 남아 있는 한, 두려움이 사라질 리가 없다는 생각이 들었소. 그놈을 향한 나의 증오심은 상상을 초월했소. 그놈을 생각할 때마다 나는 눈을 부라리며 이를 갈아

댔소. 생각 없이 쥐 버린 생명을 어떻게든 내 손으로 거두고 싶었소. 그놈이 저지른 짓만 생각하면 증오심과 복수심으로 가슴이 터질 것 같았으니까. 그놈과 마주쳤을 때 그놈을 따라 안데스산맥의 가장 높은 봉우리까지 올랐다면 그곳에서 그놈을 바닥까지 떨어트릴 수 있었건만. 나는 다시 그놈과 마주하고 싶었소. 그놈의 혐오스러운 머리통을 으깨서 윌리엄과 쥐스틴의 원수를 갚을 수 있도록 말이오.

우리 집은 초상집이었소. 근자의 사건들로 아버지의 건강이 크게 나빠졌거든. 엘리자베스는 실의에 빠져 있었소. 평소 하던 일에서 기쁨을 느끼지도 못했소. 세상의 모든 즐거움을 고인에 대한 모독으로 여겼으니까. 그녀는 자신이 영원토록 시름에 잠겨 한없이 눈물지어야 억울하게 죽음을 맞은 이들이 편히 눈을 감을 수 있다고 생각했소. 그녀는 이제 어릴 적 나와 함께 호숫가를 걸으며 다가올 아름다운 미래에 관해 이야기하던 행복한 존재가 아니었소. 우리가 이 세상에 미련을 갖지 않게 하려고 마련되는 슬픔이 처음으로 그녀에게 찾아든 거요. 그리고 그로 인해 그녀에게선 사랑스럽던 미소가 사라졌소.

"빅터, 쥐스틴 모리츠의 비참한 죽음을 떠올리면 이 세상이 예전과 같아 보이지 않아. 예전엔 책이나 다른 사람들의 이야기를 통해서 알게 된 부조리하고 부당한 일들이 다 오

래된 옛날이야기이거나 꾸며낸 얘기라고만 생각했어. 그런
게 아니래도 우리와는 무관하다고 여겼고, 공감할 일이라기
보다는 옳고 그름을 따지는 문제로만 생각했달까. 하지만 우
리가 그런 상황에 부닥치고 보니, 사람들이 다들 서로의 피
에 굶주린 괴물로만 보여. 물론 이런 생각도 옳다고 할 순 없
지. 사람들은 가엾은 쥐스틴을 진범이라고 믿었으니까. 만약
그 애가 진짜 그런 짓을 저질렀다면, 그 애는 그야말로 인간
의 탈을 쓴 흉악한 짐승일 거야. 먹여 주고 입혀 준 사람의
아들을, 사랑하는 친구의 가족을, 태어날 때부터 제 손으로
키운 아기를, 마치 제 자식처럼 아끼던 아이를, 값싼 장신구
하나 얻겠다고 죽인다면 그게 짐승이지 뭐야! 나는 사람을
죽이는 것에는 동의할 수 없지만, 그래도 그런 죄인은 확실
히 사회의 구성원으로 적절치 못하다고 생각해. 하지만 쥐
스틴은 결백했어. 나는 알아. 그 애가 결백했다는 걸 온몸으
로 느껴. 너도 같은 생각이잖아. 그래, 분명해. 아아! 빅터, 거
짓이 감쪽같이 진실로 둔갑할 수 있다면, 그 누가 자신은 행
복하다고 확신할 수 있겠어? 마치 벼랑 끝을 걷고 있는 기분
이야. 나를 심연으로 밀어 넣으려고 안달이 난 수많은 사람
을 향해 걷는 기분이라고. 윌리엄과 쥐스틴 모두 살해됐고,
진범은 달아났어. 자유로이 세상을 돌아다닐 수 있으니, 어
쩌면 사람들에게 존경을 받을지도 모르지. 하지만 내가 쥐

스틴과 똑같은 이유로 처형대에 서게 된대도, 나는 그런 사악한 인간으로 사느니 차라리 죽음을 택하겠어."

이런 화제의 대화는 나를 고통의 극한으로 몰고 갔소. 내 손으로 직접 사람을 죽인 것은 아니라도, 사실상 내가, 내가 바로 그들을 살해한 살인범이니까. 엘리자베스는 내 표정에서 고뇌를 읽어 내고 다정히 내 손을 잡았소.

"빅터, 진정해. 최근에 있었던 사건으로 내가 많이 달라진 거 알아. 내가 얼마나 괴로웠는지 신도 아실 거야. 그렇대도 난 너만큼 엉망이 되진 않았어. 네 얼굴엔 참담함이 가득해. 가끔은 복수심까지 엿볼 수 있다고. 그런 네 표정을 볼 때마다 온몸이 떨려. 빅터, 그 끔찍한 생각들을 버려 줘. 너에게 모든 희망을 걸고 있는 네 곁의 가족과 친구들을 기억해 달란 말이야. 우리만으로는 이제 행복해질 수 없는 거니? 그렇지! 우리가 평화롭고 아름다운 고향 땅에서 사랑하는 마음으로, 진실한 모습으로 서로에게 다가간다면 평안을 얻게 될 거야. 아무렴, 우리의 평온한 삶을 그 무엇이 방해할 수 있겠어?"

내가 받았던 선물 중 가장 소중한 선물이었던 엘리자베스, 그녀의 말조차 내 가슴 속에 도사린 악마를 쫓아내기에 충분치 않았던 걸까? 그녀의 말을 듣는 사이에도 나는 근처에 있는 악마가 내게서 그녀를 뺏어 갈까 겁이 나는 것처럼 그녀의 곁에 바짝 붙어 섰소.

이처럼 따뜻한 우정도, 세상의 아름다움도, 푸르른 하늘도, 절망에 빠진 내 영혼을 구원해 주지 못했소. 애정이 담뿍 담긴 그녀의 말도 아무 소용이 없었소. 나를 둘러싸고 있던 먹구름이 그 어떤 좋은 기운도 내게 닿을 수 없게 막아 냈으니까. 다리를 다친 사슴이 상처 입은 다리를 끌며 절뚝절뚝 덤불 속으로 들어가, 다리에 꽂힌 화살을 바라보며 죽어 가는 모습, 내가 딱 그 꼴이었소.

가끔은 나를 휩싼 깊은 절망감을 어느 정도 이겨 낼 때도 있었소. 반면 분노가 소용돌이칠 때도 있었다오. 그럴 때면 몸을 쓰거나 여기저기를 돌아다니는 식으로라도 그 견디기 힘든 괴로움을 달래 보려 했소. 갑자기 집을 떠나게 된 것도 바로 그런 이유에서였소. 나는 근처의 알프스 계곡으로 걸음을 옮기며, 영원히 이 세상에 존재할 장엄한 풍경 속에서 나 자신과 나의 슬픔을 모두 잊고자 했소. 나의 슬픔은 영속적인 풍경에 비하면 찰나의 것일 테니. 나는 곧장 샤모니 계곡으로 향했소. 그곳은 내가 어린 시절에도 자주 가던 곳이었소. 6년의 세월이 지났고, 나는 절망으로 너덜너덜해졌지. 하지만 원시의 자연은 변한 것이 없더구려.

처음엔 말을 타고 이동했소. 나중에는 노새를 구해서 탔고 말이오. 아무래도 바위가 많은 험지에서는 노새가 더 안전하잖소. 8월 중순이라 날은 좋은 편이었소. 저스틴이 죽은 후로, 내 절망의 시대가 시작된 바로 그때 이후로 거의 두 달 정도 지났을 무렵이었소. 아르브강 협곡 깊은 곳으로 들어서면서 마음이 한결 가벼워졌소. 웅장한 산세와 사방으로 펼쳐진 깎아지른 절벽, 바위 사이로 세차게 흐르는 강물의 소리, 전능한 신의 목소리처럼 우렁차게 울려 퍼지는 폭포수 소리, 그토록 놀라운 요소를 만들어 내고 다스리는 자연, 그 위엄 있는 풍경 속에서 나는 자연만큼 전능하지 못한 존재를 두려워하는 것, 그 존재에게 굴복하게 되는 것을 모두 멈추었소. 높은 곳으로 올라갈수록 계곡은 더 엄숙하고 경이로운 모습을 보여 주었소. 소나무가 울창한 산의 벼랑에는 허물어진 성이 있었고, 그 높은 곳에서도 아르브강은 콸콸대며 흘렀다오. 숲 뒤에서 빼꼼히 고개를 내민 오두막도 여기저기 보였소. 그 모든 것이 어우러진 풍경이란, 진정 아름다움의 극치였소. 하지만 거대한 알프스로 인해 그 풍경은 아름다움을 넘어 숭고해졌소. 하얗게 반짝이는 뾰족하고 둥근 알프스의 봉우리들이 다른 세계에서 이쪽 세계를 내려다보는 것처럼 가장 높은 곳에 자리 잡고 있었으니까.

펠리시에 다리를 건너자 아르브강의 원류가 흐르는 다른 협곡이 입을 쩍 벌리고 나를 맞이했소. 나는 협곡의 능선을 따라 산을 오르기 시작했소. 얼마 지나지 않아 나는 샤모니 계곡에 들어섰소. 그곳은 방금 지나온 세르보 계곡보다 더 장엄하고 숭고했지만, 그보다 아름답진 않았소. 눈 덮인 높은 산이 요새처럼 경계를 만들어 주고 있었건만 허물어진 성이나 비옥한 들판은 볼 수 없었거든. 거대한 얼음덩어리가 길가에 널렸더구려. 우레 같은 소리가 들리더니 멀리 보이는 산 높은 곳에 쌓여 있던 눈이 무너져 내리며 하얀 연기를 피웠소. 몽블랑산, 알프스의 최고봉인 몽블랑산은 삐죽삐죽 솟은 봉우리들에 둘러싸여서도 가장 높은 곳에서 그 거대한 둥근 봉우리로 샤모니 계곡을 내려다보고 있었소.

그렇게 여행하는 사이 나는 오랫동안 잊고 지냈던 짜릿한 기쁨을 종종 맛보게 됐소. 굽이진 길을 돌아서는데 갑작스럽게 새로운 무언가를 발견하는 식으로 말이오. 그럴 때면 아주 오래전 기억이 되살아나면서 어릴 때처럼 신이 났다오. 바로 그 순간 바람이 내 귓가에 위로의 말을 속삭이고, 만물의 어머니인 자연이 내게 울음을 그치라고 다그치기도 했소. 그러다가도 그런 다정한 기운이 순식간에 사라져 버리면, 나는 다시금 슬픔에 매여 온갖 침울한 생각에 빠져들었소. 그렇게 되면 노새에 박차를 가하면서 이 세상을, 두려움을, 무엇보다 나 자신을 잊어버리려 갖은 애를 썼소. 그러지 않고 아예 절박한 심정으로 노새에서 내려, 두려움과 절망이 나를 깔아뭉갤 수 있도록 풀밭에 몸을 던지기도 했고 말이오.

　끝내 나는 샤모니 계곡의 한 마을에 도착했소. 몸과 마음 모두 지칠 대로 지친 상태였소. 잠시 나는 창가에 서서 몽블랑산 위로 어른거리는 옅은 번개의 흔적을 바라보았소. 그 아래로 세차게 흐르는 아르브강의 떠들썩한 물소리에도 귀를 기울였소. 베개에 머리를 파묻자, 예민한 나에게는 마음이 편안해지게 하는 그 단조로운 소리가 마치 자장가처럼 들리더구려. 잠이 쏟아졌소. 잠이 드는 순간 나는 잠들어 모든 것을 잊을 수 있음에 감사했소.

제10장

　다음 날 나는 계곡을 거닐며 시간을 보냈소. 빙하를 수원 삼아 흐르는 아르베롱강은 높은 산 정상에서부터 느릿느릿 내려와 골짜기를 막아선다오. 나는 아르베롱강의 수원 근처에 섰소. 광대한 산의 가파른 면이 내 눈앞에 있었소. 내 머리 위로는 빙벽이 하늘을 가렸소. 소나무 몇 그루가 드문드문 보이기도 했소. 자연을 하나의 제국으로 본다면 알현실이나 마찬가지일 그곳엔 엄숙한 적막이 가득했고, 그 적막을 깨는 것은 거친 물살이나 큰 얼음덩어리가 떨어지는 소리, 빙하가 깨지거나 쌓여 있던 눈 더미가 무너지며 나는 우레 같은 소리, 그 소리가 능선을 따라 메아리치는 소리, 그런 소리뿐이었소. 그 거대한 얼음덩이들은 신의 놀잇감이라도 된 것처럼 불변의 법칙에 따라 쉴 새 없이, 그리고 영원히 찢어지고 갈라지기 마련이니까. 그곳의 장엄하고 숭고한 풍경은 내가 받을 수 있는 최고의 위로를 건네주었소. 그 덕에 나는 비록 슬픔을 모두 지울 순 없었대도, 쓸데없는 감정에서 빠져나와 마음을 진정시킬 수 있었소. 한편으로 그 경이로운 자연 덕에 나는 지난 한 달간 곱씹고 있던 생각에서 눈을 돌릴 수 있었기도 했고 말이오. 밤이 되어 잠자리에 들었을 때도 도움을 받았소. 낮에 본 웅장한 자연이 꿈속에 고스란히 재현되었거든. 꿈에선 그 풍경의 요소 하나하나가 내 주위를 가득 메웠소. 눈 덮인 산봉우리와 정상의 뾰족한 바위에서 반짝이는 빛, 소나무 숲, 돌과 바위로 가득한 협곡, 구름 사이를 활공하는 독수리, 그 모든 것이 내게 평정을 찾으라고 말하고 있었소.

다음 날 아침, 내가 잠에서 깨었을 때 그것들은 다 어디로 달아난 걸까? 나를 격려하던 모든 것들이 잠과 함께 자취를 감췄고, 머릿속에 맴도는 생각 하나하나에 우울한 먹구름이 드리웠소. 비가 억수같이 쏟아지고 짙은 안개가 산봉우리를 가려, 나는 전날 다정한 위로를 건네주던 벗들의 모습조차 볼 수가 없었소. 나는 그들의 모습을 가린 안개를 뚫고서라도 구름 속에 숨은 그들을 찾아내고 싶었소. 나한테 비바람이 대수겠소? 나는 사람을 시켜 노새를 준비시키고 몽탕베르[31] 꼭대기까지 오르겠노라고 마음먹었소. 나는 전날의 장관을, 변화무쌍한 빙하를 처음 마주했을 때 그 풍경이 내 마음에 미친 영향을 기억했소. 그 황홀경은 내 영혼

---

31 Montanvert. 몽탕베르는 18세기 당시 메르드글라스의 별칭으로, 알프스의 산악빙하를 뜻한다. 메르드글라스는 프랑스어로 '빙원'이라는 뜻이며, 몽블랑 산괴에서 가장 큰 빙하로 알려져 있다.-옮긴이

에 날개를 달아 주어 모호하기만 한 이 세상을 뒤로하고 빛과 기쁨을 향해 날아가게 해 주었더랬지. 그러고 보면 나는 항상 자연의 경이롭고 장엄한 모습을 마주함으로써 마음을 정갈히 하고, 지나간 일에 관한 고민을 잊었소. 길은 잘 알고 있었던 데다, 다른 사람의 존재가 세상에 단 하나뿐인 완벽한 경치를 망칠 수도 있다는 생각에, 나는 길잡이 없이 홀로 길을 나섰소.

가파른 오르막길이었지만 길이 구불구불해서 오르는 것이 어렵지는 않았소. 풍경은 황량하기 그지없었소. 눈 닿는 곳마다 눈사태로 엉망이 돼 있었거든. 여기저기 부러진 나무들이 가득했고, 어떤 건 완전히 뽑혀서 산산이 조각나기도 했더구려. 완전히 휘어서 튀어나온 바위나 다른 나무에 기대 있는 경우도 적지 않았소. 아는지 모르겠지만, 얼음산을 오르다 보면 말이오. 높게 쌓인 눈이 갈라지면서 생긴 협곡을 종종 만나게 되오. 머리 위에서 계속해서 돌이 굴러떨어지지. 가끔은 정말 위험하기도 하오. 사람이 큰 목소리로 얘기하는 정도로 대단치 않은 소리에도 엄청난 눈덩이가 떨어져 사람 머리를 으깰 수도 있거든. 그런 곳에선 소나무도 키가 작고 볼품없소. 보기 흉하긴 하지만, 그래도 그곳의 척박한 분위기를 배가시키기는 하지. 어쨌든 그런 곳까지 오른 나는 발아래로 보이는 골짜기를 내려다보았소. 맞은편

산을 화관처럼 빙 두르며 흐르는 강에서 짙은 안개가 피어 올랐소. 맞은편 산의 꼭대기는 구름에 가려 보이지 않았소. 시꺼먼 하늘은 장대비까지 퍼붓는데, 내 주위의 모든 것이 그렇게 우울해 보일 수 없었소. 아! 인간은 왜 짐승보다 감정적인 것을 자랑으로 생각할까? 수많은 감정은 더 많은 것을 감당하게만 하잖소. 만약 우리에게 배고픔, 갈증, 성욕과 같은 원초적인 욕구밖에 없다면 우리는 지금보다 훨씬 자유로워질 거요. 하지만 우리는 그렇지 않기에, 이처럼 바람이 불 때마다 이리저리 나부끼고, 누군가가 건넨 우연한 말 한마디나 우연히 맞닥뜨린 풍경에도 울컥하게 되지.

우리가 휴식하면, 꿈 때문에 잠을 설치누나
우리가 일어서면, 떠도는 생각으로 하루를 망치누나
우리가 느끼고, 깨닫고, 사유하는 것, 아니 웃거나 우는 것도,
근심을 끌어안거나 걱정을 날려 버리는 것까지도 모두,
다를 바가 없노라
결국, 기쁨이건 슬픔이건
그 모든 것이 우리를 떠나갈 길은 훤히 뚫려 있으므로
사람의 어제는 결코 내일과 같을 수 없으니,
무상하다는 것 말고 영원할 것이 있으랴[32]

정오가 다 되어서야 나는 꼭대기에 도착했소. 한동안 나는 바위에 앉아 수많은 빙하가 모여서 빙원을 이루는 곳을 내려다보았다오. 그곳에도, 산 주위에도 안개가 자욱했소. 마침 바람이 불면서 구름이 흩어지기에 나는 빙원 쪽으로 내려갔소. 빙원의 표면은 전혀 고르지 못하오. 거친 바다의 파도처럼 솟구쳐 올랐다가 푹 꺼지길 반복하거든. 거기다 여기저기 보이는 균열은 크기가 꽤 커서 빙하 깊숙한 곳까지 이어지오. 빙원의 폭은 대략 5킬로미터 정도 되는데, 거길 건너가는 데만 거의 두 시간 가까이 걸렸소. 맞은편에 있던 산은 풀 한 포기 보이지 않는 깎아지른 바위산이었소. 건너가서 몽탕베르를 돌아보니 그 뒤로 몽블랑산이 장엄한 자태로 우뚝 솟아 있더구려. 나는 바위에 걸터앉아 쉬면서 그 경이로운 장관을 바라보았소. 바다 같은, 사실 어마어마한 크기의 얼음 강이라고 해야 할 그곳은, 끝 모르게 치솟은 산 사이사이를 휘감고 있었소. 구름 위로 햇빛이 비치자 삐죽 솟은 빙하들이 눈부시게 반짝였소. 시름시름 앓던 내 가슴이 기쁨, 그 비슷한 감정으로 벅차올랐소. 나는 큰 소리로 외쳤소.

"떠도는 영혼들이여! 그대들이 진정 방랑자라면, 웅크려

---

32 퍼시 셸리의 시 〈무상(Mutability)〉 중 두 연(聯)으로, 단어는 원작과 같고 구성 역시 연을 구분하지 않은 점만 제외하면 같은데, 다만 구두점이 다르다. 본문은 메리 셸리가 사용한 구두점을 고려해 번역했다. 한편, 퍼시 셸리는 〈무상(Mutability)〉이라는 같은 제목의 시를 두 편 남겼기에 제목만 보면 혼동의 여지가 있다.─옮긴이

서 쉬지만 말고 내게 이 옅은 행복을 허락해 주시오! 아니면 삶의 기쁨으로부터 떠나는 그대들의 여정에 나를 데려가 주시오."

내 말이 끝나기도 전에 멀리서 갑자기 사람 형체가 나타났소. 그자는 사람이라는 게 믿기지 않을 정도의 엄청난 빠르기로 내게 달려오고 있었소. 그는 내가 조심조심 건넜던 얼음의 갈라진 틈도 껑충껑충 뛰어넘었소. 점점 다가오는 그의 모습을 보니, 덩치도 보통 수준이 아니었소. 당혹스러웠소. 눈앞이 흐려졌소. 의식을 잃을 것만 같았지. 그때 산에서 차가운 바람이 휙 불어와 나는 다시 정신을 차렸소. 나를 향해 다가오는 그 존재가 점점 가까워지면서(그 엄청난 크기와 역겨운 모습이란!) 나는 그자가 바로 내가 만들어 낸 괴물임을 알아차렸소. 나는 두려움과 분노로 바들바들 떨면서도 그가 가까이 다가올 때까지 기다렸다가, 코앞에 오면 목숨을 건 싸움을 벌이겠다 다짐했소. 드디어 그가 내 앞까지 왔소. 그의 얼굴에는 쓰라린 고통이 역력했소. 경멸과 악의도 충분히 읽을 수 있었지. 이 세상에서 본 적 없는 흉측한 존재가 그런 표정까지 짓고 있으니, 그 모습은 차마 눈 뜨고 볼 수 없을 만큼 끔찍했다오. 하지만 나는 용케 그놈을 가만히 지켜보았소. 처음엔 분노와 증오가 극에 달해 손끝 하나 움직일 수 없었소. 좁쌀만 한 자제력을 되찾고 나선 입에 담기도 버거운 온갖 욕설을 쏟아 냈소. 그게 당시 내가 할 수 있던 전부였거든.

"이 악마 같은 놈! 감히 내 근처에 얼쩡대? 내가 원수를 갚겠노라고 네 끔찍한 얼굴을 뭉갤까 두렵지도 않았던 것이냐? 썩 꺼져라, 벌레만도 못한 놈아! 아니지, 거기 가만히 있어! 네가 가루가 될 때까지 짓밟아 줄 테다! 아! 끔찍한 네 놈을 죽임으로써 네가 극악무도하게 살해한 그들을 되살릴 수만 있다면!"

그 악마가 말했소.

"절 이런 식으로 맞이할 거라고 예상했습니다. 사람들은 누구나 보기 흉한 것을 싫어합니다. 그러니 이 세상 그 어떤 것보다도 끔찍한 몰골의 저는 지탄의 대상일 수밖에 없을 테죠. 당신도 저를 역겨워하며 말을 섞으려 하지 않잖습니까. 하지만 당신은, 저의 창조주이신 당신은, 피조물인 저와 단단히 엮여 있습니다. 우리의 관계는 당신이나 저, 둘 중 하나가 죽기 전까지 끊기지 않습니다. 당신은 제 숨통을 끊고자 하죠. 어떻게 당신은 한 생명을 그리도 가벼이 여긴단 말입니까? 당신이 창조주의 의무를 다해 준다면, 저 역시 당신과 인류에게 제 의무를 다하겠습니다. 당신이 저의 제안에 응해 준다면, 저는 당신과 이 세상 모든 사람을 괴롭히지 않고 순순히 떠날 겁니다. 하지만 당신이 이 제안을 거절한다면, 죽음의 구렁텅이가 당신에게 소중한 사람들의 피로 가득 찰 때까지 그곳에 계속 피를 쏟아부을 것입니다."

"흉악한 괴물 같으니라고! 네놈이 바로 악마로다! 네놈이 저지른 짓을 생각하면 지옥의 고문도 너무 관대한 처벌이로구나! 이 비열한 악마야! 널 창조했다고 날 비난한다 이거지? 오냐, 그래. 내가 어리석게 건네준 생명의 불꽃을 내 손으로 직접 거두어 주마."

분노가 끝 모르고 치솟았소. 나는 한 존재가 다른 존재를 상대로 가질 수 있는 모든 증오의 감정에 사로잡혀, 떠밀리듯 그놈에게 달려들었소.

그놈은 손쉽게 나를 피하고 입을 열었소.

"진정하십시오! 청컨대 당신 앞에 조아린 제 얼굴에 증오를 터뜨리기 전에 제 말을 먼저 들어달란 말입니다. 당신이 제게 절망을 더 보태 주어야 할 정도로 제가 충분히 고통 받지 않은 줄 압니까? 삶은 저에게도 소중합니다. 비록 고통만 더해 가는 삶이라도, 저는 이 삶을 살아 나갈 겁니다. 기억하십시오. 당신은 저를 당신보다 더 강력한 존재로 만들었다는 걸 말입니다. 저는 당신보다 훨씬 크고, 훨씬 더 유연합니다. 그렇다고 제가 감히 당신과 견줄 대상이라고 생각하는 것은 아닙니다. 저는 당신의 피조물일 뿐이요, 당신이 창조주로서 제 역할만 해 준다면 저는 기꺼이 주인께, 이

몸의 왕께 복종하겠습니다. 아, 프랑켄슈타인, 차라리 공평한 사람인 척하지 말고, 그냥 저만 짓밟으십시오. 당신의 정의가, 심지어 당신의 관용과 애정이 가장 절실한 자는 저라고 해도 말입니다. 제가 당신의 피조물이란 사실을 잊지 마십시오. 저는 아담Adam이어야 했으나 추락한 천사가 되고 말았습니다. 당신이 아무 잘못도 없는 저를 기쁨에서 밀어냈기 때문입니다. 환희로 가득한 이 세상 곳곳을 들여다보아도 도무지 제가 속할 수 있는 곳은 없습니다. 저는 선하고 따뜻한 존재였으나, 절망으로 인해 악마가 되었습니다. 저를 다시 행복하게 해 주십시오. 그렇게만 된다면 저도 다시 선해질 겁니다."

"눈앞에서 썩 꺼져라! 네놈 말은 듣지 않겠다. 우리는 원수지간이다. 원수지간에 무슨 대화를 나눌 수 있단 말이냐. 내 눈앞에서 사라져. 그러지 않으면 누구 하나 나가떨어질 때까지 싸워야 할 것이다."

"어떻게 해야 당신 마음을 바꿀 수 있습니까? 제가 이렇게 애원하는데도, 당신의 양심과 연민을 이렇게나 갈구하는데도, 당신은 자신의 피조물을 좋게 봐 줄 수 없는 겁니까? 프랑켄슈타인, 제 말을 믿어 주십시오. 저는 이 세상의 모든 존재를 사랑했습니다. 제 영혼도 한때 인도적이었고, 애정으로 반짝였단 말입니다. 하지만 지금 저는 외톨이잖습니까?

실로 비참한 외톨이지요. 창조주인 당신이 저를 역겨워하는데, 당신과 같은 종種인 다른 인간들에게서, 제게 마음의 빚도 없는 그들에게서 제가 무슨 희망을 바랄 수 있단 말입니까? 인간은 저를 내치고 증오합니다. 저는 버려진 산이나 황량한 빙하에서만 안식을 취할 수 있습니다. 수일간 이 근처를 배회했습니다. 제가 유일하게 두려워하지 않아도 되는 곳, 얼음 동굴이 저의 집이 되어 주었습니다. 그곳이야말로 사람들이 제게 내주어도 아까워하지 않을 유일한 곳일 테지요. 저는 이 음산한 하늘도 좋습니다. 저 하늘이 당신네 인간들보다 제게 친절하니까요. 아마 사람들이 제 존재를 알게 된다면 다들 당신처럼 행동하겠죠. 그리고 절 죽이려고 무기를 손에 들겠지요. 그런데도 저는 절 증오하는 그들을 미워하지 않아야 합니까? 저는 제 적敵과 어떤 것도 타협하지 않을 겁니다. 제가 비참한 만큼, 그들도 비참함을 느껴 봐야 합니다. 하지만 당신에겐 저를 변화시킬 힘이 있습니다. 악마가 일으킨 소용돌이가 당신뿐 아니라 당신의 가족도, 수천 명의 사람까지도 집어삼키려 하는데, 거기에서 모두를 구할 수 있는 건 당신뿐이란 말입니다. 진정한 선행을 베풀 기회잖습니까. 제발 절 경멸하지만 말고, 마음을 열어 보십시오. 제 얘기를 들려 드리지요. 그 얘길 들으시고 나서 절 내쫓든 위로하든 하세요. 제 얘기를 들은 후 당신이 어떤 결정을 내리든 받아들이겠습니다. 끝까지 들어 보십시오. 인간들 법에 따르면 죄인이 아무리 큰 죄를 지었다고 하더라도, 판결 전에 자신을 변호할 기회를 주잖습니까. 프랑켄슈타인, 제 말 들어 보십시오. 당신은 제가 살인을 저질렀다고 의심하고 있지만, 일말의 가책 없이 당신의 피조물을 죽일 수는 없지 않습니까. 아, 인류가 지켜 온 정의여, 영원할지어다! 제게 그 정의의 잣대를 들이밀라는 게 아닙니다. 제 얘길 들은 후에, 모두 들은 후에도, 당신이 그 두 손으로 만든 것을 파괴할 수 있다면, 그럴 수 있다면, 그리 하란 말입니다."

드디어 나는 그의 말에 제대로 응수했소.

"내 기억을 헤집는 이유가 뭐야? 내가 그 끔찍한 이야기의 근원이자 작가라는 사실을, 떠올리기만 해도 소름 끼치는 그 상황을 왜 자꾸 곱씹게 하느냐고. 나는 그날을 저주해, 이 끔찍한 악마야! 네가 처음 빛을 본 그날을! 너를 만든 그 손을(그게 비록 내 손일지라도) 저주해! 네놈 때문에 나는 말로 다 할 수 없을 정도로 비참했다. 너 때문에 내가 너한테 공정한지 공정하지 않은지 판단할 힘도 잃었어. 제발 떠나 줘! 네놈의 역겨운 모습을 마주하고 있으려니 미칠 것만 같아. 제발 사라져."

"그럼 이렇게 해 드리지요, 주인님."

그놈은 이렇게 말하더니 그 더러운 손으로 내 눈을 가렸소. 나는 몸부림을 쳤지.

"이렇게 하면 당신이 역겨워하는 제 모습을 보지 않아도 되잖습니까. 하지만 여전히 당신은 제 말을 듣고 연민을 베풀 생각이 없나 보군요. 한때 선했던 제 마음, 그것 하나에 기대 당신에게 정식으로 요구합니다. 제 이야기를 들으십시오. 길고도 기묘한 이야기입니다. 여긴 너무 추워서 당신처럼 연약한 사람한테 좋지 않으니, 산에 있는 오두막으로 가는 게 낫겠군요. 해가 아직 중천에 있습니다. 저 해가 눈 덮인 벼랑 뒤로 사라져 다른 세상을 비추기 전에 제 얘기를 모두 듣고 결정을 내릴 수 있을 겁니다. 제가 인간 세상을 영원히 떠나 그 누구에게도 해를 입히지 않고 살아갈지, 아니면 인류의 재앙이 되어 당신의 삶을 빠르게 파멸로 몰아갈지, 그 모든 것은 당신에게 달렸습니다."

놈은 이렇게 말하더니 앞서서 빙원을 가로지르기 시작했소. 나는 그 뒤를 따랐소. 심장이 터질 것 같더구려. 놈의 말에는 아무 대답도 하지 않았소. 하지만 가만히 걷다 보니 그 주장이 꽤 그럴싸하게 느껴졌소. 그리고 최소한 놈의 얘기를 들어는 봐야겠다고 생각했소. 호기심 때문이기도 했지만, 결정을 내리게 된 건 결국 동정심 때문이었소. 나는 그때까지 그놈이 내 동생을 죽인 살인범이라고 생각했고, 그랬기에 그게 사실인지 아닌지 확인하고 싶었거든. 거기다 처음으로 창조자로서의 의무도 느꼈소. 창조자라면 피조물이 그르다고 불평하기 이전에 먼저 피조물을 행복하게 만들어 주는 게 도리잖소. 이런 생각으로 나는 그놈의 요구에 응하게 됐소. 우리는 빙원을 가로질러 맞은편 바위산을 올랐소. 공기가 차가워지더니 비가 다시금 퍼붓기 시작했소. 오두막에 들어갔을 때 그놈은 기뻐서 어쩔 줄을 몰랐소. 나는 우울하고 무거운 마음이었지만 말이오. 그래도 나는 놈의 얘기를 듣기로 하고 그놈이 피운 모닥불 가에 앉았소. 놈은 그렇게 이야기를 시작했소.

제11장

　제 존재의 시작점을 떠올리는 건 꽤 힘든 일입니다. 그 시기의 모든 사건은 혼란스럽고 불분명하기 때문입니다. 수많은 기묘한 감각이 저를 사로잡았습니다. 보고, 느끼고, 듣고, 냄새를 맡는 것을 모두 동시에 해내야 했고요. 사실 오랜 시간이 지나서야 다양한 감각을 구별해 낼 수 있게 됐지요. 강한 빛이 서서히 제 신경을 자극했고, 그래서 눈을 감아야 했던 게 기억납니다. 그러자 어둠이 찾아왔는데, 그게 또 그렇게 당황스럽더군요. 하지만 그때엔 어둠조차 제대로 느낄 수 없었는데, 이제 와 생각해 보면 곧바로 눈을 떠서 쏟아지는 빛을 마주하는 바람에 그랬던 것 같습니다. 저는 걸음을 옮겼는데, 아마 계단을 내려갔던 모양입니다. 그때 감각에 큰 변화가 생겼습니다. 이전까지는 뭔가 시꺼멓고 불투명한 무언가가 제 주위를 둘러싸고 있는데도 그걸 만지거나 볼 수가 없었습니다. 하지만 그때 저는 피하거나 넘을 수 없는 장애물이 없다는 걸, 자유롭게 걸을 수 있다는 걸 알아차렸습니다. 한편 빛이 점점 강렬해져서 숨이 막힐 것 같은 데다, 걸으면서 차오르는 열기 때문에 잔뜩 지쳤기에, 저는 그늘진 곳을 찾아다녔습니다. 그렇게 찾은 곳이 잉골슈타트 근처 숲입니다. 저는 개울가에 지친 몸을 뉘었습니다. 그러다 허기와 갈증에 말도 못 할 고통을 느꼈지요. 동면 상태에 든 것처럼 기절하다시피 쓰러져 있던 저는 허겁지겁 일어나 나무에 달린 열매를 따 먹고 땅에 떨어진 열매를 주워 먹었습니다. 개울물로 해갈하고 다시 누운 후에는 깊은 잠에 빠졌고요.

잠에서 깼을 땐 주위가 어둡더군요. 더구나 춥기도 해서 약간은 겁에 질렸습니다. 이른바 본능적으로 고독을 깨우친 겁니다. 당신 방을 나오기 전 쌀쌀함을 느끼고 옷가지를 적당히 걸쳤습니다만, 그 정도론 한밤의 이슬을 막을 수 없었죠. 저는 가련하고 무력한, 서러운 짐승이었습니다. 저는 아무것도 알지 못했고, 아무것도 분별하지 못했습니다. 하지만 고통은 사방에서 저를 덮쳐 왔기에 저는 주저앉아 울기만 했습니다.

얼마 후 은은한 빛이 하늘에 스미더니 제게 기쁨을 안겨 주더군요. 저는 벌떡 일어서서 나무 사이로 떠오르는 광채를 바라봤습니다. 경이로웠지요. 그건 천천히 움직였지만, 이내 길을 비춰 주었고, 그렇게 저는 다시금 열매를 찾으러 움직이게 됐습니다. 한 나무 아래에서 커다란 망토를 발견했는데, 그때도 추웠던 탓에 저는 망토로 몸을 덮고 땅에 앉았습니다. 특별한 생각은 하지 않았습니다. 모든 것이 혼란스러웠거든요. 제가 인식할 수 있는 느낌이라곤 빛, 허기, 갈증, 어둠뿐이었습니다. 온갖 소리가 귓가에 맴돌았고, 사방팔방에서 온갖 향기가 풍겼습니다. 제가 식별할 수 있는 건 환한 달뿐이었기에, 저는 기쁜 마음으로 달에서 시선을 떼지 않았습니다.

몇 번의 낮과 밤이 가고, 밤에 뜨는 구체도 한껏 오그라들었을 때, 저는 서로 다른 감각을 구별하기 시작했습니다. 제게 마실 물이 되어 주는 맑은 개울과 무성한 잎사귀로 그늘을 만들어 주는 나무도 점차 또렷이 보게 되었지요. 가끔 제 귀를 호강시켜 주는 듣기 좋은 소리가, 빛을 향하는 시야를 가리곤 하는 조그만 날개 달린 동물의 목에서 나오는 것임을 발견했을 때, 저는 환희를 느꼈습니다. 저는 거기서 그치지 않고, 제 주위를 둘러싼 것들을 좀 더 세밀하게 관찰하기 시작했습니다. 그리고 머리 위에 드리운, 빛으로 된 지붕 같은 하늘의 경계도 알아차렸습니다. 가끔은 새들의 감미로운 노랫소리를 흉내 내 보려고도 했지만, 그건 불가능하더군요. 가끔은 제 나름대로 느끼는 것을 표현해 보고자 했으나, 거칠고 듣기 싫은 소리만 튀어나오는 바람에 놀란 나머지 다시금 침묵했고요.

달이 밤하늘에서 사라졌다가 다시 오그라든 모습으로

나타날 때까지 저는 그 숲에서 지냈습니다. 그쯤 제 모든 감각이 뚜렷해졌고, 하루하루 새로운 개념도 익혔습니다. 두 눈도 빛에 적응해 사물을 있는 그대로 인식할 수 있게 됐습니다. 저는 약초에 들러붙은 벌레를 구별하게 됐고, 서서히 약초의 종류도 구별할 수 있게 됐습니다. 참새는 거칠게 쨱쨱거리지만, 찌르레기와 개똥지빠귀는 달콤하고 감미로운 소리를 낸다는 사실도 알아차렸죠.

하루는 너무 추워서 덜덜 떨다가 부랑자들이 피워 놓고 간 모닥불을 발견했습니다. 그 따뜻함에 황홀할 지경이었습니다. 저는 기쁜 나머지 아직 잘 타고 있는 잉걸불에 손을 쑥 집어넣었다가, 너무 뜨거워 소리를 지르며 얼른 불에서 손을 뺐습니다. 어떤 한 대상이 그토록 상반된 성격을 지닌다는 것이 실로 기묘하다고 생각했지요! 저는 모닥불의 재료들을 하나하나 확인하면서, 다행스럽게도 그것이 대부분 나무임을 깨달았습니다. 저는 곧장 나뭇가지를 모았지만, 제가 모았던 건 젖어서 타질 않았습니다. 상심한 저는 불 가에 앉아 모닥불만 가만히 지켜보았습니다. 불 옆에 젖은 나무를 놓아 뒀는데 그 사이 말랐는지 불이 붙더군요. 그걸 가만히 지켜보면서 나뭇가지를 이것저것 만져 본 후에, 저는 어떤 것에 불이 붙고 어떤 것에 불이 붙지 않는지 그 차이를 알게 됐습니다. 저는 말려서 불붙이는데 쓸 나무를 한 아름

구해 왔습니다. 밤이 되면서 졸음이 쏟아지자, 불이 꺼질까 봐 덜컥 겁이 나더군요. 저는 마른 나무와 잎사귀로 조심스럽게 잉걸불을 덮고 그 위에 젖은 나무를 얹었습니다. 그러고 나서 망토를 펴고 누워서 잠에 빠져들었습니다.

아침이 되어 잠에서 깨자마자 저는 제일 먼저 불부터 확인했습니다. 나뭇가지와 잎사귀를 들추자 산들바람이 불면서 불꽃이 일었습니다. 그 과정을 유심히 지켜본 저는 나뭇가지를 흔들며 부채질을 했고, 그러자 전날처럼 모닥불이 되살아났습니다. 그날 밤이 되어서 저는 행복하게도 불이 빛과 열기를 함께 뿜어낸다는 걸 알아차렸고, 동시에 불이 먹을 것에도 쓸모가 있다는 걸 알아차렸습니다. 부랑자들이 남겨 두고 간 구운 내장을 찾은 덕분입니다. 불에 익힌 음식은 제가 나무에서 딴 열매들보다 훨씬 맛이 좋더군요. 저는 모아 놓은 열매들도 그렇게 맛있게 만들어 보고 싶은 마음에 불 속에 넣었습니다. 이 과정을 통해 나무 열매는 익히면 맛이 없어지고, 견과류나 뿌리채소는 상당히 맛이 좋아진다는 걸 깨달았습니다.

하지만 시간이 지날수록 먹을 것은 점점 귀해졌고, 가끔은 종일 헤매도 허기를 달랠 도토리 몇 알조차 구하지 못하게 되었습니다. 그제야 저는 그때까지 머물고 있던 곳을 떠나, 배고픔과 추위처럼 몇 안 되는 제 욕구를 쉽게 충족시킬 수 있는 곳을 찾아보기로 했습니다. 숲을 떠나면서 불을 잃게 된다는 게 어찌나 애석하던지요. 당시 저는 우연히 불을 발견했을 뿐, 어떻게 불을 피우는지 알지 못했기 때문입니다. 그 문제를 두고 몇 시간 동안이나 씨름했는지 모릅니다. 하지만 결국 저는 불을 포기할 수밖에 없었고, 결국은 망토로 몸을 감싼 뒤 숲을 가로질러 해가 지는 방향으로 나아갔습니다. 사흘간 덤불을 헤치고 걷던 저는 드디어 탁 트인 지역을 마주하게 됐습니다. 전날 밤 폭설이 내린 탓에 들판은 온통 새하얗기만 했습니다. 풍경은 황량했고, 땅에 쌓인 축축하고 차가운 것 때문에 발도 시렸지요.

아마 아침 7시쯤 됐을 때였는데, 제게는 먹을 것과 쉴 곳이 간절했습니다. 마침 저는 봉긋하게 솟은 낮은 언덕에서 작은 오두막을 발견했습니다. 분명 목동들의 쉼터였을 거예요. 당시 그런 것이 생소했기에 대단한 호기심이 일었던 저는 건물을 이리저리 살펴보았습니다. 문이 열린 것을 발견하고 저는 안으로 들어갔지요. 불 가에 노인이 앉아 아침 식사를 준비하고 있더군요. 노인은 인기척을 느끼고 돌아보다 저를 발견하고는 비명을 지르며 오두막을 뛰쳐나갔습니다. 그 쇠약한 몸으로는 도저히 불가능하다 싶은 속도로 들판을 내달렸고요. 이전까지는 노인을 한 번도 본 적이 없는 데다, 황급히 달아나는 모습까지 보고 나니, 저는 여러모로 놀라울 따름이었습니다. 하지만 그보다 더 놀라웠던 건 바로 그 오두막이었습니다. 눈과 비를 막아 주고, 바닥도 보송보송했으니까요. 그때 제 상황을 고려하면 그곳은 아름답고 훌륭하기 그지없는 피난처였습니다. 불바다에서 고통 받던 사탄의 눈에 팬데모니움[33]이 그렇게 보일 테지요. 저는 목동이 내버리고 간 아침 식사를 허겁지겁 먹어 치웠습니다. 빵, 치즈, 우유, 그리고 포도주를 먹었는데, 포도주는 입에 맞지 않더군요. 다 먹고 나니 피로가 몰려왔습니다. 저는 짚자리에 누워 바로 곯아떨어졌습니다.

잠에서 깨자 정오였습니다. 설원을 환히 비추는 햇살의 따사로움에 매료된 저는 다시금 길을 나서기로 했습니다. 오두막에 가방이 있길래, 남은 음식도 싸서 출발했습니다. 몇 시간 동안 들판을 가로지른 후, 해 질 무렵 저는 한 마을에 도착했습니다. 마을의 풍경은 제게 기적과도 같았습니다. 수많은 오두막, 깔끔한 작은 집, 견고한 저택, 다들 하나같이 감탄을 자아냈지요. 정원에는 채소가 가득하고, 창가에는 군침 돌게 하는 우유와 치즈가 놓여 있었습니다. 저는 그 중 가장 으리으리한 집에 들어갔습니다. 하지만 문가에 발을 들여 놓기 무섭게 아이들이 비명을 질렀고, 여인 중 하나

33 Pandæmonium. 영국의 시인 존 밀턴의 작품 《실낙원》에서 사용된 말로, 지옥에 떨어진 사탄이 세운 궁전을 일컫는다. 《실낙원》의 국내 번역본에서는 '복마전'이라고 소개되었다. -옮긴이

는 혼절했습니다. 마을 전체가 발칵 뒤집혔습니다. 어떤 사람은 달아났고 어떤 사람은 저를 공격했습니다. 나중엔 돌팔매질은 물론이거니와 이런저런 원거리 무기까지 동원됐고, 제 몸엔 여기저기 시퍼런 멍이 들었습니다. 곧장 마을에서 달아난 저는 겁에 질려 지붕 낮은 폐축사에 몸을 숨겼습니다. 마을에서 으리으리한 저택을 본 후라, 제가 있는 폐축사가 너무나도 볼품없고 허전하게 느껴지더군요. 폐축사 바로 옆에는 꽤 깔끔하고 안락해 보이는 집이 한 채 있었는데, 방금 큰 대가를 치르고 얻은 경험을 반추하자니 감히 그곳에 발 들일 엄두는 나지 않았습니다. 제가 있던 폐축사는 나무로 지은 것이었는데, 너무 낮아서 몸을 일으켜 앉을 수조차 없을 정도였습니다. 가축우리라 바닥은 온통 흙이었지만 그래도 축축하진 않았습니다. 숭숭 뚫린 벽 사이로 쉴 새 없이 바람이 몰아쳤지만, 그래도 비와 눈을 막아 주니 그럭저럭 괜찮은 은신처였던 셈입니다.

그렇게 폐축사에 숨어 몸을 뉘고 나니, 혹독한 날씨와 그보다 더 모진 인간들 때문에 비참한 처지라 하더라도 보금자리를 찾았다는 사실에 만족할 수 있었습니다. 어스름한 새벽이 찾아오자 저는 바로 옆에 있는 집도 살펴보고, 당분간 폐축사에 머물러도 될지 확인도 할 겸 밖으로 나왔습니다. 폐축사는 그 집의 뒷면에 바로 붙어 있는 것이었습니다.

폐축사 주위로 돼지우리가 세워져 있어서 밖에서는 폐축사가 잘 보이지 않았습니다. 폐축사 앞에는 맑은 웅덩이도 있었습니다. 폐축사가 외부와 바로 맞닿는 부분에 구멍이 하나 나 있었는데, 간밤에 제가 기어들어 갔던 입구가 바로 그것이었습니다. 저는 밖에서 안이 들여다보이지 않도록 구멍을 막았습니다. 드나들 때마다 치울 수 있을 정도로 말입니다. 내부에 드는 빛이라곤 돼지우리를 통해 들어오는 것이 다였지만, 그 정도도 제게는 충분했습니다.

그렇게 보금자리를 정리하고, 깨끗한 짚으로 바닥까지 깔았을 때, 멀리서 사람 형체가 보이기에 저는 냉큼 안으로 들어갔습니다. 전날 제가 어떤 대접을 받았는지 생생히 기억하고 있었기 때문에 도무지 사람을 믿을 수 없었던 거죠. 그래도 그 전에 그날 허기를 채울 푸석한 빵 한 덩이와 제 쉼터에서 목을 축이기에 제 손보다 편리할 잔 하나를 훔쳐 둔 상태였습니다. 폐축사 바닥은 땅에서 조금 올라와 있었기 때문에 잘 말라 있었고, 옆집의 굴뚝과 가까운 면은 그런대로 따뜻한 편이었습니다.

이렇게 필요한 것이 마련되었기에 저는 마음을 바꿀 만한 일이 일어나지 않는 한 그곳에서 머물기로 했습니다. 이전에 지냈던 으스스한 숲에 비하면, 빗방울 맺히는 나뭇가지도 없고 땅도 축축하지 않으니 그곳은 실로 천국이었습니다. 기분 좋게 아침 식사를 마치고 물을 뜨러 가기 위해 널빤지를 치우려는 찰나 발소리가 들렸습니다. 작은 틈으로 밖을 내다보니 한 여인이 머리에 들통을 이고 제 보금자리 앞을 지나가고 있더군요. 어린 편이었고 행동이 점잖았습니다. 이후에도 많은 사람을 봤지만, 농장에서 일하는 하인이나 하층민에게선 볼 수 없는 태도였습니다. 하지만 그녀의 차림은 남루했습니다. 뻣뻣한 파란색 속치마와 리넨 상의를 걸친 게 다였으니까요. 머리는 땋아 내렸는데, 머리 장식은 하나도 달지 않았습니다. 그녀는 차분하면서도 어쩐지 슬픈 표정을 짓고 있었습니다. 잠시 시야에서 사라졌던 여인은 15분쯤 후 우유를 채운 들통을 이고 다시 모습을 드러냈습니다. 그녀는 들통 때문에 어색한 걸음걸이로 걸어가다가 시무룩한 표정의 젊은 사내와 마주쳤습니다. 두 사람은 뭔가 우울한 느낌의 소리를 번갈아 가며 내더니, 이후 사내는 여인이 이고 있던 들통을 받아들고 집으로 향했습니다. 여인도 그 뒤를 따랐고, 그렇게 두 사람은 모습을 감추었습니다. 얼마 지나지 않아 젊은 사내는 연장을 몇 개 들고 다시 밖으로 나와 집 뒤에 있는 들로 나갔습니다. 여인 역시 집 안팎을 드나들며 이런저런 일을 하느라 분주했습니다.

한편 보금자리를 찬찬히 살피던 저는 집과 맞붙은 면의 한쪽 귀퉁이에서 폐축사와 돼지우리를 짓기 전부터 집에 달려있던 것 같은 창문을 하나 발견했습니다. 하지만 창문은 널빤지로 막혀 있었습니다. 틈이 몇 군데 보였지만 대부분 너무 작았는데, 그중 하나는 실낱같은 틈이지만 눈을 갖다 대면 어느 정도 집 안을 훔쳐볼 수 있을 정도더군요. 저는 그 틈을 통해 집 안을 들여다봤습니다. 벽에 회반죽을 바른 깨끗하고 작은 방이 보였습니다. 가구라 할 만한 건 거의 없었죠. 방구석 작은 벽난로 근처에 노인이 시름에 잠긴 듯 두 손으로 이마를 감싼 채 앉아 있었습니다. 여인은 집안일을 하느라 바빴는데, 마침 서랍에서 뭔가를 꺼내 들더니 노인 곁에 자리를 잡고 앉아 손을 바삐 놀리기 시작했습니다. 그러자 노인이 악기를 꺼내 들고는 연주를 시작하더군요. 그 연주는 찌르레기나 나이팅게일의 소리보다 감미로웠습니다. 이전까지 아름다운 것이라곤 본 적 없는 멍청한 제가 보기에도 사랑스러울 정도로 아름다운 광경이었습니다. 노인의 백발과 인자한 얼굴에 절로 고개를 조아리게 됐고, 여인의 참한 태도에 가슴이 두근거렸습니다. 노인의 연주는 감미로우면서도 서글픈 곡조였고, 연주를 듣고 있던 사랑스러운 여인의 눈에선 눈물이 흘러내렸습니다. 그녀가 흐느끼기 시작할 때까지 노인은 그 사실을 몰랐습니다. 노인이 입을 벌리고 무슨 소리를 냈는데, 그러자 그녀는 들고 있던 것을 내려놓고 노인의 발치에 무릎을 꿇었습니다. 노인은 그녀를 일으키더니 다

정하고 애정 가득한 미소를 지어 보였습니다. 그 순간 저는 어딘가에 쿡쿡 찔리는 것 같은, 이상하면서도 압도적인 느낌을 받았습니다. 고통과 기쁨이 뒤섞인 것 같았는데, 이전까진 한 번도 느껴보지 못한 것이었습니다. 배가 고플 때도, 추울 때도, 따뜻하거나 음식을 먹을 때도 말입니다. 저는 감정을 주체할 수 없어 창가에서 멀찌감치 떨어졌습니다.

얼마 지나지 않아 젊은 사내가 나무를 한 짐 지고 돌아왔습니다. 여인은 문가에서 사내를 맞이하고는 나뭇짐 내리는 걸 도왔습니다. 그리고 바로 땔감으로 쓸 만한 것을 가져다가 벽난로에 집어넣었습니다. 그런 뒤 젊은 여인과 사내는 각자 이리저리 움직이더니 집의 다른 쪽 구석에서 마주 보고 섰습니다. 그는 그녀에게 큰 빵 한 덩이와 치즈 조각을 보여 주었습니다. 그녀는 기쁜 듯 텃밭으로 나가 뿌리채소와 그 외 이런저런 채소를 뽑고 뜯더니, 그걸 물에 담았다가 불 위에 놓았습니다. 여인이 이렇게 일을 하는 사이 사내는 텃밭에서 땅을 파고 잡초를 뽑았습니다. 한 시간 정도 지났을까, 여인이 사내에게 다가갔고, 두 사람은 함께 집 안으로 들어갔습니다.

그 사이 수심에 차 있던 노인은 여인과 사내가 나타나자 안색을 바꾸며 밝은 표정을 지었습니다. 그들은 다 같이 식사를 위해 자리에 앉았습니다. 식사는 금방 끝났습니다. 여인이 다시 집 안을 정리하는 사이 노인은 사내의 팔에 기대 햇볕을 쬐며 몇 분간 앞마당을 거닐었습니다. 그때 그 멋진 두 사람의 극명한 대조는 이 세상 그 무엇보다도 아름다웠습니다. 한 사람은 어질고 자애로운 얼굴의 백발노인인 데 반해, 다른 한 사람은 슬픔과 낙심을 가득 품었지만 호리호리하고 우아한 몸에 정확히 대칭을 이루는 아름다운 얼굴을 가진 젊은이였으니까요. 노인은 곧 집으로 다시 들어갔고, 젊은 사내는 아침에 챙겼던 것과는 다른 연장을 들고 들로 나갔습니다.

금세 밤이 찾아왔지만, 놀랍게도 그들은 양초를 사용해 밝은 시간을 길게 늘렸습니다. 덕분에 해가 지고서도 저는 인간 이웃들을 지켜보는 즐거움을 만끽할 수 있었습니다. 저녁이 되자 여인과 사내는 제가 이해할 수 없는 이런저런 일을 했습니다. 노인은 오전에 저를 완전히 홀렸던 그 악기를 다시 들었습니다. 노인의 연주가 끝나자 젊은 사내가 단조로운 소리를 내기 시작했습니다. 그 소리는 노인의 악기가 만들어 내는 가락과도 달랐고, 새들이 내는 소리와도 달랐습니다. 훗날 그가 책을 읽고 있었음을 이해했지만, 그때엔 말이나 글자에 관해 아무것도 몰랐지요.

그 가족은 그렇게 잠시 함께 시간을 보낸 후 불을 끄더니 자려는 듯 방에서 나갔습니다.

제12장

　저는 짚자리 위에 누웠지만 잠들 수가 없었습니다. 저는 그날 있었던 일을 생각해 보았습니다. 가장 먼저 떠오른 생각은 그 사람들의 따뜻한 태도였습니다. 저는 그들과 함께하고 싶었지만, 감히 그럴 용기를 낼 수 없었지요. 지난밤 저를 괴롭혔던 난폭한 마을 사람들을 떠올리면 당연한 일입니다. 저는 다짐했습니다. 앞으로 제가 어떤 생각으로 무슨 행동을 하게 되든, 일단 당장은 폐축사에서 숨죽이고 지내며 그 가족의 사연을 알아내겠다고 말입니다.

　그 가족은 다음 날 동이 트기도 전에 일어났습니다. 여인은 집 안을 정리하며 식사 준비를 했고, 사내는 첫 끼를 먹자마자 집을 나섰습니다.

　그날은 모든 일이 전날과 똑같은 순서로 진행되었습니다. 사내는 계속 집 밖에서 일했고, 여인은 집 안에서 수많은 일을 했습니다. 노인은 악기를 연주하거나 사색에 잠겨 있었고요. 그때 저는 노인이 앞을 보지 못한다는 것도 알아차렸습니다. 여인과 사내가 노인에게 내보이는 애정과 존경은 대단했습니다. 그들이 노인에게 건네는 몸짓 하나하나에 사랑이 묻어났고, 당연한 듯 따뜻함이 서려 있었습니다. 그리고 노인은 그때마다 인자한 미소로 답례했습니다.

그들이 완전히 행복했던 것은 아닙니다. 사내와 여인은 종종 밖으로 나가 흐느끼곤 했습니다. 그들이 왜 슬픈지 저로서는 알 수 없었지만, 그때마다 제 마음도 아팠습니다. 그토록 사랑스러운 존재들이 서글퍼한다면, 저처럼 불완전하고 고독한 존재가 비참해야 하는 것도 이상하다고 할 수 없는 노릇이었지요. 하지만 그들은 왜 불행한 것일까? 멋진 집을 가지고 있고(제 눈엔 그렇게 보였습니다), 필요한 것은 모두 갖추고 있었지 않습니까. 추울 때 몸 녹일 벽난로가 있고, 허기질 때 먹을 맛있는 음식들도 있잖아요. 옷도 멀쩡하게 입고 있었고요. 무엇보다 그들에겐 함께 어울리고 애정과 배려를 주고받을 대상이 있었습니다. 그들의 눈물엔 무슨 의미가 있을까? 그 눈물이 정말 괴로움에서 비롯된 건 맞나? 처음엔 이런 질문에 답을 낼 수가 없었습니다. 하지만 끊임없이 그들을 지켜보며 긴 시간이 지나자, 처음에 수수께끼 같던 많은 것들을 이해할 수 있었습니다.

제가 그 화목한 가족이 불안해하는 이유 중 하나를 알아차린 건 한참 후의 일이었습니다. 바로 가난이었지요. 그들은 가난 때문에 극심한 고통에 시달리고 있었습니다. 그들에겐 텃밭에서 나는 작물과 한 마리뿐인 소로부터 짜낸 우유, 그게 식량 전부였거든요. 그리고 우유는 겨울 동안 그나마도 거의 얻을 수 없었습니다. 소를 제대로 먹이지 못해 짜낼 우유가 없었으니까요. 굶주림에 허덕이던 것이 한두 번이 아니었을 겁니다. 특히 젊은 두 사람은 더 그랬겠죠. 노인에게 음식을 가져다주면서도, 그들 자신의 끼니는 거르는 걸 몇 번이나 봤으니까요.

저는 그런 그들의 배려에 매우 감동했습니다. 사실 그곳에 머문 초반에는 제 배 채우자고 밤중에 그들의 음식을 훔치기도 했습니다. 하지만 저의 그런 행동 때문에 그 가족이 더 큰 괴로움에 시달린다는 걸 알아차린 후부터 저는 욕심 부리지 않고 근처 숲에서 열매나 견과류, 뿌리채소를 따다 먹는 것에 만족하게 됐습니다.

제가 그들의 일을 도울 방법도 찾아냈습니다. 젊은 사내는 매일 땔감을 구하는 데 많은 시간을 들이더군요. 그래서 저는 연장 쓰는 법을 잽싸게 익힌 후, 이따금 밤이 되면 사내의 연장을 들고 나가 며칠간 쓸 만큼의 땔감을 구해 왔습니다.

제가 처음 땔감을 구해다 놨을 때, 아침에 문을 열던 여인이 바깥에 쌓인 한 더미의 장작을 보고 화들짝 놀라던 모습이 눈에 선하군요. 여인은 알아들을 수 없는 큰 소리를 냈고, 금세 달려 나온 사내도 놀란 표정을 지었습니다. 사내는 그날 숲에 가는 대신 집을 수리하고 텃밭을 일궜습니다. 그리고 저는 그 모습을 기쁜 마음으로 지켜보았습니다.

시간이 지날수록 저는 더 중대한 발견을 하게 됐습니다. 그 사람들이 특정한 소리를 냄으로써 경험과 감정을 서로 주고받는다는 걸 깨달은 겁니다. 누군가가 어떤 특정한 단어를 말하면, 듣는 사람이 기쁨이나 고통을 느끼고 어쩔 땐 미소를 짓거나 서글픈 표정을 짓는다는 것도 알아차렸습니다. 그건 실로 경이로운 체계였기에 저는 어떻게든 그 원리와 방법을 알아내고 싶었습니다. 하지만 아무리 귀를 기울여 봐도 저로서는 당혹스러울 뿐이었습니다. 그들이 빠르게 발음했던 탓도 있고, 보이는 사물과 아무 관련 없는 얘기를 하는 바람에 그들이 무슨 말을 하는 건지 도통 그 뜻을 이해할 수 없었기 때문이기도 했습니다. 그래도 달의 주기가 몇 번이나 반복되는 동안 폐축사에 콕 틀어박혀 관찰과 연구에만 집중한 결과 저는 대화에서 가장 자주 언급되는 물건 몇 가지의 이름을 알게 되었습니다. 그렇게 제가 배우고 연습한 단어는 '불', '우유', '빵', '땔감'이었습니다. 저는 그 가족 구성원 각각을 일컫는 말도 알게 되었습니다. 젊은 사내와 여인은 서로를 여러 가지 이름으로 불렀습니다. 하지만 노인을 부를 때 쓰는 말은 하나였습니다. '아버지'라는 것이었습니다. 여인은 '누이', '아가사'로 불렸고, 사내는 '펠릭스', '오라버니', '아들'로 불렸습니다. 어떤 소리의 뜻을 깨치고 그걸 제 입으로 발음할 수 있게 됐을 때의 기쁨은 말로 다 설명할 수 없습니다. 몇 개의 다른 단어도 알아들을 수는 있었는데, 뜻을 몰라서 활용할 방법이 없었지요. 예를 들면 '착한', '사랑하는', '불행한', 이런 단어들 말입니다.

이런 식으로 겨울을 보냈습니다. 그 가족의 다정하고 아름다운 모습으로 인해 저는 그들에게 큰 애정을 갖게 됐습니다. 그들이 서글퍼하면 저도 우울했고, 그들이 기뻐하면 저도 기뻤습니다. 그 외의 인간은 거의 보지 못했지만, 누군가가 그 집을 방문한 때에도, 방문객의 거친 태도와 저속한 걸음걸이를 보노라면 제 벗들의 훌륭한 점이 더 두드러질 뿐이었습니다. 한편, 가끔 노인은 침울한 기분을 풀어 주려고 자식들을 부르곤 했는데, 그런 걸 보면 그가 자식들을 격려하기 위해 애쓰고 있음을 알 수 있었습니다. 노인은 경쾌한 어조로 저속하지 않은 즐거운 이야기를 했는데, 덕분에 저까지 신이 날 지경이었습니다. 아버지의 말을 가만히 귀 기울여 듣던 아가사의 눈에서는 가끔 눈물이 흘렀습니다. 그때마다 그녀는 누가 볼 새라 황급히 눈물을 닦아 내곤 했습니다. 그래도 대개 노인의 얘기를 다 듣고 나면 아가사의 얼굴과 목소리가 이전보다 훨씬 밝아진 걸 알 수 있었습니다. 펠릭스는 좀 달랐습니다. 사람 표정을 잘 읽을 줄 모르는 제가 보기에도 그는 가족 중 가장 우울한 것 같았습니다. 다른 가족보다 훨씬 괴로워하는 것처럼 보였고요. 하지만 펠릭스는 표정이 더 어두웠을지 몰라도, 아버지와 대화할 땐 누이 아가사보다 훨씬 더 경쾌한 어조로 말했습니다.

그 사랑스러운 가족의 어떤 점이 인상적이었는지 예로 들자면 말해야 할 것이 한도 끝도 없습니다. 사소한 일들이긴 하지만 말입니다. 끼니를 걱정해야 하고, 필요한 것을 가지지 못하는 형편에서도 펠릭스는 눈 덮인 땅에서 핀 하얀 꽃을 누이에게 따다 주었습니다. 새벽엔 누이보다 먼저 일어나 그녀가 우유를 짜러 가기 편하도록 소 우리까지 가는 길에 쌓인 눈을 말끔히 치웠습니다. 우물에서 물도 길어 놓았고, 밖에 쌓인 땔감을 안으로 들여놓기도 했습니다. 그러고 보니 그는 떨어질 때쯤 다시 쌓인 장작더미를 볼 때마다 매번 깜짝 놀라더군요. 그는 가끔 일찌감치 밖에 나갔다가 저녁이 되어서야 돌아오기도 했습니다. 생각건대 근처에 있는 농장에 일하러 갔던 것 같아요. 그 외에는 텃밭을 일궜는데, 겨울이어서 할 일이 별로 없다 보니 대개 노인과 아가사에게 책을 읽어 주었습니다.

처음에 저는 그 독서라는 걸 도무지 이해할 수가 없었습니다. 하지만 가만히 지켜보니 그가 책을 읽을 때도 말할 때와 비슷한 소리가 여럿 들리더군요. 그제야 저는 그가 종이에 있는 기호를 이해하고 말로 옮기는 것이라고 짐작해 볼 수 있었습니다. 저도 그 기호를 이해하고 싶었습니다. 하지만 말조차 제대로 이해하지 못하는데 기호를 어찌 이해할 수 있겠습니까? 말은 그럭저럭 알아듣게 되었지만, 아무리 애를 써 봐도 어떤 대화든 한 대화 전체를 이해하긴 벅찼으니까요. 그들이 저라는 존재를 알아주길 간절히 바랐지만, 그 전에 먼저 그들의 언어를 배워야 한다는 건 잘 알고 있었습니다. 제 눈에도 저는 그들과 완전히 달랐습니다. 그러니 그들이 제 흉측한 모습을 눈감아 주도록 하려면 제가 그들의 언어를 유창하게 말할 수 있어야만 했습니다.

그 가족의 우아함, 아름다움, 그 섬세한 얼굴, 저는 그들의 그 완벽한 모습에 감탄했습니다. 하지만 맑은 웅덩이에 비친 제 모습은 그 얼마나 끔찍하던지! 처음 물에 비친 제 모습을 본 저는 그게 저라는 걸 믿을 수 없어 뒷걸음질 쳤습니다. 그리고 그 괴물이 정말 저라는 걸 확인하고 나자 저는 서러움을 넘어 굴욕감까지 느껴야 했습니다. 아아! 그때만 해도 저는 이 끔찍한 몰골이 얼마나 참혹한 결과를 몰고 올지 알지 못했습니다.

날이 따뜻해지고 더 길어지면서 쌓여 있던 눈도 모두 녹았습니다. 헐벗은 나무와 까만 흙을 볼 수 있게 됐지요. 그

쯤부터 펠릭스는 이전보다 훨씬 분주해졌습니다. 당장 굶게 될까 봐 불안해하는 안타까운 표정이나 행동도 사라졌지요. 나중에야 알게 된 것이지만, 그들의 식재료는 볼품없어도 건강에 좋은 것들이었습니다. 그리고 텃밭이 있으니 그런 건 부족하지도 않았습니다. 그들이 일구는 텃밭에서는 새로운 작물이 싹을 틔우기 시작했습니다. 봄이 다가오면서 나날이 형편이 나아질 조짐이 늘어 갔습니다.

비가 오지 않는 날이면 노인은 정오쯤 아들에게 기대 산책을 했습니다. 그 일정을 지켜보다 하늘에서 떨어지는 물을 비라고 부른다는 사실도 알게 됐고요. 비가 자주 오는 편이었지만, 거세게 부는 바람 덕에 땅은 금세 말랐습니다. 그렇게 봄이 가까워질수록 즐거움도 더해 갔습니다.

폐축사에서의 제 삶은 매일 똑같았습니다. 오전에는 그들의 행동을 지켜보다가 그들이 각자 일을 하러 뿔뿔이 흩어지면 잠을 잤지요. 잠에서 깨면 그들을 관찰하며 지냈고요. 그들이 자러 가면 달빛이나 별빛이 보이는지 확인하고 숲으로 가 제가 먹을 음식과 그 가족이 쓸 땔감을 모았습니다. 돌아와서는 필요하다면 길에 쌓인 눈을 치우거나 펠릭스가 하던 일을 대신했습니다. 나중에서야 알게 된 일이지만, 그들은 정체 모를 누군가가 집안일을 해 줬다는 사실에 몹시 놀라곤 했더군요. 한두 번쯤 그들이 이런 상황에서 '신기하다'라는 단어와 '착한 유령'이란 단어를 쓰는 걸 듣긴 했지만, 당시 저는 그 말의 의미를 알지 못했습니다.

그쯤 되어서는 사고력이 발전해 저는 그 사랑스러운 존재들이 어떤 감정을 느끼는지, 그들이 하는 행동의 동기는 무엇인지, 그런 것을 이해하고 싶었습니다. 특히 펠릭스가 왜 비참한 모습인지, 또 아가사는 왜 그리 슬픈지, 그 이유가 궁금했습니다. 저는 어쩌면 제가 그들에게 행복을 되찾아 줄 수 있을지 모른다고 생각했습니다(어리석기 그지없는 생각이었지요!). 그들은 그럴 자격이 있으니까요. 잠이 들거나 멍하니 있을 때마다 훌륭한 인품의 앞 못 보는 아버지, 다정한 아가사, 멋진 펠릭스의 모습이 어른거렸습니다. 저는 그들이 제 앞날을 결정할 전지전능한 존재인 양 우러러보았습니다. 그들 앞에 모습을 드러내는 순간, 그들이 저를 받아 주는 순간을 상상한 것도 수천 번이 넘을 겁니다. 그들이 혐오감을 드러내리란 생각은 했습니다. 하지만 조심스럽게 행동하면서 좋은 말로 그들을 회유하며 호감을 사고 나면 그들도 저를 사랑해 주리라 믿었지요.

그런 생각을 하면 가슴이 벅차올라서 다시 새로운 마음가짐으로 언어의 기술을 익히는 데 열의를 쏟을 수 있었습니다. 사실 제 발음기관은 투박했지만, 그래도 유연한 편이었습니다. 그래서 비록 목소리는 그들처럼 부드럽지 않아도,

이해하고 있는 단어들은 큰 어려움 없이 발음할 수 있었습니다. 당나귀와 작은 강아지,[34] 그 예시가 적절하겠군요. 말을 배우던 저의 마음은 당나귀의 마음과 마찬가지였습니다. 당나귀가 이상하게 굴었다고 해도, 그 의도가 사랑받기 위해서였다면 당나귀는 욕설과 채찍질이 아닌 좀 더 나은 대접을 받을 자격이 있잖습니까.

기분 좋은 봄비와 따뜻한 봄 날씨에 이 땅의 모습이 크게 변했습니다. 동굴에 숨어 있는 줄 알았던 사람들도 여기저기서 모습을 드러냈고, 각자의 땅에서 농사를 지었습니다. 새들은 더 경쾌하게 노래했고, 나뭇가지엔 싹이 움트기 시작했습니다. 보기 좋은, 더없이 행복한 풍경이었습니다! 얼마 전까지만 해도 황량하고 축축하고 우울하던 이 땅이 순식간에 신들의 거처로 변모했으니까요. 매혹적인 자연의 풍경 덕에 제 기분도 들떴습니다. 기억에서 과거는 흐릿해졌습니다. 현재는 평온했고, 미래는 희망이라는 한 줄기 빛과 행복한 기대로 반짝였습니다.

---

34   the ass and the lap-dog. 프랑스 시인 라퐁텐의 작품 《우화집(Fables)》에 수록된 〈당나귀와 개〉 이야기를 뜻한다. 이 이야기에서 당나귀는 개가 주인에게 애교 부리는 것을 보고 따라 하다가 매질을 당한다.

제13장

서두는 이 정도로 하고, 좀 더 감상적인 이야기로 넘어가겠습니다. 이제부터 말할 사건은 제게 깊은 인상을 준 것들입니다. 지금의 저를 만든 사건들이지요.

시간은 빠르게 흘러 어느덧 완연한 봄이 됐습니다. 날씨는 화창했고 하늘엔 구름 한 점 없었습니다. 전에는 그렇게 우중충하고 음울하던 풍경이 예쁜 꽃과 신록으로 뒤덮이는 게 그렇게 놀라울 수 없었습니다. 수천 가지의 달콤한 향기와 수천 가지의 아름다운 풍경 덕에 제 감각은 지루할 틈 없이 새로운 것들을 익혀 갔습니다.

그러던 어느 날, 그 가족이 평소처럼 일하다 잠시 쉬고 있을 때, 노인이 기타를 연주했습니다. 자식들은 가만히 연주를 듣고 있었지요. 그때 펠릭스의 얼굴이 뭐라 표현할 수 없을 정도로 침울해졌습니다. 그가 수시로 한숨을 쉬는 통에 펠릭스의 아버지도 연주를 멈추었습니다. 당시 노인의 태도로 보아 아들에게 무슨 걱정이 있는지 물었던 것 같습니다. 펠릭스는 밝은 목소리로 대답했고, 노인은 다시 연주를 시작했습니다. 바로 그 순간 누군가가 문을 두드렸습니다.

말을 탄 여인과 그녀를 안내한 동네 사람이었습니다. 여
인은 검은 옷을 입고 두꺼운 검은색 베일을 쓰고 있었습니
다. 아가사가 뭐라고 묻자 그 여인은 달콤한 목소리로 펠릭
스의 이름만 내뱉었습니다. 그녀의 목소리는 마치 음악 같
았는데, 제 벗들의 목소리와는 완전히 달랐습니다. 자신의
이름을 듣자마자 펠릭스가 허겁지겁 여인에게 달려갔습니
다. 여인은 펠릭스를 보고 베일을 젖혔습니다. 그녀의 표정
은 실로 천사처럼 아름다웠습니다. 그녀는 까마귀의 깃털처
럼 반짝이는 머리칼을 생전 처음 보는 방식으로 땋았더군
요. 그녀의 눈동자는 새까맸지만, 생기 있으면서 따뜻해 보
였고요. 이목구비는 알맞은 크기로 딱 적절한 자리에 있는
것 같았고, 볼이 어여쁘게 물들어 안색도 놀라울 정도로 보
기 좋았습니다.

펠릭스는 그녀를 보고 숨넘어가게 기뻐했습니다. 그의 얼
굴에는 슬픔이 흔적 없이 사라졌고, 그 순간 황홀감만 가득
했습니다. 그가 그런 표정을 지을 수 있다는 게 믿기 어려울
정도였습니다. 그의 두 눈이 반짝였고 양 볼은 기쁜 나머지
붉게 달아올랐죠. 그 모습을 본 저는 그가 그 여인만큼이나
아름답다고 생각했습니다. 한편 여인은 다른 기분이었던 것
같습니다. 어여쁜 두 눈에서 흘러내리는 눈물을 훔치며 여

인이 펠릭스에게 손을 내밀었습니다. 그러자 펠릭스는 그녀의 손에 열정적으로 입 맞추고, 그녀를 사랑하는 아라비아 여인이라고 불렀습니다. 제가 알아들은 바로는 그랬습니다. 여인은 펠릭스의 말을 알아듣지 못하는 것 같았지만 그래도 미소를 지었습니다. 펠릭스는 여인이 말에서 내리도록 도와주고 그녀를 데리고 온 사람을 돌려보낸 후, 그녀를 데리고 집 안으로 들어갔습니다. 펠릭스와 그의 아버지는 한동안 대화를 나눴습니다. 이후 여인이 노인의 발치에 무릎을 꿇고 노인의 손에 입을 맞추더군요. 그러자 노인이 여인을 일으켜 세우더니 그녀를 따뜻하게 안아 줬습니다.

얼마 지나지 않아 저는 여인이 말을 할 줄은 알지만, 자신만의 언어를 쓴다는 걸 알아차렸습니다. 가족 중 누구도 그녀의 말을 알아듣지 못했고, 그녀 역시 마찬가지였기 때문입니다. 그들은 제가 이해할 수 없는 이런저런 몸짓으로 의사를 전달하려 했습니다. 어쨌든 분명한 건, 그녀의 존재로 인해 그 집에 기쁨이 번졌고 태양이 새벽안개를 지우듯 그녀로 인해 슬픔이 그 집에서 자취를 감췄다는 사실이었습니다. 펠릭스는 특히 행복해하며, 만면에 웃음을 띠고 여인을 반겼습니다. 늘 다정한 아가사는 여인의 손에 입 맞춘 후 펠릭스를 가리키며, 그녀가 오기 전 펠릭스가 슬퍼하고 있었다는 말을 하고 싶은 듯 이리저리 손발을 휘저었습니다.

그렇게 몇 시간 동안 그들은 쉴 새 없이 깔깔거렸는데, 저로서는 이유를 알 수 없었지요. 가만히 지켜보고 있자니 가족이 어떤 말을 하면 여인이 그걸 흉내 내며 비슷한 소리를 냈는데, 그제야 저는 여인이 가족의 말을 배우려는 중이라는 걸 깨달았습니다. 순간 저도 똑같이 따라 하면 똑같은 결과를 얻을 수 있으리란 생각이 번뜩이더군요. 처음에 여인은 20개의 단어를 배웠습니다. 대부분 제가 아는 것들이었지만, 그래도 모르는 단어 몇 개는 배운 셈입니다.

밤이 되자 아가사와 아라비아 여인은 일찍감치 자리에서 일어섰습니다. 여인이 방을 나가기 전 펠릭스는 그녀의 손에 입 맞추며 "잘 자요, 사랑하는 사피"라고 말했습니다. 펠릭스는 밤이 깊어질 때까지 아버지와 대화를 나누었습니다. 여인의 이름으로 예상되는 단어가 빈번히 들렸던 걸 보면, 대화의 주제는 그 어여쁜 여인이었던 것 같습니다. 그 대화를 제대로 이해하고 싶어서 갖은 애를 썼지만, 아무래도 불가능하더군요.

다음 날 아침에도 펠릭스는 일하러 나갔습니다. 아가사가 평소처럼 오전에 해야 할 집안일을 마칠 무렵, 아라비아 여인이 노인의 발치에 앉아 노인의 기타를 손에 들었습니다. 그녀는 듣는 사람의 넋이 나갈 정도로 아름답고 황홀한 곡을 연주했습니다. 그 연주를 듣자마자 제 눈에서 기쁨과 슬폼의 눈물이 흘러내릴 정도였지요. 그녀는 노래도 불렀습니다. 그 목소리는 다채로운 박자를 타고 흐르며 숲 속의 나이팅게일 소리처럼 커졌다가 멈추곤 했습니다.

그녀는 연주를 마친 후 아가사에게 기타를 건넸습니다. 아가사는 처음에 사양하다가 기타를 받아 들었습니다. 아가사는 평이한 곡을 연주하며 달콤한 목소리로 노래를 불렀는데, 아무래도 아라비아 여인의 놀라운 실력과 차이가 나긴 했지요. 노인이 멋진 음악에 심취한 듯 무슨 말을 하자, 아가사가 그 말을 사피에게 전하려고 손짓 발짓을 했습니다. 노인이 아라비아 여인의 노래와 연주를 듣고 큰 감명을 받았다는 말을 하고 싶었던 모양입니다.

다시 예전처럼 평화로운 날들이 지나갔습니다. 유일한 변화라면 슬픔이 내려앉았던 제 벗들의 얼굴에 기쁨이 그 자리를 대신하게 됐다는 것 정도겠군요. 사피는 늘 유쾌하고 밝았습니다. 그녀와 저는 빠르게 말을 배워서 두 달 만에 저는 제 가족 같은 그들의 말을 대부분 이해할 수 있게 되었습니다.

그 사이 거무죽죽하던 땅은 풀로 뒤덮였고, 푸른 언덕엔 보는 눈을 즐겁게 하고 달콤한 향내를 풍기는 꽃이 만발했으며, 달빛 가득한 숲에선 별들이 희미하게 반짝였습니다. 햇볕은 점점 더 따뜻해졌고, 밤에도 날이 차지 않고 하늘이 맑았습니다. 덕분에 밤중의 산책이 더욱 즐거워졌지요. 비록 해가 일찍 뜨고 늦게 지면서 날이 길어진 만큼 밤이 짧아지긴 했지만 말입니다. 여전히 저는 밝을 때 밖에 나다닐 엄두를 내지 못했습니다. 처음 마을에 들어갔을 때 겪었던 상황을 또 마주하게 될까 두려웠기 때문입니다.

낮에는 말을 빨리 배우는 것에만 온 신경을 쏟았습니다. 제가 아라비아 여인보다 말하는 실력이 더 빨리 좋아졌다고 자랑도 할 수 있습니다. 그녀는 이해도 잘 못하고 억양도 어색했지만, 반면에 저는 가족이 하는 말을 다 알아듣고 따라 말할 수도 있었으니까요.

말을 배우면서 저는 여인이 배우고 있는 글자도 함께 배우게 됐습니다. 글자는 제게 놀라움과 기쁨이 되어 줄 더 넓은 세계를 펼쳐 줬습니다.

펠릭스가 사피에게 가르친 책은 볼네의 《제국의 폐허》[35]라는 책이었습니다. 펠릭스가 책을 읽어 주며 자세한 설명을 곁들이지 않았다면 저는 그 책의 요지를 전혀 이해할 수 없었을 겁니다. 펠릭스가 말하길, 문체가 동방 작가들을 모방한 논변이라 그 책을 선택했다고 하더군요. 그 책을 배우면서 저는 역사에 대한 피상적인 지식과 현재 이 세상에 존

---

35 《Ruins of Empires》. 프랑스 철학자이자 정치인 볼네(Volney)의 저서로, 미국의 대통령이었던 토마스 제퍼슨이 직접 이 책을 번역하려 했다고 알려져 있다. 프랑스 원전의 제목은 《Les Ruines, ou Meditations sur les Revolutions des Empires》(1791)이다.-옮긴이

재하는 여러 제국을 바라보는 관점을 얻게 되었습니다. 여러 민족의 풍습과 정부 형태, 종교에 관해서도 어느 정도 이해할 수 있었고요. 나태한 아시아 사람들의 이야기, 고대 그리스의 놀랍고도 방대한 지식, 고대 로마의 전쟁과 로마인의 훌륭한 덕목, 이후에 이어진 타락, 위대한 제국과 기사도 정신, 기독교와 왕들, 그들의 몰락까지, 그 모든 이야기를 들은 덕분입니다. 아메리카 대륙을 발견하게 된 얘기도 들었으며, 원주민들의 기구한 운명을 듣고 사피가 울 때 저도 함께 눈물지었습니다.

이렇게 경이로운 이야기를 들으니 기묘한 감정이 샘솟았습니다. 인간이란 그토록 강인하고 고결하며 훌륭한 동시에 그토록 야비하고 악랄하단 말인가? 인간은 어떨 때 천박하기 짝이 없는 악마의 자식 같다가, 또 어떨 땐 고귀하기 이를 데 없는 신처럼 보였거든요. 위대하고 고결한 인간이 되는 것, 그것은 여리디여린 존재가 얻을 수 있는 가장 큰 영예 같았습니다. 반면 기록된 수많은 일화를 보면, 악랄하고 비열한 존재는 앞 못 보는 두더지나 보잘것없는 벌레보다 더 비참한, 하찮은 존재로 전락하는 것 같았고요. 저는 오랫동안 어떻게 인간이 친구를 죽일 수 있는지, 심지어 법과 정부가 인간들의 사회에 무슨 연유로 존재하는지까지도 이해할 수 없었습니다. 하지만 학살과 타락의 현장을 생생히 전해 듣고 난 후부터는 이해하려 노력할 필요가 없게 됐습니다. 그리고 저는 역겨움과 혐오스러움을 참지 못하고 결국 그 문제를 외면해 버리고 말았습니다.

이후로 가족이 나누는 대화 하나하나가 모두 새롭고 놀랍게 느껴졌습니다. 펠릭스가 아라비아 여인에게 가르치는 내용을 들으며, 인간 사회의 기이한 체계도 이해했지요. 부富의 분배, 극심한 빈부의 격차, 계급과 혈통, 왕족, 이런 것에 관한 이야기도 들었습니다.

이런 얘기는 저 자신을 돌아보게 했습니다. 저는 당신네 인간들이 가장 높은 가치를 두는 것이 부와 결부된 순수한 혈통이라는 점을 배웠습니다. 재산이나 순수한 혈통, 둘 중 하나라도 가진 자는 떠받들어지지만, 둘 다 없는 자는 극소수를 제외하면 부랑자나 노예 취급을 받으며 선택받은 소수를 위해 자신의 능력을 낭비해야만 하는 운명이었지요. 그렇다면 저는 어떠한 존재란 말입니까? 제가 어쩌다 만들어졌는지, 누가 날 만들었는지, 그런 건 전혀 몰랐지만, 제게는 돈도, 벗도, 재산이라 할 만한 그 무엇도 없다는 것쯤은 알고 있었습니다. 게다가 저는 기괴하고 역겨운, 흉측한 꼴을 하고 있었지요. 심지어 본성도 인간과 달랐습니다. 저는 인간보다 훨씬 민첩했고, 더 변변찮은 걸 먹으면서도 연명할수 있었으니까요. 극한의 더위와 추위도 큰 문제 없이 견딜

수 있었고, 덩치도 인간보다 훨씬 컸습니다. 주위를 둘러봐
도 저 같은 존재를 보지도 듣지도 못했습니다. 그렇다면 나
는 괴물일까? 모든 사람이 달아나고자 할, 쫓아내고자 할
이 세상의 오점일까?

이런 생각들이 저를 얼마나 괴롭혔는지 차마 다 말로 옮
길 수가 없군요. 그런 생각을 떨치려고도 해 봤지만, 배움이
늘어 갈수록 슬픔도 더 커져만 갔습니다. 아, 아무것도 모르
고, 아무 감정도 느끼지 못하는 채로, 오직 허기와 갈증, 더
위만 느끼며 처음 품을 내주었던 그 숲에 영원히 남아 있었
더라면!

앎이란 참으로 기이하지요! 무언가를 알게 되면 그 지식
은 마치 바위에 낀 이끼처럼 머릿속에 단단히 달라붙는단
말입니다. 가끔은 그 모든 생각과 감정을 다 뜯어내고 싶었
습니다. 하지만 저는 괴로움을 떨칠 수 있는 유일한 방법이
죽음이라는 걸 배웠습니다. 당시 저는 죽음의 의미를 정확
히 이해하진 못해도, 매우 두려운 상태라는 정도로 짐작하
고 있었고요. 저는 선행과 선한 마음을 동경했고, 제 가족
같은 그 집 사람들의 다정한 태도와 정 많은 모습을 사랑했
습니다. 하지만 저는 그들과 교류하지 못했습니다. 제 존재
를 드러내지 않고 몰래 이런저런 일을 하는 것 말고는 말입
니다. 그나마도 그들과 어울리고 싶은 마음을 충족시키기는

커녕, 더 커지게만 할 뿐이었지요. 아가사의 다정한 말과 어여쁜 아라비아 여인의 미소는 저를 위한 것이 아니었습니다. 노인의 따뜻한 조언과 사랑스러운 펠릭스의 활기찬 이야기도 저를 위한 것이 아니었어요. 비참하고 서러울 수밖에요!

제게 더 큰 영향을 준 지식은 따로 있습니다. 저는 남녀의 차이는 어떠한지, 아이들이 어떻게 태어나고 자라는지를 들었습니다. 아버지가 갓난아이의 미소와 말문 터진 아이들의 말재간을 얼마나 좋아하는지, 어머니에게 아이가 얼마나 소중하기에 자신의 삶을 통째로 바칠 수 있는지도 이해했지요. 젊은이들은 어떻게 지식을 쌓으며 생각의 폭을 넓혀 가는지도 배웠고, 인간이 서로 결속력을 지니게 만드는 형제, 자매, 그리고 그 외 다양한 관계에 관해서도 알게 됐습니다.

그럼 제 친구와 친척은 어디 있었던 걸까요? 제 어린 시절을 지켜본 아버지도 없고, 미소를 지으며 저를 쓰다듬어 준 어머니도 없잖습니까. 아니, 있었다 해도 제게 과거의 기억은 작은 얼룩이나 마찬가지였습니다. 텅 빈 어둠 속에서 아무것도 구별할 수 없는 상태였던 거죠. 제가 가진 가장 오래된 기억 속에서도 저는 이 키에 이 모습 그대로였습니다. 저와 닮은 존재를 본 적이 없었고, 저에게 말 걸어 주는 이도 본 적이 없었습니다. 나는 대체 무엇일까? 잊을 만하면 다시 떠오르는 이 질문에 매번 저는 한숨으로 대답할 수밖에 없었습니다.

 이런 감정이 제게 어떤 영향을 미쳤는지 곧 설명할 생각
이지만, 괜찮으시다면 그 전에 먼저 그 가족에 관한 얘기를
마저 하고 싶습니다. 그들의 이야기는 분노, 환희, 그리고 호
기심 같은 저의 다양한 감정을 자극했지만, 그 감정들이 사
라지고 남는 것은 결국 제 가족(순수한 마음에서, 한편으로 자
기기만이란 생각에 괴로워하면서도, 저는 그들을 이렇게 부르는
게 좋았습니다)에 대한 사랑과 존경뿐이었지요.

제14장

　제 벗들의 옛 사연을 알게 된 건 시간이 좀 흐른 뒤였습니다. 저는 그들의 사연에 감동하지 않을 수 없었지요. 저처럼 인생 경험이 없는 존재에게 그들이 겪어 온 그 수많은 상황은 흥미진진하면서도 놀라울 따름이었으니까요.

　노인의 이름은 드 라세De Lacey였습니다. 프랑스의 좋은 가문에서 태어난 그는 긴 시간 동안 부유하게 살며 윗사람들에겐 존중받았고, 동료와 벗들에겐 사랑을 받았습니다. 그의 아들 펠릭스는 군인이 되었고, 아가사는 최고의 신붓감으로 손꼽히는 숙녀가 되었습니다. 제가 그 마을에 도착하기 몇 달 전만 해도 그들은 파리라는 크고 화려한 도시에서 살았습니다. 넉넉한 재산을 가졌다면 당연히 가지게 되는 지식, 취향, 그 고급스럽고 세련된 유희를, 벗들에게 둘러싸여 여유롭게 즐기며 살았던 거죠.

　그들이 파멸하게 된 건 사피의 아버지 때문이었습니다. 그는 파리에서 수년간 거주하고 있던 터키인이자 상인이었습니다. 그는 어쩌다 당시 정권에 눈엣가시가 되었는데, 정확한 이유는 저도 듣지 못해 잘 모르겠군요. 사피가 아버지를 만나기 위해 콘스탄티노플을 떠나 파리에 도착한 바로 그 날, 사피의 아버지는 체포되어 감옥에 갇혔습니다. 그는 재판에서 사형선고를 받았습니다. 그 선고가 부당하다는 것은 명명백백했고, 파리 시민 모두가 그 소식에 분개했습니다. 사람들은 그가 범죄 사실 때문이 아닌, 믿는 종교와 가진 재산 때문에 유죄판결을 받았다고 생각했습니다.

우연히 재판을 방청하게 된 펠릭스는 법원의 결정을 듣자 충격과 분노를 자제할 수 없었습니다. 그는 곧장 그 터키인을 구해 내겠다고 다짐한 뒤 주위를 둘러보며 방법을 강구했습니다. 감옥에 들어가려는 몇 번의 시도가 허사로 돌아간 후, 그는 경비병이 없는 건물의 한쪽 외벽에서 단단한 쇠창살이 달린 창문을 발견했습니다. 그 창문으로 빛이 드는 감방에 가엾은 이슬람교도, 바로 사피의 아버지가 갇혀 있었습니다. 사슬에 묶인 터키인은 절망에 빠져 잔혹한 처형만 기다리고 있었지요. 밤이 되자 펠릭스는 그 창문가로 가서 감방에 갇힌 터키인에게 자신이 구해 주고 싶다고 말했습니다. 터키인은 매우 놀라고 기뻐하며, 자신을 구해 주기만 한다면 돈과 보상을 약속하노라고 말했습니다. 펠릭스는 모욕감을 느끼며 돈이나 보상을 원하지 않는다고 했지만, 아버지를 면회하러 온 어여쁜 사피가 자신에게 고마워 어쩔 줄 모르는 모습을 보고선, 수고와 위험을 감수할 가치가 있는 보물이 그 터키인에게 있다는 생각을 하지 않을 수 없었습니다.

그 터키인은 펠릭스가 자신의 딸에게 마음을 뺏겼다는 사실을 금세 알아채고, 펠릭스의 결심을 더 굳건히 하기 위해 자신을 안전한 곳으로 탈출시켜 주기만 한다면 곧장 딸과 결혼하게 해 주겠다고 약속했습니다. 펠릭스는 도의를 따지는 사람이었기에 그 제안을 거절했지만, 그래도 내심 자신의 행복을 완성해 줄 것 같은 사피와의 결혼을 기대했습니다.

이후 며칠간 사피 아버지의 탈출 준비가 착착 진행되는 사이 펠릭스의 열의는 더 뜨겁게 달아올랐습니다. 사피가 보내온 서신 몇 통 때문이었습니다. 그녀는 프랑스어를 할 줄 아는 아버지 하인의 도움을 받아 서신을 썼습니다. 자신의 아버지를 위하는 그의 노력에 그녀는 열렬한 표현을 써 가며 감사를 표했고, 덤덤하게 자신의 처지를 설명했습니다.

저는 그 서신의 필사본을 가지고 있습니다. 폐축사에서 지낼 때 글쓰기를 연습하면서 서신의 내용을 받아썼기 때문입니다. 보통 펠릭스나 아가사가 편지를 읽곤 했지요. 이따 떠나기 전에 이 필사본을 드리겠습니다. 제 얘기가 사실이라는 증거가 될 테니까요. 벌써 해가 많이 기울었으니 일단은 간단하게 말해야겠네요.

사피는 자신의 어머니가 기독교를 믿는 아랍인이었으며, 터키인들에게 붙잡혀 노예가 되었다고 했습니다. 사피의 어머니는 미모가 출중해 사피 아버지의 마음을 사로잡았고, 그렇게 두 사람은 결혼하게 됐다는군요. 어머니에 관한 사피의 표현은 칭찬과 찬양 일색이었습니다. 자유인으로 태어난 사피 어머니는 자신을 구속하는 것들을 모두 던져 버리려 했고, 그렇게 자신의 길을 개척했습니다. 그녀는 딸에게 자기가 믿는 종교의 교리를 가르쳐 주었고, 이슬람교 여인에게는 허락되지 않은 지성과 자립심을 키워 주었습니다. 어머니가 죽은 후에도 그 가르침은 지워지지 않고 사피의 마음속에 고스란히 남았습니다. 그러니 아시아로 다시 돌아가 하렘의 벽에 갇혀 소꿉장난이나 하고 살 생각을 하니 끔찍했겠지요. 그녀에겐 드넓은 꿈과 고귀한 이상이 있었으니까요. 기독교인과 결혼해 여인에게도 사회적 지위가 인정되는 나라에서 산다는 것은 그녀에게 매력적일 수밖에 없었습니다.

터키인의 처형일이 결정됐지만, 바로 그 전날 밤 터키인은 감옥을 탈출해 동이 트기 전 파리로부터 수십 킬로미터 떨어진 곳까지 달아났습니다. 펠릭스는 진작 아버지와 누이, 그리고 자신의 이름으로 각자의 여권을 구해 놓은 상태였습니다. 그는 미리 아버지에게 계획을 설명했고, 아버지는 아들의 연극을 돕기 위해 여행을 가는 척하며 딸과 함께 파리의 모처에 몸을 숨겼습니다.

펠릭스는 터키인 일행을 데리고 프랑스를 가로질러 리옹을 지났고, 몽스니 고개를 넘어 리보르노[36]까지 갔습니다. 터키인은 거기서 터키 국경을 넘을 기회를 엿볼 생각이었거든요.

사피는 아버지가 출발할 때까지 함께 머물기로 했고, 사피의 아버지는 자신을 구해 준 은인에게 딸을 주겠다는 약속을 다시 확인해 줬습니다. 펠릭스는 결혼할 날만 기다리며 그들과 함께 머물렀고요. 그렇게 펠릭스는 꾸밈없고 따뜻한 마음으로 그를 대해 준 아라비아 여인과 즐거운 나날을 보냈습니다. 두 사람은 통역사의 도움을 얻어 대화하기도 했고, 가끔은 표정만으로 서로의 뜻을 헤아리기도 했습니다. 그리고 사피는 펠릭스에게 자기 고향의 훌륭한 노래도 불러 주었습니다.

터키인은 두 사람이 이토록 친밀하게 교제하도록 내버려두었고, 그렇게 젊은 연인들이 희망에 부풀게 했습니다. 하지만 그는 속으로 다른 계책을 꾸미고 있었습니다. 딸이 기독교인과 결혼하는 것이 못마땅하면서도, 자신이 미적지근한 반응을 보이면 펠릭스가 앙심을 품을까 봐 불안했던 겁니다. 펠릭스가 마음만 먹으면 그를 그들이 머무는 이탈리

---

36   원문의 표기는 Leghorn으로, 이는 이탈리아의 도시 리보르노의 영어 별칭이다.—옮긴이

아 정부에 넘겨 버릴 수도 있다는 걸 알고 있었으니까요. 그는 그럴 필요가 없어질 때까지 계속 연기를 하면서, 몰래 딸을 데리고 떠날 수천 가지 계획을 짜냈습니다. 파리에서 소식이 오면서 그 계획이 실현 가능해졌고요.

프랑스 정부는 죄인의 탈옥에 크게 분개한 나머지, 탈옥을 도운 공범을 잡아들여 처벌하려 혈안이었습니다. 펠릭스의 책략은 금세 드러났고, 드 라세와 아가사는 감옥에 갇혔습니다. 그 소식에 펠릭스도 행복한 꿈에서 깨어났습니다. 그가 자유롭게 거닐며 사랑하는 여인과의 시간을 즐기고 있을 때 앞 못 보는 그의 아버지와 상냥한 누이는 차갑고 더러운 감옥 바닥에 누워 있었을 테니까요. 이런 생각이 그를 괴롭혔습니다. 그는 곧장 터키인과 상의해, 그가 이탈리아로 돌아오기 전 터키인이 국경을 넘을 수 있게 된다면 사피를 리보르노의 수녀원에 맡기기로 했습니다. 그렇게 펠릭스는 사랑하는 여인을 떠나 곧장 파리로 갔고, 드 라세와 아가사가 풀려나길 바라는 마음으로 자수했습니다.

일은 펠릭스가 원하던 대로 풀리지 않았습니다. 세 사람 모두 재판 전까지 다섯 달이나 더 구금되어 있었고, 재판 결과는 재산 몰수와 무기한 추방이었습니다.

그들은 독일에 허름한 거처를 마련했습니다. 제가 그들을 발견한 바로 그 집 말입니다. 얼마 지나지 않아 펠릭스는 터키인이 배신했다는 사실을 알게 됐습니다. 그와 그의 가족이 전례 없이 집요한 추적과 수사를 받아야 했고, 끝내 몰락해 빈털터리가 된 것이 바로 그 터키인 때문이었잖습니까. 그런데 그 터키인은 선의와 신의를 배반하고 딸을 데리고 이탈리아를 떠난 겁니다. 그는 펠릭스에게 생계유지에 도움이 됐으면 좋겠다며 몇 푼 되지도 않는 돈을 보냈는데, 그건 펠릭스에게 모욕이나 다름없었어요.

제가 펠릭스를 처음 보았을 때, 그는 이런 일로 괴로웠기에 가족 중 가장 시름에 젖어 있었습니다. 그는 궁핍함도 견딜 수 있었고, 선행의 대가로 맞닥뜨리게 된 역경도 영예로 여길 수 있었습니다. 하지만 터키인의 배신과 사랑하는 사피를 잃은 것은 그에게 더없이 큰 불행이었습니다. 그래서 아라비아 여인이 찾아오고서야 다시 한 번 잘해 보겠다는 의욕을 가질 수 있었던 겁니다.

펠릭스가 재산과 지위를 모두 박탈당했다는 소식이 리보르노까지 전해지자 터키 상인은 딸에게 펠릭스 생각은 그만하고 고향으로 돌아갈 준비를 하라고 말했습니다. 따뜻한 마음을 타고난 사피는 아버지의 말을 듣고 격분했습니다. 그녀는 인간의 도리가 아니라며 아버지의 마음을 돌려 보려 했지만, 그는 외려 화만 내며 자리를 뜨고선 일방적인 지시만 반복했습니다.

며칠 후 터키인은 딸의 방을 찾아가 리보르노의 은신처가 발각됐으며 자칫하단 자신이 곧장 프랑스로 호송될 거라는 소식을 다급히 전했습니다. 콘스탄티노플은 뱃길로 몇 시간이면 닿을 거리였기 때문에 그는 곧장 배를 구했습니다. 딸은 믿을 만한 하인에게 맡기기로 했습니다. 아직 리보르노까지 운반하지 못한 재산이 상당했기 때문에, 당장 잡힐 염려가 없는 딸이 뒤처리하고 따라오도록 할 생각이었던 모양입니다.

　아버지가 떠난 후 홀로 남게 되자 사피는 눈앞의 위급한 상황에 대처할 계획을 세웠습니다. 터키에서의 삶은 끔찍했습니다. 그녀가 믿는 신도, 그녀의 감정도, 터키와는 어울리지 않았기 때문입니다. 그녀는 아버지가 남기고 간 서류를 통해 그녀의 연인이 추방되었다는 사실과 거처를 마련한 마을의 이름을 알게 됐습니다. 잠시 망설이긴 했지만, 그녀는 끝내 결심을 굳혔습니다. 그리고 가지고 있던 보석과 얼마간의 돈을 챙긴 후 리보르노 사람이지만 터키어를 할 줄 아는 하녀 하나를 구해 이탈리아를 떠나 독일로 향했습니다.

　드 라세의 집에서 100킬로미터 정도 떨어진 한 마을에 무사히 도착했을 때 동행하던 하나뿐인 하녀가 앓아누웠습니다. 사피는 정성껏 간호했지만, 하녀는 끝내 숨을 거두었습니다. 그렇게 사피는 말도 통하지 않고 문화도 완전히 낯선 곳에서 혼자가 되어 버렸습니다. 하지만 다행스럽게도 좋은 사람들이 근처에 있었습니다. 하녀는 죽기 전 숙소의 주인에게 사피의 목적지를 얘기했고, 덕분에 숙소 주인은 사피가 안전히 연인의 집에 도착할 수 있도록 도와주었습니다.

제15장

　제가 사랑했던 가족의 사연은 이러했습니다. 저는 깊은 감명을 받았지요. 이전보다 더 넓어진 식견으로 사회적 관점에서 인간의 선행을 칭송하고 악행을 비난할 수 있게 되기도 했고요.

　그때까지도 제게 범죄란 저와 상관없는 악행일 뿐이었습니다. 눈앞에 온화하고 다정한 사람들이 존재했고, 그로 인해 저 역시 그들이 있는 분주한 삶의 현장에 불려 나가 제가 가진 훌륭한 자질을 선보이고 싶다는 바람만 품고 있었으니까요. 하지만 제 지성이 발달하게 된 사정을 설명하자면, 같은 해 8월 초에 일어났던 일을 건너뛸 수가 없군요.

　평소처럼 먹을 것과 가족의 땔감을 구하러 근처 숲에 갔던 저는 옷가지 몇 벌과 책 몇 권이 들어 있는 커다란 가죽 가방을 발견했습니다. 저는 상이라도 받은 것처럼 그 가방을 소중히 움켜쥐고 폐축사로 돌아왔습니다. 운이 좋게도 책은 제가 가족에게서 배운 언어로 쓰여 있었습니다. 《실낙원》, 《플루타르코스 영웅전》, 《젊은 베르테르의 슬픔》, 이것들이 가방에 들어 있던 책이었지요. 이 보물들을 얻게 되어 얼마나 기뻤는지 모릅니다. 저는 제 벗들이 각자 일을 하고 있을 때면 쉬지 않고 책을 읽으며 그 이야기를 마음에 새기려 노력했습니다.

이 책들이 제게 얼마나 많은 영향을 미쳤는지 말로 다 설명할 수 없을 겁니다. 책을 읽으면서 무한히 생겨나는 새로운 심상과 감정으로 인해 가끔은 희열마저 느꼈습니다. 하지만 크게 낙심해 우울감에 젖는 일이 더 많았지요.《젊은 베르테르의 슬픔》의 경우, 저는 군더더기 없이 깔끔하고 매력적인 이야기에 재미를 느끼기도 했지만, 그보다는 제가 이해하기 힘들었던 주제에 관해 얼마나 많은 깨우침을 주고 얼마나 많은 담론을 제시하는지, 그 책 하나로 끊임없이 새로운 생각이 샘솟고 끊임없이 놀라움을 느끼게 되는지, 그런 부분이 더 인상적이었습니다. 글에서 묘사되는 독일의 문화와 예의가 다른 대상을 향한 고결한 감성과 감정에 결부된 점은 가족을 통해 제가 경험한 바나 영원히 제 가슴속에 존재하는 바람과 일맥상통했고요. 저는 베르테르가 그때까지 제가 봐 온 사람들, 혹은 상상했던 그 어떤 사람들보다 더 고결한 존재라고 생각했습니다. 가식은 일절 없는 데 반해 지나치게 우울한 인물이긴 했지만요. 죽음과 자살에 관해 치밀하게 계산된 그의 논조는 놀라울 따름이었습니다. 모든 상황을 완전히 파악할 수는 없었지만, 그래도 저는 인물의 주장에 동조했습니다. 그리고 그가 죽자 저는 죽음을 제대로 이해하지도 못하면서 흐느껴 울었습니다.

저는 글을 읽으며 제가 처한 상황과 감정을 작중인물에게 대입해 보았습니다. 그러면서 저 자신이 작중인물들과 매우 비슷하면서도 동시에 이상할 정도로 다른 존재임을 알아차렸습니다. 그들의 심정을 공감할 수 있었고, 부분적으론 이해도 할 수 있었지만, 아직 제 자아는 제대로 발달하지 못한 상태였으니까요. 제게는 의지할 사람도, 혈연에 기댈 가족도 없었습니다. "제가 떠날 길은 훤히 뚫려 있으므로",[37] 제가 죽는데도 슬퍼해 줄 이가 아무도 없잖습니까. 용모는 끔찍하고 체구는 거대합니다. 이게 무슨 뜻일까? 난 누구일까? 난 어떤 존재지? 난 언제부터 존재했을까? 내 삶의 목적은 뭐지? 이런 질문들이 계속해서 떠올랐지만, 저는 그 어떤 질문에도 답을 할 수 없었습니다.

《플루타르코스 영웅전》에는 고대 공화국 건립자들의 이야기가 포함되어 있었습니다. 이 책은 《젊은 베르테르의 슬픔》과는 아주 다른 방식으로 제게 영향을 미쳤습니다. 베르테르의 생각에서 실의와 절망을 배웠다면, 플루타르코스에게선 고결한 이상을 배웠달까요. 플루타르코스는 비참한 생

---

37   제10장에 인용되었던 퍼시 셸리의 〈무상〉. 주어를 변경해 재인용했다.–옮긴이

각에 침잠한 저를 끄집어 올려 고대의 영웅들을 존경하고 사랑하도록 만들었습니다. 제가 읽었던 많은 것들은 제 이해와 경험의 수준을 능가하는 것이었습니다. 아무래도 왕국이나 광대한 영토, 길고 넓은 강과 끝없는 바다, 이런 개념들이 혼란스러웠기 때문이지요. 하지만 마을과 공동체에 관한 부분은 완전히 이해할 수 있었습니다. 인간의 본성에 관해서는 제 가족에게서 배운 게 전부였지만, 이 책을 통해 행위의 새로운 일면, 더 놀라운 일면을 알게 되었고요. 저는 사회문제에 대응한 사람들, 지배자들과 학살자들에 관한 이야기도 읽었습니다. 그들의 도덕적인 면모에는 열정이 끓어올랐고, 부도덕한 면모에는 혐오감이 일더군요. 제가 이해한 바에 따르면 열정과 혐오감, 이런 단어들은 상대적으로 기쁨이나 괴로움에 가까운 것 같았고요. 이런 감정에 이끌린 저는 자연스럽게 로물루스나 테세우스보다는 폭력적이지 않은 입법자들, 누마, 솔론, 리쿠르고스를 존경하게 되었습니다. 제 가족이 가부장제를 따르는 삶을 살다 보니 그들을 지켜보며 받은 인상이 제 머릿속에 단단히 뿌리박혀 있었던 겁니다. 아마 제게 처음으로 인류애를 알려 준 사람이 명예와 살육의 의지가 활활 타는 젊은 군인이었다면, 또 다른 감정이 저를 가득 채웠을 테지요.

　한편 《실낙원》은 또 다른, 더 깊은 정서를 건드렸습니다.

우연히 제 수중에 들어온 다른 책들과 마찬가지로 저는《실
낙원》역시 실화라고 믿으며 책을 읽어 나갔습니다. 전능한
신이 자신의 피조물과 전쟁을 벌이는 모습, 그 장면이 흥미
진진할 수 있다는 사실에 경이로움을 넘어 경외심마저 가졌
고요. 이따금 제 처지와 유사한 몇몇 상황에 주목하기도 했
습니다. 아담처럼 저는 그 어떤 존재와도 연결 고리가 없었
습니다. 하지만 그의 지위는 모든 면에서 저와 완전히 달랐
습니다. 아담은 하느님이 직접 빚은 완벽한 피조물이자 하느
님의 특별한 보호 아래 행복과 번영을 누릴 존재였습니다.
그는 하느님과 대화할 수 있었고, 하느님이나 천사들처럼 더
고귀한 존재들로부터 가르침을 얻을 수 있었습니다. 하지만
저는 망가진 존재였고, 무력했으며, 오롯이 혼자였습니다.
이런 저의 조건을 봤을 때 사탄이라는 상징이 제게 더 어울
린다는 생각을 한 것도 여러 번입니다. 이따금 제 가족이 행
복해하는 모습을 볼 때 정말로 사탄처럼 질투에서 비롯된
쓰라린 분노가 치밀어 오르기도 했으니까요.

　이런 생각을 더 확고하게 만든 상황이 또 있습니다. 폐축
사에 도착해 얼마 지나지 않았을 무렵, 저는 당신의 연구실
에서 챙겨 들어 쭉 걸치고 있던 옷, 그 옷의 주머니에서 서
류 몇 장을 발견했습니다. 처음엔 신경도 쓰지 않았지만, 글
을 읽을 수 있게 되자 저는 열심히 서류에 적힌 글을 해석하

기 시작했습니다. 그 서류는 제가 만들어지기 전 네 달간 당신이 기록했던 일지였습니다. 당신은 작업의 진척 과정을 하나하나 빠짐없이 적어 놓았더군요. 일지에는 당신의 가정사도 드문드문 적혀 있었습니다. 분명, 이 일지를 기억하겠지요. 여기 있습니다. 제 저주받은 탄생에 관한 모든 것이 여기에 적혀 있어요. 제가 만들어지기까지 그 얼마나 역겨운 상황의 연속이었는지, 모든 구체적인 내용이 생생히 기록되어 있단 말입니다. 당신이 만든 제 흉측하고도 혐오스러운 모습에 관한 세밀한 묘사는 당신의 두려움을 여실히 드러냈습니다. 그리고 그 글을 읽은 저에게도 지울 수 없는 두려움을 안겨 주었지요. 글을 읽으면서 속이 메스껍더군요. 저는 괴로운 나머지 이렇게 소리쳤습니다.

"생을 부여받은 그날을 증오하노라! 저주받을 창조주 같으니라고! 어찌하여 자신조차 역겨워 고개 돌릴 흉측한 괴물을 빚었단 말인가? 신은 자신을 본뜨는 아량을 베푸시어 인간을 아름답고 매혹적으로 만들었건만, 나는 흉측하기 그지없고, 인간과 닮아 더 섬뜩하구나. 사탄조차 그를 존경하고 격려하며 동료가 되어 주는 다른 악마들이 있건만, 나는 온갖 미움을 받으면서도 오롯이 혼자로세."

저는 고독 속에서 낙심한 채로 이렇게 생각했습니다. 하지만 선한 그 가족이라면, 그 따뜻하고 관대한 성격의 사람들이라면, 그들을 향한 제 존경심을 알고 난 후 저를 가여워하며 흉측한 제 모습을 눈감아 주지 않을까, 그렇게 되뇌기도 했습니다. 설마 그들이 연민과 우정을 갈구하는 저를 문밖에서 내칠 수 있을까? 아무리 제 외형이 기괴하다 해도 저는 최소한 미리 절망하지 않기로 다짐했습니다. 대신 그들과 마주했을 때 제 운명을 결정지을 대화를 준비했습니다. 그 기회를 저는 수개월이나 미뤘습니다. 그 만남이 중요한 만큼 실패의 두려움도 커졌기 때문입니다. 게다가 나날이 제 이해력이 향상되고 있었기 때문에, 몇 달 후 제가 좀 더 현명해진 후에 기회를 엿보고 싶었기도 했습니다.

그 사이 집에는 몇 가지 변화가 생겼습니다. 사피의 존재가 집안에 행복을 퍼뜨렸고, 가족의 경제 사정도 훨씬 나아졌습니다. 펠릭스와 아가사는 여가와 대화 시간을 더 많이 가지게 됐고, 일을 거드는 하인도 두었더군요. 부유해 보이진 않았지만 그들은 만족해했고 행복해했습니다. 그들의 감정이 잔잔해지고 평화로워지는 사이 제 감정은 날이 갈수록 더 크게 요동쳤습니다. 지식을 쌓을수록 제가 비참한 추방자 신세라는 사실만 더 명백해질 뿐이었으니까요. 희망을 품고 있었던 것은 사실입니다. 하지만 그것도 물에 비친 제 모습이나 달빛이 만드는 제 그림자를 볼 때면 죄다 사라졌습니다. 어슴푸레 비치는 흐릿한 반영이나 일순간의 그림자만 봐도 제가 품었던 희망 모두가 단숨에 사라졌던 겁니다.

저는 몇 달 내에 시작될 일종의 심판을 위해 두려움을 깨부수고 스스로 용기를 북돋우려 갖은 애를 썼습니다. 가끔은 이성을 잠시 내려 둔 채로 천국을 거니는 상상을 하기도 했습니다. 제 마음을 알아주고 격려해 주는 사랑스럽고 어여쁜 존재들이 있다는 공상도 했습니다. 천사 같은 그들의 얼굴에는 위로의 미소가 스며 있다는 식으로요. 하지만 그 모든 것은 꿈일 뿐이었습니다. 제 슬픔을 위로하거나 제 마음을 알아줄 이브Eve는 없었습니다. 저는 혼자였으니까요. 순간 아담이 하느님에게 간청하던 장면[38]이 떠올랐습니다. 하지만 내 창조주는 어디에 있는가? 제 창조주는 저를 버렸잖습니까. 저는 쓰라린 마음으로 창조주를 저주했습니다.

가을은 이렇게 지나갔습니다. 잎이 시들어 떨어지는 모습, 처음 숲과 어여쁜 달을 보았을 때처럼 주위 풍경이 다시금 메마르고 황량해지는 모습을 저는 놀라우면서도 안타까운 마음으로 지켜보았습니다. 추위는 그다지 염려할 게 없었습니다. 저는 더위보다 추위를 견디는 데 더 적합한 몸을 가졌으니까요. 하지만 꽃과 새, 여름의 활기찬 그 모든 풍경이 제게 큰 기쁨이었기에, 그 풍경이 사라지자 저는 풍경 대신 가족에게 더 큰 관심을 두었습니다. 여름이 물러나도 그들의

---

38   Adam's supplication to his Creator. 존 밀턴의 《실낙원》 중.

행복은 시들지 않았습니다. 그들은 서로를 사랑했고, 서로의 마음을 알아주었지요. 주위에서 우연히 일어나는 그 어떤 사건으로도 그들이 서로에게서 얻는 기쁨을 방해할 수 없었습니다. 그들을 더 오래 지켜보게 된 만큼 그들의 관심과 친절을 바라는 제 마음도 더욱 커져만 갔습니다. 그 사랑스러운 사람들에게 제 존재를 알리고, 그들에게서 사랑을 받고 싶었습니다. 제가 가진 가장 큰 꿈은 그들이 애정 가득한 눈길로 저를 바라봐 주는 것이었습니다. 그들이 경멸과 두려움을 담은 얼굴로 제 앞에서 돌아설 거라곤 조금도 생각하지 않았습니다. 그들은 문가에 선 가엾은 낭인을 쫓아낸 적이 한 번도 없으니까요. 물론 저는 낭인과 달리 약간의 음식이나 쉴 곳을 구걸하는 것이 아니라, 더 큰 보물을 간청하는 것이었지요. 바로 그들의 친절과 연민 말입니다. 저는 제가 그걸 간청하지도 못할 만큼 가치 없는 존재라고 생각하지 않았습니다.

겨울이 다가왔고, 계절이 돌고 돌아 제가 생을 얻은 지 1년이 지났습니다. 그즈음 저는 가족에게 저 자신을 소개할 계획을 짜느라 여념이 없었습니다. 여러 계획을 세웠지만, 결국 결정한 것은 앞 못 보는 노인이 혼자 있을 때 방문하겠다는 것이었습니다. 누구든 저를 처음 보게 되면 가장 먼저 두려움을 느낄 정도로 제 몰골이 말도 안 되게 끔찍하다는 건 잘 알고 있었으니까요. 제 목소리는 거칠긴 해도 외형처럼 끔찍하진 않았습니다. 그래서 전 펠릭스와 아가사가 없을 때 드 라세로부터 환심을 사고 도움을 구할 수 있다면, 그의 도움을 빌려 다른 가족을 설득할 수 있으리라 생각했습니다.

따뜻하진 않지만, 땅에 떨어진 붉은 낙엽 위로 햇살이 비추면서 풍경에 활기가 스미던 어느 날, 사피와 아가사, 그리고 펠릭스는 멀리 산책하러 나갔고, 노인은 원하던 대로 집에 홀로 머물렀습니다. 자식들이 집을 나서자 노인은 기타를 들고 구슬프지만 듣기 좋은 음악을 몇 곡 연주했습니다. 제가 들었던 노인의 연주 중 가장 듣기 좋고 가장 구슬픈 연주였습니다. 연주를 시작할 때만 해도 환하던 노인의 얼굴은 이내 시름과 근심으로 뒤덮였습니다. 끝내 그는 악기를 옆에 내려놓고 생각에 잠겼습니다.

가슴이 두근거리더군요. 드디어 희망을 확인할지, 두려움을 현실화할지 결정할 심판의 순간이 온 겁니다. 하인들은 이웃 마을 장에 가고 없었습니다. 집 안도 집 주위도 적막했지요. 절호의 기회였습니다. 하지만 계획을 실천에 옮기려니 사지가 맘처럼 움직이질 않아 저는 주저앉고 말았습니다. 그래도 다시금 저는 일어서서 오랫동안 준비해 온 대로 마음을 다잡고, 폐축사로 드나드는 입구를 가리려고 세워 둔 널빤지를 치웠습니다. 상쾌한 공기를 들이마시자 기운이 나더군요. 저는 한 번 더 결심을 되뇌고 문가로 다가갔습니다.

저는 문을 두드렸습니다.

"누구시오? 들어오시구려."

노인이 말하더군요.

저는 안으로 들어갔습니다.

"무례한 방문을 용서하십시오. 잠시 쉬어 갈 곳을 찾고 있는 나그네인데, 잠시만 불을 쬐다 가도록 허락해 주신다면 대단히 감사하겠습니다."

그러자 드 라세가 대답했습니다.

"편히 안으로 드시오. 뭐라도 대접을 하면 좋으련만, 안타깝게도 아이들이 모두 나가고 없소이다. 나는 앞을 보지 못하는 처지라 직접 대접할 수가 없구려."

"그런 말씀 마십시오. 저에게도 먹을 것은 있습니다. 불을 쬐며 잠시 쉴 곳을 찾았을 뿐입니다."

저는 자리에 앉았고, 침묵이 이어졌습니다. 1분이 아쉬운 상황임을 잘 알았지만, 대화를 어떻게 시작해야 할지 몰라 망설였던 겁니다. 그때 노인이 입을 열었습니다.

"말투를 들으니 동향인 것 같소만, 프랑스 사람이시오?"

"아닙니다. 하지만 프랑스인 가족에게서 교육을 받아 프랑스어만 할 줄 압니다. 저는 소중한 벗들에게 가족이 되어 달라고 부탁하러 가는 중입니다. 그들은 제가 진심으로 사랑하는 사람들이며, 저는 그들의 호의를 간절히 바라고 있지요."

"그 사람들이 독일 사람들이오?"

"아뇨, 그들은 프랑스인입니다. 그보다 다른 얘기를 들려드리고 싶군요. 저는 버림받은 불운한 자입니다. 주위를 둘러봐도 이 세상에서 가족이나 친구를 찾을 수 없습니다. 제가 찾아가려는 사람들 역시 저를 본 적도 없고 저에 관해 아는 바가 전혀 없지요. 저는 거절당할까 봐 두려워 어쩔 줄을 모르겠습니다. 이 세상에서 영원히 혼자일까 봐 겁이 납니다."

"낙심하지 마시구려. 벗이 없는 것은 실로 불운한 일이나, 눈앞의 이익 때문에 눈이 흐려지지 않는 한 인간의 마음은 형제애와 너그러움으로 가득 차 있는 법이오. 그러니 희망을 품으시오. 그대가 찾아간다는 사람들이 선량하고 따뜻한 사람들이라면 더욱 낙심할 필요가 없소."

"그들은 친절한 사람들입니다. 이 세상에서 가장 훌륭한 존재라고 할 수 있지요. 하지만 불행하게도 그들에게는 저를 향한 편견이 있습니다. 저는 선한 사람입니다. 지금까지 그 누구에게도 해를 끼친 적 없고, 어떤 면에선 도움도 주면서 살았다고 생각합니다. 하지만 엄청난 편견이 그들 눈을 가려서, 그들은 저를 가엾고 다정한 사람이 아닌 혐오스러운 괴물로 볼 겁니다."

"실로 안타까운 얘기구려. 하지만 그대가 진정 떳떳하다면, 그들의 잘못된 생각을 깨우쳐 줄 수 있지 않소?"

"안 그래도 그러려는 참입니다. 그 때문에 엄청난 두려움을 느끼고 있지요. 저는 그 벗들을 진심으로 아낍니다. 저는 그들 몰래 수개월간 습관처럼 일상적인 친절을 베풀었습니다. 하지만 그들은 제가 그들을 해치려 한다고 믿고 있지요. 그게 바로 제가 극복하고자 하는 편견입니다."

"당신의 벗이라는 사람들은 어디에 살고 있소?"

"이 근방입니다."

노인은 잠시 가만히 있다가 다시 입을 열었습니다.

"만약 그대가 전후 사정을 있는 그대로 자세히 들려준다면, 그들을 설득하는 데 내가 도움을 줄 수 있을지 모르오. 앞을 보지 못하는 터라 그대의 외모에 관해 이렇다 저렇다 말을 할 수는 없지만, 그대의 말에서 진심이 느껴진다는 건 아오. 내 비록 궁핍한 추방자 신세라고는 하나, 한 인간에게 어떤 식으로든 도움을 줄 수 있다면 진정 기쁠 것이외다."

"훌륭하십니다. 너그러운 마음 감사히 받겠습니다. 어르신의 친절한 마음씨가 저를 잿더미에서 일으켜 세우는군요. 어르신의 도움만 있다면 제가 인간 사회에서 쫓겨나거나 인간들의 공감을 못 얻는 일은 없을 거라고 굳게 믿습니다."

"그런 말씀 마시구려! 그대가 설령 죄인이라 하더라도, 그건 그대가 절망으로 내몰려 선善으로 인도되지 못했기 때문이오. 내게도 마찬가지로 불운한 사연이 있소. 나와 내 가족은 결백함에도 유죄판결을 받았소. 이래도 내가 그대의 심정을 이해하지 못할 것 같소?"

"어떻게 감사드려야 할지 모르겠군요. 어르신은 제게 최고의 은인이자 유일한 은인이십니다. 어르신의 말씀이 제가 처음 받아 본 친절입니다. 평생 감사하며 살겠습니다. 너그럽기 그지없는 어르신을 뵈니 곧 만나게 될 벗들과도 긍정적인 결과를 끌어낼 수 있으리란 믿음이 생깁니다."

"그 벗들의 이름과 거처를 알려 주겠소?"

순간 저는 망설였습니다. 제가 영원히 행복을 빼앗길지, 아니면 영원히 행복을 취하게 될지를 판가름 짓는 바로 그 순간이었으니까요. 저는 어떻게 해서든 마음을 다잡고 대답하려 안간힘을 썼습니다. 하지만 허사였고, 외려 용을 쓰다가 남은 기력마저 모두 잃어버렸습니다. 저는 의자에 푹 파묻혀 소리 내 울었습니다. 바로 그때 다른 가족의 발소리가 들리더군요. 더는 남은 시간이 없었기에 저는 노인의 손을 붙들고 소리쳤습니다.

"그 시간이 왔군요! 부디 절 구원하시고 받아 주십시오! 어르신과 어르신의 가족이 제가 찾아가겠다던 벗들입니다.

심판의 기로에 선 저를 내치지 말아 주십시오!"

노인도 소리쳤습니다.

"맙소사! 그대는 뉘시오?"

노인의 말이 끝나는 찰나 문이 열렸고, 펠릭스와 사피, 아가사가 집 안으로 들어섰습니다. 저를 마주하던 순간 그들이 내보인 공포와 경악을 어찌 표현해야 할까요? 아가사는 혼절했고, 사피는 아가사를 부축하지도 못한 채 곧장 집 밖으로 달아났습니다. 저는 노인의 무릎을 붙들고 있었는데, 그걸 본 펠릭스는 곧장 우리에게 달려와 초인적인 힘으로 저와 노인을 떼어 놓았습니다. 그러고는 격노해서 제게 달려들더니, 저를 바닥에 내동댕이치고 몽둥이를 마구 휘두르며 저를 때렸습니다. 저는 사자가 영양을 사냥하듯 그의 사지를 갈가리 찢어 놓을 수도 있었습니다. 하지만 쿵 하고 내려앉은 가슴이 쓰라린 나머지 가만히 맞고만 있었습니다. 펠릭스가 계속해서 휘두르던 몽둥이가 다시 한 번 저를 가격하려는 찰나, 몸과 마음의 고통을 더 견디기 어려웠던 저는 곧장 집을 빠져나왔고, 소란을 틈타 몰래 폐축사로 돌아갔습니다.

제16장

빌어먹을, 빌어먹을 창조주 같으니라고! 나는 왜 살았을까? 당신이 무책임하게 생명의 불씨를 주는 순간, 왜 저는 바로 그 불씨를 꺼트리지 못했을까요? 모르겠습니다. 어쨌든 당시 저는 절망에 빠지지 않았습니다. 분노와 복수심이 그 자리를 대신하고 있었기 때문이지요. 저는 기꺼이 그 집을 부수고 그 집 사람들을 죽이면서 그들의 비명과 절망으로 텅 빈 제 마음을 채울 수도 있었습니다.

밤이 찾아오자 저는 폐축사를 나와 숲 속을 배회했습니다. 이제 들킬까 봐 숨어 다닐 필요도 없으니 괴로움이라도 덜자는 생각으로 끔찍한 소리를 내며 울부짖었습니다. 덫을 부수는 한 마리의 야수처럼 저를 가로막는 장애물은 모두 부쉈고, 사슴처럼 날쌔게 숲을 휘젓고 다녔습니다. 아! 실로 비참한 밤이었습니다! 차가운 별빛이 저를 조롱하듯 반짝였고, 헐벗은 나무는 머리 위에서 가지를 흔들어 댔습니다. 적막이 온 세상을 휘감은 가운데 이따금 달콤한 새소리가 터져 나오기도 했습니다. 저를 제외한 만물이 잠을 자거나 즐겁게 지내고 있는 것 같았습니다. 저는 마왕처럼 지옥을 가슴에 품었습니다.[39] 그 어떤 것에도 마음 주지 못한 저는 나무를 뽑아서 부러뜨리고 주위의 모든 것을 망가뜨려 엉망진창으로 만들고 싶었습니다. 그리고 주저앉아 폐허가 된 풍경을 만끽하고 싶었습니다.

하지만 그것도 저로서는 감당할 수 없는 사치였습니다. 몸을 혹사한 탓에 녹초가 된 저는 무력감만 느끼며 축축한 땅에 주저앉았습니다. 세상에 무수히 많은 사람이 있어도 저를 가엾게 여기거나 도움의 손길을 내밀 사람은 없었습니다. 그런데도 제가 원수나 다름없는 그들에게 좋은 마음을 가져야 할까요? 아니잖습니까. 그 순간 저는 인간들을 향해 끝없는 전쟁을 선포했습니다. 그보다 먼저, 저를 만들어 그누구도 도울 수 없는 절망으로 저를 밀어 넣은 저의 창조주, 그를 향해, 당신을 향해 전쟁을 선포했습니다.

동이 트자 사람들의 목소리가 들리더군요. 그날은 폐축사로 돌아갈 수 없다는 걸 알아차렸습니다. 별수 없이 저는 빽빽한 덤불에 몸을 숨기고 제가 처한 상황을 생각해 보며 시간을 보내기로 했습니다.

따스한 햇볕과 청량한 공기 덕에 어느 정도 평정을 찾은 저는 집에서의 상황을 돌이켜 보다가 제가 너무도 성급히

---

39 존 밀턴의 《실낙원》 중.

결론을 내렸다는 사실에 깜짝 놀랐습니다. 경솔하게 행동했다는 게 명백했지요. 노인이 제 얘기에 관심을 보였고, 제 편이 되어 주려 했던 건 분명합니다. 그런데 제가 먼저 어리석게도 다른 가족에게 끔찍한 제 모습을 드러냈잖아요. 저는 먼저 드 라세와 친분을 쌓은 다음, 다른 가족도 저와의 만남을 준비하게 한 후에, 천천히 시간을 들여서 제 모습을 보여 줬어야 했습니다. 어쨌든 제 잘못이 돌이킬 수 없다고 생각하지 않았던 저는 심사숙고한 끝에 집으로 돌아가기로 마음먹었습니다. 그리고 이후 노인을 찾아가 제 입장을 알리려고요.

이렇게 생각하니 마음이 차분해졌고, 오후엔 숙면에 빠지기도 했습니다. 하지만 피가 한번 뜨겁게 달아올랐던 탓인지 기분 좋은 꿈을 꾸지는 못했습니다. 아가사와 사피는 달아나고, 격노한 펠릭스는 저를 노인의 발치에서 떼어 내는, 전날의 끔찍한 상황이 계속 이어지는 악몽이었습니다. 진이 빠져서 깨어나 보니 벌써 밤이더군요. 저는 덤불에서 기어 나와 먹을 것을 찾으러 나섰습니다.

허기를 달랜 뒤 저는 익숙한 길을 따라 곧장 집으로 향했습니다. 모든 것이 예전처럼 평화로워 보였습니다. 저는 폐축사에 들어가 숨을 죽이고 가족이 평소처럼 일어날 때만 기다렸습니다. 가족이 일어날 시간도 지났고 해도 높이 떴는

데 그들의 모습은 보이지 않았습니다. 두려운 상황을 예감한 듯 몸이 덜덜 떨리더군요. 집 내부는 어두웠고, 인기척도 없었습니다. 그 불안감을 어떻게 설명해야 할지 모르겠네요.

마침 지나가던 마을 사람 두 명이 집 앞에 멈춰 서서 열띤 손짓과 함께 대화하더군요. 하지만 제 가족이 사용하던 언어와 다른 그 지역 언어였기 때문에 내용을 알아들을 순 없었습니다. 얼마 지나지 않아 펠릭스가 다른 사람과 함께 집 근처로 왔습니다. 아예 집을 나간 게 아니라는 사실이 놀라웠던 저는 평소와 다른 그 상황을 이해하기 위해 불안한 마음으로 그들의 대화에 귀를 기울였습니다.

펠릭스와 함께 온 사람이 입을 열었습니다.

"지금 나가셔도 어차피 석 달 치 집세는 내셔야 하오. 게다가 텃밭의 작물도 다 포기하셔야 하오. 그런 생각까지 해 보신 거요? 나는 공돈을 바라지 않소. 그러니 부디 시일을 두고 재고해 보시오."

그러자 펠릭스가 대꾸했습니다.

"재고의 가치가 없는 일입니다. 다시 이 집에서 살 수는 없습니다. 아까 말씀드린 끔찍한 상황 때문에 아버지께서 몸져누우셨습니다. 제 아내와 누이도 두려움을 이겨 내지 못할 겁니다. 간곡히 부탁드리건대, 설득은 그만둬 주십시오. 집을 비우고 여길 떠나도록 허락만 해 주시면 됩니다."

펠릭스는 부들부들 떨며 이렇게 말했습니다. 두 사람은 집 안으로 들어가 몇 분 정도 있더니 그곳을 떠났습니다. 그 이후로 저는 드 라세 가족을 보지 못했습니다.

저는 그날 내내 빌어먹을 절망에 빠져 망연자실한 상태로 폐축사에 머물렀습니다. 제 가족이 떠나면서 이 세상과 저를 이어 주던 유일한 고리가 깨졌으니까요. 처음으로 복수심과 증오심이 제 가슴을 채웠습니다. 마음을 다잡을 생각은 전혀 없었습니다. 그저 감정의 흐름에 몸을 맡기고 해치고 죽이는, 그런 폭력적인 것에만 마음을 기울였습니다. 그러다가도 드 라세의 온화한 목소리, 아가사의 다정한 눈동자, 아라비아 여인 사피의 어여쁜 미모, 그런 벗들의 모습을 떠올리면 이내 끔찍한 생각들은 사라지고 눈물이 쏟아져 마음을 달랠 수 있었습니다. 하지만 그들이 저를 쫓아내고 버린 걸 생각하면 다시금 화가, 분노가 치솟았고, 그러면 차마 인간을 해칠 수 없으니 물건에 대고 화풀이를 했지요. 밤이 되자 저는 불이 잘 붙을 만한 것들을 집 주위에 가져다 놓고 텃밭의 작물을 모조리 뽑아 뭉갠 후에, 달이 지기만 초조하게 기다렸습니다.

밤이 깊어지면서 숲에서 거센 바람이 일었고, 하늘에 떠 있던 구름이 산산이 흩어졌습니다. 어마어마한 산사태 같은 한 줄기 돌풍이 하늘을 가르자 이성과 사고의 경계를 넘은 제 안의 광기가 깨어났습니다. 저는 마른 나뭇가지에 불을 붙이고 제물로 삼은 집 주위를 돌며 분노에 겨운 춤을 췄습니다. 제 시선은 달이 막 닿으려 하는 서쪽 지평선에 고정되어 있었지요. 둥근 달이 마침내 지평선에 닿자 저는 제게 인두와 마찬가지인 불붙은 나뭇가지를 흔들어 댔습니다. 그리고 달이 완전히 모습을 감추자 저는 마구 소리를 지르며 미리 준비해 놓은 짚과 풀과 덤불에 불을 붙였습니다. 바람이 부채질하자, 집은 순식간에 불길에 휩싸였습니다. 불꽃은 집에 들러붙어 몇 갈래로 찢어진 파괴의 혀를 날름거렸지요.

집이 복구할 수 없을 만큼 완전히 탔다는 확신이 들자 저는 그곳에서 빠져나와 숲 속에서 몸을 숨길 곳을 찾았습니다.

자, 이제 눈앞에 펼쳐진 세상, 그 어디로 걸음을 옮겨야 할까? 제 불행의 현장에서 멀리 달아날 생각이긴 했지만, 제게는 어느 마을이든 끔찍하긴 마찬가지일 터였지요. 기어이 당신 생각이 나더군요. 일지를 통해 당신이 제 아버지이자 창조주임을 알고 있었기 때문입니다. 제게 생을 선사한 사람만큼 찾아가기에 적합한 사람이 또 있을까요? 펠릭스는 사피에게 지리도 가르쳤습니다. 그 덕에 저 역시 여러 다른 나라의 상대적인 위치를 배웠습니다. 당신이 일지에 고향이 제네바라는 걸 언급한 바 있기에, 저는 그곳으로 가기로 했습니다.

그런데 그곳으로 가려면 어디로 가야 하지? 남서쪽으로 이동해야 한다는 건 알고 있었지만, 이정표가 되어 주는 건 태양밖에 없었거든요. 어떤 마을을 지나가야 하는지 몰랐고, 그렇다고 사람에게 길을 물을 수도 없었지요. 그래도 저는 낙담하지 않았습니다. 비록 당신을 증오하긴 했지만, 제가 구원을 바랄 수 있는 상대는 당신뿐이었으니까요. 무정하고 비정한 창조주 말입니다! 당신은 제게 인지능력과 욕망을 줘 놓고 넓은 세상에 그냥 내던져 버렸습니다. 인간에게 경멸과 공포의 대상이 되도록 내버려 둔 거예요. 하지만 제가 연민과 보상을 요구할 수 있는 사람은 오직 당신 말고는 없었습니다. 그래서 저는 이전처럼 쓸데없이 인간의 껍데기를 쓴 다른 존재에게 구걸하는 대신 당신에게서 정의를 찾기로 결심했습니다.

제 여정은 길고도 험난했습니다. 오랫동안 머물던 지방을 떠난 게 늦가을이었지요. 사람과 조우할까 두려웠던 저는 밤에만 이동했습니다. 주위 풍경이 황폐해졌고, 태양의 열기도 점점 약해졌습니다. 비와 눈이 퍼부었고, 강은 꽁꽁 얼었지요. 대지는 헐벗은 채로 단단히 얼어서 쉴 곳을 찾을 수가 없더군요. 오호통재라! 그때 저는 제 존재의 근원을 그 얼마나 자주 저주했던지요! 처음 눈 떴을 때부터 가지고 있던 온화함은 온데간데없고, 마음엔 그저 설움과 비참함만이 가득했습니다. 당신의 고향에 다가갈수록 불타오르는 복수심은 더 절절히 느꼈고요. 눈이 와도, 강물이 얼어도, 저는 쉬지 않고 계속 걸었습니다. 이따금 이런저런 일이 있기도 했는데, 그 과정에서 저는 지도도 한 장 얻었습니다. 그러고도 길에서 벗어나 헤매는 일은 적지 않았지만 말입니다. 분노와 절망을 잠재울 사건은 일어나지 않았기에 마음이 계속 괴롭다 보니 여정을 중단할 수도 없는 노릇이었습니다. 그래도 스위스 국경에 도달했을 때 햇볕이 다시 따스해지고 대지가 파릇파릇해지기 시작하면서 저를 사로잡고 있던 비참함과 두려움은 새로운 국면을 맞이했습니다.

보통 저는 낮에 쉬고, 사람들의 눈에 띄지 않는 밤에만 이동했습니다. 하지만 어느 날 아침, 갈 길이 울창한 숲으로 나 있다는 걸 확인한 저는 해가 떴지만 계속해서 이동하는 용기를 내 보았습니다. 초봄이었기에 저에게도 햇살이 사랑스러웠고, 숲의 내음이 향기로웠거든요. 저는 오랫동안 사라진 줄로만 알았던 온유함과 기쁨이 되살아나는 것을 느꼈습니다. 그런 신선한 감정에 놀란 나머지 저는 감각에 몸을 맡긴 채 외롭고 흉측한 저 자신을 잊고 감히 행복에 젖어 들었습니다. 눈물이 뺨을 적시더군요. 저는 감사하는 마음으로 기쁨을 선사한 태양을 올려다보았습니다.

실을 감듯 구불구불한 오솔길을 걸어가다 보니 숲의 경

계를 두르고 있는 깊고 물살이 거센 강이 나오더군요. 강가의 나무는 싹을 틔운 가지를 강물에 담그고 있었지요. 어느 길로 가야 할지 몰라 잠시 멈춰 선 사이 사람들의 목소리가 들렸습니다. 저는 황급히 사이프러스 그늘에 몸을 숨겼습니다. 제가 몸을 숨기자마자 웬 어린 소녀가 놀고 있던 누군가로부터 달아나는 듯 까르르 웃으며 제가 있는 곳을 향해 달려왔습니다. 그리고 강둑의 비탈을 따라 달리던 소녀는 순간 발을 헛디디며 급류에 빠졌습니다. 저는 곧장 달려 나가 거친 물살을 헤치고 소녀를 건져 강둑에 데려다 놓았습니다. 의식이 없길래 저는 어떻게든 소녀를 되살리려고 했습니다. 그때 갑자기 다가온 한 촌뜨기가 끼어들더군요. 아마도 소녀와 놀던 사람인 것 같았습니다. 그는 저를 보자마자 제게 달려들더니 소녀를 제 품에서 떼어 놓았습니다. 그러고는 황급히 깊은 숲 속으로 도망갔지요. 저는 빠르게 그를 쫓았는데, 왜 그랬는지는 잘 모르겠습니다. 제게 거의 따라잡힌 걸 확인한 그는 차고 있던 총을 제게 겨누더니 발사했습니다. 저는 나동그라졌고, 그는 아까보다 더 재빨리 숲으로 달아났습니다.

그게 제 선행에 대한 보답이었습니다! 사람을 구했는데, 그 대가가 살과 뼈가 찢기고 부서지는 상처에 온몸을 비틀며 괴로워하는 것이었단 말입니다. 몇 분 전만 해도 온화하고 상냥했던 마음이 순식간에 이가 갈리는 지독한 분노에 자리를 내주었습니다. 통증 때문에 제정신이 아니었던 저는 인간을 영원히 증오하겠노라고, 그들에게 반드시 복수하겠노라고 맹세했습니다. 하지만 부상의 고통은 점점 더 커졌고, 얼마 뒤 맥박이 멈추며 저는 정신을 잃었습니다.

수 주간 저는 숲에서 상처를 치료하려 애쓰며 비참한 시간을 보냈습니다. 총알이 어깨로 들어갔는데, 안에 박혔는지 관통했는지도 알 수가 없었지요. 어찌 됐든 제가 총알을 빼낼 방법도 없었고요. 진심을 알아주지도, 고마워할 줄도 모르는 인간들을 향한 설움이 북받쳐 고통은 더욱 배가됐습니다. 저는 복수만이 제가 견뎌야 했던 분노와 비통을 위로해 줄 것이라는 듯, 매일 끔찍하고 지독한 복수를 다짐했습니다.

몇 주가 지나자 상처가 나았고, 저는 다시 길을 나섰습니다. 밝은 태양이나 따뜻한 봄바람도 이제는 제 마음을 누그러뜨리지 못했습니다. 기쁨은 단지 고독한 제 처지를 모욕하는 비웃음이자, 더는 제가 기쁨을 누릴 수 없는 존재라는 사실만 가슴에 사무치게 하는 조롱에 불과했지요.

그러나 힘겨웠던 여정도 끝에 달했습니다. 그로부터 두 달 후 저는 제네바 인근에 들어섰습니다.

해 질 무렵 도착한 저는 당신에게 어떻게 접근할지 고민하기 위해 주변의 들판에 은신처를 마련했습니다. 피로와 굶주림에 시달린 데다 워낙 참담한 심정이어서 저녁의 산들바람이나 장엄한 쥐라산맥 너머에 깔린 석양을 감상할 마음의 여유는 없었습니다.

잠시 얕은 잠이 들어 괴로움에서 벗어나나 싶었는데, 귀엽게 생긴 아이 하나가 제가 있는 곳을 향해 달려오는 바람에 저는 잠에서 깼습니다. 정말이지 명랑한 꼬마였습니다. 가만히 그 아이를 지켜보는데 불현듯 그토록 어린 꼬마라면 제 흉측한 모습을 보고도 두려워하지 않으리란 생각이 들더군요. 그렇다면, 만약 제가 그 아이를 붙들어 제 벗이 되도록 가르칠 수만 있다면, 저도 사람 사는 이 땅에서 고독하지만은 않으리란 생각이 이어졌고요.

이런 충동에 사로잡힌 저는 아이가 지나갈 때 손을 뻗어 아이를 제가 있는 쪽으로 끌어당겼습니다. 아이는 제 모습을 보자마자 눈을 가리고 날카로운 비명을 질렀습니다. 저는 눈을 가린 아이 손을 억지로 떼어 낸 후 말했습니다.

"꼬마야, 왜 눈을 가리니? 난 널 해칠 생각이 없단다. 내 말을 좀 들어 봐."

아이는 격렬하게 몸부림치며 외쳤습니다.

"이거 놔, 괴물아! 못생긴 짐승아! 날 잡아먹고 조각조각 내려고 그러지? 사람 잡아먹는 괴물이잖아. 빨리 손 놓지 않으면 아빠한테 다 이를 거야."

"꼬마야, 아버지는 다시 못 볼 거야. 넌 나와 함께 가야 하니까."

"더러운 괴물아! 어서 놓으란 말이야. 우리 아빠는 판사야. 프랑켄슈타인 판사님 말이야. 아빠가 널 혼내 줄 거야. 그러니까 넌 날 못 데려가."

"프랑켄슈타인이라고 했니? 그럼 넌 내 원수로구나. 네 아버지를 향해 나는 복수를 다짐했거든. 넌 내 첫 번째 제물이다."

아이는 계속 몸부림을 치며 제게 상처가 되는 막말을 입에 담았습니다. 저는 아이를 조용히 시키기 위해 목을 움켜쥐었는데, 그 순간 아이가 숨을 거두고 축 늘어졌습니다.

저는 첫 피해자가 된 아이를 가만히 바라보았습니다. 뿌듯함과 사악한 승리의 기쁨으로 가슴이 벅차오르더군요. 저는 손뼉을 치며 소리쳤습니다.

"나 역시 사악한 짓을 저지를 수 있도다. 내 원수도 숨이 끊어지면 별수 없는 인간이란 말이다. 이 죽음이 그에게 절망을 안겨 줄 테지. 앞으로 수천 가지의 불행이 그를 고통스럽게 하다가 끝내 파멸시킬 것이다."

아이를 내려다보니 가슴께에서 뭔가가 반짝이더군요. 집어 들고 보니 그건 아름다운 여인의 초상화였습니다. 원한에 사무친 저조차 그 여인의 얼굴을 보니 마음이 누그러지고 흔들렸지요. 잠시 저는 그녀의 짙은 눈동자와 긴 속눈썹, 어여쁜 입술을 감상했습니다. 하지만 금세 분노가 다시 일었습니다. 저는 그렇게 아름다운 존재가 주는 기쁨을 평생토록 누릴 수 없다는 사실이, 그토록 온화하게 생긴 여인 역시 저를 보면 겁을 먹고 역겨워할 거란 사실이 떠올랐기 때문입니다.

제가 그런 생각 때문에 분노에 휩싸였다는 게 놀랍습니까? 저는 오히려 그 순간 제가 그냥 분통을 터뜨리며 절규했다는 게 더 놀랍습니다. 당장 인간들에게 달려가 그들을 죽이려다 위험에 처했어도 이상할 게 없을 정도였으니까요.

어쨌든 이런 기분으로 저는 살인 현장을 떠났고, 몸을 숨기기에 좀 더 적합한 곳을 찾아 헤매다 텅 빈 헛간으로 들어갔습니다. 한 여인이 짚자리에 누워 자고 있더군요. 젊은 편이었는데, 초상화 속 여인만큼 아름답진 않았지만 그래도 꽤 예쁘장한 얼굴이었고, 젊고 건강한 여인의 생기가 가득했습니다. 아마 그녀가 미소 짓는다면 그 누구나 충만한 기쁨을 느낄 겁니다. 여기 또 나 외의 모든 사람에게 어여쁜 미소를 지어 줄 사람이 있구나, 저는 그렇게 생각했습니다. 저는 그녀 위로 몸을 숙인 후 속삭였습니다.

"어여쁜 아가씨, 일어나시구려. 그대의 연인이 왔소. 그대의 사랑스러운 눈빛을 마주할 수만 있다면 목숨마저 내놓을 연인이 와 있단 말이오. 사랑하는 여인이여, 일어나시오!"

여인이 순간 몸을 뒤척이자 갑자기 등골이 서늘해지더군요. 정말로 그녀가 잠에서 깨, 나를 보고 욕을 하며 살인자라고 비난하면 어쩌지? 그녀가 간신히 눈을 떠서 저를 바라본다면 그리 할 게 분명했습니다. 그런 생각이 제 안의 악마를 깨웠고, 저는 정신이 아득해졌습니다. 고통 받아야 하는 건 내가 아니라 이 여인이다. 나는 이 여인으로부터 받아야할 모든 것을 영원히 강탈당했기에 살인을 저지른 것이다. 이 여인은 속죄해야만 한다. 살인은 이 여인으로부터 비롯된 것이다. 벌은 이 여인이 받아야 한다! 펠릭스의 가르침을 받고, 유혈이 낭자한 인간의 법을 배운 덕에 저는 계략을 꾸미는 법도 알고 있었습니다. 저는 다시 몸을 숙여 그녀의 옷주름 사이에 초상화 목걸이를 집어넣었습니다. 그녀가 다시 뒤척이기에 저는 곧장 그곳에서 달아났습니다.

이후로 며칠간 저는 살인 현장과 헛간 근처를 배회했습니다. 때로는 당신을 만나고 싶다고 생각하면서, 또 가끔은 절망 가득한 이 세상을 저버리겠다고 다짐하면서요. 그러다 이곳으로 오게 된 겁니다. 저는 당신만이 충족시켜 줄 수 있는 욕망에, 그 뜨거운 욕망에 지쳐 드넓은 이곳을 누비고 다녔습니다. 당신이 제 부탁을 들어주겠노라고 약속할 때까지 저는 당신을 떠날 수 없습니다. 저는 외롭고 비참합니다. 인간은 그 누구도 저와 어울리려 하지 않습니다. 하지만 저처럼 기괴하고 끔찍하게 생긴 여인이라면 저를 거부하지 않겠지요. 제 짝은 저와 같은 종이어야 하고, 저처럼 기괴해야 합니다. 당신은 그런 존재를 만들어야 합니다.

제17장

　그놈은 이야기를 마치더니 대답을 기다리며 나를 빤히 보았소. 하지만 나는 당혹스럽고 기가 막혀서 어찌할 바를 몰랐소. 무엇보다 그놈의 제안을 차분히 따져 볼 만큼 생각을 정리할 수가 없었지. 그놈이 말을 이었소.

　"제게 절실한 교감, 그 교감을 서로 나누며 함께 지낼 여인을 만들어 달란 뜻입니다. 이건 당신만이 할 수 있는 일이고, 저는 당신에게 이런 요구를 할 권리가 있습니다. 당신은 제 요구를 거절할 수 없습니다."

　프랑스인 가족과 평화롭게 지내던 시절에 관해 들을 땐 완전히 사라졌던 분노가 윌리엄과 쥐스틴 이야기로 넘어가며 조금씩 다시 불타오르고 있었는데, 이런 말까지 들으니 순간 솟구치는 분노를 억누를 수가 없더구려.

　나는 입을 열었소.

　"거절하겠다. 네놈이 온갖 수를 써서 날 고문해도 넌 내게서 원하던 대답을 받을 수 없을 것이다. 날 세상 그 누구보다 비참한 인간으로 만들 수 있을진 몰라도, 어차피 넌 날 비열한 인간으로 만들지 못해. 내가 네놈 같은 존재를 또 하나 만들면, 둘이 신이 나서 이 세상을 파멸시킬 것 아니냐. 썩 꺼져라! 나는 이미 답을 줬다. 나를 괴롭혀도 상관없다. 난 결코 네놈의 부탁을 들어주지 않을 테니까."

그놈이 악마 같은 얼굴로 대꾸했소.

"틀렸습니다. 그리고 저는 협박하는 것이 아닙니다. 당신을 설득하려는 거예요. 저는 비참하므로 사악해졌습니다. 온 세상 사람들이 저를 피하고 혐오하지 않습니까? 제 창조주인 당신은 저를 갈가리 찢어 없애려 하는데, 그 점을 잘 생각해 보십시오. 그 어떤 인간도 제게 일말의 연민을 가지지 않거늘 이런 상황에서 제가 무슨 이유로 인간에게 연민을 느껴야 한단 말입니까? 당신의 그 두 손으로 만든 저를 저기 빙하의 틈에 밀어 넣어 산산이 부순다면, 당신은 그걸 살인이라 부르지 않을 겁니다. 저를 비난하고 죽이려는 사람까지 제가 존중해야 합니까? 저와 함께 지내며 제게 친절을 베풀어 보십시오. 그럼 저는 당신을 해치긴커녕 절 받아준 은혜에 눈물을 쏟으며 당신을 위해 뭐든지 할 겁니다. 하지만 그럴 일은 없겠지요. 당신과 제가 함께하는 미래는 인간의 감정이라는, 결코 넘을 수 없는 벽 너머에 있으니까요. 저 역시 비굴한 노예처럼 순순히 복종할 생각이 없습니다. 나는 상처 받은 만큼 복수할 겁니다. 내가 사랑받을 수 없다면 두려움을 주겠습니다. 특히 당신, 나를 만들어 낸 당신은 철천지원수입니다. 맹세코 당신을 평생토록 증오하겠습니다. 마음 단단히 먹으십시오. 나는 당신을 파멸로 몰아갈 것이며, 당신이 태어난 것을 후회할 정도로 절망할 때까지 멈추지 않을 겁니다."

그놈은 격분해서 이렇게 말했소. 그때 그놈의 얼굴이란, 끔찍하게 일그러져서 차마 눈 뜨고 볼 수가 없을 정도였지. 하지만 이내 평정을 되찾더니 다시 입을 열더구려.

"설득하고 싶었던 것인데 흥분하고 말았군요. 당신은 제게 잘못한 바가 없다고 생각하시니 이렇게 흥분해 봐야 제게 이로울 리 없지요. 그 누구든 저를 보며 가엾다는 생각만 해 준다면, 저는 그 사람에게 백 배, 만 배로 보답할 겁니다. 그 한 존재를 위해서라면 저는 이 세상 사람 모두에게 너그러워질 수 있습니다! 하지만 그건 이뤄질 수 없는 달콤한 꿈일 뿐이지요. 제 요구는 과하지 않은, 적당하고 합당한 것입니다. 저처럼 기괴하되 저와는 다른 성별의 존재를 만들어 달라, 그게 답니다. 당신이 얻는 것은 별로 없지만, 그래도 그게 제가 받을 수 있는 전부이고, 저는 그걸로 족합니다. 진심입니다. 저희는 그저 괴물로 살 겁니다. 사람들이 사는 곳엔 발 들이지 않겠습니다. 그러면서 저희는 서로에게 더 의지하겠지요. 행복하진 않아도 사람들에게 해 끼치지 않으며 비참하지 않게 살 수 있으리라 생각합니다. 아! 창조주여, 부디 저를 행복하게 해 주십시오. 단 한 번의 자비만 베풀어 주시면 그 은혜 잊지 않겠습니다. 저도 누군가와 교감할 수 있는 존재임을 알게 해 주십시오. 부디 제 청을 거절하지 마십시오!"

마음이 흔들렸소. 놈의 요구를 들어줬을 때 생길 수 있는 일을 생각하면 몸이 떨렸지만, 그래도 그놈의 주장엔 나름 그럴싸한 논리가 있었거든. 그 녀석이 들려준 얘기나 느꼈다는 감정만으로도 녀석이 섬세한 감정을 가진 존재라는 것은 알 수 있었소. 게다가 내가 녀석을 만들었으니 내 손으로 행복을 줘야 할 의무도 있는 게 맞잖소? 녀석은 내 감정의 변화를 눈치채고 말을 이었소.

"만약 당신이 제 요구를 들어준다면, 다시는 당신을 비롯해 그 어떤 인간의 눈에도 띄지 않을 겁니다. 남아메리카의 드넓은 미개척지로 갈 생각이니까요. 저는 인간과 똑같이 먹지 않습니다. 제 식욕 채우자고 양이나 아이를 죽이지 않는다는 뜻입니다. 도토리와 나무 열매로도 저는 충분히 먹고살 수 있지요. 제 짝도 저와 마찬가지일 테니 그 정도 먹거리로도 괜찮을 겁니다. 마른 잎을 침대 삼을 생각이고요. 인간들을 비추는 햇빛은 저희가 있는 곳도 비추어 저희가 먹을 열매를 익혀 줄 테지요. 제가 설명하는 미래는 평화롭고 인간적입니다. 그러니 당신이 제 요구를 거절하는 것은 무자비하고 잔인한 일임을 아셔야 합니다. 이제껏 제게 냉혹하기만 했던 당신의 두 눈에 연민이 드리우는 게 보이는군요. 부디 제게 그 호의를 허락하십시오. 제가 이토록 간절히 바라는 그 약속을 해 주십시오."

"그러니까 네 말은, 인간들을 떠나 짐승만 사는 벌판에서 살아가겠다는 것이로군. 하지만 네놈은 인간의 사랑과 공감을 간절히 바라지 않았더냐. 그런 네놈이 영원히 인간을 등지고 살겠다고? 네놈은 결국 다시 인간이 사는 이 세상으로 돌아와 인간의 친절을 찾아다닐 것이다. 그리고 인간이 널혐오하는 모습을 다시 마주하게 되겠지. 그럼 그 사악한 욕망이 되살아날 것이고, 이번엔 함께 하는 동료까지 있으니더 손쉽게 인간을 해칠 것이다. 그리 둘 수는 없다. 나는 네요구를 들어줄 수 없으니 설득하려 드는 건 그만해."

"당신은 실로 변덕스러우시군요! 조금 전만 해도 제 말에 감동하더니, 대체 무슨 이유로 제 불만에 다시금 무심하신거죠? 제가 사는 이 땅과 저를 만들어 준 당신을 걸고 맹세컨대, 제 짝만 만들어 준다면 인간들이 사는 곳을 떠날 것이며, 가능한 한 가장 인적 없는, 말 그대로 야생에서 살 겁니다. 교감할 상대만 있다면 제 사악한 욕망도 모두 사라지리라 믿습니다! 저는 천천히, 조용히 살아갈 것이며, 죽는 순간에도 창조주를 저주하지 않겠습니다."

녀석의 말은 묘하게 날 뒤흔들어 놓았소. 녀석이 측은해 위로해 주고 싶은 마음이 몇 번이나 생기다가도, 녀석을 올려다보면, 그 추잡한 것이 움직이고 말하는 것을 마주하면, 가슴이 저릿하면서 두려움과 증오심이 나를 사로잡더란 말이오. 나는 이런 감정을 떨치려 했소. 그러고 보니 나는 녀석에게 진심으로 공감해 줄 수 없는데, 그런 내게, 녀석이 원하는 걸 줄 수 있는 내게, 그 녀석이 누릴 약간의 행복조차 막을 권리는 전혀 없다는 생각이 들더구려.

"너는 인간을 해치지 않겠노라 맹세했다. 하지만 네놈은 신뢰를 잃었어. 이미 네가 가진 끔찍한 악의를 드러내고 실행에 옮기지 않았더냐. 지금 이렇게 가증스럽게 구는 것도 네놈의 엄청난 계략, 그 계략의 한 단계일 줄 어찌 알겠느냐?"

"어떻게 그런 말을 하십니까? 저는 한낱 사기꾼이 아닙니다. 제 제안에 답이나 해 주십시오. 만약 가족도, 애정도 제 몫이 아니라면, 증오와 악의가 제 몫일 테지요. 하지만 단 하나의 존재만이라도 저를 아껴 준다면, 저는 그 누구도 알지 못하는 존재로 살아갈 겁니다. 제가 끔찍하게 여기던 외로움이 이 악의를 낳은 것이니, 제가 똑같은 존재와 함께 살 수만 있다면 제가 가진 좋은 점들이 자연히 되살아나지 않겠습니까? 저는 감정을 가진 존재로부터 사랑받으며, 지금까지 누려 보지 못한 가족을 이뤄 함께 역경을 헤쳐 나갈 겁니다."

나는 잠시 침묵하며 녀석의 주장과 논거를 하나하나 따져 보았소. 그놈이 처음 세상에 나갔을 땐 순진하고 선했다며 늘어놓은 얘기들, 이후 그 가족이 놈에게 내보인 혐오와 증오의 감정에 애정이 변질된 과정, 그런 것들을 생각해 본 거요. 물론 그놈이 가진 힘과 위협적인 능력도 빠트리지 않았소. 빙하의 얼음 동굴에서 멀쩡히 지낼 수 있고, 추격자를 피해 인간은 오를 엄두도 못 낼 절벽에 몸을 숨길 수 있다면, 그런 존재와 맞서 봐야 무슨 소용이 있겠소. 나는 길고 긴 숙고 끝에 놈의 요구를 받아들이는 것만이 전 인류와 그놈 모두를 포섭하는 정의에 부합한다는 결론을 내렸소. 나는 놈을 돌아보며 이렇게 말했소.

"네놈의 요구를 들어주마. 대신 네놈이 데리고 떠날 여자를 건네받자마자 유럽을 포함해 인간이 발붙이고 사는 땅엔 절대 얼씬하지 않겠다고 맹세하거라."

놈은 울부짖더구려.

"태양과 푸른 하늘, 그리고 이 가슴에 타오르는 사랑의 불꽃을 걸고 맹세합니다. 당신이 제 기도를 들어준다면 태양과 하늘과 사랑이 존재하는 한 결코 당신 앞에 나타나지 않겠습니다. 어서 집으로 돌아가 작업을 시작해 주십시오.

저는 초조한 마음으로 그 과정을 지켜보겠습니다. 저는 당신이 작업을 마치면 모습을 드러낼 테니 그때 괜히 불안해하지 마십시오."

놈은 이렇게 말하고 순식간에 자리를 떴소. 아마 내 마음이 바뀔까 봐 겁이 났던 것이겠지. 놈은 독수리보다 빠르게 산에서 내려가더니 울퉁불퉁 솟은 빙하 어딘가로 자취를 감추었소.

이야기가 한나절 내내 이어진 탓에, 놈이 떠날 땐 벌써 해가 지평선에 걸려 있었소. 곧 주위가 깜깜해질 터라 나도 서둘러 내려가 샤모니 계곡으로 돌아가야 했소. 하지만 마음이 무거워 속도를 낼 수가 없었소. 그날 일어난 일로 마음이 복잡한데, 구불구불하고 좁은 산길은 또 왜 그리 험한지 발이 묶인 것 같아 당혹스러울 지경이었다오. 절반쯤 가서 아르브강의 원천에 자리를 잡고 앉았을 땐 벌써 밤이 꽤 깊었더구려. 구름이 흘러가면서 때때로 별이 반짝였소. 주위엔 듬성듬성 검은 소나무가 보였는데, 여기고 저기고 다 부러져 땅에 굴러다니고 있었소. 아름다우면서 침통한 그 풍경이 내 마음을 이리저리 휘저었소. 나는 서글프게 흐느끼며 괴로운 나머지 두 손을 움켜쥐었소.

"아! 별과 구름과 바람이여! 너희 모두 나를 비웃는 게로구나. 이런 내가 진정 가엾다면 내 감정과 기억을 다 짓이겨

다오. 나를 먼지로 만들어 다오. 그게 아니라면 사라지거라. 모두 사라지란 말이다. 이 어둠 속에 나 홀로 남게 해 다오."

이런 게 어리석고 한심한 생각이었다는 건 알지만, 그 순간엔 영속하는 별빛이 나를 짓누르고 한 줄기 바람이 아프리카 열풍처럼 굼뜨고 투박하게 나를 덮치는 것 같았소. 그 감정을 뭐라 설명해야 할지 도무지 모르겠소이다.

내가 샤모니 계곡의 마을에 도착하기도 전에 동이 텄소. 나는 쉬지도 않고 곧장 제네바로 발길을 옮겼소. 그땐 내 마음을 나도 모르겠더구려. 당시의 복잡한 마음은 마치 태산과도 같아서 이전까지의 괴로움을 단숨에 뭉개어 버렸소. 그렇게 집으로 돌아간 나는 곧장 안으로 들어가 가족을 만났소. 초췌하고 피폐한 내 모습에 가족은 몹시 불안해했지만, 나는 그 어떤 질문에도 대답하지 않았소. 애초에 말도 거의 하지 않았지. 금지령을 받은 기분이었소. 마치 가족과 교감할 권리가 없는 것 같은, 더는 그들과 기쁨을 나눌 수 없을 것 같은 기분이었단 말이오. 그런 상태에서도 나는 그들을 진정 사랑했소. 그래서 그들을 구하기 위해서라도 나는 역겨운 작업에 전념하기로 마음먹었소. 내가 해야 할 일을 떠올리면 다른 모든 상황이 꿈만 같다는 생각이 들었소. 그리고 그 생각만이 유일한 현실인 것 같았소.

제18장

　하루가 가고, 일주일이 가고, 그렇게 내가 제네바로 돌아온 지 몇 주가 지났소. 그런데도 나는 작업에 착수할 용기를 낼 수 없었소. 실망한 악마의 복수가 두렵다고는 해도, 그것만으로 내게 주어진 그 일에 대한 반감을 이겨 낼 수 없었기 때문이오. 다시금 몇 달간 연구에만 골몰해 피땀 흘리며 이론을 정립하지 않는 한 나는 여성의 신체를 만들 수 없었기도 했고. 그즈음 내 연구에 도움이 될 만한 이론을 발표한 잉글랜드인 철학자가 있다는 소식을 들었소. 그래서 그걸 핑계로 아버지의 허락을 얻어 잉글랜드로 갈까 하는 생각을 몇 번이나 했소. 하지만 실상 나는 연구에 진척이 없는 척하며 착수에 이르는 첫걸음조차 떼지 않은 채 미적대기만 했소. 그러다 보니 다급한 마음도 점점 덜해지더구려. 이런 것뿐 아니라 실질적인 변화도 생겼소. 쇠약해지고 있던 체력이 몰라보게 좋아진 거요. 달갑지 않은 그놈과의 약속을 떠올리지 않는 한 기분도 꽤 괜찮은 상태를 유지하게 됐소. 다가오는 햇빛을 가리며 내 마음을 뒤덮는 시꺼먼 우울감이 여전히 어느 정도 남아 있긴 했지만 말이오. 아버지는 이런 내 변화를 보고 기뻐하며 우울한 낌새조차 없앨 방법을 모색하기 시작했소. 그쯤 나는 우울해질 때면 완벽한 고독을 피난처 삼았소. 호수에 작은 배를 띄워 놓고 떠가는 구름을 보고 잔물결 소리를 들으며 말없이 무기력하게 하루를 보냈지. 대개 신선한 공기를 마시고 밝은 햇볕을 쬐다 보면 어느 정도 평정을 되찾을 수 있었기에, 그렇게 외출했다 돌아오면 가족을 훨씬 가벼운 마음으로 기꺼운 미소를 지으며 마주할 수 있었소.

이렇게 바깥 공기를 쐬고 돌아온 어느 날, 아버지가 나를 부르더니 이리 말했소.

"사랑하는 아들아, 네가 예전처럼 즐거워 보인다는 말을 하게 되어 기쁘다. 이제야 본모습을 찾은 것 같아. 그런데도 여전히 어딘지 불안해 보이고, 가족과 어울리는 건 피한단 말이지. 그 이유가 뭔지 오랫동안 생각해 왔는데, 어제 문득 떠오르는 생각이 있더구나. 내 생각이 옳다면 부디 그렇다고 말해 다오. 괜히 피하려 들지는 말아라. 외려 우리의 절망을 배가시키기만 할 테니까."

아버지가 놓은 서두에 나는 바들바들 떨었소. 아버지가 이야기를 계속했소.

"이 아비는 늘 너와 엘리자베스가 부부의 연을 맺기만 바라 왔다. 가족의 유대감이 더 끈끈해지길 바라는 마음과 내가 말년에 너희에게 의탁하고자 하는 마음 때문이었단다. 너희 둘은 어릴 때부터 늘 붙어 다녔잖니. 공부도 같이 했고, 모습이나 기질, 취향도 서로에게 꼭 맞춘 것처럼 어울린단 말이지. 하지만 나이를 이만큼 먹으며 쌓을 만큼 쌓았다고 생각한 인생 경험이 외려 내 눈을 가렸구나. 내 생각에 가장 큰 도움이 된다고 생각한 경험이 도리어 내 계획을 망칠 수도 있는 거였어. 너는 어쩌면 엘리자베스를 아내로 맞이할 생각은 일절 없이 그저 그 아이를 누이로만 여길 수도 있을 것 같다. 아니, 사랑하는 다른 여인이 있을 수도 있겠지. 그래서 엘리자베스에 대한 도리가 아닌 것 같아 마음 아파하며 혼자 끙끙대는 것일지 몰라. 네 표정을 보면 이런 생각이 든단다."

"아버지, 안심하세요. 저는 엘리자베스를 여인으로서 진심으로 사랑합니다. 엘리자베스처럼 존경스러우면서 사랑스러운 여인은 지금껏 본 적이 없어요. 저 역시 우리가 부부의 연을 맺기를 간절히 바라며, 바람대로 되리라 믿습니다."

"빅터, 네 솔직한 감정이 그렇다니 근래 들어 처음으로 더할 나위 없이 기쁘구나. 네가 그리 생각한다면 지금이야 우리에게 어두운 그림자가 드리워져 있대도 앞으론 행복한 날만 남은 셈이다. 그나저나 그 그림자가 네 마음에 단단히 들러붙은 것 같아 떼어 냈으면 하는데 말이다. 그럼 당장 결혼식을 올리는 건 어떤지 네 의견을 말해 다오. 우리는 꽤 불행한 시기를 보내지 않았니. 내 나이쯤 되면 하루하루가 평안해야 하건만, 최근 일어난 일들 때문에 평안은 머나먼 이야기가 되었거든. 너는 젊다만 재산이 넉넉하다곤 할 수 없지. 그래도 이른 혼인이 네 앞날에 지장을 주리라 생각진 않는다. 아, 내가 이리 말한다고 해서 네게 결혼을 강요한다고 생각진 말아 다오. 네가 결혼을 늦춘다고 해도 초조해하지 않을 테니 염려 마라. 내 말은 있는 그대로 받아들이면 된다. 그러니 부디 솔직하고 진지하게 답해 주길 바란다."

아버지의 말을 묵묵히 듣던 나는 한동안 아무 대답도 하지 못했소. 머리를 굴리며 수만 가지 생각을 하고 결론을 내리느라 바빴기 때문이오. 안타까운 일이지! 엘리자베스와 당장 결혼하는 것은 내게 두렵고도 경악스러운 일이었소. 나는 엄중한 약속에 매인 몸이었소. 지키지도 못했고, 감히 깰 수도 없는 약속 말이오. 만약 내가 약속을 깬다면 나와 내 가족에게 얼마나 많은 절망이 닥칠지 모르잖소! 엄청난 무게의 그 약속을 목에 매달고 고개를 바닥에 축 늘어뜨린 채 결혼식장에 들어설 수 있겠소? 내가 바라던 대로 평화롭게, 기쁜 마음으로 결혼식을 올리려면, 그 전에 먼저 약속을 지키고 그 괴물과 그놈의 짝을 먼 곳으로 보내야만 했소.

그러려면 잉글랜드 철학자들이 발표했다는 관련 정보를 얻어야 한다는 것도 나는 기억하고 있었소. 그 정보는 내가 맡은 일에 필요했으므로 내가 직접 잉글랜드로 가거나 서신을 주고받는 식으로라도 그 학자들과 교류해야 했다오. 하지만 서신을 주고받으며 원하는 정보를 얻는 방법은 너무 오랜 시일이 걸리는 데다 만족스럽지도 않을 터였소. 게다가 사랑하는 사람들과 함께 어울리던 아버지의 집에서 진절머리 나는 작업을 계속해야 한다는 생각만 해도 신물이 올라오더구려. 내 속사정이 다 드러나면 나와 관련된 사람들은 모조리 겁에 질릴 텐데, 아주 사소한 문제로 인해 내가 피하고자 했던 상황이 벌어질 가능성은 얼마든지 있잖소. 또한, 그 섬뜩한 작업을 진행하는 동안 나는 참혹한 심정에서 벗어나기 힘들 게 분명한데, 그 감정을 숨길 자제력을 잃을 수 있다는 점도 나는 잘 알고 있었소. 그래서 나는 그 일을 끝내기 전까지 사랑하는 가족에게서 떠나 있어야만 했소. 첫발만 내디디면 작업은 일사천리로 진행될 테고, 그럼 나는 가벼운 마음으로 즐겁게 가족에게 돌아오면 된다는 생각이었소. 약속만 지키면 괴물은 영원히 떠나기로 했으니까. 그게 아니라도(순전히 개인적인 상상이었소만) 그 사이 무슨 일이 일어나 그놈이 죽어 버리는 바람에 내가 족쇄를 벗을 수 있을지도 모르고 말이오.

이런 생각을 통해 나는 아버지의 질문에 답할 말을 정리했소. 잉글랜드에 가고 싶다는 대답이었소. 진짜 이유는 숨기는 대신 의심을 사지 않도록 정말 잉글랜드에 가고 싶기라도 한 것처럼 연기했지. 내가 간곡히 청하는 것만으로도 아버지는 쉽게 설득됐소. 오랫동안 지속된 내 우울증이 일상에 미치는 영향으로 볼 때 광증에 가깝다는 걸 알고 있던 아버지는 내가 여행을 고려할 정도로 기운을 차렸다는 생각에 기뻐했소. 그러면서 내가 이색적인 풍경과 다양한 유흥을 즐기며 본모습을 되찾고 돌아오길 바랐소.

　잉글랜드 체류 기간은 내 선택에 맡겨졌소. 대화를 통해 몇 달 정도, 길면 1년으로 충분하다는 결론을 냈소. 아버지는 다 자란 자식을 존중했으나, 그래도 부모에게 자식은 평생 염려스러운 존재인지라 나름의 예방책으로 나와 동행할 사람을 구해 놓았더구려. 내게는 사전에 일언반구도 없었으나, 엘리자베스와 함께 나서서 클레르발이 스트라스부르에서 나와 합류하도록 손써 놓았거든. 나는 작업의 진척을 위해 홀로 있길 원했기에 클레르발의 합류는 계획에 방해가 되는 셈이었지만, 여행을 시작할 때 벗의 존재는 결코 방해물이라 할 수 없는 법이잖소. 게다가 덕분에 홀로 긴 시간 동안 정신 나간 생각에만 몰두하지 않을 수 있게 되어 진심으로 기쁘기도 했소. 아니, 앙리가 나와 그놈 사이에 있어 주며 그놈의 침입을 막아 줄 수도 있는 일이니까. 만약 내가 혼자였다면 그놈이 나를 재촉하거나 작업 진척 상황을 확인하기 위해 별안간 그 역겨운 얼굴을 들이밀지 또 누가 알겠소?

그렇게 내 잉글랜드행이 결정되었소. 돌아오는 즉시 엘리자베스와 결혼하는 것이 조건이었소. 아버지가 노년기에 접어든 이후 뭐든 지체하는 것을 극도로 싫어했기 때문에 모든 게 순식간에 정해졌소. 내게 엘리자베스와 결혼한다는 조건은 끔찍한 고역에 대한 보상이나 마찬가지였소. 지긋지긋한 족쇄에서 해방되어 과거를 잊고 엘리자베스와 결혼식을 올리는 순간, 그 순간을 떠올리는 것만이 비할 데 없이 괴로운 내게 유일한 위안이었고 말이오.

여행 준비를 모두 마치고 나자 문득 한 가지 생각에 사로잡혀 갑자기 두렵고 초조해졌소. 내가 집을 떠난 사이, 그놈이 내가 떠났다는 사실에 격분해 내 가족을 공격하면 어쩌나 하는 생각 말이오. 내 가족은 놈의 존재에 관해 아무것도 모르니, 그놈이 공격한다면 아무 방비도 없이 부지불식간에 당하고 말까 봐 겁이 났소. 하지만 녀석은 내가 가는 곳이라면 어디든 따라오겠노라 약속했으니 잉글랜드까지도 따라오지 않을까? 이런 생각도 두렵긴 했지만, 가족이 안전해진다는 생각에 외려 위로가 됐소. 나는 녀석이 나를 따라오지 않을 가능성을 따져 보느라 생각에 골몰했소. 결국에는 내가 내 피조물의 노예 신세인 동안 순간의 충동에 따르자고 결심했지만 말이오. 사실 그때엔 그놈이 나를 따라와 내 가족은 놈의 마수에서 벗어날 거란 예감이 강하게 들기도 했소.

내가 다시 고향을 떠나게 된 건 9월 말이었소. 여행 얘기는 내가 꺼낸 것이었기에 엘리자베스는 아무 말도 하지 않았소만, 그녀는 내가 괴로워한다는 생각에, 내가 그녀를 떠난다는 생각에, 그리고 나를 좀먹고 있는 절망과 슬픔 때문에 불안해했소. 클레르발을 일행으로 만들어 준 게 그녀의 배려였거늘, 실로 사내는 여인이 일일이 신경 써 주는 수천 가지 세세한 상황에 무심하기도 하지. 그녀는 빨리 돌아오라는 말을 하고 싶어 했소. 하지만 상반된 감정 탓에 차마 입을 떼지 못한 그녀는 그저 눈물지으며 말없이 나를 보내주었소.

나는 먼 곳으로 나를 데려갈 마차에 몸을 실었고, 당장 어느 마을로 향하는지, 마차 밖으로 지나가는 풍경은 어떤지, 그런 것엔 관심 두지 않았소. 그저 내 화학 실험 도구들을 챙겨서 가지고 오라고 지시할 생각만 하고 있었소. 실험 도구는 생각만 해도 끔찍했지만 말이오. 아름답고 멋진 풍경을 수없이 지나치면서도 나는 음울한 생각에 잠겨 아무것도 감상하지 못했소. 머릿속엔 온통 내 여행의 목적지와 그곳에서 해야 할 일에 관한 생각뿐이었거든.

　며칠간 수십 킬로미터를 이동하는 사이 나는 아무것도 하지 않고 멍하니 지냈소. 그렇게 스트라스부르에 도착했고, 클레르발이 도착할 때까지 이틀을 기다렸소. 드디어 그가 도착했소. 아, 우리 두 사람이 얼마나 달랐는지 모르오! 클레르발은 새로운 풍경이 나올 때마다 생기를 띠었고, 아름다운 석양을 볼 때마다 즐거워했소. 일출을 보며 새로운 하루를 시작할 땐 더 기뻐했다오. 그는 풍경의 색채나 하늘의 모양이 달라질 때마다 손으로 가리키며 외쳤소.

　"이런 게 사는 거지. 살아 있다는 게 기쁘다! 근데, 프랑켄슈타인! 너는 대체 왜 그렇게 처량한 모습으로 실의에 빠진 거야?"

　실제로 나는 우울한 생각에 젖어 있었기에 샛별 지는 것도, 라인강에 비친 황금빛 일출도 보지 못했소. 그러니 친구, 당신은 클레르발의 일기를 읽는 게 더 즐거울 거요. 녀석은 내 얘기를 듣기보다 풍경을 감상하며 감격하는 데 더 열중했거든. 폐인이나 다름없던 나는 즐거움에 이르는 길이 모두 막히는 저주에 걸려 있었소.

　우리는 스트라스부르에서 로테르담까지 라인강을 따라 배를 타고 이동한 후, 거기서 런던으로 가는 배로 갈아타기로 했소. 로테르담까지 가는 동안 버드나무가 우거진 섬을 몇 번이나 지나쳤고, 멋진 마을도 여러 번 보았다오. 만하임에서 하루를 묵은 우리는 스트라스부르를 떠난 지 닷새째되던 날 마인츠에 도착했소. 라인강 기슭의 풍경은 마인츠를 지나며 더욱 그림처럼 아름다워지더구려. 강은 나지막하지만 가파른, 아름다운 언덕들 사이를 굽이치며 세차게 흘렀소. 까마득하게 높은 절벽 위, 검은 숲으로 둘러싸인 곳에는 폐허가 된 고성들도 있었소. 실제로 라인강의 그 유역은 독특하다고 할 만큼 다양한 풍경을 자랑하는 곳이오. 당신도 자리만 잘 잡으면 험준한 언덕 위에서 깎아지른 벼랑을 내려다보고 있는 고성과 그 아래로 짙은 색 라인강이 거세게 흐르는 풍경을 감상할 수 있소. 그리고 강 쪽으로 삐죽튀어나온 육지 방향으로 고개만 돌리면 강 옆으로 푸른 비탈에 자리 잡은 풍요로운 포도밭과 굽이굽이 흐르는 강물, 많은 사람이 모여 사는 마을들도 볼 수 있고 말이오.

우리가 그 인근을 지나던 때가 마침 포도 수확기였기에 강을 따라 내려가면서 농부들의 노랫소리도 들을 수 있었소. 침울하던 나조차, 우울한 생각 때문에 끊임없이 동요하던 나조차 기분 좋아지는 순간이었소. 나는 배의 한쪽 구석에 누워 구름 한 점 없이 맑은 하늘을 바라보았소. 오랫동안 잊고 지낸 평온함을 들이켜는 것 같았소. 내 기분이 이랬다면 앙리는 어땠겠소? 앙리는 요정들의 땅에 들어서기라도 한 것처럼 인간이 쉬이 맛보기 힘든 환희에 젖었소. 그는 이렇게 말하더구려.

"나는 고향 땅의 가장 아름답다는 풍경을 다 봤어. 루체른과 우리Uri 사이에 있는 루체른호에도 가봤지. 깎아지른 것 같은 눈 덮인 산이 호수 주위를 둘러싸고 시꺼먼 그림자를 드리우고 있더라고. 드문드문 보이는 파릇파릇한 섬들이 눈을 즐겁게 해 주지 않았다면 아마 그 풍경은 음울하고 애처로워 보였을 거야. 루체른호에 폭풍이 몰아닥친 것도 봤거든. 너는 물기둥이 먼바다에만 생긴다고 알고 있지? 호수에도 회오리바람이 치니까 물기둥이 생기더라고. 그러면서 호수가 노하기라도 한 것처럼 산기슭에 철썩철썩 파도가 쳤지. 그러고 보니 예전에 한 목사랑 그의 정부情婦가 눈사태로 그 산에서 죽었다는데, 이따금 밤바람이 잦아들 때면 지금도 그들이 죽어 가면서 하던 말이 들리곤 한대. 뭐, 그 외에도 나는 발레La Valais와 보Pays de Vaud의 산도 봤지. 하지만 빅터, 그 멋진 풍경들보다 이 지역 풍경이 훨씬 보기 좋아. 스위스의 산들이 더 웅장하고 기괴하긴 해도, 이 강 유역이 더 매력적이란 말이야. 이런 풍경은 지금껏 본 적이 없어. 저기 벼랑에 매달린 성 좀 봐. 그리고 숲을 요새 삼아 몸을 숨기고 있는 저기 섬 위의 성도. 포도 따고 돌아오는 농부들도 봐. 저기 산 움푹 들어간 데에 반쯤 가린 마을도 보라고. 와,

정말 이 지역을 지키는 수호신이 있다면 사람을 참으로 좋아하는 존재일걸. 그에 비해 우리 고향의 수호신은 빙하나 쌓거나 인적 없는 산꼭대기에 몸을 숨기는 셈이라니까."

사랑하는 나의 벗, 클레르발! 내 이런 처지에도 네 얘기를 기록으로 남기며 네가 받아 마땅한 찬사를 누리도록 하노라니 기쁘기 그지없구나. 클레르발은 "시의 정취를 타고난"[40] 존재였소. 그의 생각은 거칠고 격정적이었으나, 그걸 누그러뜨린 게 그의 감수성이었으니 말이오. 그는 뜨거운 사랑이 넘쳐흐르는 사람이었고, 세상 사람들이 동화 속에서나 찾아보라고 말하는 헌신적이고 놀라운 우정을 나눠 주는 사람이었소. 하지만 그는 열정 가득한 사람이었기에 인간과의 교감만으로는 만족하지 못했소. 그래서 다른 이들은 감탄하고 말았을 자연의 풍경을 그토록 열정적으로 연모했소.

거대한 폭포 소리가
그를 격정처럼 사로잡았노라
높은 바위, 산, 그리고 깊고 어둑한 숲,
그 색채와 형체는 당시 그에게

40　영국의 평론가이자 시인인 제임스 헌트(James Hunt)의 《리미니 이야기(The story of Rimini)》라는 시에 사용된 구절이다. 제임스 헌트는 메리 셸리의 남편이었던 퍼시 셸리를 소개한 주간지를 창간한 사람이기도 하다.–옮긴이

하나의 욕정이었도다

감정이고 사랑이었으니,

생각에 잠겨 떠올리는

대단한 매력, 보지 않고도 얻을 수 있는 흥미,

그런 것들은 필요 없더라[41]

그럼 그는 지금 어디에 있을 것 같소? 그 온화하고 멋진 존재가 영원히 사라졌을 것 같소? 환상적이면서도 훌륭한 상상으로 가득했던 그 존재가, 자신의 삶에 따라 좌지우지되는 하나의 세계를 창조한 그 존재가 그냥 사라졌을 것 같소? 그저 내 기억 속에만 존재하는 것 같소? 아니, 그렇지 않아. 클레르발, 신이 빚어 아름답게 빛나던 네 육신은 썩어 문드러질지라도, 네 영혼은 여전히 이 서글픈 벗을 찾아와 위로해 주잖니.

슬픔을 주체하지 못하는 걸 부디 양해해주시오. 그 누구보다 훌륭했던 앙리에게 바치는 보잘것없는 이 찬사는 공허한 말에 불과하지만, 그래도 그를 기억하면서 괴로운 내 마음을 위로해 준다오. 이야기를 계속하겠소.

우리는 쾰른을 지나 네덜란드의 평원 쪽으로 내려갔소. 맞바람이 부는 데다 유속이 느려서 우리는 남은 여정을 서

---

41 영국의 시인 윌리엄 워즈워스(William Wordsworth)의 〈틴턴 수도원(Tintern Abbey)〉에서 '나'를 '그'로 변형하여 인용하였다.-옮긴이

두르기로 했소.

거기서부턴 아름다운 풍경도 우리의 시선을 끌지 못했소. 그래도 며칠 지나지 않아 우리는 로테르담에 도착했고, 거기서 출발해 우리는 바다를 건너 잉글랜드로 갔소. 브리튼 섬의 하얀 절벽을 처음 본 건 12월 말의 어느 청명한 아침이었소. 템스강 유역의 풍경은 신선하더구려. 땅은 평평하면서도 비옥했고, 들르는 마을마다 예전에 읽거나 들었던 이야기에 나와서 알고 있던 곳이었소. 우리는 틸버리 포트Tilbury Fort를 보며 스페인의 아르마다 함대Spanish Armada와 고향에서도 들어서 알고 있던 그레이브젠드Gravesend, 울리치Woolwich, 그리니치Greenwich를 떠올렸소.

마침내 우리는 런던의 수많은 첨탑과 그중에 가장 우뚝 솟은 세인트폴 대성당과, 잉글랜드 역사에서 가장 유명한 런던탑을 마주하게 되었소.

제19장

    우리의 여정은 런던에서 멈추었소. 우리는 멋지고 유명한 그 도시에서 몇 달간 머무르기로 했소. 클레르발은 그 시기에 이름을 떨치던 뛰어난 능력의 명사들과 교류하길 원했지만, 그런 건 내게 부차적인 목적일 뿐이었소. 가장 먼저 해야 하는 일은 약속한 작업을 마치는 데 필요한 정보를 얻는 것이었으니까 말이오. 나는 곧장 챙겨 온 소개장을 저명한 자연철학자들에게 보냈소.

    내가 학업에 매진하던 행복한 시기에 그곳에 체류했다면 말도 못 하게 즐거웠을 거요. 하지만 내게 드리운 어두운 그림자 때문에 자연철학자들을 찾아가면서도 그저 심오하게 파고든 연구에 도움이 될 정보를 얻겠다는 생각밖에는 할 수가 없었소. 사람들과 어울리는 것도 귀찮을 따름이었소. 홀로 있을 때면 하늘과 땅의 풍경으로 마음을 채우고, 앙리와 함께 있을 때면 그의 목소리에 위로받으며, 그렇게 잠시나마 평화롭다고 나 자신을 속일 수 있었지. 하지만 분주하고, 따분하면서 싱글대기만 하는 얼굴들을 마주하노라면 이내 절망감이 다시 피어났소. 나는 나와 다른 사람들 사이에는 넘을 수 없는 장벽이 있다는 걸 알아차렸소. 윌리엄과 쥐스틴의 피로 봉인된 장벽 말이오. 그 두 사람의 이름과 관련된 사건을 떠올리면 가슴이 욱신거렸으니까.

그러나 클레르발은 예전의 나를 닮은 모습이었소. 그는 뭐든 궁금해하며 경험과 지식을 쌓으려 안달이었거든. 그는 관습의 차이를 유심히 살폈는데, 그건 그에게 무궁무진한 영감의 원천이었소. 그뿐만 아니라 그는 오래도록 품고 있던 목표도 쫓았소. 원래 그는 인도의 다양한 언어를 충분히 익혔다는 믿음과 인도 사회에 관한 지식을 토대로 유럽의 식민지화 정책과 무역에 일조하기 위해 인도를 방문할 생각이었소. 그가 계획한 바를 진척시키는 것은 오직 브리튼 섬에서만 할 수 있는 일이었소. 그는 늘 분주했고, 늘 즐거워했소. 슬픔에 잠겨 허탈해하고 있는 나만이 그에게 유일한 걸림돌이었지. 나는 가능한 한 이런 감정을 숨기려 했소. 걱정이나 끔찍한 기억 없이 새로운 생활을 시작하는 사람이 즐거워하는 것은 자연스러운 일이거늘, 내가 그런 즐거움을 뺏을 수는 없잖소. 그가 함께 나가자는데 혼자 있기 위해 다른 약속이 있다고 둘러댄 적도 많소. 한편 나 역시 새로운 피조물을 만드는 데 필요한 재료를 모으기 시작했소. 이마에 물을 한 방울씩만 계속 떨어트리는 고문 있잖소. 재료를 모으는 일은 내게 그런 고문처럼 느껴졌소. 그 일을 생각하는 것만으로 괴로웠고, 그 일로 무슨 말만 꺼내도 입술이 떨리고 심장이 두근거렸소.

런던에서 지낸 지 몇 달쯤 지났을 무렵 우리는 예전에 제네바의 아버지 집에 손님으로 왔던 한 스코틀랜드 사람으로부터 서신을 받았소. 자신의 고향 풍경이 멋지다는 얘기를 하며, 그 정도면 그가 사는 북부의 퍼스Perth에 올 만한 이유가 되지 않느냐고 묻는 내용이었소. 클레르발은 당장이라도 초대에 응하고자 했소. 사람들과 어울리는 건 넌더리가 났지만, 나 역시 산과 강, 그리고 자연의 경이로운 모습을 오랜만에 보고 싶었소.

우리가 잉글랜드에 도착한 게 10월 초였고,[42] 서신을 받은 때가 2월이었소. 우리는 3월 말에 북부로 향하는 여행을 시작하기로 했소. 그리고 에든버러로 이어지는 큰길을 이용하는 대신 윈저와 옥스퍼드, 매틀록Matlock, 그리고 컴벌랜드의 호수들[43]에 들르고, 7월 말까지 런던으로 돌아오기로 했소. 나는 스코틀랜드의 북부 산악 지대에 있는 외딴 작업실을 구해 일을 마칠 생각으로 실험 도구와 그때까지 모은 재료를 챙겼소.

---

42   제18장 후반에서는 12월 말에 브리튼 섬의 하얀 절벽을 처음 보았다고 했다. 작가의 오인으로 보인다.-옮긴이

43   Cumberland lakes. 현재 컴브리아의 '레이크 디스트릭트'를 말한다.-옮긴이

3월 27일에 런던을 떠난 우리는 며칠간 윈저에 머무르며 아름다운 숲길을 거닐었소. 산에 익숙한 우리에겐 이색적인 경험이었소. 위풍당당한 참나무도, 지천에 널린 사냥감도, 기품 있는 사슴 떼도, 모두가 우리에겐 신기해 보였거든.

이후 우리는 옥스퍼드로 향했소. 도시에 들어서면서부터 우리의 머릿속은 온통 150년 전 그곳에서 벌어진 사건에 관한 생각으로 가득했소. 찰스 1세가 군을 소집한 곳이 거기였잖소.[44] 온 나라가 왕가에 대한 명분을 버리고 자유를 부르짖으며 의회의 편을 드는데도 끝까지 충성을 보인 도시가 바로 옥스퍼드 아니오. 불운한 왕과 그의 신하들, 중재자 포클랜드,[45] 야만인 고링,[46] 왕비와 왕자, 그들에 관한 이야기를 익히 들어 알고 있던 덕에 한때 그들이 살았을지도 모르는 도시 곳곳이 특별해 보였소. 과거의 망령들이 머무는 그곳에서 그들의 자취를 쫓는 일은 즐거웠다오. 상상만으로 부족한가 싶다가도 그 도시 자체가 워낙 아름다워서 감탄할 수밖에 없었고 말이오. 유서 깊은 대학의 교정은 그림처럼 아름다웠소. 거리도 훌륭했소. 게다가 파릇파릇한 초원

---

44   17세기 청교도혁명 당시 찰스 1세가 4년간 옥스퍼드를 군의 본거지로 삼았다.-옮긴이

45   Falkland. 포클랜드 자작이었던 루시우스 캐리(Lucius Cary, 1610~1643)를 말한다. 왕당파였던 그는 청교도혁명 때 양 진영의 중재자 역할을 했다.-옮긴이

46   Goring. 왕당파 군인이었던 조지 고링 남작(George Goring, 1608~1657)을 말한다. 그의 능력은 뛰어난 편이었으나, 야심이 과해서 부도덕한 행태를 보인 것으로 알려졌다.

을 끼고 흐르던 아이시스[47]의 강물이 잔잔한 호수로 퍼져 나가고, 그 수면에는 주위를 둘러싼 고목과 웅장한 탑, 첨탑, 돔 지붕이 비치는 풍경은 더할 나위 없이 멋졌소.

이렇게 경치를 즐거이 감상하다가도 과거의 일과 앞날 걱정은 불쑥불쑥 솟구쳤다오. 애초에 나는 행복한 사람이었소. 어린 시절에는 불만을 가진 적이 없었소. 따분함은 느낀 적이 있다 해도, 아름다운 자연을 마주하거나 훌륭하고 숭고한 인류 업적을 연구하게 되면 그마저도 금세 사라져, 이내 흥분하며 평소 모습을 되찾았거든. 하지만 지금의 나는 벼락 맞은 나무요. 낙뢰가 내 영혼에 내리꽂혔소. 나는 당시 조만간 닥칠 내 죽음을 전시하기 위해 살아야 하는 기분이었소. 파멸한 인간의 비참한 말로를 보여 주기 위해서 말이오. 사람들은 측은하게 보겠지만, 내게는 견디기 힘든 오욕일 테지.

우리는 옥스퍼드에서 꽤 긴 시간을 보냈소. 근교를 돌아다니면서 잉글랜드 역사에서 가장 격동적이었던 시기와 관련이 있을 법한 장소를 일일이 찾아다녔던 탓이오. 우리의 소소한 탐험은 찾던 것을 발견할 때마다 연장되곤 했소. 우리는 애국자로 유명한 햄던[48]의 무덤과 그가 전사한 들판도

---

47   Isis. 템스강 상류의 별칭으로, 옥스퍼드 지역에서 부르는 이름이다.-옮긴이

48   Hampden. 영국의 정치가 존 햄던(John Hampden, 1594~1643)을 말한다. 의회파였던 그는 찰스 1세가 부과한 선박세를 거부했는데, 그 일이 혁명의 도화선이 되었다. 옥스퍼드셔 전투에서 전사하였다.

찾아갔소. 자유와 살신성인이라는 고결한 이상의 기념비이자 유물이나 다름없는 그 풍경을 보고 있노라니 잠시나마 지긋지긋하고 절망적인 두려움이 사라지고 가슴이 벅차오르더구려. 일순간 나는 거침없이 족쇄를 떨치고 상기된 기분으로, 자유로운 기분으로 주위를 둘러보았소. 그러나 족쇄가 이미 내 살로 파고든 탓에 나는 암담한 심정으로 파르르 떨며 다시금 비참한 심연으로 침잠했소.

아쉬워하며 옥스퍼드를 떠난 우리는 다음 목적지인 매틀록으로 향했소. 매틀록 근교의 풍경은 스위스와 상당히 비슷했소. 지물의 높이가 전반적으로 낮다는 점과, 푸른 언덕 뒤로 눈 덮인 알프스가 보이지 않는다는 점만 빼고 말이오. 내 고향 풍경에는 항상 산 뒤에 소나무 숲 울창한 알프스가 왕관처럼 솟아 있거든. 우리는 멋진 동굴[49]과 작은 자연사 전시관에 들렀소. 희귀한 걸 진열하는 방식은 세르보와 샤모니의 전시관과 비슷하더구려. 한편 앙리가 샤모니란 말을 입에 담자, 그곳에서의 끔찍한 조우가 떠올라 몸이 바들바들 떨리더구려. 나는 서둘러 매틀록을 떠났소.

더비에서 북쪽으로 향하던 도중 우리는 컴벌랜드와 웨스트모얼랜드Westmorland에서 두 달을 보냈소. 그쯤엔 내가 스위스의 산에 가 있는 것 같더구려. 산의 북사면에 녹지 않고

---

49   매틀록과 매틀록 배스 사이에 있는 하이토어 동굴로 추측된다.−옮긴이

남아 있는 눈, 호수, 그리고 바위 사이로 세차게 흐르는 개울, 이런 것 모두가 내게 친숙하고 소중한 풍경이었으니 말이오. 거기서 어울리게 된 사람들도 있었소. 그들은 내 기분을 띄워 주려고 온갖 술수를 다 부렸다오. 내가 누리지 못하는 기쁨은 클레르발이 대신 누려 주었소. 재능 있는 사람들과 어울리면서 클레르발이 가진 생각의 폭이 넓어졌지. 자신이 가진 능력과 재능이 자신보다 뛰어나지 못한 사람들과 어울릴 때 생각했던 것보다 훨씬 뛰어나다는 걸 알게 된 거요. 그는 내게 이렇게 말하기도 했소.

"여기서 평생 살 수도 있을 것 같아. 이 산을 벗 삼아 살면 스위스와 라인강도 그립지 않을 것 같아."

하지만 그는 여행자의 삶은 즐거운 만큼 고단하다는 걸 알고 있었소. 방랑자의 삶은 긴장의 연속이라, 쉬려고 몸을 눕히는 순간 새롭게 관심이 끄는 무언가를 위해 일어나야 하잖소. 또 다른 이색적인 것을 찾아 방금 마주한 신기한 것을 버려야 하니까.

우리가 컴벌랜드와 웨스트모얼랜드의 여러 호수를 둘러보고 그곳 주민들 몇 명에게 정을 붙이기 시작한 지 얼마 지나지도 않았는데, 벌써 스코틀랜드 지인과 약속한 시기가 다 됐더구려. 우리는 어쩔 수 없이 그 모두를 등지고 여행을 계속했소. 뭐, 나로선 그다지 아쉬울 게 없었지. 그즈음 나는 때때로 그놈과의 약속을 잊곤 했소. 그러면서도 그 악마가 실망해서 무슨 짓을 저지를까 두려워하긴 했소. 그놈이 스위스에 남아서 내 가족에게 복수할 수도 있잖소. 이런 생각은 내가 잠시 짬을 내 쉬려 할 때마다 불쑥 튀어나와 나를 괴롭혔소. 나는 안절부절못하며 서신만 오길 기다렸소. 서신이 조금이라도 늦어지면 나는 수천 가지 염려로 끝내 절망에 빠졌소. 그러다 정작 엘리자베스나 아버지의 이름이 발신자로 적힌 서신을 받게 되면 도무지 서신을 읽고 내 운명을 확인할 엄두가 나지 않았다오. 가끔은 그놈이 나를 쫓아와, 내가 소홀히 하는 작업을 재촉할 요량으로 내 친구를 살해하진 않을는지 걱정하기도 했소. 그런 생각이 들 때면 나는 단 한 순간도 앙리의 곁을 떠나지 못했소. 살인마의 착각에서 비롯된 분노로부터 앙리를 지키기 위해서 그림자처럼 그를 따라다녔소. 마치 내가 엄청난 범죄를 저지르기라도 한 것처럼 죄책감을 떨칠 수가 없었소. 실제로 지은 죄는 없으나, 살인처럼 그 어떤 죽음의 저주를, 그 끔찍한 저주를 머리에 덮어쓴 것 같았단 말이오.

에든버러에 도착했을 땐 지칠 대로 지친 상태였소. 하지만 그 도시는 절망에 찌든 존재에게도 감탄을 자아낼 만한 곳이잖소. 클레르발은 옥스퍼드의 유서 깊은 문화와 풍경을 좋아했기에 에든버러를 옥스퍼드만큼 반기지 않았소. 그래도 에든버러 신시가지의 미美와 정형성, 낭만적인 성城과 세상에서 가장 아름답다고 할 만한 주위 경관, 아서 시트,[50] 세인트버나드 우물,[51] 펜틀랜드 구릉Pentland Hills은 클레르발이 달가워하지 않던 변화에 보상이 되어 주었소. 덕분에 그는 감탄하며 즐거워할 수 있었고 말이오. 반면 나는 어떻게든 목적지에 일찍 도착하고 싶은 마음뿐이었소.

일주일 만에 에든버러를 떠난 우리는 쿠퍼Coupar와 세인트앤드루스를 지나 테이강the Tay을 따라 우리를 기다리는 사람이 있는 퍼스로 향했소. 그러나 낯선 사람들과 웃고 대화하거나, 그들의 기분을 맞추거나, 손님으로서 마땅히 보여야 할 유쾌한 모습을 보일 기분이 아니었던 나는 클레르발에게 스코틀랜드 여행은 혼자 하고 싶다고 말했소.

"너는 재밌게 지내. 우리는 나중에 여기서 만나자. 한두 달 정도만 혼자 있을게. 부탁하는데, 말리지 말아 줘. 잠시만 혼자서 편히 있고 싶어서 그래. 그러고 나서 돌아오면 지금보다 가벼운 마음으로 네 기분에 맞춰 줄 수 있을 것 같아."

앙리는 나를 만류하고자 했으나 내 결심이 확고한 것을 알고는 설득을 그만두더구려. 그는 대신 자주 편지하라고

---

50   Arthur's Seat. '아더왕의 자리'라는 뜻으로, 에든버러 중심부에 있는 언덕 같은 지형이며, 화산 폭발로 인해 생겨났다고 한다.-옮긴이

51   St. Bernard's Well. Saint Bernard는 '성 베르나르도'로 표기해야 하나, 영국 지물의 명칭이기에 버나드로 표기했다.-옮긴이

사정사정했소.

"나 역시 잘 알지도 못하는 그 스코틀랜드 사람들이랑 어울리는 것보다 너랑 같이 둘만의 시간을 보내는 게 더 좋아. 그러니까 빅터, 빨리 돌아와. 네가 있어야 내 마음이 편하단 말이야."

클레르발과 헤어진 뒤 나는 스코틀랜드의 외딴곳에서 홀로 작업을 마치리라 결심했소. 괴물이 나를 따라왔으리라 확신했거든. 내가 작업을 마치고 나면, 그놈이 짝을 건네받기 위해 모습을 드러낼 게 분명하다고도 생각했고 말이오.

이런 마음가짐으로 나는 북부 산악 지대를 가로질렀고, 오크니제도 중에서 가장 외딴 섬 하나를 작업할 곳으로 정했소. 섬의 높은 쪽 바위에 쉴 새 없이 파도가 치는 온통 돌천지의 바위섬이었기에 내 작업을 하기에는 아주 적당했소. 땅이 워낙 황량해서 초지도 거의 없었는데, 그러다 보니 여윈 소 몇 마리가 간신히 연명하는 수준이었소. 주민은 총 다섯이었는데, 그들은 그 척박한 땅에서 귀리 농사로 먹고살았소. 퀭하고 수척한 그들의 모습만 봐도 그들이 얼마나 비참하게 살고 있는지 알 수 있었다오. 채소와 빵은 그들에게 사치였소. 심지어 신선한 물도 귀했지. 8킬로미터는 떨어진 본토에서 구해 와야 했으니까 말이오.

그 섬을 통틀어 집이라곤 허름한 오두막 세 채뿐이었고,

나는 그중 비어 있는 한 곳에 도착해 그곳을 빌렸소. 방은 두 칸이었으나 건물의 모든 부분이 낡고 지저분해 궁핍함의 끝을 보는 것 같았다오. 초가지붕은 무너져 내렸고, 벽에는 회칠도 돼 있지 않은 데다, 문의 경첩은 떨어지고 없었거든. 나는 집을 수리해 달라고 한 뒤 가구를 몇 개 사들여 그곳에서 생활을 시작했소. 그들이 극심한 가난과 궁핍에 찌들어 만사에 무감각해진 상황만 아니었다면, 나의 이주는 인적 드문 그곳의 사람들에게 놀라운 일이었을 거요. 실제로 내가 이목을 끌지도 않고 방해도 받지 않을 수 있었던 것이나, 옷과 음식을 줘도 고맙다는 말조차 거의 듣지 못했던 것은 그들이 수많은 고통에 오래도록 시달려 인간의 저속한 감정조차 느끼지 못할 정도로 감정이 메말랐기 때문이었소.

은둔 생활을 시작하고 나서 나는 오전에 작업을 했소. 대신 저녁이 되면 날씨가 허락하는 한 자갈 해변을 거닐며 발치로 밀려오는 파도 소리를 들었소. 단조로우면서도 변화무쌍한 풍경이었지. 나는 스위스를 떠올렸소. 스위스는 황량하고 음산한 그 섬의 풍경과 딴판이거든. 언덕은 포도 덩굴로 뒤덮여 있고, 평원 곳곳에는 오두막들이 모여 있단 말이오. 아름다운 호수에는 푸르고 잔잔한 하늘이 비치오. 바람이 불면 호수의 물이 일렁이기도 하지만, 대양에서 으르렁대듯 파도치는 것에 비하자면 그 정돈 귀여운 아기의 장난에 불과하지.

어쨌든 이런 게 처음 그곳에 도착했을 때 내 일과였지만, 작업이 진행될수록 일은 나날이 점점 괴롭고 지겨워졌소. 가끔은 며칠간 작업실에 발도 못 붙이다가, 또 가끔은 작업을 마치기 위해 밤낮으로 매달리기도 했소. 내가 하던 작업은 실로 추잡한 짓이었소. 첫 번째 실험 땐 광기에 가까운 열정에 눈이 멀어 내가 하는 일의 끔찍함을 알아차리지 못했소. 마음의 눈은 열정을 소비하는 데에만 시선을 주었고, 육신의 눈은 내 작업의 공포 앞에서 감겨 버렸달까. 하지만 냉정한 상태로 그 작업에 다시 임하려니 툭하면 가슴이 시큰거렸소.

혐오스러운 일에 매달려 있는 데다 잠시라도 주의를 환기해 줄 그 무엇도 없는 고독에 푹 잠겨 있다 보니 정신이 그 상황을 감당하지 못하더구려. 나는 점점 신경질적이 되어서 한시도 가만히 있질 못하게 되었소. 나를 괴롭히고 해하려 하는 장본인을 만나게 될까 봐 매 순간이 두려웠소. 가끔은 땅만 보고 앉아 있기도 했소. 고개를 들었다가 눈 뜨고 볼 수 없는 그놈을 마주치진 않을까 두려웠기 때문이오. 심지어 나는 혼자선 사람들의 눈에 띌 수 있는 곳에서 걸어 다니지조차 못했소. 그놈이 나타나 짝을 내놓으라고 할 수도 있다는 생각에.

그런 사이에도 일을 계속했기에 작업은 꽤 진전되었소. 작업을 마치는 순간을 상상하면 몸이 바들바들 떨릴 정도로 그 일이 끝나기만을 간절히 원했는데, 당시에는 그 감정을 낱낱이 파헤쳐 볼 용기가 없었지만, 돌이켜 보면 그 간절함에는 끔찍한 일이 벌어질지도 모른다는 막연한 예감도 뒤섞여 있었소. 그래서 가슴이 시큰거렸던 거요.

제20장

　어느 저녁, 나는 작업실에 앉아 있었소. 해가 지고 바다에서 달이 막 뜨던 참이었소. 작업하기엔 어두워서, 일을 밤에 이어서 할까 아니면 계속해서 빨리 결론을 낼까 고민하며 쉬고 있었소. 그때 이런저런 생각이 연이어 떠오르면서, 내가 하는 일이 어떤 결과를 초래할지에 관한 데까지 생각이 미쳤소. 3년 전 나는 같은 작업을 통해 악마를 만들어 냈고, 그놈의 잔학무도한 범죄로 인해 내 가슴은 텅 비었다가 쓰라린 후회로 가득 차게 되었소. 이제 나는 또 다른 존재를 만들려 하는 참인데, 나는 이번에도 그 새로운 존재의 성격이 어떨는지 알지 못했소. 이 계집은 그놈보다 만 배는 더 악랄하고 살인과 파괴 그 자체를 즐길 수도 있잖소. 그놈은 인간이 사는 땅을 떠나 홀로 떨어져 숨어 살겠다고 맹세했지만, 그 계집은 맹세하지 않았소. 더구나 그 계집 역시 사유하고 추론할 수 있는 짐승일진대, 자신이 만들어지기도 전에 이루어진 합의에 따르기를 거부할 수도 있소. 심지어 서로를 싫어할 수도 있겠지. 그 괴물 녀석은 이미 자신의 기형적인 외형을 역겨워하는데, 여자의 몸을 한 존재가 자신과 마찬가지의 외형이라면 더 역겨워할 수도 있지 않겠소? 그 계집도 인간의 아름다운 외형을 보고 그놈에게 혐오감을 느낄지 모르오. 그래서 그 계집이 그놈을 떠나면 그놈은 다시금 혼자가 되오. 그럼 동족에게 버림받았다는 사실이 그를 더 크게 자극할 거요.

그들이 유럽을 떠나 인적 없는 새로운 곳에서 산다 하더라도, 그 악마가 그토록 갈구하던 타인과의 교감, 그 첫 번째 결과는 자식일 게 분명하오. 그리되면 존재만으로 인류를 공포로 몰아넣고, 인류의 미래마저 위태롭게 할 악마 종족이 전 세계로 퍼져 나가는 건 시간문제요. 나 하나 마음 편해지자고 먼 미래의 후손들에게까지 저주를 내리는 게 옳은 일일까? 나는 내가 만든 존재의 궤변에 감동한 바 있소. 그건 나도 모르는 사이 교묘한 계략에 말려든 거요. 나는 그제야 처음으로 내가 한 약속이 얼마나 끔찍한 것인지 깨달았소. 후손들이 나를 벌레만도 못한 놈이라고 욕할 생각을 하니 몸이 덜덜 떨렸소. 나를 자신의 평안과 전 인류의 생사를 맞바꾼 이기적인 놈으로 여길 테니까.

떨리는 가슴을 진정시킬 수 없어 고개를 들었는데 여닫이 창 앞에 그 악마가 달빛을 받으며 서 있는 게 보였소. 그놈은 자기가 내준 과제를 내가 성실히 해내고 있는 걸 확인하곤 나를 바라보며 섬뜩한 웃음을 지었소. 그렇소. 그놈은 내

내 나를 따라왔던 거요. 숲에서 어슬렁거리거나, 동굴에 몸을 숨기거나, 사람 발길이 닿지 않는 큰 덤불에서 휴식을 취하는 식으로 말이오. 그리고 이제 작업이 얼마나 진행됐는지 확인하고 약속의 이행을 재촉하러 모습을 드러냈던가 보오.

그놈을 보고 있자니 놈의 얼굴에서 악의와 배반의 기미를 여실히 느낄 수 있었소. 그놈과 닮은 존재를 또 만들어 내겠다는 약속은 미친 짓이라는 생각이 들었소. 나는 격정에 사로잡혀 몸을 부들부들 떨면서 이제껏 작업하던 것들을 조각조각 찢어 버렸소. 그놈은 앞으로 행복을 주리라 생각했던 존재가 산산이 조각나는 걸 보더니 절망과 원한에 찬 끔찍한 포효를 내지르며 물러났소.

나는 작업실에서 나가 문을 잠그고 다시는 작업을 재개하지 않겠노라 엄숙히 다짐했소. 그리고 나서 후들거리는 다리를 끌고 다른 방으로 갔소. 나는 혼자였소. 두려운 망상에 짓눌려 신음하는 나를 구해 주고 어둠을 몰아내 줄 사람이 내 곁에는 없었소.

몇 시간이 지나고 나서도 나는 창가에 남아 바다를 내다보고 있었소. 모든 것이 정지된 것 같았소. 바람이 잦아든데다 적막한 달빛 아래 만물이 잠든 시간이었으니까. 멀리점처럼 보이는 고깃배 몇 척이 물 위에 떠 있었고, 이따금 잔잔한 바람이 불 때마다 어부들이 서로를 부르는 목소리가 실려 오긴 했지만 말이오. 아무 소리도 나지 않는 것은 아니었지만 나는 고요함을 느꼈소. 그러다 문득 근처 해안에서 노 젓는 소리가 들리더구려. 곧이어 한 사람이 배에서 내리더니 내 숙소로 다가오는 소리도 들렸소.

몇 분 지나지 않아 누군가가 조심스럽게 문을 여는 듯 내 숙소 대문이 삐걱대는 소리가 들렸소. 머리부터 발끝까지 바들바들 떨렸소. 불길한 예감에 나는 멀지 않은 곳에 사는 농부를 깨우려고 했소. 하지만 무서운 꿈을 꿀 때 눈앞에 닥친 위험을 피하고자 달아나려 해 봐도 다리가 땅에 뿌리 내린 것 같은 느낌 있잖소. 그런 것처럼 몸이 도통 마음처럼 움직이질 않았소.

발소리가 복도를 따라 점점 가까워지더구려. 문이 열리더니 내가 두려워하던 존재, 그놈이 모습을 드러냈소. 그놈은 문을 닫고 내게로 다가와 잠긴 목소리로 말했소.

"당신은 겨우 시작한 작업을 망쳤습니다. 무슨 뜻입니까? 함부로 약속을 깨겠다는 겁니까? 저는 역경도 절망도 모두 감내했습니다. 당신과 함께 스위스를 떠났고, 라인강 기슭을 따라 은밀히 이동했으며, 버드나무 섬의 봉우리를 넘고 또 넘었습니다. 수개월간 잉글랜드의 황야와 스코틀랜드의 황무지에서 지냈기도 했지요. 말도 못하게 힘들었고, 추위와 굶주림도 견뎌야 했습니다. 그런데도 감히 제 희망을 깨부순단 말입니까?"

"물러가라! 그래, 약속을 깨겠다. 네놈 같은 존재는, 네놈처럼 흉측하고 사악한 존재는 맹세컨대 다시는 만들지 않을 것이다."

"넌 내가 시키는 대로 해야 해! 일전엔 창조주로 대접하며 설득하려고도 했지만, 넌 내가 고개를 조아릴 필요도 없을 정도로 가치 없는 존재라는 걸 스스로 증명해 냈어. 내 능력을 잊지 마. 지금 네가 비참하다고 생각하나 본데, 나는 네가 아침이 오길 두려워할 정도로 더 비참하게 만들 수 있어. 네가 날 만들었을진 몰라도 네 주인은 나야. 내 말을 따르란 말이다!"

"내가 우유부단하게 고민만 하던 시간은 지나갔다. 그러니 이제 네 순서다. 네가 무슨 협박을 한대도 나는 결코 사악한 짓을 하지 않을 것이다. 오히려 네가 협박할수록 네게 악행의 동반자를 만들어 주지 않겠다는 결심이 굳건해진다. 내가 미치지 않고서야 죽음과 파멸을 즐기는 악마를 이 세상에 풀어놓을 것 같으냐? 썩 꺼져라! 내 결심은 확고하다. 네 말은 내 화를 돋울 뿐이다."

괴물은 내 표정에서 단호함을 읽어 내고는 화를 참지 못해 이를 갈았소. 그놈이 소리쳤소.

"모든 남자가 품에 안을 아내를 얻고 모든 짐승이 짝을 두거늘 나는 혼자여야 한다고? 한때 나도 애정이란 감정을 가졌으나, 내가 건넨 감정은 혐오와 경멸로 되돌아왔어. 이봐, 인간! 듣고 싶진 않겠지만 이건 알아 둬! 앞으로는 시간 가는 게 두렵고 절망스러울 거야. 조만간 벼락이 내리쳐 네게서 행복을 영원히 빼앗아 갈 테니까. 내가 절망의 바닥에서 아등바등 기어 다니는데도 네가 행복할 줄 알았어? 네가 내 다른 욕망을 다 날려 버릴 수 있다 해도 내 복수심만은 못 건드려. 그래, 복수. 앞으로는 내게 빛과 음식보다 복수가 더 소중해지겠지! 내가 죽는 한이 있어도 그 전에 먼저 나를 멋대로 다루고 괴롭혔던 네가 비참한 네 현실을 비추는 태양을 향해 욕을 퍼붓게 만들고 말 테다. 잘 알아 둬. 나는 두려움이 없기에 무시무시해질 수 있어. 나는 약삭빠른 뱀처럼 독을 쏠 때만 기다리며 지켜볼 거야. 인간, 너도 그때가 되면 네가 나한테 얼마나 큰 상처를 줬는지 깨닫고 후회하게 되겠지."

"그만해라, 이 악마야! 악의에 찬 말로 이곳을 더럽히지 마. 내 결심은 분명히 밝혔다. 나는 몇 마디 말로 결심을 꺾는 겁쟁이가 아니다. 물러가라. 내 마음은 확고부동하다."

"그러지. 이만 가겠어. 하지만 이건 기억해 둬. 네가 결혼식을 올리는 날 밤, 나도 네 곁에 있을 거라고."

나는 앞으로 걸어가며 목소리를 높였소.

"사악한 놈 같으니라고! 나를 죽이느니 마느니 하는 소리를 하기 전에 네 몸 간수나 제대로 해."

나는 놈을 붙들려 했으나 놈은 나를 피하더니 순식간에 집을 빠져나갔소. 몇 분 후 놈이 배에 오르는 게 보였소. 배는 쏜살같이 나아가더니 이내 파도 사이로 사라져 버렸소.

다시금 주위가 고요해졌지만, 놈의 말은 계속해서 귓전에 맴돌았소. 화를 주체할 수가 없어 내 평온을 깨트린 녀석을 쫓아가 바다에 처넣고 싶기도 하더구려. 나는 초조한 나머지 요란스럽게 방 안을 서성댔소. 그 사이에도 수만 가지 생각이 떠올라 괴롭기 그지없었소. 왜 나는 그놈을 따라가 목숨 걸고 싸우지 않았는가! 그래도 놈이 떠날 수밖에 없도록 괴롭힌 건 오히려 나였소. 그놈이 곧장 섬을 떠나 본토로 향한 건 나 때문이오. 달랠 수 없는 그놈의 복수심이 택할 다음 피해자는 누굴지 생각하며 나는 몸서리를 쳤소. 그러다 다시 놈의 말이 떠올랐소. "네가 결혼식을 올리는 날 밤, 나도 네 곁에 있을 거라고." 그러니까 이 말은 결혼식 날이 내 운명의 마지막 날이 될 거라는 뜻 아니겠소? 그때가 되어서야 나는 죽어서 그놈의 한을 풀어 주게 되겠지. 그런 생각은 두렵지 않았소. 다만 사랑하는 엘리자베스를 떠올리니, 그녀가 사랑하는 남자를 잔인하게 빼앗기고 눈물을 쏟으며 영원히 헤어 나올 수 없을 슬픔에 잠길 걸 생각하니, 몇 달 만에 처음으로 눈물이 넘쳐흘렀소. 그래서 나는 치열하게 싸워 보지도 않고 쓰러지진 않겠노라고 다짐했소.

밤이 지나고 바다에서 해가 떴소. 마음은 좀 진정이 되더구려. 분노가 절망의 심연으로 가라앉은 것을 진정이라고 말할 수 있다면 말이오. 나는 지난밤 언쟁의 무대였던 지긋지긋한 집을 나와 바닷가를 거닐었소. 내게 바다는 나와 인간을 갈라놓는, 넘을 수 없는 벽처럼 보였소. 아니, 그것이 사실로 증명되길 바라는 마음이 스멀스멀 올라왔다는 게 더 옳겠소. 솔직히 다른 끔찍한 사건 없이, 그냥 나만 그 섬의 황량한 바위 위에 지쳐 쓰러진 채로 시간이 흐르길 바랐거든. 돌아간다면 그놈의 복수심만 채워 주는 꼴이잖소. 아니면 내가 만든 악마의 손아귀에 붙들려 죽어 버린 내 소중한 사람들을 보게 되거나.

나는 사랑했던 모든 것을 잃고 절망에 빠져 안식에 들지 못하는 유령처럼 섬 주위를 어슬렁거렸소. 정오가 되어서 해가 머리 위에 오르자 나는 풀밭에 누워 깊은 잠에 빠졌소. 전날 밤을 꼬박 새워 신경이 예민해진 데다 밤새 시달린 눈이 타들어 가는 것 같았던 탓이오. 푹 자고 나니 기운이 좀 나더구려. 일어났을 땐 다시금 내가 인간과 동떨어진 존재가 아니라는 기분이 들었소. 나는 마음의 여유를 가지고 지난 일을 되짚어 보기 시작했소. 그러나 여전히 그놈의 말은 누군가의 죽음을 알리는 조종弔鐘처럼 귓가에 맴돌았소. 다 꿈인 것만 같다가도 놈의 그 말만큼은 현실처럼 생생하게 나를 짓눌렀소.

멀리서 해가 떨어지고 있는데도 나는 바닷가에 그대로 앉아 있었소. 허기가 져서 귀리 빵을 허겁지겁 먹어 치우는데 낚싯배가 내 쪽으로 다가오더니 정박하더구려. 배에 타고 있던 한 사람이 내리더니 내게 다가와 서신 뭉치를 건네주었소. 하나만 빼곤 다 제네바에서 온 것이었고, 다른 하나가 클레르발이 빨리 돌아오라고 애원하는 서신이었소. 그는 지금 있는 곳에선 별로 볼 것도, 즐길 것도 없이 시간만 낭비하고 있다며, 런던에 있는 지인으로부터 인도에서의 사업 건으로 협상을 완료해야 하니 빨리 돌아오라는 서신을 받았다고 했소. 더는 지체할 수가 없다며, 런던까지의 거리가 멀어 예상보다 일찍 도착한다고 해도 긴 여정이 될 테니 속히 돌아와 함께 이동하자고도 했소. 그러면서 내가 지내고 있는 외딴섬을 떠나 퍼스에서 만나 남부를 향해 출발하자고 간청했소. 서신을 읽고 나니 기력이 좀 나는 듯하여 나는 이틀 후 섬을 떠나기로 했소.

하지만 떠나기 전에 해야 할 일이 있었소. 생각하기만 해도 넌더리 나는 일이었지. 실험 도구를 챙겨야 하잖소. 그러려면 역겨운 작업실에 들어가야 했고, 보기만 해도 미칠 것 같은 도구에 손까지 대야 했소. 다음 날 새벽 나는 큰맘 먹고 작업실 문을 열었소. 내가 찢어 버린 반쯤 완성된 피조물의 조각이 여기저기 널브러져 있었소. 그 순간엔 마치 내가 산 사람의 몸을 난도질한 기분이었다오. 나는 마음을 다잡고 안으로 들어갔소. 손을 떨면서 실험 도구를 밖으로 가져 나오고 보니 작업 현장을 그대로 놔두고 떠났다간 농부들이 보고 경악하며 나를 의심하리란 생각이 들었소. 나는 신체 조각들과 돌을 바구니에 담았소. 그리고 그날 밤 그걸 바다에 내다 버리기로 했소. 밤이 될 때까지는 바닷가에 앉아 실험 도구를 씻고 정리했소.

악마가 내 앞에 나타난 그 밤 이후 내 감정의 변화만큼 극적인 것이 또 있을까 싶소. 이전까지 나는 비참해하면서도 결과야 어찌 되든 그 약속은 반드시 지켜야 한다고 여겼소. 하지만 이제는 눈을 가리고 있던 얇은 막을 벗어 던진 것처럼 처음으로 모든 것을 선명히 보게 되었소. 작업을 다시 시작하겠다는 생각이 들었던 적은 단 한 순간도 없었소. 그놈의 협박이 나를 짓눌러도, 이제 내가 나서서 상황을 바꿔 보겠단 생각 역시 하지 않았소. 나는 처음 만들었던 악마와 같은 종류의 또 다른 괴물을 만드는 일은 그 무엇보다 비윤리적이고 극악무도할 정도로 이기적인 일이라고 되뇌었소. 그리고 다른 결론으로 이어질 수 있는 생각을 머릿속에서 깨끗이 지웠소.

새벽 2시에서 3시 사이에 달이 머리 위에 떴소. 나는 작은 배에 바구니를 싣고 바닷가에서 6킬로미터 정도 떨어진 곳까지 나갔소. 주위는 적막했소. 육지로 돌아가는 배가 몇 척 있었지만 나는 그들과 거리를 벌릴 수 있도록 배를 조종했소. 뭐랄까, 엄청난 범죄를 저지르고서 누군가와 마주칠까 두려워하는 죄인 같은 기분이었다오. 밝게 빛나던 달이 순식간에 짙은 구름에 가렸소. 나는 주위가 어두워진 틈을 타 바구니를 바다에 던졌소. 꼬르륵하며 바구니가 가라앉는 소리가 들리기에 나는 냉큼 그곳에서 자리를 피했소. 구름이 잔뜩 낀 데다 당시 북동풍이 불기 시작하는 시기라, 날은 차도 공기는 맑았소. 머리도 식히고 기분 전환도 할 겸 나는 좀 더 뱃놀이를 즐기기로 했소. 나는 키를 육지 방향으로 고정한 뒤에 배 한쪽에서 몸을 뻗고 누웠소. 구름이 달을 가려 모든 것이 흐릿했소. 들리는 것은 오직 용골이 물살을 가르는 소리뿐이었소. 그 소리가 속삭이듯 나를 달래 주었고, 나는 금세 깊이 잠들었소.

얼마나 오랫동안 그러고 있었는지 모르겠으나, 일어나 보니 해가 벌써 꽤 높이 솟았더이다. 바람도 거세게 불어 내가 타고 있던 작은 배에 파도가 쉴 새 없이 철썩댔소. 북동풍이 불고 있어서 내가 배를 몰고 나왔던 해안으로부터 상당히 멀리 떨어진 곳까지 밀려왔더구려. 진로를 바꾸려 안간힘을 쓰던 나는 이내 그러다간 배에 물이 들어차리란 걸 깨달았소. 상황이 이렇다 보니 바람에 떠밀려 가는 것밖에 방법이 없었소. 솔직히 말하자면 약간은 무섭기도 했소. 나침반도 없는 데다 그 지역 지리를 어설프게만 익혔던 터라 태양도 별 도움이 안 됐거든. 자칫하다간 광활한 대서양까지 밀려가 주린 배를 부여잡고 괴로워하거나, 아니면 내 주위에서 일렁거며 으르렁대는 어마어마한 파도에 집어삼켜질 수도 있는 상황이었소. 이미 나는 이어질 다른 고통의 서곡을 감상하듯 수 시간째 타는 듯한 갈증 때문에 괴로워하고 있었소. 하늘에는 구름이 가득해서 바람이 밀어내도 그 자리를 다른 구름이 꿰찼소. 나는 바다를 내려다보았소. 그곳이 나의 무덤이란 생각이 들었소. 나는 울부짖었소.

"이 악마야! 네가 하기로 한 일이 이미 완성되었다!"

나는 엘리자베스, 아버지, 그리고 클레르발을 떠올렸소. 그 괴물이 피를 부르는 욕망을 채우고자 남겨진 이들에게 무슨 해코지를 할지 모르잖소. 그 생각에 나는 나락으로 떨어지듯 절망스럽고 두려운 망상에 빠졌소. 심지어 지금도 그때 생각만 하면 소름이 끼치오. 앞으로 그 일을 다시 떠올릴 필요가 없는데도 말이오.

그렇게 몇 시간이 흘렀소. 해가 수평선으로 기울면서 바람이 잦아들었고, 그만큼 파도가 부서지는 일도 줄었소. 대신 거센 너울이 일었소. 속이 울렁거려 키를 잡는 것도 힘들어질 때쯤, 남쪽에서 길게 이어지는 능선이 보였소.

몇 시간 동안 잔뜩 긴장한 탓에 녹초가 됐던 나는 갑자기 밀려든 희망에 가슴이 뜨거워지며 눈물이 솟구치는 걸 느꼈소.

우리의 감정은 참으로 변덕스럽소! 게다가 절망적인 상황에서도 삶에 집착하는 우리는 참으로 기이하오! 나는 입고 있던 옷 하나를 돛으로 달고 육지를 향해 열심히 나아갔소. 멀리서는 바위만 가득한 버려진 땅으로 보였는데, 가까이 접근하자 일궈 놓은 밭이 훤히 드러났소. 해안에는 정박한 배도 여러 척 보였소. 문득 내가 문명의 이기를 아는 사람들에게 돌아왔다는 생각이 들더구려. 나는 구불구불한 해안선을 유심히 살피다 작은 곶# 뒤로 튀어나온 첨탑을 보고 환호했소. 기력이 다한 상태였기에 나는 곧장 마을 쪽으로 배를 몰았소. 그곳에서라면 먹을 것을 쉽게 구할 수 있을 테니까 말이오. 다행스럽게도 돈도 가지고 있었다오. 곶을 끼고 돌자 관리가 잘된 작은 마을과 쓸 만한 항구가 보였소. 조난 상황을 모면할 수 있을 거라 예상하지 못했기에 너무 기뻐 가슴이 두근거리더구려. 나는 곧장 항구로 들어갔소. 내가 배를 정비하고 돛을 정리하는 사이 몇 명의 사람들이 내 주위로 몰려들었소. 그들은 내 꼴을 보고 어지간히 놀란 것 같았지만, 도와줄 생각은 하지 않고 자기들끼리 손짓을 해 가며 쑥덕대기만 했소. 딴 때 같았으면 약간은 불편했을 상황이었소. 솔직히 말하자면 그들이 영어를 쓴다는 것만 알아차렸을 뿐이었기에, 나는 영어로 말을 걸었소.

"실례하오. 이 마을 이름은 무엇인지, 여기가 어디쯤인지 좀 알려 주겠소?"

한 사내가 쉰 목소리로 대답했소.

"곧 알게 되실 거외다. 알고 보면 댁이 원하던 곳이 아닐 터인데, 어찌 됐든 내 장담하건대 숙소 고민은 안 해도 될 거요."

낯선 사람의 무례한 언사에 나는 몹시 놀랐고, 그와 함께 있는 다른 사람들이 인상을 찌푸리고 화난 표정을 짓고 있는 걸 보고 당황하기까지 했소.

"무슨 연유로 내게 막말을 하오? 내가 알기로 이방인을 박대하는 것은 잉글랜드 사람의 전통이 아니건만."

나의 말에 그 사내가 대답했소.

"잉글랜드 놈들 전통이 뭔지 내가 알게 뭐요. 여하튼 아일랜드 전통은 나쁜 놈을 싫어하는 거외다."

이 기이한 대화가 이어지는 사이 내 주위에 모인 사람들이 빠르게 늘어났소. 대부분 호기심과 분노가 뒤섞인 표정이었기에 나로서는 짜증이 일면서도 한편으로 약간은 불안했소. 나는 여관으로 가는 길을 물었으나 그 누구도 내 질문에 대답해 주지 않았소. 내가 앞으로 걸어 나가자 사람들이 따라오며 나를 둘러쌌는데, 군중의 웅성거림이 점점 커지더구려. 그때 험악하게 생긴 한 남자가 다가와 내 어깨를 치더니 말을 걸었소.

"이리로 오시오. 댁은 나와 함께 커윈Kirwin 씨 댁으로 가서 진술하셔야 하오."

"커윈 씨가 누구요? 왜 내가 진술을 해야 하오? 여기는 자유국가가 아니오?"

"거참, 당연히 정직한 사람들에겐 얼마든지 자유가 허용되오. 커윈 씨는 치안판사요. 당신은 지난밤 이곳에서 살해당한 채로 발견된 한 신사의 죽음에 관해 진술을 하게 될 거요."

남자의 말에 놀라긴 했지만 금세 나는 침착함을 되찾았소. 나는 결백하니 의심을 쉬이 풀 수 있으리라 생각했거든. 나는 군말 없이 남자를 따라 마을의 훌륭한 저택 중 하나로 갔소. 지치고 배가 고파 쓰러질 지경이었지만, 군중에게 둘러싸이다 보니 기운 없는 모습으로 있다간 불안해하거나 죄책감을 느끼는 것으로 오해받을 수 있단 생각에 나는 남은 힘을 끌어 모았소. 당시엔 잠시 후 재앙이 나를 덮쳐 경악과 절망으로 죽음이나 오욕에 관한 두려움을 모조리 지우리라고는 전혀 예상치 못했소.

이쯤에서 얘기를 잠시 멈춰야겠소. 이제부터 들려줄 끔찍한 사건의 구체적인 사항을 정확히 설명하기 위해선 기억을 되짚어야 하는데, 그러려면 엄청난 용기가 필요하거든.

제21장

얼마 후 나는 치안판사 앞에 불려갔소. 치안판사는 차분하고 정중한 태도의 인상 좋은 노인이었소. 그는 어쩐지 심각한 표정으로 나를 바라보다가, 고개를 돌려 나를 데려온 남자에게 이 사건의 증인은 누구냐고 물었소.

예닐곱 명의 사내가 나섰소. 치안판사가 한 사람을 지목하자, 지목당한 사람이 전날 밤 아들과 처남인 다니엘 뉴전트를 데리고 낚시를 갔다고 대답했소. 10시경 그들은 북쪽에서 심상치 않은 바람이 이는 걸 확인하고 곧장 항구 쪽으로 뱃머리를 돌렸다고 했소. 달이 아직 뜨지 않아 매우 깜깜했지만, 그들은 항구로 가지 않고 평소처럼 거기서 3킬로미터 정도 아래에 있는 작은 만灣에 정박했소. 그는 낚시 도구를 들고 앞서서 걸었고, 아들과 처남은 조금 떨어져서 그의 뒤를 따랐소. 모래사장을 따라 걷고 있던 그는 뭔가에 발이 걸려 그 자리에 고꾸라졌소. 아들과 처남이 다가와 그를 부축한 후 등불을 비췄더니, 발에 걸렸던 건 죽은 것처럼 보이는 웬 남자였소. 처음에 그들은 익사한 사체가 파도 때문에 해안에 밀려왔다고 생각했소. 하지만 가만히 살펴보니 옷이 젖지 않은 데다 몸에 아직 온기도 남아 있었소. 그들은 남자를 곧장 근처에 있는 노파의 집으로 데려가 살려보려 했소. 헛수고였지. 죽은 남자는 20대 중반으로 보이는 잘생긴 젊은이였소. 목에 검은 손가락 자국이 난 것 외에 다른 이상한 점이 없었기에 교살당한 게 분명해 보였소.

이 증언의 서두는 전혀 내 관심을 끌지 못했소. 하지만 손가락 자국이 언급되자 살해된 내 동생 생각이 나면서 엄청나게 불안해지더구려. 사지가 떨리더니 눈물이 차올라서 나는 의자에 몸을 기댈 수밖에 없었소. 예리한 눈으로 나를 지켜보던 치안판사는 내 태도가 미심쩍다는 걸 포착했소.

첫 증인의 아들은 아버지의 증언이 사실이라고만 말했소. 하지만 다음 증인이었던 다니엘 뉴전트는 맹세컨대 매부가 넘어지기 직전에 해안에서 멀지 않은 곳에 한 남자가 배를 타고 있는 것을 봤다고 덧붙였소. 빛이라곤 별빛뿐이어서 그때 본 배가 내가 타고 온 배와 같다는 것만 판별할 수 있다고도 했소.

한 여인은 자기가 해안 근처에 살고 있다며, 문가에서 어부들이 일 마치고 돌아오기만 기다리고 있다가 배를 탄 사내 하나가 시체가 발견된 해안 쪽에서 빠져나가는 걸 봤다고 했소. 그로부터 한 시간쯤 후에 시체가 발견됐다는 소식을 들었고 말이오.

　다른 여인은 먼저 증인으로 나섰던 어부가 죽은 남자의 시체를 자기 집으로 가져왔다며, 그의 증언이 사실이라고 말했소. 그녀의 말에 따르면 남자의 몸은 차갑게 식어 있지 않았다고 하오. 그들은 남자를 침대에 눕힌 후 몸을 문질렀고, 그 사이 다니엘은 약제상을 부르러 마을로 갔소. 하지만 남자의 생명은 이내 사그라들었소.

　다른 몇 사람은 내가 도착했던 상황에 관해 심문을 받았소. 다들 간밤에 북쪽에서 강풍이 불었던 것이 사실이라며, 아마도 내가 수 시간 동안 바람에 시달리다 출발한 곳으로 되돌아왔을 거라고 말했소. 그러면서 내가 다른 곳에서 시체를 옮겨 온 것 같다는 추측까지 내어 놓았소. 내가 주위 풍경을 알아보지 못하는 것 같았다며, 시신을 버린 장소에서 ○○마을까지의 거리를 짐작하지 못하고 입항한 것 같다고 말이오.

　이런 증언을 들은 커윈 씨는 곧 매장될 시신이 있는 방에 나를 들여보내고자 했소. 아마도 시신을 보고 내가 어떤 반응을 보이는지 확인하고 싶었던 거겠지. 모르긴 몰라도 살해 방식을 들었을 때 내가 급격히 동요하는 모습을 보고 그런 생각을 떠올린 게 아닐까 싶소. 나는 치안판사와 다른 몇 명의 사람들을 따라 여관으로 들어갔소. 사건 당일 일어난 기묘한 우연의 일치에 충격 받지 않을 수 없었지만, 시신이 발견된 시각 나는 머물렀던 섬의 주민들과 이야기를 나누고 있었기 때문에 사건의 결과에 관해서는 티끌만큼도 불안해하지 않았소.

시체가 있는 방에 들어간 나는 관 앞으로 안내되었소. 그걸 바라봤을 때 내 심정을 어찌 설명해야 할까? 지금 이 순간에도 입이 바짝 마르고, 괴로움에 몸서리치지 않고서는 그 끔찍한 순간을 떠올릴 수도 없소. 치안판사와 목격자들의 동석 하에 실시된 검시는 꿈처럼 지나갔던 것으로 기억하오. 내 눈앞에는 축 처져서 누워 있는 앙리 클레르발의 시신이 있었거든. 숨이 턱 막혔소. 나는 시신에 엎어지며 소리쳤소.

"내 친구 클레르발! 내가 벌인 권모술수가 네 목숨까지 앗아 가다니! 나로 인해 이미 두 사람이 죽었는데, 제물이 될 다른 사람도 많은데, 왜 네가! 클레르발, 내 친구여! 내 은인이여……."

인간의 몸으로는 당시 내게 쏟아지던 괴로움을 감당할 수 없는 법이오. 나는 발작을 일으켜 방에서 실려 나왔소.

발작이 가라앉은 후엔 열이 펄펄 끓었소. 나는 두 달간 죽음의 문턱을 오갔소. 나중에 듣기론 내가 미친 듯 날뛰었다고 하더구려. 윌리엄과 쥐스틴, 클레르발을 죽인 살인마가 다름 아닌 나라면서 말이오. 가끔은 간병인들을 붙들고 나를 괴롭히는 악마를 죽이도록 도와 달라고 애원도 했소. 어 떨 때는 그 괴물이 내 목을 움켜쥐었다고 생각하고 겁에 질려 고래고래 소리를 지르기도 했소. 나는 모국어로만 말했기 때문에 다행스럽게도 내 말을 알아듣는 사람은 커윈 씨하나뿐이었소. 하지만 내 행동이나 서러움에 토해 내는 비명만으로도 나를 지켜보고 있는 다른 이들이 두려움에 떨기엔 충분했소.

나는 왜 죽지 않았을까? 그 누구보다 비참했는데, 왜 모든 걸 잊고 안식에 들지 않았을까? 죽음은 막 꽃을 피우는 아이들을, 부모의 유일한 희망인 그 아이들을 거침없이 낚아채곤 하잖소. 희망으로 가득 찬 건강한 젊은이들이, 꽃다운 신랑 신부들이 한순간 구더기의 먹잇감이 되어 무덤에서 썩어 가는 일은 또 얼마나 흔하오! 그런데 나는 어찌 생겨먹은 인간이기에 수레바퀴 돌아가듯 계속 새로운 모습으로 반복되는 고문을, 그 수많은 충격적인 일들을 견딜 수 있단 말인지!

나는 살아야 하는 저주에 걸렸던 거요. 두 달 후 나는 꿈에서 깨어났소. 감옥이더구려. 나는 죄수들과 간수들, 빗장, 그리고 지하 감옥의 온갖 참혹한 풍경 속에서 형편없는 침대 위에 누워 있었소. 이렇게 정신을 차렸을 때가 아침이었던 것으로 기억하오. 처음엔 무슨 일이 있었는지 까맣게 잊

고, 그저 대단히 나쁜 일이 갑작스레 벌어졌다는 느낌만 받
았소. 하지만 주위를 둘러보다 쇠창살이 달린 창문과 내가
있던 더러운 방을 확인하니 순식간에 기억이 되돌아와 나
는 쓰라린 신음을 내뱉었소.

근처에 있는 의자에 걸터앉아 졸고 있던 한 노파가 내 신
음에 깨어났소. 그녀는 한 간수의 부인이자 돈을 받고 일하
는 간병인이었소. 그녀의 얼굴엔 보통 그 계급 사람들의 특
징으로 여겨지곤 하는 좋지 못한 요소가 가득했소. 연민 따
위 느끼지 않는, 비참한 광경을 보는 데 익숙해진 얼굴, 퉁명
스러워 보이게 하는 깊게 팬 주름, 그런 거 말이오. 목소리만
들어도 그녀가 매사에 얼마나 무관심한지 알 수 있었소. 그
녀는 영어로 내게 말을 걸었는데, 그 목소리를 듣는 순간 내
가 정신이 나갔을 때 들리던 목소리의 주인이 그녀라는 걸
알아차렸소.

"오늘은 좀 괜찮으십니까요?"

그녀의 물음에 나는 기어들어 가는 목소리로 영어를 써
서 대답했소.

"그런 것 같소. 하지만 이 모든 게 현실이라면, 이게 정말
꿈이 아니라면, 내가 아직 살아서 이 고통과 두려움을 느껴
야 하는 게 유감스러울 따름이오."

그러자 노파가 대꾸했소.

"그러니까 지금 나리가 죽인 신사분 얘기를 하시는 거라면, 쇤네 생각에도 나리는 죽는 게 낫다고 생각합니다요. 앞으로는 험한 꼴만 보게 되실 테니까요! 뭐, 그거야 쇤네가 참견할 바는 아니지만 말입니다. 쇤네는 나리를 간호해서 쾌차시키라고 불려 왔으니, 양심에 따라 맡은 일만 열심히 하는 겁니다요. 다들 이렇게만 해도 세상이 잘 굴러가런만."

생사의 기로에 있다가 막 정신을 차린 사람에게 막말을 내뱉는 여인이 괘씸하여 나는 고개를 돌렸소. 기운도 없고 지난 일도 잘 떠오르지 않더구려. 내 지난 삶 모두가 다 꿈만 같았소. 가끔은 그 모든 게 실제로 일어났던 일인지 의심하기도 했다오. 지난 일 중 그 무엇도 현실감 있게 느껴지지 않았기 때문이오.

눈앞에 떠다니는 환각이 선명해지더니 열이 올랐소. 내 주위에 어둠이 꽉 들어찼지. 그 누구도 곁에서 다정한 목소리로 날 달래 주지 않았소. 그 누구도 따뜻한 손길로 날 어루만져 주지 않았소. 의사가 와서 약을 처방했고, 노파는 내가 약을 먹을 수 있도록 준비해 주었소. 처음엔 내 상태에 일절 관심을 두지 않는 노파의 무심함만 눈에 들어왔소. 그 다음엔 그 얼굴에 훤히 드러난 잔인함이 보였고 말이오. 하긴 사형집행인이야 살인범을 죽이고 돈이라도 받으니 또 몰라도, 그 외의 사람 중에서 살인자의 처지에 관심 가질 사람이 누가 있겠소?

　이런 생각을 하고 있던 나는 얼마 지나지 않아 커윈 씨가 나를 대단히 배려해 주고 있다는 걸 알게 됐소. 그는 감옥에서 제일 좋은 방(형편없었지만 그래도 제일 좋은 방인 건 분명했소)에 나를 수감했소. 의사와 간병인을 붙여 준 것도 그였소. 사실 그가 나를 보러 오는 경우는 드물었는데, 절망에 빠진 인간의 고통을 덜어 주고자 하는 열의는 컸으나 미쳐 날뛰는 살인자를 마주하고 싶지는 않았던 모양이오. 그래서 가끔 내가 제대로 치료를 받고 있는지 확인하러 오기는 했으나, 잠깐 들렀다가 가는 게 전부였고, 그나마도 어쩌다 한 번씩일 뿐이었소.

　조금씩 회복하고 있던 어느 날, 나는 죽은 사람처럼 시퍼런 얼굴로 의자에 앉아서 눈을 반쯤 감고 있었소. 우울감에 잠식돼 내게 절망스럽기만 한 이 세상에 남는 것보다 차라리 그냥 목숨을 내놓는 게 낫다는 생각을 수시로 하고 있을 때였소. 그러다 문득 내가 비록 가엾은 쥐스틴만큼 결백하진 않다고 하더라도, 그냥 내게 씌워진 혐의를 인정하고 처벌을 달게 받는 건 잘못된 일 아닌가 하는 생각이 들었소. 그런 생각을 하고 있는데 문이 열리더니 커윈 씨가 들어왔소. 내가 가엾고 애처롭다는 표정을 하고 있더구려. 그는 의자를 끌고 와 내 곁에 앉더니 프랑스어로 말을 걸었소.

"자네한테는 이곳이 너무 조악할까 봐 염려스럽구먼. 내가 어떻게 해 주면 좀 나을 것 같은가?"

"감사합니다. 하지만 저한테는 뭐든 아무 상관이 없습니다. 제 손에 무엇이 주어진다 한들, 제게 위안을 줄 수 있는 건 없으니까요."

"자네처럼 기이한 불운에 시달린 사람에게 낯선 이의 연민은 별 위로가 되지 않을 줄 아네. 하지만 조만간 이 음울한 곳에서 나가게 될 게야. 암, 그래야지. 자네의 혐의를 벗겨 줄 확실한 증거가 나왔거든."

"그런 문제에는 관심 없습니다. 이상한 사건이 이어져 지금 저는 그 누구보다 비참합니다. 그동안, 그리고 지금 이 순간에도 고문과 다를 바 없는 끔찍한 고통에 시달리고 있는데, 그런 제가 죽음을 두려워하겠습니까?"

"최근에 기묘한 우연으로 일어난 일은 실로 불행한, 그리고 끔찍한 사건이었네. 이 지역은 이방인을 환대하기로 유명한 곳인데, 그런 곳에 우연히 떠밀려 온 자네가 곧장 체포되어 살인 혐의를 썼으니 당연하지. 게다가 오자마자 본 게 벗의 시신이지 않은가. 그것도 웬 악마 같은 인간이 자네보다 이곳에 먼저 도착해 이해하기 힘든 방식으로 자네의 벗을 죽였고 말이야."

커윈 씨가 이렇게 말하는 사이, 나는 괴로운 기억이 떠올라 크게 동요하면서도 한편으로는 그가 나에 관해 잘 알고 있는 것 같아 상당히 놀랐소. 내가 놀라워하는 게 표정으로 드러났는지 커윈 씨가 서둘러 말을 이었소.

"자네가 쓰러지자마자 자네가 소지하고 있던 서류를 가져와 확인했네. 자네의 사정과 상태를 알릴 가족의 주소를 찾기 위해서였네. 몇 통의 편지를 살펴보던 중 나는 한 편지의 서두를 읽자마자 그게 자네의 부친이 쓴 것임을 알아차렸네. 나는 곧장 서신을 써서 제네바로 부쳤네. 그런 지도 벌써 두 달이 다 되어 가는군. 그나저나 자네 몸 상태가 영 좋지 않아. 지금도 떨고 있지 않은가. 어떤 이유로든 마음의 동요가 생기면 몸이 버티질 못하는 모양이구먼."

"이런 식의 불안감이 실제로 벌어진 끔찍한 일보다 수천 배 더 괴롭습니다. 혹시 누가 또 살해됐습니까? 죽은 사람이 누구죠?"

그러자 커윈 씨가 다정하게 대답했소.

"자네 가족은 무사하네. 그리고 자네를 만나러 온 사람도 있어. 자네가 아는 사람이지."

어쩌다 그런 생각을 하게 됐는지 모르겠으나, 순간 그 괴물 녀석이 내 처지를 조롱하기 위해서, 그리고 클레르발의 죽음을 놓고 나를 비웃으며 놈의 끔찍한 바람대로 내가 다시 작업에 착수하도록 만들기 위해서 나를 찾아왔다는 생각이 들었소. 나는 두 눈을 가리고 처절한 비명을 내질렀소.

"맙소사! 그놈을 내보내십시오! 나는 그놈 못 봅니다. 절대로 여기 못 들어오게 하란 말입니다!"

커윈 씨는 염려스러운 표정으로 나를 바라보았소. 내가 그러는 게 죄책감 때문이라고 생각할 수밖에 없었던 거요. 그는 다소 무거워진 목소리로 말했소.

"이렇게 불쾌해하며 야단법석을 떨 줄은 몰랐구먼. 아버지가 오셨다면 반가워할 줄 알았지."

"아버지라고 하셨습니까?"

괴로움이 순식간에 기쁨으로 바뀌며 찌푸렸던 인상이 펴졌고, 긴장으로 움츠러들었던 몸이 펴졌소.

"정말 아버지가 오셨다고요? 고맙습니다! 정말 고맙습니다! 그나저나 아버지는 어디 계십니까? 왜 빨리 들어오지 않으십니까?"

내 태도가 바뀌자 그는 놀라워하면서도 기뻐했소. 아마 일순간 예전처럼 환각을 보았던 게 아닐까 하고 생각했던 모양이오. 그는 다시금 들어올 때처럼 인자한 표정을 되찾았소. 그는 자리에서 일어서더니 간병인을 데리고 나갔소. 그리고 잠시 후 아버지가 안으로 들어왔소.

그 순간 아버지가 왔다는 사실보다 더 기쁠 일이 있었을까 싶소. 나는 아버지를 향해 손을 뻗으며 소리쳤소.

"그럼 아버지는 무사하신 거죠? 엘리자베스는요? 에르네스트는요?"

아버지는 다들 잘 지내고 있다며 나를 진정시켰소. 그리고 내가 좋아할 얘기만 하면서 내 기운을 북돋아 주려 애썼소. 하지만 이내 아버지도 감옥은 기운을 낼 수 있는 공간이 아니라는 사실을 알아차렸소.

아버지는 서러운 얼굴로 쇠창살 달린 창문과 볼품없는 방안을 둘러보았소.

"내 아들이 이런 곳에서 지내다니! 행복을 찾아 시작한 여행인데 외려 죽음이 널 쫓았구나. 가엾은 클레르발은……."

내 쇠약해진 몸과 마음으로는 불행히 살해당한 벗의 이름을 들었을 때 생기는 동요를 감당하기 어려웠소. 나는 눈물을 쏟았소.

"하! 그렇습니다, 아버지. 저는 아주 지독한 운명에 매여 있어요. 그 운명에 따르자면 저는 살아야 합니다. 그게 아니라면 앙리의 관 앞에서 이미 죽었을 테지요."

아버지와의 대화는 그걸로 끝이었소. 내 상태가 위태로워 어떤 방법으로든 안정을 찾는 게 우선이었기 때문이오. 커윈 씨가 오더니 무리하다가 쓰러지면 안 된다고 말했소. 그래도 아버지의 모습이 내게는 천사나 마찬가지여서, 이후로 나는 조금씩 건강을 회복했소.

몸 상태가 좀 나아지자 나는 그 무엇으로도 옅어지게 할 수 없는 칠흑 같은 우울감과 서러움에 물들었소. 살해당한 클레르발의 섬뜩한 모습은 계속해서 눈앞에 어른거렸고 말이오. 이런 감정으로 있다가 경기를 일으켜 나를 아끼는 사람들에게 걱정을 끼친 것이 한두 번이 아니라오. 아! 대체 왜 그들은 비참하고 지긋지긋한 내 목숨을 지키려고 한 걸까? 분명 운명을 받아들이란 뜻이었겠지. 이제 그날도 머지않았소. 조만간, 그래, 조금만 더 있으면 죽음이 이 맥박을 멈출 거요. 그리고 나를 짓이겨 산산이 부서트리던 어마어마한 고통, 그 고통에서 나를 해방할 거요. 정의를 실현한 대가로 나는 안식에 들게 되겠지. 하지만 그 당시 내게 죽음이란 멀게만 보였소. 죽기를 바라는 마음은 늘 품고 있었지만 말이오. 이따금 나는 몇 시간 동안 말없이 가만히 앉아 엄청난 일이 터져서라도 나와 그놈이 잔해 속에 파묻히길 바라곤 했소.

순회재판 개정기가 다가왔소. 이미 3개월간 갇혀 있던 터였소. 재판이 열리는 가장 가까운 마을도 160킬로미터가량 떨어져 있었는데, 체력은 여전히 바닥인 데다 툭하면 재발의 기미를 보인다고는 해도 나는 거기까지 가야 했소. 커윈 씨는 증인을 구하거나 내 변호 준비를 직접 나서서 일일이 도와줬소. 사건이 사형 여부를 따지는 수준까지 가지 않아 대중 앞에 범죄자로 서게 되는 오욕은 면했소. 시신이 발견된 시각에 내가 오크니제도에 있었다는 게 입증된 걸 확인한 대배심이 공소를 기각한 덕이오. 공소가 기각되고 2주 후 나는 석방되었소.

아버지는 내가 혐의를 벗고 다시금 신선한 공기를 마시며 귀국할 수 있게 되었다는 사실에 기뻐 어쩔 줄 몰랐소. 나는 함께 기뻐할 수가 없었는데, 나로서는 지하 감옥이나 궁전이나 싫은 건 매한가지였기 때문이오. 삶이란 잔에 떨어진 독은 영원히 사라지지 않는 법이거든. 햇살은 행복하고 유쾌한 사람들뿐 아니라 내게도 비추었지만, 내 주위엔 온통 그 어떤 빛으로도 뚫을 수 없는 무시무시한 어둠만 빽빽이 들어차 있었소. 보이는 것은 오직 나를 향해 번뜩이는 두 눈뿐이었소. 가끔 그 눈은 죽어서 생기를 잃은, 검고 긴 속눈썹과 눈꺼풀에 가려지다시피 한 짙은 앙리의 눈처럼 보였소. 또 가끔은 잉골슈타트의 내 방에서 처음 보았던 축축하고 흐릿한 그 괴물 놈의 눈처럼 보이기도 했소.

아버지는 내 안에 잠들어 있는 애정이란 감정을 깨우려 했소. 곧 돌아갈 제네바나 엘리자베스, 에르네스트에 관한 이야기를 꺼내면서 말이오. 하지만 이런 말을 들을 때마다 나는 깊은 신음만 내뱉을 뿐이었소. 물론 어쩌다 한 번씩 행복이 간절하다고 느끼기도 했고, 사랑하는 사촌을 떠올리며 구슬픈 기쁨을 느끼기도 했소. 진한 향수에 젖어 어린 시절 내게 너무도 소중했던 푸른 호수와 거세게 흐르는 론강을 한 번만 더 보고 싶다는 생각도 했고 말이오. 하지만 기본적으로 나는 무기력한 상태여서 감옥이든 아름다운 자연이든 내게는 다를 바가 없었소. 이따금 괴로움과 절망 때문에 발작하는 경우를 제하면 대부분 그런 상태였지. 발작이 일면 때때로 나는 역겨운 삶을 끝내려고도 했소. 그러다 보니 내가 끔찍하게 자해하는 것을 막기 위해 항상 누군가가 곁에서 날 지켜보며 보살펴야 했다오.

하지만 내게는 여전히 해야 할 일이 하나 남아 있었기 때문에, 그 생각으로 나는 이기적인 내 절망을 이겨 냈소. 지체 없이 제네바로 돌아가 그 무엇보다 소중한 가족을 지키고 그 살인마를 기다려야 했거든. 생김새도 흉측하지만, 내가 부여한 거짓된 영혼 때문에 더 흉악하게 여겨지는 그놈과 만나야만 하잖소. 내가 운 좋게 놈의 은신처를 찾아내든, 아니면 그놈이 주제넘게 다시 한 번 나를 위협하러 찾아오든, 다시 마주쳤을 때 그 괴물 같은 놈을 죽이겠다는 단 한 가지 목적으로 끝장을 볼 수 있도록 말이오. 아버지는 제네바로 돌아가는 일정을 미루고 싶어 했소. 내가 인간의 형체만 갖춘 유령처럼 보일 정도로 기력 없는 병자 꼴을 하고 있었기 때문에 여행으로 인한 피로를 감당하지 못할까 봐 염려했던 거요. 실제로 남은 힘은 하나도 없었소. 피골이 상접한 데다 밤낮으로 오르는 열이 그렇지 않아도 기력 없는 육신을 좀먹고 있었지.

그런데도 내가 불안해하고 초조해하며 한시라도 빨리 아일랜드를 떠나려고 하자 아버지도 내 뜻에 따라 주는 게 최선이라고 생각하게 됐소. 우리는 르아브르Havre-de-Grace행 배에 올랐고, 순풍을 받으며 아일랜드를 떠났소. 자정쯤이었을 거요. 나는 갑판에 누워 별을 바라보며 파도 소리에 귀를 기울이고 있었소. 깜깜한 어둠 덕에 아일랜드가 시야에서 사라져 더할 나위 없이 행복했고, 곧 제네바를 본다는 생각에 기뻐서 가슴이 두근거렸소. 하지만 순간 지난 일이 악몽처럼 머리를 스치더구려. 바다로 둘러싸인 배 위에서 지긋지긋한 아일랜드로부터 나를 멀어지게 하는 바람을 맞고 있자니 그 모든 것들이 내게 목청을 높이는 것 같았소. 그 어떤 환영도 나를 속이지 못한다고, 내 벗이자 소중한 동료였던 클레르발은 나와 내가 만든 괴물 때문에 희생되었다고 말이오. 나는 기억을 헤집으며 내 인생 전체를 되돌아보았소. 제네바에서 가족과 함께 지내며 행복해하던 평화로운 시절, 어머니의 죽음, 그리고 잉골슈타트로 향하던 날까지 떠올렸소. 이제 원수가 되어 버린 그 괴물 녀석을 완성하려던 내 광기 어린 열정을 생각하니 소름이 끼쳤소. 나는 그놈이 처음 눈을 뜬 그날 밤도 떠올렸소. 그러다 수천 가지 감정에 짓눌려 서글픈 울음이 터지는 바람에 나는 생각을 더 이어갈 수 없었소.

감옥에서 제정신을 차린 이후 나는 매일 밤 아편팅크 소량을 섭취하고 있었소. 목숨을 부지하려면 잠을 자야 하는데, 약을 먹어야만 잠을 잘 수가 있었기 때문이오. 그날은 불운했던 여러 기억에 짓눌렸기에 평소 먹는 양의 두 배를 먹고 곧바로 곯아떨어졌소. 하지만 잠이 들어도 비참한 기억에서 자유로울 순 없었소. 나를 두렵게 하는 수많은 것들이 꿈에 등장했던 탓이오. 어스름한 새벽엔 악몽에 시달렸소. 내 목을 움켜쥔 그 악마의 손아귀에서 빠져나오지 못하고 버둥대는 꿈이었소. 그놈의 신음과 포효가 귓전에 쟁쟁했소. 나를 지켜보고 있던 아버지는 악몽에 시달린다는 걸 알아채고 나를 깨웠소. 파도가 철썩대는 소리가 들리고 구름 낀 하늘이 보이더구려. 그 악마는 거기 없었소. 나는 안도했소. 현재와 거부할 수 없는 참혹한 미래 사이에 휴전이 선언된 것 같은 느낌이었거든. 덕분에 나는 모든 걸 잊고 차분해질 수 있었소. 인간은 본디 망각하는 존재니까 말이오.

제22장

    긴 항해가 끝났소. 우리는 하선하여 파리로 향했소. 나는 얼마 지나지 않아, 몸을 하도 혹사한 탓에 여행을 계속하려면 먼저 쉬어야 한다는 걸 깨달았소. 아버지는 지치는 일 없이 계속해서 나를 염려하며 보살폈소. 하지만 아버지는 내 고통의 근원을 알지 못했기에, 내 병은 치유될 수 없다는 걸 모른 채 나를 낫게 하고자 소용없는 방법만 찾아 헤맸소. 아버지는 내가 사람들과 어울리는 즐거움을 느끼길 바라기도 했소. 나는 사람 얼굴이 혐오스러웠소. 아, 혐오스러웠던 것은 아니오! 사람들은 내 이웃이자 내 종족인데 그럴 리가 있겠소. 세상에서 가장 역겨운 인간이라 할지라도 내겐 천사의 마음과 신의 육신을 닮은 존재라는 이유만으로 아름답게 느껴졌다오. 다만 나는 그들과 어울릴 자격이 없다고 느낀 거요. 그들이 피를 쏟고 신음을 토해 내는 것에서 기쁨을 느끼는 괴물을 그들 사이에 풀어놓은 게 바로 나니까. 천벌을 받아 마땅한 내 행동과 나로 인해 벌어진 끔찍한 사건들을 사람들이 알게 된다면, 모두가 날 역겨워하며 당장 잡아들이려고 곳곳을 들쑤실 게 분명하잖소!

아버지는 사람들과의 만남을 피하려 하는 내 의사를 따라 주면서도, 내가 절망감을 떨칠 만한 온갖 이야깃거리를 찾았소. 내가 살인자라는 누명을 써서 억울해하는 줄 알았는지 몇 번은 내게 자존심 같은 건 다 쓸데없다며 일장 연설을 늘어놓기도 했소.

"맙소사! 아버지는 아무것도 모르십니다. 저 같은 쓰레기가 자존심을 세운다면 인간의 감정과 열정은 실로 하찮아지고 말 거예요. 쥐스틴은 저만큼이나 결백했습니다. 네, 불운한 쥐스틴 말입니다. 그 가엾은 아이 역시 저처럼 누명을 썼어요. 그리고 결국 살인 혐의로 사형되고 말았죠. 제가 그렇게 만든 겁니다. 제가 그 아이를 죽인 거예요. 윌리엄도, 쥐스틴도, 앙리까지도, 모두 제 손에 죽은 거라고요."

아버지는 내가 감옥에 갇혀 있는 동안에도 이런 소리를 하는 걸 자주 들었소. 내가 이렇게 자책하면 아버지는 자세한 설명을 원하는 것 같았는데, 그러다가도 가끔은 내가 환각을 보고 이상한 소리를 늘어놓는 것으로 치부했소. 실제로 감옥에서 정신이 오락가락했을 때, 그 당시의 일 중 기억하는 건 이런 것뿐이오. 어쨌든 나는 아버지가 원하는 설명을 피하면서, 내가 만든 괴물에 관한 것은 계속 비밀에 부쳤소. 그 얘기를 했다간 내가 미쳤다고 생각할 게 틀림없었기에 입을 틀어막을 수밖에 없었지. 게다가 사실을 알고 나면 내게 실망하면서 가슴속에 비정상적인 두려움만 품게 될 사람에게 비밀을 털어놓을 자신도 없었소. 이런 이유로 나는 누군가의 이해가 절실했음에도 꾹 참고, 온 세상에 그 끔찍한 비밀을 모두 털어놓을 수 있을 때까지 침묵했소. 다만 내가 아버지에게 했다는 말처럼, 가끔은 묘한 말이 튀어나오는 걸 제어하지 못할 때가 있었소. 그 말이 무슨 뜻인지 설명한 적은 없소. 그래도 조금이나마 진심을 토해 낸 덕에 말 못 하는 근심을 어느 정도 덜 수 있었다오.

내가 이럴 때마다 아버지는 당혹스러워하며 말했소.

"빅터, 무엇에게 홀려서 이러는 거냐? 아들아, 부탁이다. 제발 그런 소리는 다시 하지 말아라."

나는 힘주어 말했소.

"저는 미치지 않았습니다. 제가 무슨 일을 벌였는지 하늘이 알고 땅이 압니다. 무고하게 희생된 그들을 죽음으로 몰아넣은 게 바로 접니다. 제 계략 때문에 그들이 죽은 거예요. 그들을 되살릴 수만 있다면 제 남은 피 한 방울까지 모두 쥐어짤 수도 있습니다. 하지만 그 짓만은 못 합니다, 아버지. 이 세상 모든 사람을 희생시킬 순 없다고요."

이야기의 결론이 이상하게 흘러가자 아버지는 내가 제정신이 아니라고 생각하고 곧바로 대화의 주제를 바꾸어 내가 다른 생각을 하도록 유도했소. 아버지는 아일랜드에서 있었던 일에 관한 기억을 최대한 지우고자 했기에, 그 일이 기억날 만한 여지가 있는 말은 입에 올리지도 않았고, 내 속사정을 캐내려 들지도 않았소.

시간이 지나면서 나는 좀 더 진정되었소. 비참한 심정은 여전했지만, 그래도 내가 벌인 짓에 관해 횡설수설하지는 않았거든. 아버지가 내게 뭔가 심상치 않은 일이 있었다는 걸 아는 것만으로 위안이 되었던 모양이오. 가끔 온 세상에 진실을 밝히고 싶었을 때도 있소. 그래서 이상한 소리가 튀어나올 것 같을 때마다 나는 그 상황을 막기 위해 극단적으로 자해를 시도했소. 그러면 샤모니 계곡의 몽탕베르에서 그놈을 만난 이후 그 어떤 때보다 훨씬 차분해지고 마음이 편해졌소.

파리에서 스위스로 출발하기 며칠 전에 엘리자베스로부터 이런 편지를 받았소.

· · · ·

사랑하는 나의 벗에게

숙부님께서 파리에서 보내신 서신을 받고 얼마나 기뻤는지 몰라. 이제는 네가 아주 멀리 있지 않으니, 어쩌면 2주 이내에 보게 될 수도 있겠다. 그동안 너는 얼마나 괴로웠을까! 그러고 보니 너, 제네바를 떠날 때보다 훨씬 초췌해졌겠다. 이번 겨울은 그 어느 해보다 괴로웠어. 어쩌나 불안했던지 하루하루 보내는 게 고문이었거든. 어쨌든 네 표정이 어둡지만은 않기를, 네 안에서 평온과 평정심이 완전히 사라지지 않았기를 바랄 따름이야.

1년 전에 너를 괴롭히던 그 감정이 여전할까 봐, 어쩌면 시간이 흐르면서 더 커졌을까 봐, 그게 두렵기는 해. 끔찍한 일이 너무 많았는데, 그 모든 걸 네가 감당해야 하는 이 시점에 괜한 소리를 해서 널 심란하게 만들진 않으려고 했어. 하지만 숙부님께서 제네바를 떠나시기 전에 하신 말씀이 있어서, 우리가 만나기 전에 너한테 먼저 설명해야 할 것 같아.

설명이라니! 너는 이렇게 말할지도 모르겠다. 엘리자베스가 설명해야 할 일이 대체 뭐지? 네가 실제로 이렇게 말했다면 내 질문에 대한 답은 나온 셈이고, 내가 가진 의구심도 모두 해소될 거야. 하지만 지금 너는 나한테서 떨어져 있잖아. 그러니 내 설명을 들으면 기쁘면서도 두려움이 앞설는지 나로서는 모를 일이지. 설령 그렇다고는 해도 더 미룰 순 없을 것 같아. 네가 없는 사이에도 수시로 너한테 내 마음을 전하고 싶었거든. 차마 글로 옮길 용기가 없었을 뿐이지.

예전부터 숙부님과 숙모님께서는 우리가 언젠가 부부가 되길 바라셨어. 빅터, 너도 그건 잘 알 거야. 우리는 어렸을 때 그 얘길 들은 적이 있고, 이후로도 우리가 결혼하는 게 당연하다고 배워 왔으니까. 어린 시절 우린 참 좋은 친구였어. 그리고 커 가면서도 우리는 서로에게 소중하고 값진 벗이 되어 줬다고 믿어. 하지만 남매간에도 그런 애정을 품는 경우는 있잖아. 더 친밀한, 남녀 간의 관계를 원하지 않을 뿐. 우리도 그런 건 아닐까? 말해 줘, 빅터. 서로의 행복을 위해서라도 진실을 말해 줬으면 해. 사랑하는 다른 사람이 있니?

너는 오랫동안 집에서 떠나 있었잖아. 몇 년간은 잉골슈타트에서 보냈지. 솔직히 말하자면 지난가을에 본 너는 정말 불행해 보였어. 그 누구와도, 그 무엇과도 어울리지 않으려 하면서 혼자서 나돌기만 했잖아. 네가 우리 둘의 관계를 탐탁지 않게 여기면서도 자식 된 도리로 부모님의 기대에 부응해야 한다고 생각한다는 느낌을 지울 수가 없었어. 네 생각을 아셨다면 숙부님과 숙모님은 기대를 접으셨을 텐데, 너로서는 그런 게 상관없었을 테니까. 하지만 이런 얘기를 하려는 게 아니야. 고백할게, 빅터. 난 널 사랑해. 그리고 내가 그리는 미래에서 넌 늘 변함없는 내 벗이고 동반자야. 하지만 난 내 행복만큼이나 네 행복을 바라. 분명히 말할게. 우리의 결혼이 네 자유의지로 이루어지는 게 아니라면 나는 영원히 비참한 존재가 될 거야. 나도 너만큼 이 잔인한 운명에 시달리고 있어. 지금 이 순간에도 네가 혹시 도리를 지키겠다는 생각에 사랑과 행복에 대한 희망을 억누르고 있을까 봐 눈물이 나. 네가 예전 모습을 되찾을 수 있는 유일한 것이 그 희망인데도 그걸 억누르고 있을까 봐. 다른 사심 없이 순수하게 널 사랑하는 내가 네 소망의 걸림돌이 되어 너를 더 절망스럽게 만들 수도 있다니. 아! 빅터, 이건 알아줘. 네 사촌이자 어린 시절부터 함께 해 온 친구로서 말하는데, 이런 추측 때문에 비참하진 않아. 너에 대한 내 사랑은 진실하니까. 네가 행복했으면 좋겠어, 빅터. 네가 행복해지기만 한다면, 이 세상 그 무엇도 나를 흔들 수 없어. 그 부분은 안심해도 좋아.

이 편지 때문에 괜히 마음 쓰지 않았으면 해. 네가 부담스럽다면 내일도, 모레도, 아니, 네가 집에 도착할 때까지 답장 쓰지 않아도 돼. 네 몸 상태가 괜찮은지는 숙부님께서 알려 주실 테니까. 우리가 만났을 때 네 미소를 볼 수만 있다면, 그게 이 편지 때문이든, 아니면 내 다른 노력 때문이든 간에, 나는 정말로 행복할 거야. 다른 행복이 필요 없을 만큼.

엘리자베스 라벤차
17××년 5월 18일 제네바에서

. . . .

이 편지를 읽자 한동안 잊고 있었던 그 악마의 협박, "네가 결혼식을 올리는 날 밤, 나도 네 곁에 있을 거라고"라 했

던 그 기억이 되살아났소. 그게 내게 선고된 처벌이니, 그날 밤 그 악마는 무슨 수를 써서라도 나를 파멸시키려 들리라. 그리고 잠시나마 위안이 되는 혼인 서약, 그 찰나의 기쁨마저 뺏어 가리라. 바로 그날 밤, 놈은 내 첫날밤을 뺏음으로써, 나를 죽임으로써 계획을 완벽히 마무리하기로 결심한 것이리라. 이런 생각을 하면서도 나는 맘대로 해 보라는 심산이었소. 치열한 싸움이 벌어질 테고, 그놈이 이긴다면 나는 안식에 들게 되겠지. 내가 감당할 수 없는 수준이 된 그놈의 힘도 목적을 잃을 게 분명했소. 하지만 그놈이 진다면 나는 자유의 몸이 되는 거요. 맙소사! 자유라니! 가족이 눈앞에서 학살당하고, 집이 불타고, 밭작물은 모두 뺏기고, 돈한 푼 없이, 집도 없이, 홀몸으로 떠돌이 신세가 된 농부도 자유롭소. 딱 그 꼴이겠지. 내가 누릴 자유도 딱 그 꼴이었단 말이오. 하지만 내게는 엘리자베스라는 보물이 있었소. 아아! 비록 죽을 때까지 후회와 죄책감이 나를 따라다닌다 해도 그녀는 내가 지켜야 할 보물이었소!

어여쁜 내 사랑 엘리자베스! 나는 그녀의 서신을 읽고 또 읽었소. 나긋나긋한 감정이 슬그머니 고개를 들고는, 사랑과 기쁨이라는 말도 안 되는 희망을 속삭여 주었소. 그게 다 무슨 소용이겠소. 금단의 사과는 이미 먹혔잖소. 천사의 팔은 나를 그 모든 희망에서 몰아냈잖소. 그래도 나는 말이오.

그녀를 행복하게 만들어 줄 수 있다면 얼마든지 목숨을 내놓을 수 있었소. 그 괴물이 협박을 입에 올린 이상 죽음은 불가피했으니까. 괜히 결혼식을 올려서 죽는 날을 앞당기는 건 아닌가 하는 생각이 들기는 했소. 실제로 결혼을 서두르는 만큼 죽는 날이 몇 달 더 앞당겨지는 건 당연했소. 하지만 그놈 눈에 내가 결전의 날을 미루는 것처럼 보이면, 놈의 악의가 더 커져서 복수랍시고 다른 피해자를 찾으며 더 끔찍한 흉계를 꾸밀 것 같더구려. 그놈은 내가 결혼식을 올리는 날 밤 내 곁에 있겠다고만 했지, 그 사이 아무 짓도 하지 않겠다는 말은 하지 않았소. 그 증거로, 놈은 아직 피에 굶주렸다는 걸 보여 주기라도 하려는 듯, 나를 협박하자마자 클레르발을 죽였잖소. 나는 엘리자베스와 최대한 빨리 결혼식을 올리기로 마음먹었소. 그게 그녀에게도, 내 아버지에게도 기쁨을 안겨 주리라고 생각했기 때문이오. 내 목숨을 노리는 놈에게 딴생각을 품을 여유를 줄 수 없었기도 하고 말이오.

나는 이런 생각으로 엘리자베스에게 편지를 썼소. 차분하면서도 애정을 가득 담은 글이었소.

. . . .

사랑하는 엘리자베스, 난 우리에게 허락된 행복이 이제 얼마 남지 않은 것 같아 두려워. 그래도 내가 언젠가 기뽐을 누릴 수 있다면, 그 기쁨은 모두 너로 인한 거야. 쓸데없는 걱정은 하지 마. 내가 기꺼이 내 삶과 노력을 바칠 수 있는 사람은 오직 너뿐이니까. 엘리자베스, 나한테는 비밀이 하나 있어. 아주 무시무시한 비밀이지. 네가 이 비밀을 알게 된다면 두려움에 몸서리칠 거야. 그리고 내가 비참해하는 걸 보고 놀라기는커녕 그런 일을 겪고도 살아남았다는 사실에 충격을 받게 될 거야. 이 끔찍하고 무시무시한 얘기는 결혼식을 올린 후에 언젠가 말해 줄게. 왜냐하면, 이건 우리 둘만 알고 있어야 하는 얘기거든. 내 소중한 엘리자베스, 오직 너와 나만의 비밀이어야 한다고. 그러니까 그때까진 부디 그 일에 관해 묻거나 넌지시 내 속내를 떠볼 생각은 하지 말아 줘. 이게 내 간절한 부탁이야. 네가 내 부탁을 들어주리라고 믿어.

. . . .

엘리자베스의 서신을 받은 지 일주일 정도 지났을 때 우리는 제네바에 도착했소. 어여쁜 엘리자베스는 우리를 따뜻하게 맞이하면서도, 열 때문에 얼굴이 붉게 달아오른 수척한 내 모습을 보고선 눈물을 글썽댔소. 그녀 역시 변했더구려. 예전보다 훨씬 마른 데다 한때 나를 매료시켰던 쾌활함은 거의 찾아볼 수 없었거든. 그래도 다정한 태도와 연민 가득한 온화한 표정을 가진 그녀가, 혹독한 시련을 겪으며 비참한 인간이 되어 버린 나에게 예전보다 더 어울리는 짝으로 느껴졌소.

잠시 맛보았던 평온은 오래가지 않았소. 기억이 광기를 자극해, 지난 일을 떠올릴 때마다 정말로 광인이 되곤 했기 때문이오. 격분해서 미쳐 날뛸 때도 있었고, 모든 기력을 잃고 우울의 수렁에 빠져들 때도 있었소. 나는 그 누구와도 대화하지 않았고, 그 누구와도 눈 맞추지 않았소. 그저 절망에 넋이 나가 미동도 없이 앉아 있었을 뿐이오.

이런 나를 수렁에서 건져 낼 수 있는 사람은 엘리자베스밖에 없었소. 미쳐 날뛰는 나를 달래 주는 것도, 우울감에 가라앉은 내게 평범한 감정을 일깨워 주는 것도, 모두 그녀의 목소리였소. 그녀는 나와 함께 울어 주었고, 나를 위해 울어 주었소. 내가 정신을 차리면 그녀는 단호하게 나를 꾸짖으며, 지나간 일을 그냥 과거로 받아들이게 만들려고 갖은 애를 썼소. 아! 불행을 겪은 사람이야 과거를 받아들일 수 있겠지만, 그 불행을 야기한 죄인이 어찌 평온을 누릴 수 있단 말이오. 깊은 슬픔에 빠져드는 것도 가끔은 호사이거늘, 후회가 안겨 주는 괴로움은 그 호사마저 허락하지 않소.

집에 도착하고 얼마 지나지 않았을 때, 아버지가 곧바로 엘리자베스와 결혼을 올리는 게 어떠냐는 얘기를 꺼냈소. 나는 아무 대답도 하지 않았소.

"혹시, 맘에 둔 다른 정인이 있는 것이냐?"

"다른 정인 따위 없습니다. 저는 엘리자베스를 사랑하고, 우리가 부부가 되길 바라고 있습니다. 그럼 결혼 날짜를 잡지요. 그날이 되면 살든 죽든 엘리자베스의 행복을 위해 이 한 몸 바치겠습니다."

"빅터, 그런 식으로 말하지 말아라. 우리에게 닥친 운명이 끔찍하다 해도 우리는 남은 것에 애착을 둬야 한다. 떠난 이들을 향한 사랑을 아직 남아 있는 사람들에게 쏟아야 한단 말이다. 식구가 적다고는 해도 우리는 서로에 대한 애정으로, 함께 나눌 수 있는 슬픔으로 단단히 결속돼 있잖니. 시간이 흘러서 네 근심이 옅어지면, 잔인하게 꺾여 버린 이들의 자리를 대신할 새로운, 소중한 그 무언가가 생길 거란다."

이게 아버지의 충고였소. 하지만 그 덕에 나는 놈의 협박만 다시 되새기게 됐소. 그 악마는 지금까지 벌인 유혈 사태에서 압도적인 힘을 과시했기에, 나는 놈을 천하무적, 그 비슷한 것쯤으로 여겼소. 그런 놈이 "네가 결혼식을 올리는 날 밤, 나도 네 곁에 있을 거라고" 하고 선언한 이상, 나로서는 놈의 협박을 피할 수 없는 운명으로 받아들일 수밖에 없었소. 엘리자베스를 지킬 수만 있다면 죽음도 끔찍한 것만은 아니었소. 그래서 나는 흔쾌히, 심지어 밝은 표정까지 지어 보이며 대답했소. 엘리자베스만 좋다면 열흘 안에 결혼식을 올리자고 말이오. 그렇게 내 운명이 결정되었다고 생각했소.

그토록 어리석을 수가! 그 악마의 끔찍한 의도를 단 한 순간이라도 고려한 적이 있었다면, 나는 그 비참한 결혼에 동의하지 않고 영원히 고향을 떠나 외톨이로 세상을 떠돌았을 거요. 하지만 그 괴물은 무슨 술수를 썼는지 내가 놈의 진의를 전혀 파악하지 못하게 만들었소. 그래서 내가 죽을 각오를 마쳤다고 생각했을 때, 외려 나는 훨씬 더 소중한 이를 죽음으로 내몰고 있었소.

결혼식 날이 가까워져 오자 두려움인지 불길한 예감인지 모르겠으나 기분이 축 가라앉더구려. 하지만 아버지 앞에선 그런 감정을 숨기고 환한 얼굴로 미소를 지어 보였소. 그래 봐야 내게서 눈을 떼지 않는 눈치 빠른 엘리자베스를 속이긴 어려웠소. 그녀는 차분하게 결혼식을 기다렸소. 그녀도 전혀 두려워하지 않았던 건 아니오. 힘들었던 지난 시절 때문에 눈앞에 실재하는 행복도 한낱 꿈이 되어 버릴까 염려했거든. 영원히 계속될 깊은 후회 외에 그 어떤 흔적도 남지 않는 허망한 꿈 말이오.

결혼식 준비가 끝나자 하객들이 도착했소. 모두가 환한 미소를 띠고 있었지. 나는 내면의 불안을 가능한 한 감추려 하면서 아버지의 기대에 부응하는 아들로 보이고자 했소. 비록 그 모든 게 나의 죽음이라는 비극적 결말을 장식하는 것에 불과하다고 해도. 한편 아버지가 이리저리 손쓴 덕에 엘리자베스는 이미 오스트리아 정부로부터 유산 일부를 반환받은 바 있소. 덕분에 그녀는 코모호 호숫가에 있는 작은 땅을 소유하게 됐다오. 그래서 우리는 결혼식을 올리자마자 그곳에 있는 라벤차 저택으로 가서 아름다운 호수를 벗 삼으며 행복한 신혼 생활을 시작하기로 했소.

손님을 맞이하는 사이 나는 만반의 태세를 갖추고 있었소. 다른 사람이 다 있는 곳에서 그놈이 나를 공격할 수도 있잖소. 나는 권총과 단검을 몸에 지니고 주위 경계를 늦추지 않았소. 그러고 있자니 마음도 훨씬 편해지더구려. 사실 식을 올릴 시간이 다 되어 갈수록 놈의 협박이 어쩐지 한낱 꿈이었던 것처럼 느껴지기도 했소. 놈의 협박에 불안해할 가치가 없는 것 같았다오. 내가 바라 마지않던 결혼식은 정해진 날짜가 다가오면서 점점 선명해졌던 데다, 아무 일도 일어나지 않을 거라는 환청이 쉴 새 없이 귓가에 맴돌았기 때문이오.

그 사이 엘리자베스는 행복해 보였소. 내가 차분한 태도로 맡은 역할을 충실히 해내는 걸 보고 불안감을 잠재울 수 있었던 모양이오. 하지만 내 바람이 이루어지고, 내 미래가 결정되기로 했던 결혼식 당일이 되자, 그녀도 기분이 처지며 불길한 예감이 드는 것을 느꼈소. 어쩌면 내가 다음 날 말해

주기로 약속한 끔찍한 비밀을 떠올렸을 수도 있소. 아버지
는 몹시 기뻐하고 있었던 데다 손님 접대로 정신이 없어서,
엘리자베스의 기분이 가라앉은 것을 그저 신부가 수줍어하
는 것으로만 여겼지만.

식이 끝나자마자 아버지의 집에서 성대한 연회가 열렸으
나, 엘리자베스와 나는 곧장 배를 타고 신혼여행을 떠나기
로 했소. 그날 밤엔 에비앙Evian에서 묵고, 다음 날 남은 길
을 마저 가기로 말이오. 날씨는 화창했고 바람도 딱 적당히
불었소. 결혼식을 마치고 배에 오르는 우리를 향해 모두가
미소를 지어 주는 것 같았소.

그때가 내 인생에서 마지막으로 행복했던 순간이오. 우리
가 탄 배는 빠른 속도로 나아갔소. 태양이 작열했지만, 차양
이라고 할 만한 가림막 아래에 앉아 햇빛을 피하며 풍경을
즐겼기에 그런 건 문제 되지 않았소. 우리는 호수 한쪽 편에
서 살레브산과 몽탈레그레[52] 쪽의 어여쁜 호숫가 풍경, 그
리고 멀리서 그 모든 것을 내려다보고 있는 아름다운 몽블
랑산과, 몽블랑을 닮긴 했어도 그에 훨씬 못 미치는 눈 덮인
산들을 바라보았소. 우리는 반대편 호숫가 근처로 가서, 조
국을 버리려는 이들에게 위압감을 주고 침략자들에게 넘을
수 없는 장벽이 되어 주는 장엄한 쥐라산맥도 바라보았소.

---

52   Montalegre. 레만호의 동남쪽, 현 콜로니 가를 말한다.–옮긴이

나는 엘리자베스의 손을 잡았소.

"슬퍼 보이네, 엘리자베스. 아! 그동안 내가 왜 괴로웠는지, 지금 이 순간에도 뭘 견디고 있는지, 그 모든 사정을 네가 안다면 오늘 하루만이라도 어떻게 해서든 내가 절망감을 떨치고 마음 편히 이 시간을 즐기게 하려고 애써 줄 텐데."

"마음 편히 가져, 빅터. 네가 괴로워할 만한 일은 일어나지 않을 거야. 그리고 내 표정이 밝지만은 않다고 해도 마음은 기쁨으로 충만하다는 걸 알아줘. 우리 앞에 펼쳐진 미래에 큰 기대를 걸지 말라는 속삭임이 들리는 것 같지만, 그런 불길한 소리엔 귀 기울이지 않을 거야. 우리가 얼마나 빨리 나아가고 있는지 좀 봐. 희뿌연 안개 같던 구름이 몽블랑 정상 위에 오르는 것도 봐. 풍경도 정말 아름답지만, 이런 것 때문에 풍경을 감상하는 게 더 즐거워져. 맑은 물속에서 헤엄치는 저 물고기 떼 좀 봐. 바닥의 조약돌도 다 보여. 정말 멋진 날이다! 만물이 행복하고 평화로워 보여!"

엘리자베스는 주제를 바꿔 그녀 자신과 나 모두 우울한 생각에서 고개를 돌리게 하려 애썼소. 하지만 그녀의 기분도 들쑥날쑥했소. 한순간 기쁜 듯 두 눈을 반짝이다가도 이내 이런저런 상념과 쓸데없는 생각에 잠기곤 했거든.

해가 기울었을 때 우리는 드랑스강the river Drance을 지나며, 그 강이 커다란 바위틈이나 낮은 산의 골짜기로 이어지는 모습을 지켜보았소. 거기서 보니 알프스산맥이 호수에 더 가깝더구려. 우리는 산맥이 동부 경계가 되어 주는 분지 쪽으로 접근했소. 소용돌이치는 에비앙 샘에는 그 주위를 둘러싼 나무와 그 뒤로 겹겹에 높아지는 산이 비쳤소.

그때까지 우리를 놀라운 속도로 나아가게 해 주던 바람 은 해 질 무렵이 되자 점점 잦아들어 산들산들 불었소. 배 를 대려고 호숫가에 가까이 가자 부드러운 바람에 호수에 이는 잔물결과 바람을 음미하듯 이리저리 나부끼는 나무가 보였소. 바람에 실려 온 꽃향기와 건초 내음도 코끝을 기분 좋게 간질였소. 배에서 내릴 땐 해가 막 지평선 아래로 모습 을 감췄더구려. 뭍에 발을 내딛는 순간 걱정과 두려움이, 곧 내게 마수를 뻗어 내게 영원히 들러붙을 그 감정들이 되살 아났소.

제23장

8시에 배에서 내린 우리는 곧 사라질 덧없는 황혼을 감상하며 호숫가를 거닐다가 숙소로 들어갔소. 그리고 짙은 어둠 속에서 검게 보이는 풍경의 윤곽을 더듬으며 낮에 보았던 아름다운 호수와 숲, 산의 풍경을 떠올렸소.

남풍이 잦아들자 서풍이 거세게 불기 시작했소. 하늘 높이 뜬 달은 어느덧 기울기 시작했소. 달을 가로지르던 구름은 독수리보다 빠르게 하늘을 질주하며 달빛이 옅어지게 했소. 분주한 하늘을 비추던 호수에 물결이 일기 시작하면서, 호수에 비친 풍경은 더 어지러워지더구려. 그러다 갑자기 폭우가 쏟아졌소.

종일 동요하는 일 없이 차분했던 나는, 풍경이 흐릿해지는 밤이 되자 수천 가지 두려움에 사로잡혔소. 나는 오른손으로 품속에 숨겨 둔 권총을 움켜쥐고 불안한 마음으로 주위를 살폈소. 무슨 소리가 들릴 때마다 소스라치게 놀랐지만, 그러면서도 헛되이 죽지는 않겠노라고, 나나 그놈 둘 중 하나가 죽을 때까지 싸움에서 물러서지 않겠노라 다짐했소.

엘리자베스는 한동안 두려운 듯, 차마 말을 걸 용기가 나지 않는다는 듯, 불안해하는 나를 말없이 지켜보았소. 그러다 번뜩이는 내 눈빛에서 두려움을 읽어 냈는지 몸을 떨며 물었소.

"왜 그렇게 불안해하는 거야, 빅터. 대체 네가 두려워하는 게 뭐야?"

"이런! 진정해. 진정해, 엘리자베스. 오늘 밤은, 그리고 앞으로도 우린 무사할 거야. 하지만 오늘 밤은 두려워. 정말이지 두려워."

이런 상태로 한 시간이 지났을 때 문득 곧 벌어질 결투를 보고 아내가 얼마나 겁을 먹을까 하는 생각이 들더구려. 나는 그놈의 상황이 어떤지 어느 정도라도 알아내기 전까지 그녀와 함께 있으면 안 되겠다는 생각에 먼저 들어가서 자라고 간곡히 부탁했소. 그녀가 자리를 뜨자 나는 한동안 건물의 복도를 서성대며 그놈이 숨어 있을 만한 구석을 샅샅이 살폈소. 하지만 그놈의 흔적은 조금도 찾을 수 없었소. 우연한 행운이 깃들어 놈의 계획에 차질이 생겼나 하는 생각이 드는 찰나 소름 끼치는 비명이 들렸소. 엘리자베스가 자러 간 방에서 나는 소리였지. 그 소리를 듣는 순간 자초지종을 모조리 파악할 수 있었소. 팔이 축 처지더니 온몸의 근육이 늘어졌소. 피까지 천천히 흐르는 것 같더니 손발이 저릿하더구려. 그런 상태는 오래가지 않았소. 비명이 다시 들렸거든. 나는 곧장 방으로 달려갔소.

빌어먹을! 나는 왜 그때 죽지 않았던가! 왜 여기서 최고의 희망이자 그 누구보다 순수했던 존재의 파멸에 관해 얘기하고 있단 말인가? 거기에 그녀가 있었소. 고개를 바닥 쪽으로 늘어뜨린 채로 침대에 널브러진 그녀는 숨도 쉬지 않았고 움직이지도 않았소. 창백하게 일그러진 그녀의 얼굴은 머리카락에 반쯤 가려져 있었소. 지금도 고개만 돌리면 그때 그녀의 모습이 보이오. 살인마가 상여에 던져 넣은 새 신부의 핏기 없는 팔과 늘어진 몸 말이오. 그런 광경을 목도해 놓고 내가 어찌 살 수 있었을까? 아! 인간의 목숨은 가장 증오스러울 때 그 무엇보다 질기고 집요하오. 이후 잠깐은 기억에 없소. 그대로 기절했거든.

정신을 차려 보니 숙소의 사람들이 나를 둘러싸고 있었소. 그들은 모두 숨 막히는 공포에 질린 얼굴이었는데, 내게는 그 표정이 그저 비웃음으로만 느껴졌소. 그들이 내보이고 있는 감정 기저에 나를 향한 조롱이 도사리고 있다고 생각한 거요. 그 생각이 나를 짓눌렀소. 나는 사람들이 있던 방에서 빠져나와 사랑하는 엘리자베스가 있는, 내 아내가 있는, 조금 전까지만 해도 살아 있었던 소중하고 귀한 내 여자가 있는 방으로 향했소. 그녀의 자세는 내가 처음 보았을 때와 달랐소. 이번엔 팔베개한 것처럼 팔 위에 머리를 얹은 채로 누워 있었거든. 그녀의 얼굴과 목은 손수건에 덮여 있었소. 그녀는 꼭 잠든 것처럼 보이더구먼. 나는 그녀에게 달려가 그녀를 꽉 끌어안았소. 하지만 축 늘어진 몸과 차갑게 식은 사지는, 내 품속의 그녀가 더는 내가 사랑하고 아끼던 엘리자베스가 아님을 일깨워 주더구려. 그녀의 목에는 그 악마가 남긴 손자국이 선명히 남아 있었소. 그놈이 그녀의 숨통을 끊은 거요.

그녀를 붙들고 비탄에 잠겨 있던 나는 우연히 고개를 들었소. 아까는 분명 시꺼멓기만 했던 창문으로 지금은 방을 밝히는 창백한 달빛이 들고 있었소. 순간 정신이 아득해지더구려. 창문의 덧문이 활짝 열려 있었기 때문인데, 그때의 공포는 말로 다 설명할 수 없소. 열린 창 너머로 끔찍하고 역겨운 놈의 형체가 보였소. 괴물은 활짝 웃으며 조롱하듯 내 아내의 시신을 손가락으로 가리켰소. 나는 곧장 창가로 달려가며 품에 숨겨 둔 권총을 꺼내 발사했소. 하지만 놈은 잽싸게 총을 피하고는 껑충 뛰어서 바닥으로 내려가더니 번개처럼 빠르게 내달려 호수로 뛰어들었소.

총소리를 들은 사람들이 방으로 몰려들었소. 나는 놈이 사라진 곳을 가리켰고, 우리는 배를 타고 주위를 수색했소. 그물까지 던져 보았지만 허사였소. 그렇게 몇 시간이 지난 뒤 우리는 호수를 수색하는 게 무의미하다는 생각에 배를 돌렸소. 같이 갔던 사람들은 대부분 내가 헛것을 봤다고 생각했소. 그래도 배에서 내린 후 사람들은 여러 무리로 흩어져 계속해서 숲과 포도밭을 살폈소.

나도 그들과 함께 수색하려 했소. 숙소에서 조금 떨어진 곳까지 나가기도 했소. 하지만 이내 눈앞이 빙빙 돌더니 술에 취한 것처럼 몸이 비틀거리더구려. 한참을 끙끙거리며 걷던 나는 끝내 완전히 탈진해 쓰러지고 말았소. 눈앞이 흐릿했고 열 때문에 피부가 바싹 말랐소. 사람들이 나를 숙소로 데리고 가 침대에 눕혀 주었는데, 당시엔 무슨 상황인지 거의 의식하지 못했다오. 그저 잃어버린 무언가를 찾는 것처럼 방 안을 둘러볼 뿐이었소.

얼마 후 나는 몸을 일으켜 본능적으로 사랑하는 엘리자베스의 시신이 있는 방으로 기어갔소. 여인들이 시신 주위에 모여 흐느끼고 있더구려. 나는 시신을 부여잡고 그들과 함께 섧게 울었소. 그때까지만 해도 딱히 별다른 생각이 떠오르진 않았소. 그저 내게 일어난 불행한 사건들과 그 원인에 관한 생각이 이리저리 뒤섞여 혼란스러울 따름이었지. 머릿속에 경악과 공포라는 구름이 드리워 갈피를 못 잡고 있었던 거요. 윌리엄, 쥐스틴, 클레르발, 그리고 내 아내까지, 그들을 떠올리다 보니, 남은 가족의 생사를 모른다는 생각이 들었소. 어쩌면 아버지가 그 순간 놈의 손아귀에 붙들려 목이 비틀리고 있을지 모르고, 그 발치에 에르네스트가 죽어 있을지도 모르는 일이었소. 그런 생각을 하자 오싹해지더니 정신이 번쩍 들었소. 나는 최대한 빨리 제네바로 돌아가기로 했소.

구할 수 있는 말이 없어서 배를 타고 돌아가야 했소. 하지만 바람이 거세게 부는 데다 비도 억수같이 쏟아지는 중이었소. 이른 새벽이었는데 나는 어떻게 해서든 밤이 되기 전까지 아버지 집에 도착하고 싶었소. 나는 노 저을 사람을 구했소. 그리고 나 역시 노를 잡았소. 몸을 혹사하면 마음의 괴로움을 덜게 되는 경험을 수차례 해 봤기 때문이오. 하지만 이번에는 견뎌야 하는 절망감이 너무 컸던 데다 엄청난 불안감마저 감당해야 했던 터라 아무리 애를 써도 몸을 움직일 수가 없었소. 나는 노를 던져 버리고 두 손에 머리를 파묻은 채 떠오르는 우울한 생각에 나를 맡겼소. 고개를 들면 바로 전날 그녀와 함께, 이제는 기억으로만 존재하는 그녀와 함께 행복한 기분으로 보았던 익숙한 풍경이 눈앞에 있었소. 눈물이 쏟아졌소. 잠시 비가 멈추자 엘리자베스와 함께 보았을 때처럼 물고기가 이리저리 움직이는 것이 보였소. 인간에게 그토록 크고도 갑작스러운 변화보다 고통스러운 건 없소. 전날처럼 햇살이 따사로웠어도, 구름이 낮게 깔렸어도, 그날이 내게는 결코 전날과 같을 수 없었소. 그 악마가 내 남은 희망을 모조리 빼앗아 갔으니까. 그때의 나만큼 비참한 존재는 이제껏 없었으리라 확신하오. 그토록 끔찍한 일도 인류 역사상 유일할 거요.

충격적인 그 사건이 벌어지고, 그 후에 있었던 일까지 세세히 늘어놓아야 할 이유는 없지 않겠소? 지금까지의 이야기는 경악스러웠지. 서사의 절정까지 이야기를 마쳤으니, 이제부터 할 이야기는 어쩌면 당신에게 좀 지루할 수도 있겠소. 그래도 내 벗들이 하나씩, 차례로 죽어 나갔다는 걸 기억해 주오. 나는 홀로 남았소. 이제 말할 기운도 별로 없으니 내 끔찍한 이야기의 결말은 간단히 말하리다.

나는 제네바에 도착했소. 아버지와 에르네스트는 살아 있었소. 하지만 내가 가져온 소식 때문에 아버지는 끝내 쓰러지고 말았소. 이제 와 생각해 봐도 아버지는 인자하고 훌륭한 어른이었건만! 시선을 빼앗으며 기쁨을 주던 엘리자베스가 사라진 탓에 아버지의 두 눈은 갈 곳을 잃고 허공을 맴돌았소. 엘리자베스는 아버지에게 딸 이상이었소. 노년기에 접어든 사내가 가질 수 있는 애정을 모두 그러모아 오롯이 그녀에게만 바쳤기 때문이오. 나는 저주하오! 아버지의 희끗희끗한 머리칼을 절망으로 물들여 비참한 말년을 보내게 한 그 악마를 저주하오! 아버지는 자신을 둘러싸며 차곡차곡 쌓인 참상을 견디지 못했소. 삶을 지탱하게 해 주는 생명의 원천이 사라졌지. 아버지는 병석을 털고 일어나지 못했소. 그리고 며칠 지나지 않아 내 품에서 숨을 거두었지.

그럼 나는 어떻게 되었냐고? 모르겠소. 나를 짓누르던 족쇄와 어둠 외엔 기억나는 게 없소. 가끔 옛 시절의 벗들과 꽃이 만발한 초원과 아름다운 계곡을 거니는 꿈을 꾸기도 했지만, 깨어 보면 지하 감옥이었소. 어느 순간부터 우울감이 차올랐지만, 그러면서도 점차 나는 내게 벌어진 일과 현상황을 명확히 인지하게 되었소. 그리고 그쯤 석방되었지. 사람들이 나더러 미쳤다고 했던 걸 보면, 나는 몇 달간 독방에만 갇혀 있었던 것 같소.

하지만 자유란 선물은 내게 아무 쓸모가 없었고, 내가 진정으로 누릴 수 있는 것도 아니었소. 이성이 눈을 뜨면서 복수심도 함께 눈을 떴거든. 불행했던 과거의 기억에 짓눌리면서 나는 그 모든 일의 원인을 파고들었소. 내가 만들어 낸 괴물, 나 자신을 파멸로 내몰기 위해 세상에 내보낸 끔찍한 악마가 바로 그 원인이지. 그놈 생각을 할 때마다 나는 광기 어린 분노에 휩싸였소. 그러면서 내 손으로 그놈을 붙잡아 놈의 빌어먹을 머리에 훌륭하고도 귀중한 복수를 행할 수 있기를 간절히, 열렬히 기도했소.

가만히 앉아서 기도나 하며 증오심을 불태웠던 건 아니

오. 나는 그놈을 잡기 위한 최선의 방책을 강구하기 시작했소. 그러다 석방된 지 한 달 정도 지났을 때 나는 마을에 있는 치안판사를 찾아갔소. 그리고 내 가족을 파멸로 몰아넣은 진범을 알고 있으니, 그놈을 체포할 수 있도록 당국이 할 수 있는 모든 조처를 해 달라고 했소.

치안판사는 내 말을 경청했소.

"진범을 밝히기 위해서라면 그 어떤 수고와 노력도 아끼지 않을 테니 안심하시오."

"감사합니다. 그렇다면 먼저 제 진술을 들어 주십시오. 너무나도 기이한 이야기라, 판사님께서 신기하기는 하나 사실이라고 믿기엔 억지스럽다고 생각하실까 봐 염려스럽습니다. 꿈을 꿨다고 오해하실 가능성이 크지만, 제가 거짓 진술을 할 이유가 없다는 점을 알아주십시오."

나는 인상적이면서도 침착한 태도로 말했소. 이미 그놈을 죽이기로 마음먹었기 때문에, 공권력을 동원하겠다는 목적의식으로라도 심란함을 잠재우며 잠시나마 살아갈 의지를 가질 수 있었거든. 나는 치안판사에게 지난 이야기를 간략히 들려주었소. 단호하고 신중한 태도로 정확한 날짜를 언급하면서도, 비난이나 호소는 일절 입에 담지 않았소.

처음에 전혀 못 믿겠다는 표정을 짓던 치안판사는 이야기가 계속되면서 조금씩 관심을 가지고 주의 깊게 듣기 시작했소. 그는 가끔 두려움에 몸서리를 치기도 했고, 가끔은 다 믿을 순 없어도 충격적이긴 하다는 듯 놀라움을 고스란히 드러내기도 했소.

이야기를 마치며 나는 이렇게 말했소.

"제가 고발하는 진범이, 판사님께서 전권을 발휘해 체포하고 처벌해 주시길 요구하는 진범이 바로 이놈입니다. 범인을 체포하고 처벌하는 것은 판사의 의무잖습니까. 판사님께서 인간의 도의를 느끼신다면 이 사건의 고발을 기각하지 않으시리라 믿습니다. 그게 제가 간절히 바라는 바입니다."

이 말에 치안판사의 표정이 눈에 띄게 달라졌소. 유령 이야기나 초자연적인 이야기를 들을 때처럼 내 얘기를 반신반의하면서 듣고 있던 그는, 판사의 직권으로 공식적인 행동을 해 달라는 요청을 받자 다시금 의심이 밀려드는지 명백히 내 발언을 불신하는 표정을 지었소. 그래도 그는 정중한 태도로 대답했소.

"범인 수색은 얼마든지 도와드리겠소. 하지만 그쪽이 말한 괴물은 우리의 수사력을 너끈히 피하고도 남을 것 같소만. 몽탕베르를 가볍게 가로지르고, 누구도 함부로 들어가지 못할 동굴이나 구덩이에 숨어 사는 짐승을 누가 쫓을 수 있단 말이오? 게다가 그자가 살인을 저지른 지도 벌써 몇 달이나 지났소. 그자가 어딜 누비고 다녔는지, 지금은 어느 지역에 있는지, 짐작할 수 있는 사람도 없잖소."

"그놈은 제 주위를 맴돌 겁니다. 의심의 여지가 없습니다. 그리고 만약 그놈이 알프스에 숨어 있다면, 영양처럼 사냥하거나 가축처럼 도축하면 됩니다. 하지만 판사님 생각을 알 것 같군요. 제 얘기를 믿지 못하시는 거로군요. 그놈을 잡아들일 생각도, 그자가 응당 받아야 할 벌을 내릴 생각도 없는 겁니다."

화가 치밀면서 눈빛이 이글이글 타올랐소. 내 모습을 보고 치안판사가 주눅이 들더구려.

"내 말을 오해했나 보오. 수사는 개시할 거요. 그 괴물을 잡기만 한다면 죄과에 합당한 처벌을 받게 할 거요. 다만 그쪽이 설명한 괴물의 특징을 고려할 때 그 모든 게 애초에 불가능해 보이잖소. 그러니 필요한 모든 인력을 동원해서라도 수사는 진행할 테지만, 그쪽은 만족스러운 결과를 기대하지 말라는 뜻이오."

"그럴 순 없습니다. 하지만 더 말해 봐도 별 소용이 없을 것 같습니다. 제 복수 따위가 판사님께 중요할 리 없으니까요. 물론 저도 복수가 옳지 않다는 건 압니다. 하지만 솔직히 말해 허기진 제 영혼에 절실한 단 한 가지가 바로 복수입니다. 제가 이 세상에 풀어놓은 살인마가 지금 이 순간에도 살아 숨 쉬고 있다는 생각만 하면 이루 다 말할 수 없이 화가 치솟습니다. 저는 합당한 요구를 하였으나 판사님께서는 제 요청을 거부하셨습니다. 그래도 제게는 아직 한 가지 방책이 남아 있습니다. 제가 직접 죽기 살기로 덤벼들어 그놈을 죽이는 것입니다."

이렇게 말하면서 나는 흥분해 몸을 떨었소. 정신이 나간 것처럼 보이는 모습이었소. 옛 순교자들이 그랬다는 것처럼 거만하고 사나운 태도이기도 했소. 하지만 헌신이나 영웅 심리와는 한참 거리가 먼 생각에만 사로잡혀 있는 제네바의 치안판사에게 이런 숭고한 의지는 기껏해야 광기로밖에 보이지 않았던 모양이오. 그는 보모가 아이 달래듯 나를 달래더니 이제껏 내가 한 얘기마저 정신병으로 인한 망상으로 치부했소.

나는 절규했소.

"맙소사! 지혜롭다고 자만하는 그대가 이렇게나 무지하다니! 됐습니다. 당신은 자기 자신이 하는 말도 이해하지 못합니다."

나는 격분하여 문을 박차고 나왔소. 그리고 다른 방책을 모색하기 위해 일단 집으로 돌아갔소.

제24장

나는 단 한 가지 생각에만 매몰된 상태였소. 그 생각이 이런저런 다른 생각을 모조리 집어삼켰소. 분노가 날 재촉했소. 복수심만이 힘과 안정을 줬소. 분노와 복수를 향한 의지가 내 감정을 빚어 주었기에 나는 차분히 계획을 세울 수 있었소. 그 두 가지가 없었다면 나는 환각에 시달리거나 일찌감치 죽었을 거요.

가장 먼저 한 결심은 영원히 제네바를 떠나자는 것이었소. 한때는 내가 행복한 시간을 보내며 사람들과 애정을 나누었던 나의 고향을, 예전엔 소중했으나 수많은 역경 탓에 이제는 지긋지긋해진 나의 조국을 떠나기로 한 거요. 나는 돈과 어머니의 유품인 보석 몇 점을 챙겨서 집을 떠났소.

그렇게 이 목숨 다할 때까지 멈추지 않을 방랑이 시작되었소. 지구의 온갖 곳을 다 가 보았고, 황무지나 미개한 나라를 여행하는 이들이 마주하게 되는 온갖 어려움을 다 겪어 보았소. 어떻게 지금까지 살아남았는지 나도 의문이라오. 사지가 맘처럼 움직이지 않는 상태로 모래밭에 널브러져 죽기만을 바랐던 적도 수없이 많소. 하지만 복수하겠다는 의지가 날 살려 냈소. 내 원수가 살아 있는 한 죽을 수 없다는 생각 말이오.

제네바를 떠나면서 제일 먼저 한 일은 악마 같은 내 원수를 뒤쫓을 단서를 모으는 것이었소. 하지만 구체적인 계획을 세우지 않았던 탓에 나는 어디로 가야 할지 몰라 수 시간 동안 접경지대만 서성댔소. 어둠이 깔릴 무렵 정신을 차려 보니 윌리엄과 엘리자베스, 그리고 나의 아버지가 묻힌 묘지의 입구에 서 있더구려. 나는 안으로 들어가 그들의 무덤가에 섰소. 적막한 가운데 바람에 나부끼는 나뭇잎 소리만 들렸소. 점점 어둠이 짙어지자 주위 풍경은 엄숙해졌고, 서글퍼졌소. 묘지와는 인연이 전혀 없는 사람조차 그렇게 느꼈을 거요. 떠난 자를 애도하는 내 머리 위로 보이지 않는 그들의 영혼이 배회하며 그림자를 드리우는 게 느껴졌소.

그 풍경이 지닌 깊은 슬픔은 이내 분노와 절망에 자리를 내주었소. 그들은 죽고 없는데 나는 살아 있었소. 그들을 죽인 살인마도 살아 있었소. 그놈을 죽이기 위해 나는 지친 삶을 좀 더 이어 가야 했소. 나는 풀밭에 무릎을 꿇고 땅에 입을 맞췄소. 그리고 입술을 바들바들 떨며 소리쳤소.

"내가 무릎 꿇은 이 신성한 땅 앞에, 내 주위를 맴도는 그림자 앞에, 나를 휘감은 깊고도 영원한 슬픔 앞에 맹세하노

라. 그래, 밤이여, 그대도, 그대를 불러들인 영혼들도 내 맹세의 증인이 되어라. 이 고통을 가져온 악마와 맞붙어, 그놈과 나 둘 중 하나가 죽음에 이를 때까지 그놈을 뒤쫓겠노라. 그 생각 하나로 목숨을 부지할 것이다. 그 간절한 복수를 위해 다시금 태양을 보고 푸른 풀밭을 밟겠다. 복수를 위해서가 아니라면, 나는 영원히 그것들을 눈에 담지 않을 것이다. 그리고 떠도는 혼령들이여, 복수의 신이여, 당신들에게 청하나니, 부디 내가 뜻하는 바를 이룰 수 있도록 도우소서. 그 빌어먹을 끔찍한 괴물 놈이 처절한 고통을 맛보게 하소서. 그놈이 지금 나를 괴롭히는 이 절망을 느끼게 하소서."

선언하기 시작했을 때만 해도 살해당한 벗들의 영혼이 내 말을 듣고 내 헌신을 인정해 준다는 확신을 가진 채 숙연하게 말을 뱉었는데, 점점 분노가 차오르더니 끝내 목이 메더구려.

그때 내 말에 대답이라도 하듯 사악한 웃음소리가 우렁차게 밤의 적막을 가로질렀소. 그 소리는 오랫동안 선명히 귓가를 맴돌았소. 산을 따라 메아리쳤던 것인데, 나로서는 조롱과 비웃음에 휩싸인 지옥에 있는 기분이었소. 그때 광기에 기대서라도 이 비참한 삶을 끝내야 했거늘, 이미 맹세를 한 데다가 복수할 준비도 되어 있었기에 나는 그러지 못했소. 웃음소리가 잦아들자 역겹기 그지없는 익숙한 목소리가 들렸소. 분명 가까운 곳에서 들리는 그 소리는 속삭이듯 이렇게 말했소.

"만족스럽구나, 가엾은 인간아! 살기로 작정했다니 나로서는 아주 만족스러운 결정이야."

나는 소리가 들리는 쪽으로 내달렸지만, 그 악마는 용케 내 손아귀를 벗어났소. 그 순간 커다란 보름달이 떠오르더니 엄청난 속도로 달아나는 그놈의 무시무시하고 흉측한 육신을 비추었소.

나는 놈을 쫓았소. 이후로 몇 달 동안 그게 내 일이었소. 보잘것없는 단서에 기대 구불구불 이어지는 론강을 따라 이동하기도 했으나 소득은 없었소. 푸른 지중해에서 나는 기묘한 우연으로 그놈이 어두운 밤 흑해로 향하는 배에 몰래 올라타는 것을 보았소. 나도 곧장 같은 배에 올랐지만, 무슨 수를 썼는지 놈은 또 달아났소.

타타르와 러시아의 거친 벌판에서도 놈의 흔적을 쫓아 뒤를 밟은 적이 있소. 놈을 잡지는 못했지만 말이오. 놈의 괴기스러운 모습을 보고 벌벌 떠는 농부들이 그놈이 지나간 길을 알려 준 적도 있소. 내가 놈의 흔적을 찾지 못하면 절망한 나머지 죽어 버릴까 봐 놈이 직접 흔적을 남겨 둔 적도 있었소. 눈이 내리면 하얀 설원 위에 남겨진 거대한 발자국을 확인했소. 당신은 이제 막 사회에 첫발을 내디뎠잖소.

걱정할 것이라곤 지금 하는 일뿐인 데다 끔찍한 괴로움은 겪어 본 적 없는 당신이 이제껏 내가 느껴 온 것을, 지금 내 심정을 어찌 이해할 수 있겠소? 추위와 결핍, 피로는 내가 감당해야 하는 고통 중 가장 미약한 것이었소. 나는 악마의 저주를 받아 지옥을 품고 살아야 했소. 그래도 선한 영혼이 곁을 지키며 나를 인도해 주고, 힘겨움이 극에 달해 혼잣말을 내뱉으면 그 영혼이 도저히 이겨 내지 못할 것 같은 어려움에서 나를 건져 준 덕에 지금까지 왔소. 본능 때문에, 그러니까 굶주림에 허덕이다 지쳐 쓰러졌을 때, 황야 한가운데에서 먹고 기운을 차릴 수 있는 식사가 마련된 적도 있었소. 시골 농부들이 먹을 법한 보잘것없는 식사였지만, 그건 분명 도와 달라는 내 청을 들은 영혼들이 차려 준 것이었소. 앞으로도 나는 그렇게 믿겠소. 하늘엔 구름 한 점 없고 만물이 바싹 말라 갈 정도로 가물었을 때, 갈증으로 내 목이 타들어 가는 것 같을 때, 옅은 구름이 하늘을 뒤덮더니 생명수 같은 빗물을 몇 방울 떨구고 사라진 적도 몇 번이나 있는데, 어찌 영혼의 도움을 믿지 않을 수 있겠소?

나는 가능하면 강을 따라 이동했소. 하지만 악마 녀석은 대개 강 유역을 피해 다녔소. 강 근처에는 많은 사람이 모여 사는 마을이 있는 법이니까. 강과 떨어진 길은 인적이 드물어서 그런 길에선 마주치는 야생동물을 사냥하며 근근이 버텼소. 이따금 보이는 마을에선 가진 돈을 내어 주고 사람들에게 대접받기도 했소. 사냥한 짐승의 살점을 조금만 떼어 먹고 나머지는 들고 다니다 불과 요리 도구를 빌려주는 이들과 나눠 먹기도 했고 말이오.

이런 식으로 사는 건 실로 끔찍했소. 잠이 들었을 때만 기쁨을 맛볼 수 있었거든. 실로 잠은 인간에게 축복이오! 비참함이 절정에 달했는데도 자다가 꿈에서 황홀감을 맛본 적도 몇 번이나 있소. 나를 지켜 주는 영혼들은 내가 순례를 마칠 때까지 버틸 수 있도록 이런 찰나의 순간을, 아니, 몇 시간이나 계속되는 행복한 꿈을 선사해 주었소. 이렇게 한숨 돌릴 여유마저 없었다면 나는 고난에 지쳐 쓰러졌을 게 분명하오. 낮에는 곧 밤이 올 것이란 희망으로 버텼소. 밤이 되어 잠이 들면 벗들과 아내, 그리고 사랑하는 내 고향까지 모두 볼 수 있으니까. 꿈에서는 아버지의 인자한 얼굴도 볼 수 있었고, 은쟁반에 옥구슬 굴러가는 것 같은 엘리자베스의 목소리도 들을 수 있었으며, 젊고 건강한 클레르발을 다시 마주할 수도 있었소. 그래서 쉼 없이 걷기만 하는 고된 여정에 지칠 때면 이건 현실이 아니라 꿈이라고, 밤이 되면 잠에서 깨 소중한 벗들의 품에 안길 것이라고 되뇌기도 했소. 나는 가슴이 시큰거릴 정도로 그들을 사랑했소! 그들을 보는 것에 얼마나 집착했는지, 걷고 있는 동안에도 그들의 모습이 눈앞에 어른거릴 정도였소! 그들이 아직 살아 있다고 믿고 싶기도 했다니까! 그럴 땐 타오르던 복수심마저 사라져, 그 악마를 죽이는 것이 하늘이 내게 준 과업이라는 생각으로 길을 갔소. 복수라는 욕망이 아닌, 내가 의식하지 못하는 어떤 힘에 따른 반사적인 충동으로 놈을 쫓았소.

내게 쫓기던 그놈의 심정까지는 모르겠소. 녀석은 가끔 나무껍질이나 돌에 글을 새겨 놓기도 했는데, 나로서는 그런 흔적 덕분에 녀석을 쫓아갈 수 있기도 했지만 동시에 그 글귀 때문에 화가 솟구치기도 했소.

"나의 통치는 아직 끝나지 않았다."

충분히 읽을 수 있는 또렷한 글이었소. 이런 글귀들도 있었소.

"네가 살아 있으므로 내 힘이 완전해졌다. 북극의 만년빙으로 가노니 따라오라. 그곳의 얼음과 추위는 너를 괴롭힐지언정 내게는 아무 영향을 끼치지 못한다. 기어 온 게 아니라면 근처에 아직 썩지 않은 토끼 사체가 있을 테니 먹고 기운을 차려라. 원수여, 힘을 내라. 우리는 아직 목숨을 건 결투를 벌이지 않았다. 결투의 시간이 도래할 때까지 견뎌야 할 역경과 비참한 시간이 아직 많이 남았노라."

그 악마는 나를 조롱하고 있었소! 나는 다시금 복수를 다짐했소. 내 반드시 네놈에게 어마어마한 고통과 죽음을 선사하마, 그렇게 말이오. 그놈과 나 둘 중 하나가 죽을 때까지 나는 추적을 포기하지 않을 거요. 결전의 날을 보내고 나서 엘리자베스와 먼저 떠난 벗들을 만나면 그 얼마나 기쁘겠소! 지금 이 순간에도 그들은 지긋지긋한 고초와 지독한 순례에 대한 보상을 준비하고 있잖소!

놈을 쫓아 북쪽으로 이동할수록 눈이 점점 높게 쌓였고, 추위는 버티기 힘들 정도로 혹독해졌소. 사람들은 대부분 집에 틀어박혔기에, 마주치는 사람이라곤 먹이를 구하러 둥지를 박차고 나온 짐승을 노리는 건장한 사내들 몇 명뿐이었소. 강이 꽁꽁 얼어서 물고기도 잡을 수 없었소. 상황이 이렇다 보니 목숨을 부지할 식량을 얻을 방도가 없더구려.

내 여정이 힘겨워질수록 그놈은 더 큰 승리감을 느꼈소. 한번은 이런 글귀를 남긴 적이 있소.

"각오하라! 고난은 이제 막 시작됐을 뿐이니. 모피를 걸치고 식량을 구하라. 우리가 들어가려는 곳은, 영원히 잠들지 않을 내 증오가 너의 고통으로 배를 채울 곳이니."

나를 우롱하는 글귀에 용기와 인내심이 타올랐소. 나는 절대로 실패하지 않겠노라고 다짐하며, 이런 나를 지켜봐 달라고 하늘에 기도했소. 식을 줄 모르는 열정을 불태우며 광활한 불모지를 가로지르자, 수평선을 그리는 망망대해가 멀리 모습을 드러냈소. 아! 그곳의 바다는 남쪽의 푸른 계절과 어찌나 다른지! 바다는 얼음으로 뒤덮여 있어서 압도적이라고 할 만큼 황폐하고 거칠었소. 육지와 다른 점은 지형뿐이었소. 그리스인들은 아시아의 구릉지대에서 고난의 끝을 알리는 지중해를 바라보며, 기쁨의 눈물을 흘리고 환호성을 질렀다고 하잖소.[53] 나는 눈물을 흘리지는 않았소. 대신 무릎을 꿇고 이제껏 나를 안전하게 인도해 준 영혼에 감격했소. 그 영혼 덕에 내가 원수의 숱한 조롱에도 굴하지 아니하며, 그놈과 마주 서서 결전을 치를 곳에 이를 수 있었으니 말이오.

그곳에 도착하기 몇 주 전에 이미 썰매와 썰매견을 구해 놓은 덕에 나는 상상을 초월하는 속도로 설원을 가로지를 수 있었소. 그놈도 같은 이점을 누렸는지는 모르겠소. 하지만 이전까지는 나날이 뒤처지고 있었던 것에 반해 이제는 놈을 어느 정도 따라잡게 됐다는 건 알았소. 실제로 얼마나 빠르게 추적했던지, 바다를 처음 보았을 때 그놈과 나의 거리는 불과 하루면 갈 수 있는 정도였소. 나는 놈이 해안에 다다르기 전에 따라잡길 바랐소. 사기가 오른 나는 서둘러 나아갔고, 이틀 후 가난한 사람들이 모여 사는 작은 바닷가 마을에 도착했소. 그곳 주민들에게 놈에 관해 묻자 정확한

---

53 기원전 400년, 크세노폰이 페르시아의 왕위 계승을 두고 벌어진 전투에 용병으로 참전했다가, 지휘관을 잃고 갈 곳을 잃은 1만여 명의 그리스 용병 부대를 안전하게 흑해 연안까지 철수시켰던 사건을 말한다.

정보를 일러 주더구려. 지난밤 거대한 괴물이 장총 한 자루와 권총 여러 자루를 가지고 외딴 오두막에 들이닥쳤고, 그 집에 사는 사람들은 놈의 흉측한 모습을 보고 놀라 달아났다고 하더구려. 놈은 그 오두막에 살던 사람들이 겨울을 나려고 비축해 둔 식량을 썰매에 옮겨 싣고, 썰매견 몇 마리를 붙잡아다가 고삐를 채웠다고 했소. 그리고 충격을 받은 마을 사람들에게는 다행스럽게도 놈은 곧장 마을을 떠나 육지가 없는 방향으로 나아가며 바다를 건넜소. 사람들은 그놈이 빙해가 갈라지는 바람에 바다에 빠졌든, 만년설에 파묻혀 얼어 죽었든, 어떤 식으로든 떠나자마자 죽었을 거라고 했소.

그 얘기를 듣고 나는 잠깐 동안 대단히 낙담했소. 그놈은 내게서 달아났소. 이는 즉, 나는 산더미처럼 큰 빙하를 넘는, 끝없이 계속될 험난한 여정을 다시 시작해야 한다는 뜻이었소. 그곳의 추위는 토착민조차 오래 견디지 못한다고 하는데, 햇살 가득한 따뜻한 기후에 익숙한 내가 살아남길 바라는 건 무리였소. 하지만 그놈이 살아서 쾌재를 부르리라 생각하니 다시금 피가 거꾸로 솟으며 복수심이 불타올랐소. 분노와 복수심이 집채만 한 파도처럼 다른 감정을 모조리 집어삼켰소. 한편, 떠나기 전 쪽잠을 자는 사이, 죽은 이들의 혼령이 내 주위를 맴돌며 어서 놈의 뒤를 쫓아 복수해 달라고 말하는 꿈을 꿨소. 잠에서 깨자마자 나는 떠날 준비를 했소.

나는 타고 온 육상용 썰매와 울퉁불퉁한 빙해에 적합한 그쪽 지역의 썰매를 맞바꿨소. 그리고 식량을 충분히 사들인 후 육지를 떠났소.

그 이후로 며칠이나 흘렀는지 모르겠소. 그놈에게 합당한 응징을 하겠다는 생각만이 나를 지탱해 줬소. 그 시간이 얼마나 괴로웠던지, 영원히 타오를 복수심이 아니었다면 도저히 버티지 못했을 거라오. 지대하고도 험준한 빙하에 발도 들이지 못한 적이 많소. 빙해가 갈라지는 우레 같은 소리도 몇 번이나 들었소. 자칫하다 목숨을 잃을 수도 있었지. 그래도 눈이 내리면 바닷길은 안전해졌소.

그 사이 내가 먹어 치운 양을 보면 아마도 3주 정도 그렇게 돌아다녔나 보오. 다시 가슴속에 자리 잡은 희망이, 이뤄지지는 않고 그저 희망으로만 계속 존재하자, 낙담과 슬픔이 쥐어짜 낸 눈물이 뚝뚝 떨어지더구려. 절망은 먹잇감이 된 나를 손아귀에 쥐고 있었소. 머지않아 절망의 심연에 푹 잠기게 될 게 분명했소. 나를 실은 썰매를 끌고 가파른 빙하를 낑낑대며 오르던 썰매견 한 마리가 지쳐서 죽었던 날, 어수선한 마음으로 눈앞에 탁 트인 설원을 바라보고 있는데, 돌연 희뿌연 빙원 위에 짙은 점 하나가 시야에 들어왔소. 그게 뭔지 확인하기 위해 미간을 찌푸리던 나는 썰매와 그 안에 탄 익숙한 형체를 알아보고 환호했소. 드디어! 드디어 희망의 불꽃이 다시 한 번 가슴을 밝히기 시작했소! 뜨거운 눈물이 눈 앞을 가렸지만, 나는 그 악마를 놓치지 않기 위해 급히 눈물을 닦았소. 그래도 계속해서 눈물이 쏟아지는 바람에 앞을 제대로 볼 수가 없었소. 그러다 끝내 감정을 이기지 못한 나는 크게 소리 내 울었소.

하지만 어영부영할 때가 아니었소. 나는 죽은 개를 멀리 치운 다음 남은 개들에게 충분히 먹이를 주었소. 마음이 조급하긴 해도 개들에겐 휴식이 필요했기에, 나는 한 시간쯤 쉬었다가 다시 이동하기 시작했소. 놈이 탄 썰매는 시야에서 사라지지 않았소. 이후로도 큰 얼음덩어리 사이에 있는 바위에 잠시 가렸을 때만 빼고는 녀석을 시야에서 놓친 적이 없소. 실제로 녀석을 꽤 많이 따라잡았다오. 이틀 가까이 추적을 계속한 끝에 녀석과 나의 거리는 1.5킬로미터도 되지 않을 정도까지 가까워졌소. 녀석을 눈앞에 두자 가슴이 고동쳤소.

하지만 놈이 내 손에 들어왔다 싶던 찰나, 별안간 희망이 사라졌소. 놈을 추적하기 시작한 이래로 가장 막막한 상황이었소. 놈을 완전히 놓친 거요. 얼음 밑에서 파도 소리가 들리는가 싶더니 점점 분위기가 기막힐 정도로 살벌해지더구려. 나는 황급히 썰매를 몰았지만, 소용이 없었소. 바람이 일고 바다가 포효했소. 순간 지진이라도 난 것처럼 바닥이 흔들렸고, 굉음과 함께 빙해가 갈라졌소. 순식간에 벌어진 일이오. 몇 분이 채 되지 않는 사이 그놈과 나 사이에 파도가 요동쳤고, 나를 태운 조각난 얼음판은 정처 없이 떠다녔소. 얼음판은 시시각각 작아졌는데, 그게 내게 주어진 끔찍한 죽음인가 싶었소.

　그렇게 많은 시간이 흘렀소. 나는 내내 간담이 서늘했소. 개 몇 마리가 죽었고, 나 역시 점점 쌓여 가는 위험과 괴로움에 압사당하기 직전이었소. 바로 그때 당신들이 다가와 닻을 내리고, 내게 살아야 하지 않겠느냐며 도움을 받으라고 말을 걸어 주었소. 나는 이곳까지 북상하는 배가 있을 줄 몰랐기에 처음 배를 발견했을 땐 매우 놀랐소. 나는 곧바로 썰매를 부숴서 노를 만든 뒤, 지쳐서 쇠한 몸으로 노를 저어 당신 배가 올 방향으로 얼음판을 이동시켰소. 이 배가 남하한다면 목표를 포기하느니 바다의 자비를 한 번 더 기대해 보겠다는 심산이었소. 그놈을 쫓을 수 있도록 구명정하나만 내어 달라고 부탁할 생각도 했고 말이오. 하지만 당신은 북상한다고 했소. 당신은 내 기력이 다했을 때 나를 이배에 태워 준 거요. 이제껏 참으로 많은 역경에 시달려 왔소. 나는 아마 조만간 죽게 되겠지. 여전히 나는 죽음이 두렵소. 내게 주어진 일을 완수하지 못했기 때문이오.

아! 그 악마에게 나를 인도하는 영혼은 언제쯤 내가 간절히 바라는 휴식을 허락해 줄까? 아니, 놈을 살려 둔 채 죽어야 하는가? 이보시오, 월턴. 만약 내가 정말로 이렇게 죽는다면, 그놈이 달아나지 못하도록 당신이 직접 놈을 찾아 죽여주오. 내 원수를 갚아 준다고 약속해 주오. 설마 내가 당신에게 그간 내가 겪었던 고역을 겪으라고, 나와 같은 순례를 해 달라고 부탁하겠소? 아니, 내가 그 정도로 이기적이진 않소. 내가 죽으면 놈은 분명 모습을 드러낼 거요. 복수의 신이 놈을 당신에게로 이끌면, 놈을 살려 두지 않겠다고 맹세해 주오. 그놈이 이제껏 차곡차곡 쌓아 올린 내 슬픔 위에서 승리를 선언하지 못하게 하겠다고, 그놈이 살아 나가서 끔찍한 범죄의 이력을 더하도록 놔두지 않겠다고, 그렇게 맹세해 주오. 놈은 달변이고, 놈의 말은 설득력이 있소. 나도 한 번은 그놈의 말에 흔들렸으니 말이오. 하지만 그놈을 믿지 마오. 그놈은 생긴 것처럼 흉악한 놈이며, 기만적이고 악의적인 놈이오. 그놈의 말에 귀 기울이지도 마오. 윌리엄, 쥐스틴, 클레르발, 엘리자베스, 내 아버지, 그리고 이 불쌍한 빅터의 망령을 부르며, 당신의 검을 놈의 심장에 찔러 넣어주오. 내가 혼령이 되어서라도 당신 주위를 맴돌며 검이 정확한 곳을 찌르도록 도와주겠소.

이어지는 글은 월턴이 쓰다.

마거릿 누님, 이렇게 해서 기묘하고 무시무시한 이야기가 끝났습니다. 저는 지금 이 순간에도 피가 얼어붙는 느낌인데, 누님도 마찬가지로 섬뜩하지 않으세요? 이따금 그가 일순간 괴로움에 휩싸이는 바람에 이야기를 잇지 못할 때도 있었습니다. 비통에 젖어 갈라진 목소리로, 그래도 가슴을 후벼 파는 듯한 목소리로 간신히 이야기를 이어 나간 적도 있고요. 맑고 또렷하던 그의 눈동자는 이야기하는 도중 분노로 이글대기도 했어요. 다만 그 분노의 불길은 그가 슬픔에 사로잡히면서 잦아들었지요. 그가 한없는 비참함에 빠지며 잔불마저 꺼졌고요. 가끔은 동요하는 기색을 숨기려는 듯 끔찍한 사건을 차분하게 이야기하기도 하더군요. 그럴 땐 표정과 말투를 신경 쓰는 눈치였고요. 그러다가도 화산이 폭발하는 것처럼 안색이 확 바뀌며 그를 괴롭혀 온 괴물을 향해 온갖 욕설을 퍼붓기도 했지요.

그의 이야기는 서로 모순되는 바 없는 명백한 진실인 것 같아요. 그가 보여 준 펠릭스와 사피의 편지도 똑똑히 확인했단 말이죠. 게다가 우리 배에서 그 괴물의 형상을 보았기에 그의 말에 더 큰 확신이 생기고요. 단순히 그가 그럴싸한 얘기를 열정적으로 늘어놓았다고 해서 믿는 게 아니에요. 그나저나 그럼 그런 괴물이 정말로 존재한다는 거잖아요! 의심의 여지가 없긴 한데, 놀랍고 감탄스러워서 멍할 지경이에요. 프랑켄슈타인으로부터 그 괴물을 만든 방법에 관한 자세한 정보를 캐내려고도 해 봤는데, 그 점에 관해서만은 단호히 입을 봉하더군요.

그는 이렇게 말했어요.

"이보시오, 친구. 혹시 미친 거요? 아니면 몰지각한 호기심이 이끄는 대로 끌려가겠다는 거요? 당신도 하나 만들어 보려고? 당신 자신에게도, 이 세상에도, 악마 같은 적이 될 존재를? 정신 차려, 정신 차리란 말이오! 비참한 나를 보고 깨우친 바가 있어야지. 화를 자초하지 마오."

프랑켄슈타인은 내가 그의 이야기를 기록하고 있다는 걸 알아차렸어요. 그는 기록을 보여 달라고 하더니, 여러 곳을 수정하거나 이야기를 덧붙였습니다. 그의 원수와 나눈 대화를 더 명확히, 실감 나게 표현하기 위한 수정이 대부분이었고요.

"어차피 당신이 내 이야기를 기록했으니, 기왕이면 빠진 구석 없는 멀쩡한 기록으로 후대에 남겨야 하지 않겠소."

상상해 본 적도 없는 기묘한 이야기를 듣는 동안 일주일이 갔습니다. 저는 이 손님의 고상하고 점잖은 태도와 그 이야기에 완전히 매료됐어요. 그를 위로하고 싶은데, 한없이 비참해하는 사람에게, 위안을 얻을 희망마저 모조리 버린 사람에게, 그래도 살아야 한다고 말해도 될까요? 아, 그럴 리 없죠! 지금 그는 산산이 부서진 영혼을 그러모아 죽음이라는 안식에 드는 것만이 기쁨이라고 생각하는걸요. 그에게 단 하나 위안이 있다면, 그건 고독과 환각이 만들어 내는 꿈이에요. 꿈에서 그는 벗들과 대화하며, 그들에게서 자신의 처지를 위로받고, 복수를 재차 다짐한다더군요. 그는 그게 환상이 아니라 실제로 일어난 일이라고 믿어요. 다른 세계에서 그를 만나러 찾아오는 거라고요. 망상을 현실이라 생각하는 그의 믿음이 어찌나 엄숙한지, 가끔은 저도 그게 진짜라고 생각하고 주의 깊게 그 얘기를 듣게 된다니까요.

우리가 항상 그의 불행했던 지난 시절만 이야기하는 건 아니에요. 문학 전반에 걸쳐 그는 방대한 지식을 갖추고 있어서, 뭐든 금세 이해하며 예리하게 파악하죠. 말을 할 때도 호소력이 엄청나요. 그가 안타까운 사연을 이야기하거나, 연민 또는 사랑의 감정을 불러일으키려고 작정하면 눈물을 흘리지 않고 그 얘기를 들을 수 없을 지경이라니까요. 그는 처절한 처지인 지금도 이토록 고결하고 위대한데, 한창 잘나가던 시절엔 얼마나 대단했을까요! 그 역시 자신의 가치와 자신의 엄청난 몰락을 잘 아는 것 같더군요.

그는 이렇게 말했어요.

"젊었을 적 나는 내가 대단한 일을 할 사람이라고 믿었소. 지금은 우울의 수렁에서 허우적대고 있지만, 한때는 걸출한 업적에 걸맞은 냉철한 판단력을 지니고 있었거든. 타고난 능력을 믿었기에 나는 다른 사람이라면 감정에 짓눌려 무너져 내릴 상황도 버텨 낼 수 있었소. 쓸데없이 슬픔에 빠져서 다른 이들에게 도움이 될지도 모르는 내 능력을 허투루 내버리는 건 범죄라고 생각했던 거요. 내가 해낸 일을 생각하면, 그러니까 감정과 이성을 지닌 동물을 창조해 낸 걸 생각하면, 나 자신을 평범한 과학자 중 하나로 보기 어렵기도 했지. 어쨌든 그런 믿음이 나로 하여금 과학자로서의 삶을 시작하게 만들었소. 하지만 지금에 와서 그런 생각은 나를 더 깊은 수렁 속으로 밀어 넣기만 하오. 내가 했던 생각들도, 품었던 희망도, 지금 내겐 아무 의미가 없소. 나는 신의 권능을 바랐던 대천사처럼 영겁의 지옥에 갇혔으니까. 나는 생각이 선명했고, 분석하고 응용할 수 있는 능력도 뛰어났소. 그런 자질이 합쳐졌기에 인간을 만들어 내겠다는 생각을 할 수 있었고, 그 생각을 실행에 옮길 수 있었던 거요. 지금도 작업을 진행하던 때를 떠올리면 열정이 샘솟는 기분이오. 그땐 생각한 바를 이루는 상상만 해도 천국을 걷는 것 같았소. 내 능력에 도취했고, 내 능력이 해낼 수 있는 일에 몸을 불

살랐지. 어릴 적부터 나는 엄청난 기대와 원대한 야망을 품었소. 그런데 지금 내 꼴을 보오. 아! 친구여, 당신이 예전에 날 알았다면, 이토록 처참한 상태에 빠진 나를 알아보지 못했을 거요. 나는 웬만해서 실망하지 않는 사람이었소. 대단한 운명을 타고난 줄 알았으니까. 하지만 앞으로 다시는, 결코 일어설 수 없다는 걸 깨닫고 나서 모든 것이 달라졌소."

그렇다고 내가 존경할 수 있는 사람을 가만히 앉아서 잃어야 할까요? 저는 오랫동안 벗을 고대해 왔어요. 내 마음을 이해해 주고, 날 아껴 주는 사람을 찾고 있었단 말이에요. 봐요, 이 쓸쓸한 바다에서 저는 그런 사람을 찾았어요. 그런데 그의 가치를 깨닫자마자 그를 잃을지 모른다는 게 두려워요. 그에게 삶의 의지를 되찾아 주고 싶은데, 그는 삶이라면 지긋지긋하게 여긴다고요. 그가 이런 애길 했거든요.

"고맙소, 월턴. 비참한 부랑자에 지나지 않는 나에게 당신은 친절을 베풀어 주었소. 그나저나 당신이 말하는 새로운 인연과 또 다른 애정이라, 설마 누군가가 먼저 떠난 사람들을 대신할 수 있다고 생각하는 거요? 내게 어떤 사내가 클레르발과 같을 수 있겠소? 어떤 여인이 엘리자베스와 같을 수 있겠느냐는 말이오. 애정이라는 게 각자가 가진 장점에 따라 좌지우지되는 게 아니긴 하오. 그러나 어린 시절을 함께 보낸 벗에게는, 이후에 벗이 된 사람들이 가지지 못하는 그 어떤 힘이 있는 법이오. 어린 시절의 기질 있잖소. 크면서 그런 게 변한다고는 해도, 아예 사라지지는 않잖소. 어린 시절의 벗은 서로의 그런 기질까지 다 알고 있는 거요. 그렇기에 우리가 어떤 행동을 했을 때 그 진의가 무엇인지 정확히 판단해 결론을 내릴 수 있고 말이오. 아주 어릴 적부터 삐뚤어진 짓을 하는 기질을 타고나지 않은 이상, 형제자매라면 당사자가 잘못을 저질렀으리라고 의심하지 않소. 하지만 벗은 친분이 얼마나 두텁든 간에 일단 의심을 해 볼 수 있소. 내 벗들은 달랐소. 내가 그들의 습관이나 그들과의 유대 관계뿐 아니라 그들이 타고난 훌륭한 기질까지 사랑했기 때문이오. 지금도 내 귓가에는 엘리자베스가 나를 달래는 목소리와 클레르발이 이야기를 늘어놓는 소리가 맴돌고 있소. 아마 언제까지나 그럴 테지. 그들은 모두 죽었소. 내가 생을 이어 갈 수 있는 건, 그들이 모두 죽고 나 홀로 남았다는 느낌 때문이오. 물론, 인류에게 다방면에서 도움이 될 만한 대단한 임무나 연구에 몸담았다면, 내가 맡은 바를 완수하기 위해서라도 목숨을 부지했을 거요. 하지만 내 운명은 그런 게 아니오. 내 운명은 내가 만들어 낸 존재를 쫓아가 죽여야만 하는 것이지. 그렇게 하는 것만이 이 세상에서 내 몫을 다하는 것이고, 그러고 나서야 나는 죽을 수 있는 거요."

사랑하는 누님께,

지금 저는 위험에 둘러싸여 소중한 조국 잉글랜드와 그보다 더 소중한 그곳의 벗들을 다시 볼 수 없을지도 모르는 상황에서 이 글을 씁니다. 빙산에 둘러싸여 있는데, 무슨 수를 써도 이곳을 빠져나갈 수가 없어요. 게다가 자칫하다간 배가 부서질 수도 있는 상황이고요. 제가 설득 끝에 영입한 용감한 선원들도 제 도움만 바라고 있는데, 제가 해 줄 수 있는 게 없어요. 끔찍한 상황이지만, 그래도 아직 용기와 희망을 잃지는 않았습니다. 다만 저로 인해 이들의 목숨이 위험해졌다는 생각에 두렵기는 하군요. 우리가 죽는다면, 그건 다 제가 세운 미친 계획 때문이에요.

마거릿 누님, 누님 심정은 지금 어떨까요? 누님은 제가 죽었다는 소식도 듣지 못하겠죠. 그저 걱정을 삭히며 제가 돌아오기만을 기다릴 테니까요. 수년이 지나면 누님은 수시로 절망하게 될 겁니다. 그러면서도 버릴 수 없는 희망에 괴로워할 테고요. 아! 사랑하는 누님, 제게는 죽을지도 모른다는 생각보다 누님의 기대가 처절하게 무너질 수 있다는 생각이 더 끔찍합니다. 그래도 누님에겐 남편과 사랑스러운 아이들이 있으니 행복해질 수 있잖아요. 하늘이 도우사 누님이 행복하길 진심으로 기원합니다!

불운한 제 손님은 이런 제 처지를 진심으로 안타까워하고 있어요. 그는 제 기운을 북돋아 주려 노력하며, 마치 그에게도 삶이 소중하다는 듯 위로의 말을 건네죠. 이 바다에 들어온 다른 탐험가들도 비슷한 사고를 많이 당했다고 말이에요. 제 처지가 이런데도 그의 말을 들으면 정말 기운이 난다니까요. 선원들도 그의 말에 엄청 영향을 받는걸요. 그의 얘기를 듣고 나면 선원들은 절망스러워하지 않아요. 그가 사기를 올리고 있는 거예요. 그의 목소리만 들었을 뿐인데, 다들 이곳의 거대한 빙산을 인간이 작정하면 없앨 수 있는 조그만 흙무더기 정도로 여길 정도라고요. 물론 이렇게 오른 사기는 얼마 지나지 않아 수그러들지만요. 내일은 나아지겠지, 하는 기대가 반복되면서 두려움이 모두의 가슴을 채우거든요. 저로선 선원들이 절망한 나머지 반란을 일으키기라도 할까 봐 겁이 날 지경이에요.

9월 5일

방금 엄청난 일이 있었어요. 이 편지가 누님 손에 들어가지 못할 가능성이 매우 크지만, 그래도 기록으로 남기지 않을 수 없네요.

저희는 여전히 빙산에 둘러싸여 있어요. 빙산과 충돌해 배가 부서질 위험이 눈앞에 도사리고 있고요. 춥기도 어마어마하게 추워서 벌써 가엾은 선원 몇 명이 이 황량한 곳에서 숨을 거두었습니다. 프랑켄슈타인은 나날이 쇠약해지고 있어요. 눈빛은 아직도 이글대지만, 체력은 이미 바닥났달까요. 힘들이지 않고 일어선다 싶으면 곧장 기력을 잃고 풀썩 쓰러져 버리거든요.

최근에 쓴 편지에서 선원들이 반란을 일으킬까 두렵다는 말을 했잖아요. 오늘 아침, 사지를 늘어뜨리고 파리한 얼굴로 반쯤 눈을 감고 있는 프랑켄슈타인의 얼굴을 지켜보고 있는데, 선원 대여섯 명이 선실 앞에서 면담을 청하기에 저는 자리에서 일어섰어요. 선원들이 선실로 들어오더니 대표 한 명이 나섰죠. 그가 말하길, 다른 선원들이 자신들을 선원 대표로 뽑았다면서, 선원으로서 제게 요구할 것이 있다더군요. 부적절한 태도가 아니었기에 거부할 수 없었어요. 저희는 빙산에 갇힌 신세고 아마도 영영 이곳을 빠져나가지 못할 공산이 커요. 이런 상황에서 그들은, 만에 하나 저희 주위에 모인 빙산이 흩어지기 시작해 길이 뚫릴 경우, 제가 원정을 계속할까 봐 우려하고 있었던 모양이에요. 무모한 제가 막 위험에서 벗어나 행복해하는 선원들을 또 다른 위험에 몰아넣을까 봐 두려웠나 봐요. 그래서 그들은 뱃길이 뚫리면 곧장 남쪽으로 향하겠다는 확답을 제게서 받아 내려 했어요.

난처했어요. 저는 아직 꿈을 단념하지 않았고, 길이 뚫리면 돌아가겠단 생각은 해 본 적도 없거든요. 하지만 온당한 처신을 차치하고서라도, 가능성만 따져 봐도 그들의 말이 틀리지 않은데, 제가 그 요구를 거부해도 되는 걸까요? 제가 주저하는 사이, 그간 입을 닫고 있던 프랑켄슈타인이 일어섰어요. 대화에 끼어들 힘도 없어 보이던 그가 몸을 일으켜 세웠다고요. 그의 눈이 빛났고, 얼굴에도 잠깐이지만 생기가 돌더군요. 그는 선원들을 향해 돌아서더니 입을 열었어요.

"그게 무슨 소리요? 원정대의 대장에게 무슨 요구를 하는 거냐고. 지금 그 말은, 그대들은 그리 쉽게 원정을 포기하겠다는 거요? 일전에는 이 원정이 영예롭다고 하지 않았소? 이 원정이 영예로운 이유가 뭐요? 남쪽 바다처럼 뱃길이 편하고 순탄해서가 아니잖소. 위험과 난관이 가득하기 때문이오. 그대들이 용기를 내고 담대하게 나서야 할 사건이 시시각각 벌어지기 때문이오. 주위를 둘러싼 모든 것이 생기라곤 없이 위협적이기 때문이오. 그대들이 용기를 내 이겨 내야 하는 것이 이런 것들이었소. 이것이 이 원정이 영예로운 이유요. 이것이 이 원정을 영광스럽게 했소. 그대로 나아가기만 했다면 모든 이들이 그대들을 전 인류의 공헌자로 추앙했을 거요. 그대들의 이름은 인류의 영광과 번영을 위해 죽음과 맞서 싸운 용감한 자로 사람들의 입에 오르내렸을 거요. 그런데 지금 그대들은 어떻소? 이제 막 위험할지도 모른다는 생각을 해 놓고, 아니, 소위 용기를 시험하는 무시무시한 심판대에 이제 막 올랐으면서, 잔뜩 움츠러들어서는, 추위와 위험도 견디지 못하는 약해 빠진 인간으로 후대에 전해진대도 상관없다는 식으로 굴잖소. 바들바들 떨며 따뜻한 불가로 돌아가는 가련한 꼴이지. 그럴 거면 여기까진 왜 왔소? 애초에 이렇게 멀리까지 올 필요 없었잖소. 이만큼 와서 기껏 한다는 게, 스스로 겁쟁이라고 인정하며 대장에게 패배자라는 오명을 씌우는 거라니. 맙소사! 좀 남자답게, 아니 그보다 더 담대해져 보오. 목표를 향해 꾸준히 나아가며 바위처럼 굳게 마음먹어 보란 말이오. 여기 빙하는 그대들의 심장과 질적으로 다르오. 빙하는 언제든 녹아내릴 수 있소. 그대들이 빙하 따위 문제 될 것 없다고 말하면 한낱 얼음덩이가 그대들을 막을 수 없소. 이마에 수치의 흉터를 남긴 채 가족에게 돌아가지 마오. 싸워서 정복한 승자로, 적에게 등 돌리는 법을 모르는 영웅으로 돌아가란 말이오."

그는 말하는 내용에 따라 억양을 달리하며 웅변에 감정을 실었어요. 그의 눈빛에는 고결한 이상과 영웅심이 가득했지요. 어때요, 선원들의 마음이 움직였대도 이상할 게 없지요? 그들은 서로 눈치만 보면서 아무 대답도 하지 못했습니다. 그래서 제가 입을 열었죠. 저는 그들에게 일단 물러가서 방금 들은 바를 좀 생각해 보라고 말했어요. 그리고 선원들이 진심으로 돌아가길 바란다면 북진하지 않겠다고 말한 뒤, 다만 그들이 용기를 되찾기를 바란다고 덧붙였죠.

그들이 선실을 나간 후 벗을 돌아봤는데, 기력을 죄다 잃고 쓰러지다시피 있더군요. 목숨이 다한 것처럼 보일 지경이었어요.

이 모든 게 어떻게 끝날지는 모르겠지만, 지금으로서는 수치스럽게 돌아가느니 차라리 죽는 게 낫다는 심정입니다. 하지만 끝내 수치스럽게 돌아갈 운명일 것 같아 두렵기는 해요. 명예를 얻고 영광을 누릴 생각이 없는 사람들은 눈앞에 닥친 시련을 기꺼이 견디려 들지 않는 법이니까요.

9월 7일

주사위가 던져졌어요. 배가 난파되지만 않는다면 돌아가기로 했거든요. 비겁함과 우유부단함으로 인해 이렇게 제 희망이 깨지네요. 아무것도 얻지 못한 채 낙심해서 돌아가는 겁니다. 이 억울함을 참고 견디려면 지금 제가 아는 것보다 더 대단한 철학이 필요할 것 같아요.

9월 12일

다 끝났어요. 지금 잉글랜드로 돌아가는 중이에요. 인류에 보탬이 되어 영예를 얻겠다던 바람은 다 사라졌어요. 그래도 누님께는 씁쓸한 이 상황까지도 자세히 알려 드리려고요. 파도에 몸을 싣고 잉글랜드로, 누님이 계신 곳으로 흘러가는 동안 저는 낙담하지 않으려 합니다.

9월 9일에 빙산이 움직이기 시작하더니, 멀리서 들리는 우레 같은 소리와 함께 빙원이 쪼개지면서 사방팔방으로 금이 갔어요. 목전에 위험이 닥쳤지만, 저희가 할 수 있는 건 없었죠. 저는 병석에 붙박였다 싶을 정도로 상태가 나빠진 가엾은 제 손님에게만 관심을 쏟았어요. 한편 배 뒤편의 빙원이 쪼개지면서 우리는 북쪽으로 밀려나게 됐는데, 서쪽에서 미풍이 불더니 11일에는 남쪽으로 향하는 뱃길이 뚫리더군요. 이걸 본 선원들은 귀향할 수 있다는 생각에 요란스럽게 환호했죠. 커다란 함성은 오랫동안 이어졌고요. 자고 있던 프랑켄슈타인이 그 소리에 깨어나 소란스러운 이유를 물었어요. 그의 질문에 저는 대답했어요.

"선원들이 환호성을 지르는 겁니다. 곧 잉글랜드로 돌아가게 됐거든요."

"그 말은, 정말로 돌아갈 생각이란 거요?"

"하이! 그렇습니다. 그렇게 요구하는데 더는 못 버티겠더군요. 이런 마음으로 그들을 위험에 빠트릴 순 없지요. 돌아가는 수밖에요."

"그런 생각이라면 어쩔 수 없군. 하지만 난 돌아가지 않겠소. 당신은 목표를 접을 수 있을지 몰라도, 제 목표는 하늘이 준 과제이기에 감히 포기할 수 없거든. 내 체력이 바닥이긴 하나, 복수를 도와주는 영혼들이 힘을 보태 줄 테니 괜찮소."

그는 이렇게 말하면서 몸을 일으키려 용을 썼어요. 하지만 역부족이었죠. 그는 그대로 풀썩 쓰러지더니 정신을 잃었어요.

그는 한참 동안 정신을 차리지 못했고, 저는 그 사이 그가 벌써 죽은 게 아닐까 하는 생각만 여러 번 했어요. 그래도 그는 끝내 눈을 떴어요. 간신히 가쁜 숨을 몰아쉴 뿐, 말을 할 순 없었지만 말이에요. 의사가 그에게 진정제를 투여하고는, 저희더러 그를 건드리지 말고 나가 있으라고 했어요. 선실 밖에서 의사가 말하길, 제 벗이 앞으로 몇 시간밖에 살지 못할 거라더군요.

의사의 선고가 내려졌기에 저는 슬퍼하면서 기다리는 수밖에 없었죠. 저는 그의 곁에 앉아 그를 지켜봤어요. 두 눈이 감겨 있었기에 저는 그가 자는 줄 알았어요. 하지만 그는 힘없는 목소리로 절 부르더니 가까이 오라고 하더군요.

"이런! 내 힘도 이제 다했구려. 나는 곧 죽을 텐데, 내 원수는, 날 괴롭힌 그놈은 여전히 숨 쉬고 있겠지. 월턴, 그래도 내가 죽는 순간까지 이전에 말했던 것처럼 타오르는 증오와 복수를 향한 열망을 품고 있다고 생각하진 마오. 물론 내 적이 죽기를 바라는 게 옳다고는 생각하오. 지난 며칠간 저는 지난 일을 반추해 보았소. 딱히 비난받을 일은 한 적이 없었던 것 같소. 엄청난 광기에 사로잡혀 이성적인 존재를 만들어 냈으니, 내 능력이 허락하는 한 저는 그에게 행복과 안녕을 보장해 주어야 했소. 그게 내 의무였으나, 내게는 그보다 더 중한 의무가 있었소. 인류에 대한 의무 말이오. 아무래도 다수가 가질 행복이나 절망이 더 클 테지. 이런 생각에 나는 첫 번째 피조물이 원하던 짝을 만드는 일을 거부했소. 내 선택은 옳았소. 그 녀석은 누구와도 견줄 수 없는 악의와 사악한 이기심을 드러냈소. 녀석은 내 벗들을 죽였소. 섬세한 감정을 가진, 행복하고 현명한 존재들을 죽이는 데 온 힘을 쏟았소. 복수를 향한 녀석의 갈증이 언제 그칠지 나로서는 알 수가 없소. 다른 피해자를 만들지 못해 절망하여 죽을지도 모르는 일이지. 나는 녀석을 죽여야 했으나 실패했소. 만약 녀석의 이기심과 공격성이 다시 발동된다 싶으면, 내가 마치지 못한 일을 당신이 대신 맡아 주었으면 하오. 아직 제정신일 때 이렇게 다시 한 번 부탁하겠소.

물론 이 약속을 지키기 위해 조국과 벗까지 버리라는 건 아니오. 이제 당신은 잉글랜드로 돌아가잖소. 녀석과 조우

할 가능성은 거의 없는 셈이오. 그저 이런 점을 고려해 달라는 거요. 당신에게 주어진 여러 의무를 어떻게 조율할진 전적으로 당신 뜻에 맡기겠소. 죽을 때가 다 되어서 그런지 벌써 머릿속이 복잡하고 판단력이 흐려지는 것 같소. 내가 옳다고 생각하는 일을 해 달라고 부탁하는 게 아니오. 아직도 내가 감정에 치우친 걸지도 모르니까 말이오.

녀석이 짓궂은 운명의 장난에 놀아나 허튼짓을 벌일지도 모른다는 게 마음에 걸리긴 하오. 하지만 한편으로 이제 곧 이 육신에서 풀려나리라 생각하는 이 순간이 지난 몇 년을 돌이켜 봤을 때 유일하게 행복한 시간이라 느끼기도 하오. 먼저 간 이들의 영혼이 눈앞에 어른거리오. 얼른 그들 품에 안겨야겠소. 월턴, 이만 작별을 고하오! 부디 평온 속에서 행복을 구하고 야망을 멀리하길 바라오. 과학에서 업적을 쌓거나 대단한 발견을 해서 자신을 돋보이게 하겠다는 야심이 순수한 꿈으로 느껴진대도 말이오. 내가 왜 이런 소릴 하고 있지? 내가 비록 그런 바람 때문에 이 꼴이 됐다고는 해도, 다른 이들은 원하던 바를 이룰지도 모르는 것을."

그의 목소리가 점점 잠기더니, 끝내 애를 써도 목소리가 나오지 않자 그는 입을 다물었어요. 30분 정도 지나서 그가 다시 무슨 말을 하려고 했는데, 결국은 아무 말도 못 했지요. 그는 힘없이 제 손을 쥐었고 다시 뜨지 못할 눈을 감았습니다. 그의 입술에 어린 다정한 미소도 빛을 잃었죠.

마거릿 누님, 훌륭한 사람이 이토록 빨리 세상을 떠났는데, 제가 거기에 대해 무슨 말을 할 수 있을까요? 제 슬픔의 깊이를 누님에게 이해시키려면 무슨 말을 해야 할까요? 무슨 말을 해도 지금 이 심정을 표현하기엔 부족하고, 적절하지 않아요. 눈물이 흘러요. 가슴에 좌절이 드리웠어요. 그래도 잉글랜드로 향하고 있으니, 거기선 위안을 찾을 수 있겠지요.

방금 무슨 소리가 났어요. 또 무슨 일일까요? 이 한밤중에 무슨 일이죠? 바람도 적당하게 불고 있고, 갑판에서 당직을 서는 선원도 좀처럼 움직이지 않는데요. 또 소리가 났는데, 이번엔 사람 목소리 같아요. 쉰 것 같은 목소리지만요. 프랑켄슈타인의 시신이 있는 선실에서 들리는 것 같네요. 가서 확인해 봐야겠어요. 잘 자요, 누님.

맙소사! 조금 전에 정말로 무시무시한 일이 있었어요! 다시 생각해 보려고만 해도 어지러울 지경이에요. 그걸 세세하게 다 기억할 수 있을지 모르겠네요. 하지만 이 결말을, 이 불가사의한 재앙을 덧붙이지 않으면, 지금까지의 기록은 미완성으로 남겠죠.

저는 가련한 삶을 산, 훌륭한 벗의 시신이 있는 선실에 들어갔어요. 시신을 굽어보고 있는 어떤 형체가 있었는데, 그걸 뭐라고 표현해야 할지 모르겠네요. 거인처럼 키가 큰데,

뭔가 골격이 조잡하고 기형적이라고 해야 할까요. 시신을 굽어보고 있는 동안에는 헝클어진 긴 머리칼에 가려 얼굴이 보이지 않았어요. 하지만 앞으로 내밀고 있는 커다란 손을 보니, 피부의 색깔이나 질감이 꼭 미라 같더라고요. 그자는 비탄과 경악의 감탄사를 내뱉고 있었는데, 제가 다가오는 소리 듣고는 말을 멈추더니 창가로 훌쩍 뛰어올랐어요. 그자의 얼굴만큼 끔찍한 건 이제껏 본 적이 없어요. 역겨우면서도 소름이 끼치더라고요. 저는 저도 모르게 눈을 질끈 감고서 그 살인마를 제가 어떻게 해야 하는지 기억해 내려 애썼어요. 저는 그를 불러 세웠죠.

그자는 멈칫하더니 놀란 표정으로 저를 바라봤어요. 그러다 다시 자신의 창조자를 향해 돌아서더군요. 제 존재는 벌써 잊은 것 같았어요. 뭐랄까, 제어할 수 없는 욕망이 불러일으킨 거친 분노랄까요. 그런 감정에서 비롯된 것 같은 표정과 몸짓이더라고요.

그자가 버럭 소리를 질렀어요.

"그 또한 내가 죽인 것이다! 그를 죽임으로써 내 죄악은 완성되었다. 이 몸뚱이로 인해 잇따라 벌어진 비참한 사건들도 이제 끝을 향해 가는구나! 아, 프랑켄슈타인! 당신은 너그럽고 헌신적인 존재였습니다! 이제 와 용서를 구해 봤자 무슨 소용이 있겠습니까? 저는 당신이 사랑하는 모든 것을 파괴함으로써 당신을 돌이킬 수 없는 파멸로 내몰았는데 말입니다. 아아! 차갑게 식은 그는 내게 대답해 주지 못해."

그자는 목이 메는 것 같더군요. 처음엔 분명 원수를 죽여 달라는 제 벗의 유언에 따르고자 했는데, 호기심과 연민이 뒤섞이면서 그 마음은 이내 뒤로 밀려나 버렸습니다. 저는 그 엄청난 존재에게 다가갔습니다. 흉물스러운 그의 얼굴은 왠지 모르게 무섭고 섬뜩한 느낌을 주었던 터라, 다시 고개를 들어 그의 얼굴을 마주할 엄두는 나지 않았어요. 말을 하려는데, 입 밖으로 소리가 나오질 않더군요. 그 괴물은 횡설수설하면서 자책만 계속하고 있었고요. 그자가 잠시 말을 멈추었을 때 저는 큰맘 먹고 입을 열었습니다.

"이제 와 후회해 봐야 소용없습니다. 당신이 잔학무도한 복수를 극단까지 밀어붙이기 전에 양심에 귀 기울이고 양심의 가책을 느꼈다면 프랑켄슈타인은 지금까지도 살아 있었겠지요."

그러자 그 악마가 말했습니다.

"무슨 소리를 하는 겁니까? 내가 괴로움이나 양심의 가책을 느끼지 않았다고 생각하는 겁니까? 이 사람은!"

그자는 시신을 가리키며 말을 이었습니다.

"이 사람은 죽어 가면서 고통 받지 않았습니다. 아무렴! 제 복수가 이뤄지길 기다리는 동안 제가 느꼈던 괴로움이 얼만데! 그는 제 괴로움의 1만 분의 1도 겪지 않은 셈이란 말입니다. 끔찍한 이기심이 복수를 재촉하는 사이에도 제 가슴에는 후회라는 독이 퍼지고 있었습니다. 클레르발의 신음이 제 귀에는 듣기 좋은 음악이었을 것 같습니까? 제 마음은 애초에 사랑하도록, 공감하도록 만들어졌습니다. 쓰라린 절망에 시달리는 사이 악행을 서슴지 않도록, 증오하도록 바뀐 것뿐이에요. 아무 고통 없이 그런 급격한 변화를 받아들일 순 없었죠. 고문과도 같은 고통이었습니다. 당신은 상상도 못 할 지독한 괴로움이란 말입니다.

클레르발을 죽인 후 저는 비통에 젖어 스위스로 돌아왔습니다. 처음엔 프랑켄슈타인을 동정했습니다. 동정심은 이내 공포로 바뀌었죠. 나 자신이 역겨워졌습니다. 하지만 얼마 후 저는 그가, 이 몸뚱이와 이것으로 인한 말로 다 할 수 없는 괴로움을 만들어 낸 그가, 감히 행복을 바라고 있다는 걸 알게 됐어요. 제게는 비참함과 절망을 차곡차곡 안겨 줘 놓고 정작 그 자신은 제가 결코 누릴 수 없는 감정을 누리며 행복해지려 한 거죠. 제게 하등 도움이 되지 않을 질투란 감정과 가슴을 쓰라리게 하는 억울한 감정이 저를 채웠습니다. 그러면서 그 무엇으로 해갈할 수 없는 복수를 향한 갈증이 저를 덮쳤고요. 저는 그를 위협하며 했던 말을 떠올렸고, 말한 대로 행하기로 마음먹었습니다. 그 일이 제게는 죽을 만큼 괴로운 고문이라는 걸 알고 있었지만, 그 충동을 다스리는 건 제가 아니었습니다. 저는 충동의 노예였죠. 아무리 싫어도 그 충동을 따르지 않을 수 없었으니까요. 하지만 그녀가 죽었을 때! 그래요, 그땐 비참하지 않았습니다. 도를 넘어선 절망을 몰아내기 위해 모든 감정을 떨쳐 내고 모든 고뇌를 억눌렀기 때문입니다. 그때부터 악惡은 제게 선善이 되었습니다.[54] 저는 그렇게 떠밀리듯, 별수 없이 제가 택한 환경에 본성을 적응시켰습니다. 제 흉포한 목적을 달성하겠다는 생각은 끝 모르는 욕망이 되었고요. 그리고 이제 다 끝났습니다. 저게 내 마지막 피해자입니다!"

처음엔 절절한 그의 말에 마음이 흔들렸어요. 하지만 그 자는 달변에다가 설득력 있는 말솜씨를 가졌다고 했던 프랑켄슈타인의 말이 떠오르더군요. 더구나 벗의 시신을 다시 한 번 보고 나니 화까지 치밀어 올랐고요.

"참으로 못났군요! 당신이 초래한 비극의 무대에 찾아와 칭얼대는 꼴이라니, 잘하는 짓입니다. 집에 불을 질러 놓고, 집이 다 타고 나자 잿더미 위에 앉아 집이 사라졌다고 우는 셈이에요. 위선적인 악마 같으니라고! 당신이 애도하는 사람이 지금도 살아 있었다면, 당신은 여전히 그를 그 끔찍한 복수의 대상으로, 원한의 먹잇감으로 삼을 거잖아요. 당신이

---

54 존 밀턴의 《실낙원》에 나오는 구절을 일부 변형했다.

느끼는 건 죽은 프랑켄슈타인을 향한 연민이 아닙니다. 당신은 그저 원한의 대상이 당신의 힘이 미칠 수 없는 곳으로 떠난 게 아쉬운 겁니다."

그자가 대뜸 끼어들며 내 말을 멈췄습니다.

"아니, 그렇지 않습니다. 그렇지 않아요. 물론, 이제껏 제가 벌인 짓을 보고 그렇게 생각할 순 있습니다. 제가 얼마나 비참한지 알아 달라는 의미는 아닙니다. 어차피 이런 제 마음을 알아줄 사람도 없겠지만 말입니다. 맨 처음 누군가가 알아주길 원했던 제 감정은 바로 사랑이었습니다. 저라는 존재에서 넘쳐흐르던 행복이란 감정과 애정이란 감정, 저는 그 감정을 누군가와 나누고 싶었습니다. 하지만 그런 좋은 감정은 이제 다 사라져 희미한 흔적만 남았습니다. 행복과 애정은 쓰라리고 지긋지긋한 절망으로 변모했으니까요. 이런 상황에서 제가 무슨 감정을 나눈단 말입니까? 이 고통이 계속되는 한 저는 홀로 괴로워하는 것에 만족합니다. 제가 죽는대도 혐오와 비난의 대상으로 기억되는 것에 충분히 만족합니다. 한때는 훌륭한 사람이 되어 명예를 얻고 즐거움을 누리는 꿈을 꾸며 위안을 얻기도 했습니다. 저의 외형을 감내해 줄 사람이 나타나, 제가 내보일 수 있는 뛰어난 자질을 알아봐 주고 절 사랑해 주길 바란 적도 있어요. 그런 분에 넘치는 희망을 품은 적도 있습니다. 영예와 헌신이라는 이상을 키워 간 적도 있죠. 하지만 지금껏 저지른 죄악으로 인해 저는 한낱 짐승만도 못한 존재가 되었습니다. 그 어떤 죄악도, 그 어떤 실수도, 그 어떤 악의도, 그 어떤 절망도, 제 것보다 대단하지 않습니다. 제가 저지른 끔찍한 죄를 떠올릴 때면, 한때 선善이 가지는 위엄과 아름다움에 매료되어 숭고하고 이상적인 생각을 품었던 과거의 제가 지금의 저와 같은 존재라는 게 믿어지지 않습니다. 하지만 다 그런 법이지요. 타락 천사가 사악한 악마가 되는 것처럼 말입니다. 다만 신과 인간에게 등 돌린 악마에게조차 벗이 있고 동료가 있으나, 저는 혼자라는 게 다릅니다.

프랑켄슈타인을 벗이라고 부르는 당신은 제가 저지른 짓과 그에게 닥쳤던 불운을 아는 것 같군요. 하지만 그가 아무리 자세히 말했대도, 제가 어쩌지 못하는 욕망에 시달리며 비참하게 목숨을 부지했던 그 긴 시간을 일일이 설명할 순 없었을 겁니다. 제가 그의 희망을 짓밟고 다니는 사이에도 이 욕망은 채워질 줄 몰랐습니다. 얼마나 간절했는지 이글이글 타올라서 식을 줄 몰랐고요. 여전히 전 사랑과 우정을 갈망하고 있었던 겁니다. 번번이 퇴짜를 맞았고요. 그건 부당하다고 생각하지 않습니까? 이 세상 모든 인간이 제게 죄를 지었는데, 정말로 저만이 죄인이라고 생각합니까? 어째서 펠릭스는 나쁘지 않습니까? 문을 두드린 친구를 매몰차게 내쫓았는데? 자식을 구해 준 은인을 죽이려고 든 그 촌뜨기는 왜 비난하지 않습니까? 그래요, 그들은 선하디선한, 티 하나 없는 존재라 이거죠! 저는, 비참하게 버려진 저는 불량품에 지나지 않아서, 쫓겨나고, 걷어차이고, 짓밟혀도 싸다는 뜻이겠지요. 지금 이 순간에도 그 억울한 기억에 피가 끓어오릅니다.

그럼에도 제가 못난 놈인 건 사실입니다. 사랑스러운 사람들을, 힘없는 사람들을 죽였으니까요. 저는 아무 죄도 없는 그들이 잠들었을 때 찾아가 목을 졸라 죽였고, 저뿐 아니라 살아 있는 그 어떤 것도 해치지 못할 어린아이의 목을 움켜쥐어 죽음에 이르게 했습니다. 저의 창조주는 사람들의 사랑과 존경을 한 몸에 받을 만한 특별한 사람이었습니다. 그리고 저는 그를 절망에 빠트리는 데 제 삶을 바쳤지요. 절망으로 모자라 돌이킬 수 없는 파멸에 이르도록 몰아붙였고요. 그런 그가 차갑게 식은 창백한 시신이 되어 저기에 있군요. 당신은 제가 증오스러울 겁니다. 하지만 그건 제가 저 자신을 증오하는 것에 비하면 아무것도 아닙니다. 그 숱한 죄를 범한 이 손을 보면, 죄악의 순간이 떠오릅니다. 그래서 이 손을 보고도 그 기억을 떠올리지 않게 될 날이 오기만을 간절히 바랍니다.

제가 앞으로 운명의 노리개가 되어 악행을 저지를까 염려하진 마십시오. 제가 할 일은 거의 끝났습니다. 저의 역사를 완성하기 위해 당신이나 다른 인간이 죽을 필요가 없어요. 죽어야 하는 건 저죠. 제가 스스로 제물로 나서는 희생을 미룰 거라고도 생각하지 마십시오. 당신 배를 빠져나가면 저는 저를 먼 곳으로 데려가 줄 얼음 조각을 타고 지구의 최북단까지 갈 생각입니다. 거기서 장작을 모으며 저의 장례식을 준비한 다음, 이 비참한 몸뚱이를 한 줌 재가 되도록 불사를 겁니다. 그래야 호기심 많고 부정한 자가 제 시신을 보고 영감을 받아 저 같은 존재를 또다시 만들지 않을 테니까요. 저는 죽을 겁니다. 그러면 지금 저를 좀먹고 있는 괴로움도 사라질 것이며, 채워지지 않고 사라지지도 않는 감정의 먹잇감이 되는 일도 없겠지요. 저를 이 땅에 존재하도록 한 사람은 죽었습니다. 저까지 사라지면 우리 둘에 대한 기억은 머지않아 흔적을 감추겠죠. 저는 더는 해와 별도 보지 못하고, 뺨을 스치는 이 바람도 느끼지 못할 겁니다. 빛과 감정, 감각까지도 모두 사라질 테고요. 그리되면 저도 행복을 찾을 수 있을 거예요. 몇 년 전, 제 눈앞에 이 세상이 처음으로 펼쳐졌을 때, 마음이 들뜨게 만드는 한여름의 열기를 느끼고 나뭇잎이 바스락거리는 소리와 새들이 지저귀는 소리를 들었을 때, 그런 게 저의 전부였을 때, 저는 그때 울다 지쳐 죽었어야 했습니다. 이제 저한테는 죽음만이 위안입니다.

죄악으로 더럽혀지고 쓰라린 회한에 너덜너덜해진 제가 죽음 말고 안식을 구할 수 있는 곳이 또 있겠습니까?

그럼 이만 안녕히! 난 떠나겠습니다. 당신이 제 두 눈으로 보는 마지막 인간입니다. 그리고 프랑켄슈타인, 편히 쉬십시오! 당신이 지금까지 살아서 내게 복수하기만 벼르고 있었다면, 저도 죽는 것보다 사는 게 낫다고 생각했을 텐데. 하지만 일은 맘처럼 되지 않았습니다. 당신은 제가 더 끔찍한 짓을 저지르지 못하도록 저를 죽이려고 했습니다. 지금도 제가 모르는 저 세상 어딘가에서 여전히 그런 생각으로 복수심을 품고 있을지 모르죠. 그렇대도 지금 제가 느끼는 원한보다 당신의 원한이 더 깊진 않을 겁니다. 당신도 운명에 시달리긴 했으나, 더 괴로웠던 건 당신이 아닌 저였습니다. 죽음이 모든 것을 끝낼 때까지 후회가 바늘처럼 제 상처를 계속 찔러 댈 테니까요."

그는 서러워하면서도 사뭇 엄숙하게 외쳤습니다.

"하지만 머지않아 저는 죽어서, 더는 그 괴로움을 느끼지 않을 테죠. 이글대는 이 고통도 곧 사라질 겁니다. 저는 당당히 장작 위에 올라 살이 타들어 가는 고통 속에서 환호하겠습니다. 저를 태운 불이 꺼지고 나면 바람이 재를 바다로 날려 보낼 겁니다. 그럼 제 영혼도 안식에 들겠지요. 영혼이 생각을 할 수 있다 해도, 지금 같은 생각을 하진 않을 테니까요. 이만 가 보겠습니다."

　그는 이렇게 말하면서 선실 창문을 훌쩍 넘어 배 근처에
있던 얼음 조각 위로 뛰어내렸습니다. 파도에 몸을 실은 그
의 모습은 점점 멀어지며 어둠 속으로 사라졌습니다.

옮긴이 김하나

번역가이자 작가로 출판번역그룹 섬돌 소속이다. 메리 셸리의 《최후의 인간》을 번역
하였다. 그 밖에 옮긴 작품으로 《셜록 홈즈의 귀환》, 《세상 끝의 우물 2》 등이 있다.

허밍버드 클래식 M 02

프랑켄슈타인 Frankenstein

2019년 11월 25일 초판 01쇄 인쇄
2019년 12월 02일 초판 01쇄 발행

지은이 메리 셸리   옮긴이 김하나

발행인 이규상   **단행본사업본부장** 임현숙   **책임편집** 김연주
편집팀 이소영 강정민 황유라 이수민   **마케팅팀** 이인국 전연교 윤지원 김지윤
영업지원 이순복   **디자인팀** 손성규 이효재

펴낸곳 (주)백도씨
출판등록 제2012-000170호(2007년 6월 22일)
주소 03044 서울시 종로구 효자로7길 23, 3층(통의동 7-33)
전화 02 3443 0311(편집) 02 3012 0117(마케팅)   **팩스** 02 3012 3010
이메일 book@100doci.com(편집·원고 투고)   valva@100doci.com(유통·사업 제휴)
블로그 blog.naver.com/h_bird   **인스타그램** @100doci

ISBN 978-89-6833-237-1 04840
       978-89-6833-235-7 (세트)

이 도서의 국립중앙도서관 출판예정도서목록(CIP)은 서지정보유통지원시스템 홈페이
지(http://seoji.nl.go.kr)와 국가자료종합목록 구축시스템(http://kolis-net.nl.go.
kr)에서 이용하실 수 있습니다. (CIP 제어번호: CIP2019042661)

허밍버드 클래식

동시대를 호흡하는 소설가·시인의 신선한 번역과 어른들의 감수성을 담은
북 디자인을 결합해 시대를 초월한 고전 읽기의 즐거움을 선사하고자 합니다.

01 이상한 나라의 앨리스 루이스 캐롤 지음 | 한유주 옮김 | 216쪽

앨리스와 함께한 몇 달 동안 많이 웃었다. 이런 이야기가 존재해서 다행이라는 생
각이 들었고, 이런 이야기를 번역할 수 있어서 기뻤다. 앨리스가 했던 말 가운데
나는 "이상해진다, 이상해져!"를 가장 좋아하게 되었다. 옮긴이의 말 중에서

02 오즈의 마법사 L. 프랭크 바움 지음 | 부희령 옮김 | 296쪽

어쩌면 도로시와 함께 모험을 떠난 세 친구들은 어린 도로시의 마음에 이미 싹을
틔운 지혜와 사랑, 용기를 각각 상징할지도 모릅니다. 그리고 그런 것들이 이미
자기 안에 있음을 깨닫기 위해 도로시는 어렵고도 위험한 길을 헤쳐 나가야 하는
것이고요. 옮긴이의 말 중에서

03 어린 왕자 생 텍쥐페리 지음 | 김경주 옮김 | 144쪽

생 텍쥐페리의 《어린 왕자》는 누구의 손에 오르든지 하나의 행성이 된다. 이 아름
다운 이야기는 조금은 슬프고, 눈시울이 흐뭇해지는 웃음을 곳곳에 숨겨 두었다.
삶이 가여워질 때마다 당신이 이 책을 꺼내 보며 눈에 보이지 않아도 분명히 존재
한다고 믿고 싶어지는 이 세상의 작고 미미한 것들 앞에서 다시 희망을 찾기를 바
란다. 그의 비행(飛行)은 아직 끝나지 않은 것 같다. 옮긴이의 말 중에서

04 빨강 머리 앤 루시 M. 몽고메리 지음 | 김서령 옮김 | 496쪽

내가 어린 시절 가장 사랑했던 앤이다. 역자로 그 아이를 다시 만난 것이 더할 나
위 없이 기쁘다. 나의 열한 살 시절이 지금의 나에게 가만히 다가와 뺨을 부벼 주
는 기분이다. 이 작업으로 인해 나는 충분히 위로받았다. 어느 시절 앤이었을 당
신도 그랬으면 좋겠다. 옮긴이의 말 중에서

05 안데르센 동화집 한스 크리스티안 안데르센 지음 | 배수아 옮김 | 280쪽

'안데르센'은 내 어린 시절의 완성이었다. (⋯) 나는 황홀했고, 나는 사로잡혔다.
나는 나를 잊었다. 황홀하다는 느낌, 사로잡히고, 나를 잊는다는 느낌이 최초로
내 온몸을 관통했던 아홉 살의 그날. 아마도 그때 내 어린 시절의 한 페이지가 완
성된 것이리라. 옮긴이의 말 중에서

06 그림 형제 동화집 그림 형제 지음 | 허수경 옮김 | 216쪽

어릴 때 많이 읽었던 그림 형제 동화였지만 원서로 읽는 것은 이때가 처음이었다. 물론 독일어를 배운 지 얼마 되지 않아서 줄줄 읽어 나가지는 못했다. 한 줄 한 줄, 그저 띄엄띄엄 읽었다. 그런데도 이야기들은 정말 재미있었다. (…) 이런 판타지를 읽을 나이는 이미 지났다고 생각하고 있었는데 그게 아니었나 보다. 하긴, 따지고 보면 환상의 세계를 즐기는 데 나이가 무슨 상관인가. _옮긴이의 말 중에서

07 키다리 아저씨 진 웹스터 지음 | 한유주 옮김 | 264쪽

처음으로 교정을 거니는 주디, 처음으로 《작은 아씨들》을 읽는 주디, 처음으로 당밀 사탕을 만드는 주디, 처음으로 운동회를 하는 주디, 처음으로 무도회에 가는 주디, 그녀에게는 사실 모든 일들이 처음이다. 그 설렘과 벅참을 나도, 그리고 당신도 느껴 본 적이 있을 것이다. _옮긴이의 말 중에서

08 메리 포핀스 P.L. 트래버스 지음 | 윤이형 옮김 | 312쪽

도무지 재미라곤 없는 이 세상에 염증을 느끼거나, 각박하고 힘든 일상 속에서 잠시 다른 모든 것을 잊을 정도로 달콤하고 환상적인 위로가 필요해지는 순간이 온다면, 주저하지 말고 벚나무길 17번지의 문을 노크하기 바란다. 아직 바람의 방향이 바뀌지 않았다면, 분명 후회하지 않을 만큼 멋진 모험을 하게 될 테니까. _옮긴이의 말 중에서

09 에이번리의 앤 루시 M. 몽고메리 지음 | 김서령 옮김 | 432쪽

사실 내 열일곱 살은 슬프게도 기억이 잘 나지 않는다. 열한 살의 나보다 훨씬 우울하고 외로웠던 시절이어서 아마 나는 스스로 그 기억을 지웠을 것이다. 《에이번리의 앤》을 번역하는 동안 그래서 내 소녀 시절이 아까웠다. 그때 이 책을 읽었더라면 나는 조금 밝아졌을까. _옮긴이의 말 중에서

10 페로 동화집 샤를 페로 지음 | 함정임 옮김 | 184쪽

500여 년 전 프랑스에 살았던 작가 샤를 페로가 그곳에 사는 사람들을 생각하며 지어낸 옛이야기를 21세기, 전혀 다른 언어와 문화를 가진 한국에서 만나는 일은 가장 원초적이면서도 독보적이고, 가장 아날로그적이면서도 다채로운, 가상의 시간 여행, 환상의 세계 여행을 떠나는 것을 의미한다. 샤를 페로의 동화를 읽는 21세기 독자들에게 매혹적이고 무한한 창작의 동력이 펼쳐지기를. _옮긴이의 말 중에서